グイン・サーガⅠ　豹頭

栗本　薫

本書は、ハヤカワ文庫JAから刊行された
『豹頭の仮面』（1979年9月）
『荒野の戦士』（1979年10月）
を収録した新装版です。

目次

1

豹頭の仮面　PERSONA OF PANTHER

かれらは運命の神ヤーンによって動かされていた。しかしかれら自身は自らが運命《さだめ》の糸の上にあることを、未だ知らなかった。

——『イロン写本』より

第一話　死霊の森

プロローグ

それは――

《異形》であった。

異相、といっても、とうていそのものの異様さを云いあらわしてはいない。奇相、と云っても足りぬ。

それは、異形――としか、云いようがなかった。

だが、そのことばもまた、それが見るものにひきおこす衝撃と畏怖を十二分に伝えているとは、とうてい云えなかった。

それは先刻、といってももうおよそ半日ちかい以前から、そこにそうしてよこたわったきり動かない。

それはちょうど、打ちすてられたしかばねのようにも見える。

しかし、それは生きていた。

そのあかしに、そののばされたままの四肢の、尋常ならず発達した筋肉が、かなりな間遠ではあるが、ときどきぴくりと痙攣するように動く。

だが、その他にそれの生きていることをあかしだてる動きはまったくない。

あたりは永遠の静寂とまごう静けさにつつまれていた。太陽は山の端のほうに近く、異様なまでに巨大な円盤と化した鈍く光る球である。この辺境――それもそろそろ人間の領土と妖魅の跳梁する暗黒の領土との境界線を越えてしまおうという、スタフォロスの砦の周辺を、夜の間近いそんな時刻にさまよっている人間など、むろん、正気であったら、いようはずもなかったが、しかしもしそんな勇気のある人間がいたとしたら――そして、その人間がもしそこに、頭をなかば泉のふちに突っこむようにして倒れこんでいるそのものを見出し、のぞきこんだとしたら、その男はたぶん、たちまちに腰をぬかしてすわりこみ、自分がついに人間界の安全で正気な領土をふみこえてしまったのだと信じこんだかもしれない。

その異形のものは、とにかくも人の形をしていた。だが、はたして何人がそれを人であると認めただろう。

たくましい、いかにも実用向きに鍛えぬかれて、すべての筋肉がみごとに発達しきったそのからだは、腰に巻かれた粗末な革布をのぞいては裸だった。そのからだがまた、激しくふるえ――そして苦痛と渇きに無意識にかりたてられたように動いた。手が、よわよわしく、その倒れたすぐ前に渇えたものをさそうように涌き出している泉のほうへとのびたのだ。その大きな、強そうな手は、かわいた血と、そしてさんざん戦ったあとのようないくつもの傷に汚れていた。

その手が泉の清らかな水にとどき、掌をくぼませてすくいあげ、ふるえながら口元へ運んでゆく――おそらくそれ――か或いはかれ――は渇き死にの一歩手前、というほどにかつえていたのだ。

だが口元に持っていった水を、かれはついに咽喉に通すことができなかった。再び、かれはこころみた、三たび。だがすべて結果は同じだった。

かれの口から、傷つき、死にかけている野獣の咆哮が洩れた。そのぞっとするような苦悩の声におびえて、泉のふちの木の梢から、小動物――たぶん鳥と獣のあいのこである飛獣のタウロである――がすばやくとびうつった。かれの手はもういちど水を汲もうとさしのばされた。

しかしそこでかれの力は尽きてしまった。かれはまた、全身を痙攣させ、がっくりとなり、そのままさっきと同じように動かなくなってしまった。

風が出てきて、さわさわと草をなびかせ、泉の水に小波を立たせた。下生えのあいだから、草ヘビか何かの紅く光る目がうかがい、奇妙な色とかたちとをした木々の梢からは、するすると吸血ヅタがおりてきた。

それもだが知らぬげに、かれ——或いは、それ——は異形のすがたを無防備にさらしてよこたわっている。スタフォロス砦から遠くない、このルードの森林地帯で、かれはそうして渇き、弱りはて、かわいた血と泥にまみれたまま、緩慢でおそるべき死を迎えようとしているのだった。

第一話　死霊の森

1

「リンダ！　ねえ、リンダ！」

澄んだ高い声が呼んだ。いちおう、かれとしては、声をひそめてささやきかけたつもりだったのだ。しかし、少年の声は思いのほかに、静まり返った森の木々のあいだに高くひびきわたった。

「しッ！　バカね、おまえは」

少女は鋭くとがめた。レムスは頬をふくらせて静かになった。だがまだリンダは満足しなかった。

「まったく、おまえったら考えなしなんだから——ここがどこだか忘れたの？　ルードの森よ、まだゴーラの冷酷王の領土なのよ」

「リンダがどこかへ行ってしまったかと思ったんだもの」

少年は云いわけをした。そして同時に、そろそろと首をのばして、茂みの外をうかがった。

「大丈夫。騎兵たちは、行ってしまったようだから」

リンダも隣の茂みから頭をのばしてみていた。弟の不用意な叫び声が、通りすぎていった騎馬武者たちの一隊の注意をひかず、周囲はしーんとしているのを見てとると、茂みから這い出す、というこの難事業に思いきってとりかかる。

茂みはその果実がもっぱら口ざみしさを慰める嗜好食品に最適とされているヴァシャの木である。それはとげとげしい葉をもっている上に、樹皮にまで棘を植えこんでいた。リンダはまずその葉を注意ぶかくおしのけ、ほっそりと白いふたつの腕をのばして、棘だらけの枝をおさえつけ、たくみにするするとその隠れ場所をすべり出た。輝かしいプラチナ・ブロンドの髪につづいて、きゃしゃなむきだしの肩が、そして未熟でみずみずしい細い胴、男の子のようにすんなりのびた、長い革ブーツにつつんだ脚が、その一昼夜のとげとげした棲家からあらわれた。

「あーあ。からだじゅうが、痛くてめりめり云うわ」

　リンダは云い、両手をつきあげて伸びをした。だが、すぐに弟の小さな悲鳴をきいて、そちらへ走り寄った。

　レムスのほうは、リンダほど、その敵意にみちた隠れ家とうまくいってはいなかった。かれは棘だらけの葉と枝に存分にやわらかい手脚をひっかかれて、かわいそうに傷だらけになりながら悪戦苦闘していた。

「まったく、ばかなのね。何をやらせてもダメなのね、おまえは」

　リンダは遠慮なく評しながら、少年のプラチナ・ブロンドの髪にもつれこんだヴァシャの枝を、細い器用な指さきでとりのぞいてやり、手をかしてぶじに地上に立たせてやった。

　そうやって、並んで手をとりあって立つと、かれらはおかしいくらいよく似通っていた――双生児であるのだから、べつだんふしぎなことでもなかったが、それにしても、ふたつぶの真珠のようによく似たかれらが、ほのぐらいルードの森の下生えのなかに、揃いの革の少年用の短い衣服、革ブーツ、腰に銀づくりの短剣をさげ、同じ巻毛のプラチナ・ブロンドの髪、同じかわいらしい――リンダはその顔にきかん気なきっぱりした表情を、弟のレムスのほうはもっと無邪気なぼうっとした表情をたえずうかべている、というちがいこそあったが――美しい顔立ち、そして同じあやしいスミレ色の大きな瞳をして立っているようすは、さながら森の二人の精霊のように美しく、それを誰ひとり見ているもののいないことが、くやまれるほどだった。

もっとも、かれら自身は、そんなことになど、かまっているひまは、とうてい持ちあわせてはいなかった。

「ねえ、リンダ――これからどうするの。お腹がすいたよ」

レムスは棘にしこたま引っかかれた手脚を恨めしげにさすりながら早速聞きはじめた。リンダは腰をさぐってみた。腰をぎゅっと締めつけた太い革のベルトには、短剣入れのほかに、やわらかな革の物入れがついているのだが、その中をさぐってみても、今の場合かれらの役に立ってくれそうなものは何ひとつ見あたらなかった。

「携行食糧なんて、思いつきもしなかったわ。しかたないわよ、あのさわぎの中なんだもの」

「じゃあ、狩りをして、食べ物をみつけなくちゃ」

「ダメよ」

リンダは無慈悲に決めつけた。

「わたしたち、ルードの森へピクニックに来てるんではないのよ。何度いったらわかるのかしら――動物を狩ってひょっとしてスタフォロス砦の連中に見つかってしまったらどうなるかわかるでしょう。それにどうせ獲物があっても火をおこすわけにいかないわ。あんたは、生まま肉でよければ食べたらいいけれどね、レムス、わたしはイヤよ」

「でも、ぼく、お腹がすいて倒れそうなんだよ」

「わたしだってよ」

怒ってリンダは云ったが、ふいにハッとして周りを見まわした。

「何かきこえない？」

「なんにも」

「ひづめの音よ。さっきの騎馬武者がもどってきたのよ！」

リンダは何か云いかける弟を制すると、いきなりヴァシャの茂みにとびこんだ。棘にこすられるのも構ってはいなかった。さきゆき、どんな眩しいほどの美女に育つかは、誰がみても明らかだったけれども、本人はまだその自分の美しさや肌のたぐいまれななめらかさになど注意を払う年にはなっていなかったのだ。

「レムス！　早く！」

信じかねて立ったままでいる弟にリンダは激しく叫び、あわてて少年も姉のあとをおってヴァシャの茂みにもぐりこもうとした。

しかし、遅かったのだ。ルードの森のなかに続いている、道ともいえぬような荒れはてた道の上に、突然黒づくめの騎馬の一隊があらわれた。鋭い命令が先頭の、黒かぶとの上に黒の房飾りをなびかせ、面頰で顔をおおった隊長の口から発せられると、同じように黒かぶとに黒いマント、面頰をおろし、巨大な広幅の剣をおびた騎士たちはいっせいにウマをとびおりた。

「逃げるのよ、レムス！」

リンダは悲鳴をあげた。だがそのとき、茂みにもぐるのをあきらめて、敏捷に森の奥へ走りこもうとしたレムスの細い腕は、黒衣の男たちのひとりにがっしりとつかまえられた。

「放せ！」

レムスは叫んでもがいた。そのかわいらしい顔が、真に高貴な血と高貴な心だけのもつことのできる、誇り高い憤怒に燃えあがった。

房飾りをつけたかぶとの隊長がするどく命令した。それは姉弟に、むろん知らぬことばではなかったけれども、つよい辺境の訛りがかかっていて、うっかりしていたらききとれぬくらいだった。部下たちはヴァシャの茂みにかけよると、レムスの怒りの叫びにも、リンダがいっそう茂みの奥ふかくへちぢこまるのにもかまわずに、鉄の籠手をはめた手を茂みにさしこみ、ネコの子をつまみ出すようにリンダをひきずり出した。

　むろん、かれらは棘になどしんしゃくしようはずもなかったから、リンダは髪や肌につきささる棘に悲鳴をあげながらひきずり出された。髪をおさえようとしながら、草の上に放り出された少女はからだも顔もひっかき傷だらけにし、痛さに涙をうかべて、息をはずませていた。

「野蛮人！　獣！　ゴーラの豚！」

　リンダはスミレ色の目を怒りに燃えあがらせて大声で罵った。

「なんであたしたちをこんな目にあわせるのよ！　ゴーラの犬はわたしたちから何もかもとったじゃないの！　お前たち誰もかれも、ヤヌスの神の雷がおちて黒焦げになればいいんだ」

　怒りの涙を目ににじませ、ほっそりしたからだをふるわせている少女を、黒衣の騎士たちは冷やかに見おろしていた。隊長が粗野な声で笑い出し、そしてやにわに一歩進み出た。鉄でおおわれた手をあげて、リンダのあごをとらえ、その顔をのぞきこむ。隊長の意図ははっきりしていた。

「リンダを放せ！」

　レムスは絶叫してあばれた。だが男たちの手はがっしりとかれを押えつけていた。リンダはいきなり面頬で鎧われた隊長の顔にむかって唾を吐きかけ、敏捷に飛びすさるなり腰の短剣をぬいた。

　彼女は怒ったヤマネコのように物騒に、誇らかに見えた。しかし、その手に握られた短剣はあまりにも華奢な、細工入りの銀製のものでしかない。男たちはどっと口々にはやしたて、隊長はゲラゲラ笑いながら大股に少女に近づいた。リンダは剣をかまえてさがった。隊長は追いつめた。

　再びあとずさった足が、草の根っこにひっかかった。リンダは悲鳴をあげて倒れ、その上へ、隊長がとびかかってきた。

「リンダ！」

　レムスが叫んだ。リンダは組み敷かれながら、なおも屈しようとせず、激しく抗いつづけた。しかし、その体力と気力はみるみる尽き果てかけていた。

「リンダ——」

もう一度絶叫して、男たちの鋼鉄のような手をふりもぎってとび出そうと少年が身をもがいた、そのとき——

ふいに、すべての目が、驚愕に見ひらかれた！

隊長が、リンダの上からころげおちるようにして、そのまま凍りついた。その目が面頬の中で見ひらかれたまま、不信と恐怖に白くなった。リンダの弱々しい恐怖の悲鳴が恐しい沈黙の中に立ち消えた。

それは、ゆっくり、ゆっくり、木立ちのあいだからあらわれ、近づいて来たのだ。

両手が前につきだされ、まるで手さぐりで歩く死者《ゾンビー》のように、おぼつかない不吉な歩きかた。足もとは震え、しかしかれらのほうに近づくにつれて、少しずつ足どりがしっかりしてくるようだ。

「な——何だ、あれは！」

騎士のひとりがふるえる声で云った。もっとも、云った当人ですら、自分が何か口走ったことに気づいてはいなかったかもしれない。

「ルードの悪鬼だ！」

「死霊《ゾンビー》……」

「化物だ」

一瞬、騎士たちのあいだにざわめきが立った。ゆるやかに木々のあいだをぬけ、近づいてくるそれは、騎士たちの迷信深い心を動揺させるに充分な、現実にさまよいこんだ悪夢の相をもっていたのだ。

「ヤヌスの神！　お助けを！」

気の弱いのが、わめき声をあげ、いきなりウマのほうへかけだした。それが凍りついていた騎士たちの呪縛を破った。かれらはレムスを放り出し、我さきにウマの方へ走った。

「待て——誰が持場をはなれていいと云ったか！」

隊長があわててわめいた。度肝をぬかれ、おびやかされてはいたが、さすがに隊長だけは役目を忘れてはいなかった。

リンダもまた素早かった。隊長の手がゆるんだ一瞬に、彼女はその手をぬけだして、弟めがけて走った。

「待て！」

隊長は叫び、不覚にもそちらに気をとられて異形のもののことを忘れ、一歩ふみ出した。

「お前たち、パロスの双児を捕えるのだ――」

だが、隊長は、終りまで命令を発しきることはついにできなかった。怪物のまっすぐにさしのばした手が隊長のかぶとの房飾りをつかみ――そして巨大なそのふたつの手が彼の咽喉首をつかまえたとき、隊長は絶叫して腰の剣をぬこうともがいた。しかし剣が半分も鞘走らぬうちに、ごきりといやな音がして、逞しい腕につかまえられた隊長の首は真後ろに折れていた。

「隊長が――！」

部下たちは足をとめた。恐怖のために度を失いかけてはいたものの、かれらは訓練された兵士であり、臆病な女たちの一隊ではなかった。隊長の恐しい最期を見ると、かれらは大声でわめきながら、ウマにのって逃走するかわりに、剣をぬいて怪人をとりかこんだ。

怪物の口から奇妙なすさまじい唸り声がもれた。騎士のひとりがやにわに切りかかると、怪物は隊長の死体をもちあげて応戦した。たちまち、ルードの森の奥は悲鳴と叫喚――剣と鎧のひびきにつつまれた。

パロスの双生児たちは、まったく騎士たちから忘れ去られ、かれら自身も、逃げることさえも忘れて、魅せられ、恐怖に凍りついてその奇怪な戦闘を見守っていた。かたく手をとりあい、よりそいあったかれらのからだはガタガタふるえていた。かれらはほんの数日まえに、もっと大規模な戦いを――それこそがかれらをこんな辺境に放浪させたいわれに他ならない阿鼻叫喚の地獄図をやはりこのように手をとりあって見守っていたのだったが、しかしゴーラの、パロス攻略の大攻防戦でさえ、いまルードの森の奥でくりひろげられている戦いの異様で、しかも奇怪なこととは比べるべくもなかっただろう。

「リ――リンダ」

全身を小きざみにふるわせ、魅せられきって、レムスはささやいた。

「なんだろう――なんだろう、あれは！」

「わかるわけがないわ！」

リンダは歯をカチカチ鳴らしながら、やっとのことでかすれ声でささやきかえした。

「ひょっとしたら――悪魔ドールかもしれない」

「ああ、神さま！」

そのうめき声は、思わずも少年の唇を洩れてしまったのだった。目の前で、それは切りかかってくる十人の熟練した剣士を、巨体とは思えないなめらかな足さばきでかわしながら、ゆっくりと、しかし確実な死を撒き散らした。怪物の武器は怪力と、そして隊長の死体だけだったが、重いよろいごと、怪物がぶんぶんとふりまわす、隊長の死体にぶつかって、すでにもう三人の騎士が頭をつぶされて倒れ、二人が腕を折られていた。

「ドール！　彼はまるで――まるで神のように強いわ！」

レムスはびっくりして姉を見やった。リンダはしだいに心をうばわれ、ほとんど恍惚として、怪物の戦いぶりに見とれていた。

「どうしてだんびらを拾って、死体のかわりにそれで戦わないのかしら――どうして！」

地団駄をふまんばかりに彼女はささやいた。だが戦士は重い死体をぶんまわして投げつけ、二人をいっぺんにその下敷きにしてしまっていた。のこる三人は絶望的になりかかっていた。

同僚の呻きととびちる血に逆上した男がやにわにむこう見ずにも剣をかまえて体当たりした。怪物は体をひらくなり男をつかまえ、常人の腿ほどもある両腕で、そいつの胴をまき込んだ。大蛇にまき込まれたように悲鳴をあげつづける男の背骨を、鎧ごとへし折るまで、その腕はゆるまなかった。

「あと二人！」

リンダが荒々しく囁く。

「うしろへまわれ！」

のこる二人のうちの一人が叫び、もう一人が得たりと木々のあいだからまわり込んだ。だが怪物はじりじりと正面から迫る剣士をあしらいながら向きをかえ、すばやく大木を背にとって、かれらの奸計を封じてしまった。わめきながら剣士が剣を持ち直し、いきなり投槍の要領で投げつける。ゴーラでよく使う戦法なのだ。幅びろの大剣が、鎧もつけてない裸の腕を、あわや貫通するかと見えた刹那に、彼は身をかわしざま手刀でそれを叩きおとし、拾いあげると電光のように突進した。

彼が剣を倒れた者から奪わなかったのが、彼が剣の扱い方に長けていないためではないことは明白だった。彼は生まれおちてからずっと剣を握って育ってきたとでもいうかのように、かるがると重い大剣を操った。次の瞬間、逃げようとしたゴーラの戦士の首が血を噴き出しながら宙に舞い上った。彼は身をひるがえすと、森の奥へ逃げこもうとしていたさいごのひとりを後頭部から背中にかけて叩き割った。

「やったわ」

リンダが叫んだ。レムスはリンダの手をひっぱった。

「こっちへ来る！」

怪物はまさしく、森の中で血に塗れた大だんびらをひっさげたままふりかえり、パロスの双児のほうをその異様な目で見つめていた。もう、そこに無事に立っているものは、かれらしかいなかったからだ。リンダは魅せられたように彼を見返し、恐怖も忘れていた。レムスはもういちどリンダの手をつかんだが、怪物がこっちへ来るとみると、健気に前へ出て、おちていた剣をひろいあげて構え、

「リンダ、逃げて！」

と叫んだ。

リンダは弟の叫び声を耳に入れてさえいなかった。彼女の目は吸いよせられたように、その怪物の、おどろくべき姿にくぎづけになり、どうしても目をはなすことができなかった。まばたきする間に、それも素手で、屈強のゴーラの騎馬武者隊十一人を叩きふせてしまったそれは、いったい、人間なのか、それとも人間以外の何かなのか、そうだとしたらいったい何なのだろうか？　という驚きにみちた疑問が、彼女の心を占めてしまっていた。

　それを人間、と呼んでいいものかどうか、リンダにはわからなかった。首から下はたしかにまぎれもなく人間そのものだ——ただ、途方もない体格ではあるけれども。じっさい大闘技会の優勝者でさえも青ざめるような見事な体軀だった。なみはずれて大きな全身が、きたえぬかれ、強さとやわらかさと、そして敏捷さをも秘めたすばらしい筋肉に鎧われ、胸も肩も腕もあつく盛りあがっていた。肩幅の広さと、ひきしまった胴との対比はちょっとした見ものだった——リンダは、まるでずっと多勢をあいてに戦いつづけていたかのように、いまさっきの戦いの浅傷や返り血のほかに、いくぶん古い、しかし手当てされていない傷がその比類ないからだのあちこちを汚しているのを見てとった。

　それというのも、彼がかろうじて腰をつつんでいる革の足通しのほかには、靴ひとつ、身につけていない裸だったからだが——だが、それにしても、そこまでであったのなら、リンダにしたところで彼が人間であるのかどうかなどと、心を悩ませるいわれはなかった。

　しかしその男の首から上は——

　リンダは目を瞠り、可愛い拳を無意識に口にあてがって噛みしめながら、目前にさまよい出た夢魔のかたちを見つめつづけていた。

　その男の首から上は、完全な、巨大な豹の頭だったのだ。

獰猛に裂けてめくれあがった口から巨大な牙がのぞき、目はふたつの、黄色く燃える炎である。豹頭人身のその怪物は、だんびらをひっさげ、ゆっくりと、立ちすくむレムスとリンダに近づいてくる。

そのとき、リンダは見た。豹頭の怪物のうしろに、隊長の死体の下敷きになって倒れていた騎士のひとりが息をふきかえし、喘ぎながら上体をそらして静かに剣を投げつけようと腕をうしろにひいたのだ。

「うしろよ、うしろ！　気をつけて！」

もしかしたら——いや、十中九までは確実に、自分たちをもそこに倒れている騎士と同じ運命をたどらせようという暗黒な意志をもってゆっくりと近づいてくるその怪人に、なぜそんなふうに味方してしまったのか、リンダにはわからなかった。

しかし知らぬあいだにリンダの唇からは警告の叫びがほとばしり——豹頭の怪物の反応はすばやかった。

ふりむくなり、ちょうど彼の広い背中めがけて投げつけられた剣を払いおとし、ふた足でかけよって騎士の首を貫いてとどめを刺した。いかにも流血の沙汰に馴れきっているように、的確で無慈悲な動作で。

（ああ——！　次はわたしとレムスだわ。ヤヌスの神よ！）

リンダは両手で口をおさえた。レムスはふるえながら剣をつかんでいたが、疲労しきったきゃしゃな手では、重い剣は支えているのさえやっとのようだった。

獣人はおもむろに向き直った。双の目が妖しい光をはなって、二人の子どもの姿をとらえた。

その手から、段びらが力なくおちていった。リンダとレムスはびっくりして眺めていた。ふいに豹人は全身の力がぬけおちてしまったかのようだった。あれほど力と生命とにみちあふれて見えていたからだが急に左右にかすかに揺れはじめ、彼はついにがくりと膝をついた。

「どう――どうしたんだろう」

レムスがふるえ声で云う。リンダは獣人の顔と、そして訴えるようにかれらの方へさしのばされる手の動きとに気がついた。口が何か云いたげに動いたが、洩れたのは奇妙な、押しつぶしたようななり声だけだった。

「何か――何か頼んでいるのよ。何かしてほしいのよ」

「リンダ、逃げよう。騎士たちのウマがあるから――」

「レムス!」

いかにも、驚いた、というように、リンダは非難の表情で云った。

「彼はわたしたちを助けてくれたのよ」

「彼? これが人間だ、というの、リンダ――」

「見て!」

リンダはさえぎった。豹頭の男のたくましい両手が、のどへあてられていた。左手で、苦しげにのどをつかみ、右手はしきりに頭をこするようなしぐさを繰り返す。

「わかったわ!」

リンダは両手を打ちあわせて叫び、進み出た。弟は剣を放り出し、あわてて無分別な姉をとりしずめにかかったが、リンダはふりかえろうとさえしなかった。

「彼は人間よ。彼は豹の皮をかぶせられているだけよ。見て、彼はそれをとってほしいのよ」

「リンダ、かまわないほうがいい――」

「まあ、おまえは忘恩の上に臆病者になるつもり?」

決めつけておいてリンダはおそれげもなくつかつかと歩みよった。

「何をしてほしいの? ねえ、どうしてほしいの?」

ほっそりした手を、獣頭の男の血だらけの頭にさしのべてのぞきこむ。きゃしゃで細身の、少年のなりをした彼女が巨大な豹頭の男を気がかりそうにのぞきこむと、それはさながら獅子の周囲をかけまわるウサギか、あるいは小鳥かそんな可憐な光景を思わせた。

豹人が何か云った。というよりも、さっきから発していた声が、ようやく、何とかききとれるまでにはっきりしてきたのだ。

「グイン――グイン」

彼はたしかにそうくりかえしているのだった。

「え？　なあに？　ねえ、わたしにできることはあって？」

リンダは辛抱づよくくりかえした。だがそのとき、豹人のからだはぐらりとかしぎ、とうとうルードの森の下生えの上に横倒しになった。リンダはずしんと地ひびきをたてたその重いからだからとびのき、それからもっと遠慮をなくして、手を男の血のこびりついた厚い肩にかけてみた。

そして、小さな驚愕の声をあげた。

「まあ――ねえ、レムス、この人は病気なんだわ。とても弱っているみたい。さっきは少しもそんなふうに見えなかったのに……レムス、ちょっと、レムスったら、早く泉へいって何かに水をくんできてよ。手当をしてあげないと、この人死んでしまうわ」

「リンダ、ねえ、リンダ……」

「ぐずぐずしないで。夜が来ちゃうじゃないの」

リンダはまだ抗議したそうな弟に、威厳のあるしぐさで森の奥を指さしてみせた。不承不承、少年は立ちあがる。リンダはもう、すっかりその豹頭をかぶった怪人に心を奪われていた。彼女はプラチナ・ブロンドの髪をぐいと振りやり、かわいい少年めいた顔に決然とした表情をうかべて、改めて豹頭の男の傍にひざまづいた。

2

辺境で夜を迎えるのは、勇気のいることである。

頭上に屋根と、そして周囲に壁があってさえ、そうなのだ。もし少しでも分別のある人間だったら、まかり間違っても、このあたりで野宿しようなどという気持は起こすまい。

パロスの双児たちは、ゆたかな中原地帯で育ったのだったから、もちろん、辺境のきびしさとそれが秘めている妖魅や、蛮族や、野獣の脅威についてきかされてはいたけれども、とうていそれを実感として身に叩きこむわけにはいかなかった。また、それだからこそ、ヴァシャ樹の茂みをたてにして一夜をルードの森の中で明かすという無分別ができたのである。

自分たちが目にみえぬ幸運に守られていたことを、リンダもレムスも知らぬままでいたが、しかし辺境の森の中で迎える二回めの夜ともなると、さすがに少しは用心ぶかくなっていた。かれらのまわりには、スタフォロスの砦の騎士たちの死体がそのままになっていたし、いずれは砦から、帰らぬ騎士たちをさがしに手の者があらわれることも確実だった。

「ねえ、リンダ……」

レムスの声が心ぼそく低まっていたのも、その見通しの暗さのためだったろう。

「なあに、もっと草をとってきてよ」

何事につけてもリーダーシップをとる姉のほうは、せっせと怪我人の逞しい手足を、濡らした布で洗ってやり、薬草をもんでひろげてやりながら、ふりむきもせずに云った。

「イヤだよ、もう、日が沈むもの」

「わかってるわ」

「夜が来るんだよ」

「わかってるわよ。だから、急いでいるのじゃない、バカね」

「ねえ、ぼく草を集めるから、火をたこうよ」

「ダメよ」

リンダはするどく云った。

「砦から煙が見えたらたいへんよ」

「だって、夜になったら……」

「わかってるわ、ここは辺境だ、といいたいのでしょ」

リンダは豹頭をかかえおこし、その唇に水を注ぎこもうと腐心しながら云った。

「辺境の恐しさぐらい知ってるわ。でも、じゃあどうするの、スタフォロス砦へ出かけていって、妖怪変化がこわいからひと晩とめて下さい、と頼んでみるの」

「リンダ、リンダ！」

「そんななさけない声で、『リンダ、リンダ！』なんて云わないで頂戴」

リンダはとがめた。

「パロスの聖王の正統な世継ともあろうものが、なんていうざま？」

「だって――」

「しっかりするのよ、レムス。わたしたちは、何とかして生きのびなくてはならないのよ。とにかくウマは手に入ったし、剣もある、食糧も騎士たちの物入れにあった。今夜ひとばん、切りぬけられさえすれば、森をぬけて街道からどこかの町へ出られるわ。でも今夜は、わたしたち、ここにいるほかはないのよ」

「そんな化物に構っていないでどんどん行ってしまえばよかったんだよ」

「そして方向を見失ってルードの森を永久にまわりつづけるの？　馬鹿を云わないで！　わたしにはいつだって、正しい道が見えるのよ。だって――」

リンダは眉をしかめて考え深げにつけ加えた。

「わたしはリンダ――《予知者》リンダなのだもの」

弟は沈黙した。同じ真珠の二粒のようによく似たパロスの双生児でありながら、姉の持っている超能力、王家の血筋の条件のように思いなされている予言、透視、予知の能力を持っていない、ということは、かれの十四年間の生でかわらぬ負い目になっていたからである。

リンダのほうは、しかし、弟のそんな傷つけられた沈黙など、気にとめてさえいなかった。ふいに彼女は熱意をあらわして病人の上にかがみこんだ。

「見て、レムス！　彼は気がついたわ！」

豹の頭が弱々しく、それからはっきりと左右に振れた。スミレ色のたそがれ——逢魔が刻の薄闇のなかで、その奇妙な黄色っぽい光をおびた目が見開かれ、そして上にかがみこんでいる子どもたちの顔を認めた。

巨大な口がかすかに動き、唸り声が出た。レムスはあわてて身をひいたが、リンダはいっそうかがみこんでその頭をかぼそい手でおさえ、かれらが味方であることを何とかしてわからせようとした。

「なあに？　水？」

ゴーラの騎士のかぶとを即製の容器にして、レムスの汲んできた水をさしだすと、豹頭はやにわに身をおこして、目を光らせてそれへ手をのばした。

だが、その鉢を口にもっていって、彼は失望ともどかしさに狂気のような唸り声をあげた。かぶせられた豹の仮面は彼の顔と水とのあいだに厳しい隔てとなって、彼の渇きをいやすすべをなくしていたのだ。

彼の失望をリンダは可愛らしい頭をかしげて見つめていた。しかし急に思いついて両手をうちあわせると、立ちあがり、あちこちさがしはじめる。

ようやく求めていたものを見出して、得意顔で持ちかえってさしだしたのは、一本のむぎわらだった。それをそえて手真似で示すと、彼はうけとってむさぼるように飲んで渇をいやした。

彼の衰弱の原因はその九割方が、ひどい渇きと餓えとからきているようだった。大きなかぶとに満たされた水をまたたくまに飲みほしてしまうと、もうほとんど、彼は常態に戻っていた。

「ひどいことをするものね」

考え深く豹顔を見つめながらリンダが云う。

「こんな仮面をつけたら、放っておけば、食べることはおろか飲むこともできないわ。あなたが気を失っているあいだに、何とかしてそれをとってあげようとやってみたのだけれど、呪いでもかかっているようで、どうしてもとることができなかった。いったい、あなたのような凄い剣士が、どうして、そんなものをかぶせられることになってしまったの？」

豹頭は注意深く耳を傾けていた。リンダのことばをすべて理解している証拠には、豹頭の奥の目は鋭い光をうかべてリンダを見つめている。その仮面は目の部分だけがくりぬかれ、そこだけは彼のほんとうの顔があらわれているのだが、その双の目は、おさえた憤怒とそして鉄の意志とをひそめて黄色っぽく、そのままでまことの野獣の目であるといってさえおかしくはなかった。彼はリンダのことばをきくと、その力強い手をあげて、仮面をとろうと再びこころみた。

だが、そのこころみは奏功しなかった。苦痛の低い唸りをあげて手をおろすと、彼はリンダのさしだした、騎士たちがウマの鞍につけていた携行食糧の乾肉をうけとり、口へはこんでみた。こちらのほうが水よりはたやすくマスクの奥へさし入れることができて、まもなく彼は熱心に乾肉をかみはじめた。

「どうやら、生きてゆくために必要なことは、それがとれなくてもやってゆけるようね」

リンダは結論を出し、楽なようにひざをかかえてすわって、肉をむさぼり食う男を見つめた。

レムスはその横で目を丸くして見つめていたが、

「じゃあ、この人は本当に人間なの？」

疑わしげにきいた。

「ばかね！」

リンダは一蹴して、

「この豹頭は、どこかの王か貴族――それとも魔道師の怒りにふれて、むりやりかぶせられたのにきまっているわ。だって自分で好んでこんなものをかぶる人なんて、いるわけがないもの。とろうとしても、とれないところをみるときっと誰か魔道師のしわざにちがいないわ。ねえ、わたしたちは、あなたに助けてもらったし、あなたを助けてあげたのよ。だからわたしたちは味方だわ。あなたは何というの？」

後半分は豹頭の戦士にむかって云った。

豹頭はどうやら生気をとりもどしていた。もともとなみはずれた体力と回復力とをそなえていたのだ。彼は肉を手にもったまま、くぐもった唸り声を出した。リンダはおびやかされてとびのきかけたが、それがかぶせられた仮面のためにくぐもってはいるけれども、彼女たちにも理解可能なことばであるらしい、とようやく気づいて、注意を集中した。

「え？」

「グイン──」

彼はどうやら、そう繰り返しているのだ。

「グイン──それが、あなたの名まえ？」

「そう──らしい」

こんどはもっとはっきり聞きとれた。

「わたしはリンダ。こっちは双児の弟でレムスよ。あなたはどこの人、グイン？　この肌の色からみると、少なくとも、北方の人ではないと思うのだけれど」

「アウラ……」

それが彼の答えだった。

「え？」

リンダはききかえした。

「なあに？」

「アウラ──」

「アウラ──って？　あなたのやってきたところ？」

「わから──ない」

ことばは、いったん豹の頭の仮面にあたってくぐもらされるために、ひどく重々しく、そして不明瞭だった。リンダは苛立たしさに、気短からしく舌打ちしてのりだした。

「アウラ――グイン」

「ねえ、どうしてこんなものをかぶせられることになったのだか、話してよ」

「リンダ」

　レムスは姉のように才気煥発でもなく、予言者でもなかったかもしれないが、しかし少なくとも実際的で理性的ではあった。かれはさっきから心配そうに周囲におりてくる紺青の夜闇を見やっていたが、姉がすっかり夢中になって、あたりの情況も、ここがどこか、ということさえも忘れ去っているのをみると、たまりかねて乗り出して、リンダの肩をつよくつかんだ。

「何よ、痛いわ」

「ね、リンダ、夜がくるよ！」

「わかってるわ」

　云い返したが、リンダもさすがにいくぶん心もとない顔になっていた。彼女はあらためて周囲を見まわし、そして思いのほかに近くまで宵闇の忍びよっていたことに気づいて、ヤヌスの印を切った。

「ねえ」

　豹頭の男にむかって彼女はささやいた。

「夜がくるわ。夜がくるのよ！」

「そのようだな」

　グイン――と名乗った男のことばに、姉弟が馴れてきたためか、それとも彼の方が、はっきりと喋れるまでに渇きがいやされてきたためか、以前よりもいくぶん会話はたやすくなってきていた。男はあたりを見まわし、紫色の、ねっとりした闇におおいつくされた、奇妙でいかがわしい恐怖と未知をはらんだ森の奥をすかし見た。

　下生えは立ちあがり、ざわざわとさわいでいた。風が出てきて、なまぐさい不吉な匂いを運んだ。木木の梢で吸血ヅタがしゅうしゅう云い、下生えのあいだには、草ヘビや、もっとちがうものの目がひそやかに紅く光りはじめていた。昼のあいだ、沈黙を装っていた森は、ようやくその本来の姿に立ち返ろうとしていた。

「それが、どうかしたのか」

グインはきいた。リンダは失望と不信に激しく舌打ちをした。

「まあ、ここがどこだかわからないの！　もうここは中原地方じゃないのよ。スタフォロス砦は辺境と中原地方の境い目に立っている。ゴーラの支配だって辺境では名ばかりで、ルードの森からさきへは、モンゴールの黒騎士隊だって一個小隊では入ってゆくのをいやがるわ。だからこそわたしたち、妖怪たちの領土であるのを承知で、この森へ逃げこんできたのよ。

ねえ、夜がくるのよ！　ただの夜じゃない、辺境の夜、妖魅たちと蛮族と森の住人が動きまわりはじめる夜よ！」

「ねえ、火をたこうよ」

レムスが両腕で自分の肩を抱き、そっと歯を鳴らしながら提案した。リンダはまた、

「だめ」

一蹴しようとしたが、考えてみて賛成した。

「それしかないわね。ヴァシャ樹はわたしたちを一晩守ってくれたけれど、あなたは大きすぎてヴァシャの茂みには入れないもの。それとも、ねえ——グイン、あなたは半分は妖魅の血でも入っていて、辺境の夜など何とも思わないの？」

彼の口にした名を、リンダはおそるおそる使って、豹頭の男に呼びかけてみたが、はじめてその名を口にしたとき、奇妙な宇宙的な戦慄ともいうべきものがその五体をかけぬけるのを感じたのだった。

（わたしはどうしたというのかしら）

あれこれと予兆を感じとることに長けていたのだが、ふいにリンダは、いま自らの身内をかけぬけた戦慄の意味をよみとることを恐れた。彼女は弟のいぶかしげな目に見られながら、弟をまねて両肩を腕で抱きしめ、いま全身を走ったおののきはルードの

森の寒気のためだ、というふりをした。

豹頭の男のほうは、そんなリンダの当惑になど、気づいたようすもなかった。彼は巨大な手を目の前にもってかざし、しげしげと眺めていた。

「傷をおっていた」

彼はつぶやいた。もっともそれは、リンダにしかききとれなかった。

「ここにも、刀傷がある。ということは、俺は戦ったのだ。これは――だが鞭の傷のようにも見える。辺境――スタフォロスの砦？

ルードの森――聞き覚えのあるような気がするのだが……俺がどうしてここにいるのか、それがわからぬ。

わからんといえばこれもそうだ――」

手をあげ、顔と頭をすべておおっている豹の首をまさぐってみて、

「いったい俺はなぜこんなものを？」

「わからないの？」

リンダは叫んで両手を口にあてた。

「あなたは、記憶がないの？」

「どうも――そのようだ」

はじめから、ある程度の精神感応能力をもちあわせていたゆえかどうか、リンダとレムス、ことにリンダには、グインのことばは少し馴れればたやすくききとることができた。しかしそれはかれらであったからこそで、かれら以外の少し不注意な耳であったら、豹の巨大な口からゆっくりと、くぐもって吐き出される彼のことばはほとんどが、まるでただの唸りや呻き声としか、きこえなかったかもしれない。

「俺は――誰と戦ったのだ？」

「少なくともゴーラの大公の黒騎士小隊ひとつを全滅させたわ」

リンダは云って手で示した。豹頭はそちらを見やり、いぶかしむように首を振った。

「あれを俺が？」

「そしてわたしたちを助けてくれたのよ」

「ねえ、リンダ、火をたこうよ！」

たまりかねてレムスがわめいた。リンダはまた我に返って、自分たちのおかれている状況に気づいた。

「そうだったわね。――ねえ、わたしたち、ここでは安全に夜を送って生きのびるわけにはいかないわ」

「妖怪たちは血の匂いが好きなんだよ」

レムスが昔習った知識を披瀝した。

「あの死体といっしょにいるのは、危ないことだよ」

「泉があったわね」

リンダは考えて云った。

「泉を背にして、火をたいて一晩起きていましょうよ。水妖は自分から陸に出てきて害はしないし、火はすべてから人を守ってくれるヤヌスの護符だわ。そうそう、それからウマを三頭つれてゆかなくっちゃ。明日の朝、日の出と同時にルードの森をぬけたいもの」

「お前たち――」

グインは苦労しながらことばをさがした。

「お前たちはなぜこんな危険なところにいる？」

「ぼくたちは――」

答えかけたレムスの腕を、姉がつねった。

「わたしたちはモンゴールの大公に追われているのよ」

そうとだけ云って、リンダは立ち上った。

「さあ、早く行かなくては」

「俺は何者なのだ？」

その声は、思わずも唇を洩れた、とでもいう、なまなましい苦悩をはらんでいた。リンダは思わず、気のせくのも忘れてふりかえった。

「俺は何者だ――グイン？　それが俺の名なのか？　俺は誰と戦い、なぜこの森の中にいる？　なぜこんな――こんなものをかぶせられ、どんな呪いでとることさえできないのだろう――俺の本当の顔がいったいどんなものなのか、俺はこうしていて、思い出すことさえできずにいる。

俺は追われていたのか、それとも罪と処刑から逃れてきたのか――どこで生まれ、誰に剣技を習い、どのような生活をしてきたかさえ、俺は思い出すことができない。

それに、アウラ――アウラ？　グイン、という――俺の名であるらしい親しみ深いひびきと並んで、そのことばがさっきから、しきりに俺の頭の中で鳴りつづけている。アウラ――アウラ？　それは、いったい何の――それとも誰の名なのだろう。何を意味しているのだろう。

俺の港――或いは俺の屋根、俺の鎧、俺の主君――それらはどこにあるのだ？　どこにいったら俺は安らかに友人の腕の中で眠ることができ、どこに行ったらお尋ね者として指さされ、生命を狙われることになるのだろう。

俺にはわからん――」

戦士は巨大な掌で豹頭をつかみ、狂おしくひきはがそうとした。だが、それは、頑強に彼の頭にしがみついていた。彼は頭をおおってうずくまった。

リンダのやさしい胸に同情があふれた。彼女は戦士の肩に手をかけ、子どもらしい慰めを与えようとこころみた。

「きっと、疲れて、それに戦って傷をおったせいよ」

彼女は甘い声でささやいた。

「そのうちにきっと何もかも思い出すし、その仮面もとることができるわ。わたしもその手助けになってあげる。

だから、行きましょう。ここはもういてはいけないところだわ。明日の朝になれば、すべてはよくなっているわ……」

3

それは奇怪で――そして心を魅する、忘れがたい夜のひとつであった。

リンダはのちにコーセアの海やモンゴールの塔のなかで、レムスはパロスの絹のしとねのあいだで、もしかしたら戦士グインもまた心の中ではしばしば、誕生の聖夜にも比すべきその奇妙なあやしい一夜のことを、思い出したものである。辺境の森の奥ふかく、さかんに燃えあがっている火だけを頼りにして、徘徊するあらゆる種類の妖魅、悪霊、それに食屍鬼《グール》のたぐいから身を守りながら夜を明かすのは、好んで血と冒険とを求めてゆく辺境警備隊の傭兵たちでさえも敬遠したがる種類の経験であった。

ましてや、その火をとりかこむ三人のうち、ふたりまでは、服を白いうすものにとりかえて立てば水妖《ナイ》精《アド》にも、木霊精《エコー》にも見まごうかという、火をうけてきらきらと輝く霜の色の髪、闇の中では銀色にみえるヴァイオレットの瞳、ほっそりとしなやかな手足の、ふたつぶの真珠のような双生児たちであり、残るひとりはといえば、なみはずれて精悍な四肢におぞましい豹頭の仮面をつけ、目を暗い怒りに燃え立たせた異形の戦士なのである。

グインはリンダのすすめで、自ら屠ったゴーラの黒騎士小隊の屍から、からだに合いそうな胴丸と鉄の籠手にすね当て、それに革長靴をとって身につけ、腰に最も性のよさそうな段平を帯び、さいごに軽くて丈夫な黒マントを肩からかけていた。かぶとだけは彼はとらなかった――ゴーラの黒かぶとをつけることは、万が一ゴーラに敵対する蛮族や諸国の兵に出くわしたとき致命的な誤解を招く、ということのほかに、もっと単純な理由として、巨大な豹頭をおさめることのできるほど巨大なかぶとなど、ありはしなかったのだ。

そうして衣服をととのえ、疲労もいえてみると、おどろくべき男性的な体軀であるだけに、彼は別人のように立派にみえた。衣類をととのえると、その奇怪な豹頭さえもが、ただおぞましい獣人のそれというよりは、半獣神なる戦士を思わせて、ふしぎなほど精悍に、そして野性の精霊の神秘な力を秘めて見えた。

それは何という、ファンタスティックな光景であったことだろう——火は、オレンジ色にちらちらとたえまなく燃え、三人のだれかが万が一にもつきることのないよう、ひっきりなしに補給する、油けをたっぷりふくんだ枝や草のおかげで、美しくゆらめきながらそのまわりにだけなまめかしい昼を作り出していた。

その火が照らし出す円形のひろがりは、あらゆる妖魅からも、そして魔物をひそめた辺境の夜そのものからもかれらを守ってくれる、ささやかだが堅実な領土だった。リンダとレムス、パロスの聖双生児は二人ともマントを草にしき、その上にひざをかかえていたずらっ児のようにすわりこみ、ぴったりとよりそいあっていた。かれらの目はしばしば敵意にみちた、光のとどかない闇のほうへ向けられ、また、火のちらちらする灯りに照らされながらうずくまっている、巨大な異形の道連れのほうへむけられた。火がゆらめくと、その照り返しが、豹頭の戦士の鎧の金具に反射して小鬼の踊りをおどってみせ、すると戦士の悪夢を思わせる異形はいっそう奇怪にかれらの目にうつるのだった。

外の闇では、本来それらの領土であるところの夜に対する、この小さな、不敵な挑戦と侵略とを怒って、いろいろなぶきみなものの気配がうごめいていた。この辺境でさえ、妖魅と人間とのあいだには、はっきりとした境界があり、そこで火がたかれて、人間たちが目ざめており、人間のルールがおこなわれていることが明らかな限りは、妖魅たちにもむやみな手出しはできない。ひるま、無人の荒野然と静まりかえっているルードの森は、夜闇と共にその本来のざわめきと妖しい生命をとりもどし、闇のなかにはありとある、地上のものでない小昏い生物たちがうごめいていたけれども、かれらがあえて光と火の円陣をおかし、生身の三人の侵入者たちに手をのばしてこないのはただそのあやうい境界のゆえだった。

しかし、その火の届くわずかな範囲の外側では、かれら森に巣くうものたちは、跳梁をほしいままにしていた。巨大なぬらぬらしたものが下生えのあいだを荒い息を吐きながら這ってゆくような、ずるずるという音、シューッ、シューッ、という吐息をリンダたちはきいたし、小さなきらきら光る目をもったおぼろげなものが、火の明りのすぐ外までいくつもやってきて、奇妙な耳ざわりなささやきをくりかえしたりした。また、ときおり闇の中で、大きな羽をもったものがとび立ってゆくバサバサという音がしたかと思うと、荒々しい争闘の物音がおこり、それにつづいて恐しい骨をかみ砕くバリバリという音、血をすする音、そして獲物を争いあうぞっとするような物音がきこえてきた。

リンダとレムスは異様な音をきくたびに、ひたとよりそって手を握りしめあった。かれらは十四年間そうやって、かたときもはなれずに暮らしてきたので、いまではそうして抱きあっていないとまるで半身が失われるような気持になるし、そしてぴったりと身をよせあっていれば、何がおこっても、心配することはないし互いの力で何とか切りぬけられる、と信ずることができるように思うのだった。

「こ――ここはひどく暗いのね。火が、弱まってきたのではなくて？」

だが、それにしても、それはまだ《儀式》を終えていない子どもたちが過ごすには、あまりにも苛酷な夜であったには違いない。

リンダは黙って外の異様な、恐怖をそそる物音に耳をすましていることに耐えられなくなって口をひらいた。

しかしすぐに、ぎょっとした顔になってレムスと顔を見あわせた。

（火が弱まってきたのではなくって？）

（きたのではなくって？）

（なくって？）

（なくって？）

四囲は森で、声は吸いとられてしまうはずなのに、あざわらう調子をひそめて、木霊が返ってきたからだ。

戦士はきっとなって段平に手をかけ、身をおこしかけた。声の中にはまぎれもない悪意と嘲弄がひそんでいた。

「大丈夫よ。《ものまね屋《モッカー》》の小鬼だわ。何もできやしないわ」

リンダは闇の方をにらみつけながら云い、再びおこった悪意にみちた木霊を無視した。

「眠っちゃダメよ、レムス。とろとろとでもしたら夢魔がつけこむわ。眠くなったらひざをつねるのよ」

「大丈夫だよ」

「これで二晩、眠っていないもの。つらいのはわかるけれどね、明日になれば……」

「明日が無事にやってくるかどうかなんて、誰にもわかりゃしないよ、《予言者》リンダ」

レムスは拗ねたように答えた。リンダはむっとして黙りこもうかと考えたが、沈黙の中できく闇の物音のことを思えば、弟の反抗や、からかうような《物まね屋《モッカー》》の木霊のほうがまだ我慢しやすかった。

「明日は来るわよ」

彼女は云い返し、誇りたかい銀色の頭をもたげた。

「わたしにはわかるわ。明日が来て、何もかもよくなるのよ。どんな明日でも昨日よりマシだわ。昨日はわたしたち、ひと晩ヴァシャ樹のトゲの中で息を殺していたんだし、その前の日はウマの鞍にしがみついて泣きながら走っていたし、その前の日といったら――」

リンダは口をつぐんだ。恐しい光景が目にうかび、彼女は両拳をぎゅっと口にあてた。

「リンダ……」

「大丈夫よ。わたしたち、何とかして切りぬけてきたんだわ」

暗いまなざしを弟にむけてリンダはつぶやいた。

豹頭の戦士は、ようやく、自分ひとりの疑惑にひたるのをやめ、他人への関心を回復しはじめたようだった。

「お前たちは――」

彼は唸るような声で云った。

「どうして、こんな森の中をさまよう羽目になったっ？」

「ぼくたちはね――」

「お黙り、レムス！」

リンダはさえぎった。

「あなたはわたしたちを助けてくれたし、わたしたちもあなたを助けたけど、まだあなたが誰の味方だかわからないわ」

「俺は誰の味方でもない」

「なら、なおのことよ」

リンダは小さく身をふるわせ――火は明るく燃えていたから、それは森の寒気のためというよりは、外の闇をゆるがして通りすぎた、影のような巨大な何かの気配のためだったろう――マントを身体のまわりにかきよせた。

「ここはひどく暗いわ」

彼女はうめくように云った。

「それ――それに、どこか遠くのほうで……なにかがしきりに骨をかじっているような、イヤな音がしやしない？」

「リンダは、予言者で、予知者なんだよ」

レムスは戦士に得意げに説明した。

「ぼくや普通の人たちよりも、魔界に近いんだよ。リンダとぼくが生まれたとき、パロの予言者は、『二粒の真珠――一方は薬となり、一方は財宝となる』という予言をしたんだ」

「……」

「ぼくはそれは、リンダが偉い女予言者になって魔道師になり、ぼくがパロスの統治者になる、という意味だときかされたよ」

「レムス」

姉が、とがめる声をたてた。しかしグインはききとがめていた。

「パロス――統治？」

「パロスよ。あなたが記憶を失っていても、中原の真珠、パロス王国のことは知っているでしょう」

「パロス――王国？」

「聖なる君主、アルドロス三世に統治されたパロスは、もうないわ」

リンダは豹頭の戦士に、いまとなってはかくすべもない、と知ってかんたんに云った。かれらの目はみるみる、こらえてきた涙でいっぱいになり、瞼の裏には美しいクリスタルの都市がふみにじられ、戦火にくずれおち、人びとが切り倒されてゆく恐しい光景がよみがえってきた。

「かれらはクリスタルの塔を焼き、ヤヌスによってさだめられた聖王家の王と王妃を切り殺し、パロスの聖騎兵たちを全滅させたわ」

リンダはささやくように、呪詛をこめて云った。

「わたしは、竜の年、青の月の流血のことを生涯かけて忘れないわ」

「俺は、その戦さに戦ったのだろうか？」

グインの興味はいくぶん別のところにあった。

「さあ、知らないわ」

リンダはそっけなく、

「でもパロスには罪人に豹の頭などかぶせる風習もないし、顔を隠したいと思う人間はそんなものをかぶったらむしろ目立ちすぎて困ると思うわ。ゴーラの大公、モンゴールのヴラド将軍の治めるモンゴールは、他のあらゆる汚らわしさに満ちてはいるけれども、そんなふうにして罪人を拷問したり、束縛したりする、という話はやはりきかないわ」

それをモンゴールの大公の悪徳のリストに加えられないことが、いかにも残念でならぬ、というようにリンダは舌打ちした。

「ぼくは思うけど、この人は、南方から来たんじゃないかな」

レムスが意見をのべた。リンダは考えて、

「そうかもしれないし、そうでないかもしれないわ」

あっさりとかたをつけ、またしても忘れていたことを思い出した、というように、周囲の闇に目をやった。

「ぎ――吟遊詩人が歌ってきかせたときには、辺境で火をかこんであかす一夜なんて、なんとロマンチックなのだろうと思ったりしたけれど――もう二度と、吟遊詩人がキタラをひいて歌ってきかせるような体験を、自分がしたいとは考えないわ」

「――もっと、驚くべき冒険を、われわれはさせられねばならんことになりそうだぞ」

グインがふいに頭を上に向けて叫んだ。その吠えるような声におどろいて、闇の中でバサバサと何かがとびたった。

「ど――どうして?」

「空気の中に雨の匂いがする。湿った風が吹きはじめた。嵐がきたら、火は消えてしまう」

「どうして……」

どうして、ほんとうの豹ででもなければかぎわけられっこない、《予言者》リンダたる自分ですら云われるまでは感じとれずにいた空中の雨の匂いを、戦士がかぎつけることができたのか、と疑惑にかられてリンダは叫ぼうとした。

しかし、そんな疑惑は、嵐がくる、というおそるべき事実のまえに、たちまち立ち消えてしまった。いまではリンダの予感にひきしまり、湿っぽい風がふきつけ、全身が凶事の予感にひきしまり、唇はかたくかみしめられていた。火は風にあおられてざわめき、ふるえ、闇の中でそこに棲む奇妙なものたちがあわてふためいて、右往左往しはじめる気配が感じとれた。

「運命の神ヤーンはいまいましい老いぼれだわ」

リンダは小さな拳を天につきあげて罵った。

「彼はわたしたちをぬくぬくと眠らせるどころか、火にすがってやっとのことで一夜をさえ、無事には明かさせてくれないつもりだわ。そんなに彼は聖なる王の血筋を絶やしてしまいたいのかしら」

「リンダ、彼には百の耳があるというよ」

レムスは注意し、あわてて浄福の呪文をとなえた。

「その百の耳がひとつづつトーリスのように長くたってかまやしないわ」

リンダは挑戦的に叫んだが、しかしいよいよ雲が不吉に早く流れはじめ、木々は苦悶にかられたように左右に揺れ、いくつもの紅く光る目がこちらをうかがいはじめたのをみるとくちびるをかみしめた。

ふたりの子どもが手をとりあって、相次ぐ危難になすすべを忘れているうちに、豹頭の戦士の方は火をにらみすえながらじっとうずくまっていた。どのような危険に見まわれようとしているのか、気がついているとさえ、思えなかったけれども、しかしリンダとレムスは、やがてふいにグインが立ち上って段平の柄を叩いたのをみて、ひどくびっくりしてしまった。

「危いわ、火が消えるわ――」

怒って注意しようとしたリンダも、戦士の目をみて口をつぐんだ。戦士の目はぎらぎらと輝き――それはさながら、火の円陣の外でかれら三人をうかがっている、奇怪でおぞましい野獣たちの一匹が彼であるといったところで、誰もふしぎには思わぬような暗い輝きだった。

「俺に従いて来い。この夜を生きのびたければ、俺と一緒に走れ、子ども」

彼は吠えるように叫んだ。そして、やにわに一番太い枝をひろいあげてそれに火をうつすと、それをかざして森の中へ走りこんだ。

「待って！」

パロスの双児も俊敏だった。とっさに、手をとりあって豹頭の戦士のあとを追う。グインは足が早かったが、双児は何とかついてゆくことができた。

グインは何か、目にみえぬものか或いは野性の獣だけのもつ直感にでも導かれているようだった――黒々とした木々がぶきみな骸骨のように立ちつくすルードの森を、彼はらくらくと右にまがり、左に折れて、何百年もまえに失われた道をひろっていった。

「グイン――グイン、お願い。どこへ行くの！」

レムスがあえぎながら叫ぶ。

「口をきくな。消耗が早くなる」

叱りつけるようにグインは叫び返したが、

「スタフォロス砦だ！」

手短かに云った。

「リンダ、彼は！」

恐怖にかられてレムスが叫ぶ。リンダはいきなりかれらの前をよこぎった草ヘビに小さな悲鳴をあげたが、

「彼は正しいわ！　わたしたちは、スタフォロス砦をのっとるか、それともこの森の中でみじめにさまよい歩いて死ぬしかない。彼ならやれる方にかけるわ」

やはり激しく喘ぎながらささやき返した。

「口をきくなといぅんだ。生きのびたければ、とにかくスタフォロス砦まで走れ」

グインが怒鳴る。

「グイン！」

リンダは叫んだ。

「グイン、きいて！　ウマよ、ウマだわ！」

「何だと？」

「ゴーラの騎士たちのウマが、さっきの戦いをした草地にいれば！」

「よし」

グインは一瞬左右を見まわしたが、そのまま、野獣的な判断力で道を左にとった。

「もしあのウマたちが、妖怪に食われてしまってなければ、嵐のまえにスタフォロス砦へつけるわ」

リンダは云ったが、しかしさすがに彼女の足はも

つれがちになっていた。息が激しくなり、グインの手にかざされた松明の灯から、ともすればとりのこされそうになるたびに、彼女の首すじには奇怪なおぞましい生きものの息吹がかけられ、肌に粟を生じさせた。レムスは手をさしのべ、リンダの手をつかんでひっぱったが、それはかえって二人ともを遅らせそうだった。

リンダが絶望的な小さな呻きをもらして草の上にくずおれようとしたときだ。

ふいに、彼女は、かるがるとかつぎ上げられた。

「グイン！　だめよ、おろしてよ！」

「松明をしっかり持っていろ、食われたくなければな」

というのが、吠えるような、グインの返事だった。

彼はリンダを左肩に小鳥のようにとまらせると、その重みなぞは布袋ほどにもこたえぬようすで、走りながら木々のあいだをぬけてさきの草地へ近づいた。

「上から吸血ヅタがおちてくるから、松明で払え。ただし火を消されんようにしろ」

「わ——わかったわ。グイン」

いまや、闇はすべて敵意の牙をむきだしにしていた。ゆくさきざきの木下闇には紅く光る無数の目がかれらを窺い、夜はざわめきと死者の生命とでみたされていた。空を走る雲はいよいよ早く、それらが心もとないさいごの味方である月、女神イリスの青白い光さえもぬぐったようにかき消してしまった。

「おい、子ども！」

グインが足をとめ、そしてうなるように云った。

「本当に、ここだったか」

「——と、思うわ。でもなぜ……」

「松明をかざせ」

命令してそれがただちにききとどけられることにこそ馴れていたが、命令され——それもこんなふうに横柄に命じられることには、まるで馴れていないリンダだった。しかし豹頭の戦士の声の中には、何かしら人に云うことをきかせずにはおかないものがあり、それゆえ、リンダは反発も感じずに、四方に死屍るいるいの恐るべき惨状が照らし出されるのを予期して鼻をしわめながら松明を下の方へのばした。

戦士にぴったりよりそったレムスが、低いおどろきの声をあげた。

「ないや！　何もない」

松明の火がおぼろげに闇を追い払って照らし出した、そのあたりは、枝の折れた二つのヴァシャ樹の茂みといい、ころがっている黒かぶと、折れた大剣といい、血のあとまでも、どう見てもさきにリンダとレムスたちがゴーラの騎士隊に追いつめられ、それをグインの登場で救われた同じ場所にちがいなかった。

だが、そこには、当然そこにあるはずの、黒騎士たちの死体はひとつとしてなかった。

グインが叩きつぶした死体も、大だんびらで首をはねとばした死骸も——何ひとつない。

むろん、木々のあいだにつながれて、不安げにしきりにひづめで地面をかいたり、草に鼻づらをさしのべたりしていたウマたちの姿もない。

「グイン——！」

リンダがかすれた声でささやいた。

「奴らは食われたな」

重々しい、唸るような声で、戦士は云った。

「何が、グイン、こんなことを——」

「食屍鬼《グール》か、オオカミどもか、くちなわか、それともそんなものだ」

「おお——！」

リンダは目をぎゅっとつぶり、松明をつかんでおらぬほうの手で、グインの豹の頭にきつくしがみついた。いますぐにでも、周囲の夜闇の中から巨大なグールがおそいかかってくるような気がしていたが、その豹の首に腕をまわし、なめらかな毛皮に頬をすりよせていると、ふしぎにどのような魑魅が襲って来ようとも大丈夫だ、という安心感が、心の奥ふかいところにわきあがって来るのだった。

　グインはその少女を肩の上に小鳥のようにとまらせたまま、まばたきするほどのあいだ、思いをめぐらしていた。ウマは失われ、そしてスタフォロス砦まではまだ遠い。距離にすれば、たいしたことはなかろうが、しかしそれは嵐とかけくらべをするには不利にすぎる遠さだった。辺境で、しかも夜に、嵐を迎えるなどは、たとえどのような勇者であれ、生命のあるかぎり、味わいたいとは望まぬ経験の筆頭というものだろう。辺境の夜は妖魅たちの世界だが、それでもまだそこには人間と妖魅たちを画然とへだてる、いささかのルールがある――ところで、嵐は、そのルールをすべて滅茶苦茶にするのだ。

　風はいよいよ吠えたけりはじめ、木々は悲鳴をあげて軋んでいた。遠くのほうで不吉な凶々しい、女の泣き声にも似た声が尾をひいた――泣き妖精か、あるいは山オオカミにちがいない。

「グイン――」

　ふるえ声で、少年がささやいた。

「何かが……」

「わかっている。奴らだ」

　闇が濃密にかたまりあい、そしておもむろにかれらを包囲しようとしはじめていた。それはねっとりとみだらな闇と暗黒の媾合であり、そしていまやグインたちをそれらから守っていてくれるのは、あわれなほどにかすかな松明の火――かろうじてかれらの周辺だけをぼっと照らし出しているばかりの灯りにすぎない。

「子ども」

　グインが低い唸るような声で云った。

「俺のうしろにまわれ。女の子は俺の首にしっかりしがみついていろ。男の子は俺のマントの内側、ベルトをつかんで俺の動くとおりに動け。俺はあたたかい血肉をそなえ、生きている人間だ。俺が戦っている限りは奴らも手出しはできん」

「でも嵐がきたら――」

「そのときには、ヤーンの憐れみを乞うんだな」

リンダはふるえながら、しっかりと豹にしがみつきなおした。そうしながら、グインがどのような過去を忘却の谷に埋めている男であるかわからぬが、たしかに彼はこの世界で経験をつんでいるし、辺境を単身さまよって生きながらえたことも、一再ならずあるにちがいない、と感じた。いまとなっては、パロスの双児が頼るものは、そのグインの経験と剣しかないのだ。

風の雄叫びがいっそうひどくなった。闇のなか、木々のあいだにひそんでいるものの、悪意にみちたおぞましい気配は、いまはもうはっきりとかれら三人を包囲し、隙をうかがっていた。

やにわに、闇が裂けた！

リンダが悲鳴をあげた。

闇のさなかからまるでにじみ出るようにして、いきなり宙をとんでかれらにおそいかかってきたものには、手も足も胴もなかった！

それは白く目をむいた、恨みをのんだ生ま首だった。むきだした歯が血とあたたかい肉を求めてカチカチと鳴り、何もうつしておらぬ目は凄惨な二つの濁った球だった。それはまるで生命ある巨大なボールででもあるかのように、敵意にみちて、神経の白い糸を尾に引きながら戦士におそいかかり、あわやリンダの肩に歯を立てようとした。

「キャーッ！」

リンダは戦士の肩からずりおちかけた。グインはそれをかかえ直しざま、あいた手にリンダの手の松明をもぎとり、それで思いきり生ま首を叩きつけた。

死肉のこげるいやな匂い、そして耳ざわりなコヨーテの笑い声。目を焼けただらせた首の化けものは、嘲弄にみちた笑いをのこして闇の中にひきしりぞいた。

「食屍鬼《グール》だ」

手短かにグインが云う。彼は左手に松明を持ちかえ、段平をひきぬいた。

「く——首だけだったわ」

「死体を食って乗りうつりやがった。ふつうなら、奴らは死肉しか食わんのだが、ウマを食って、生血の味を覚え、気が大きくなっているんだろう」

グインの声は冷静だった。

「――来た！」

宙を飛ぶ首が再び襲いかかってきた。松明の火にそのガチガチとかみならされる口、焼けこげた半面がうつし出された。そして、そのうしろから――

「くそ！」

グインは罵る声をあげた。闇はいまや、そのおぞましい斥候たちに満たされていた。それは――いまわしい死者たちの群れだった。

首のない屍。背中から腰まで、真二つに割られ、血をふきださせたままの者。ちぎれた腕が指先で歩き、重い武器でおしつぶされて、人間の奇怪でいやらしい戯画のようなすがたになった死体につきしたがっている。かれらはすべて、グインが戦ったゴーラの黒騎士たちの屍が闇のいまわしい生命をふきこまれて動き出した化物だった。それらのなかに、首が背中のほうへむざんに折れまがり、のどもとから白い骨のとびだした、隊長の巨軀もあった。そしてそのうしろには、青白く光る、骨格だけになって影のようにうごいている何匹ものウマの群れ。

黒い、嵐の到来に身をよじる木々のあいだに、それらの地獄の生きものどもはあやしく、青白くうごめいていた。それはおおむね、視覚も聴覚も、おそらく五官とよぶべきものを何ひとつ正常にそなえてはいない下等な生物であったけれども、それらの音のないざわめき、冷やかで熱い渇望のなかに手にとるようにはっきりと、それらをむしばみ呪っている恐しい永遠の餓え――死肉をどれだけむさぼり喰らっても決してみたされることのない、むごたらしい不満足と貪欲さの波動が感じとれるのだった。それらはいまわしい食欲に身をふるわせながら、やにわにおそいかかってきた。

グインの口から獣の雄叫びが洩れ、あたりの空気をふるわせた。グインは大剣をふりあげ、左右に食屍鬼どもを切りふせた。みがきぬかれた剣はまるでバターをでも切ってゆくように、おそいかかる首をまっぷたつになぎ首のねじれた死体を上下に両断し、ウマの骸骨の首を叩き切った。そうしながらグインは敏捷に立ちまわって左手の松明を守らねばならなかった。それだけがいまやかれらのよりどころであり、それと知って悪鬼どもはしきりに、剣の右手をさけて左側にまわりこみ、松明をうばいとろうとねらって来たからだ。グインは左へ、左へと向きをかえながらたえず鬼どもを切りふせた。かれらは自らの身をまったく守ろうとせずにただわらわらとおそいかかるだけだったから、それはたやすい仕事だった。

だが――

「ちいっ、呪われた屍食いどもが！」

グインののどから、恐しい咆哮がわきあがった。グールどもが身を守ろうとせぬのにはいとわしい理由があった。首を切りとばされようと、胴を横なぎにされようと、悪鬼どもはいっこうに痛痒を覚えるようすもなく、切られた首や胴の切りくちからどろどろといやらしいねばつくものを流しながら、半分に切られたものは二つ、三つに切られたものは三つの悪意にみちた襲撃者となって、いったんひきしりぞいてからまたしてもおそいかかってくるばかりであったからだ。

「グイン！」

激しい左右への動きにふりおとされまいと、必死にしがみついていたリンダが恐慌にかられて絶叫した。いまわしい道化たしぐさで宙にとびあがった、ちぎれた腕が、松明と大剣のガードをかいくぐり、リンダのむきだした腕にはりついたからだ。

リンダは嫌悪の叫びをあげてそれをむしりとろうとした。だがまるでいやらしいヒルにでも吸いつかれたように、その腕はあたたかな肌にしがみついていた。

「いやよ！　いやよ！」

リンダの泣き声をきいてグインはいきなり段平と松明を、一瞬のうちに左右もちかえた。右手に握った松明をリンダにはりついた腕にやにわにおしつける。肉のやけただれる恐しい音がひびき、一瞬後にその腕はえものをはなして下生えの上におちた。

リンダの、化物にはりつかれていた肌は、まるでつよく吸いあげられでもしたようにまっかになっていた。グインはふりむきもせず、おそいかかってくる化物どもを益なく叩き切りつづけながら怒鳴った。

「戦え、子ども——俺が三つ数えたらそこにおちた木の枝をとってやるから、それに火をうつして、それで戦え。生きて明日の日の出が見たかったら、火を消されるな！」

「わかったよ、グイン！」

「いいか、一——二——三！」

数えると同時に戦士は松明を宙に投げあげ、それがおちてくるまでの間に走り寄って枯枝をひろいとった。松明をうけとめるのは真にきわどいところだった——グインの手をはなれた、とみたとたんに、脳漿をまきちらす切り首と、焼けただれた胸とが、火を奪いとろうと宙をとんで近づくところだったからだ。松明をぶじに左手におさめざま、グインは右手の剣でそいつらをひっかけ、はねとばした。

「火をうつせ」

叫んで枯枝を手わたす。リンダは松明から火をうつして二本の松明をこしらえた。

「レムス！」

「うん、リンダ！」

いまや、三本の松明の火があたりを威嚇するように燃えあがっていた。だが、地獄の渇望にかりたてられたグールどもは、ひきさがる気配すらみせなかった。レムスはグインのベルトをしっかりつかみながら、おそいかかるいまわしい腐肉のかたまりを松明で払いのける戦いに加わった。

「グイン」

リンダは松明をかざしはしたが、あえてそれをふりまわそうともせず、ふるえ声でささやいた。声はおののいて怯えていた。

「なんだ」

「雨が――頬にあたったわ」

嵐がおとずれようとしているのだ。

グールどもが陰惨な喜悦に音なくどよめいた。かれらは嘲笑はしなかった。笑ったのはコヨーテであり、グールどもの口はすべての音に対して封じられていたからだ。だがそれらの悪意と満悦と舌なめずりせんばかりな期待とは、空気の波動となって、三人の遭難者たちをとりまいた。

「ヤヌスの神よ！」

リンダがうめいた。

「この火が雨で消えたら、わたしたちグールに食われる！」

「希望をすてるな、子ども！」

グインが疲れの色もなく左右に、切るだけムダとみて剣さきでひっかけてはなるべく遠くへ死肉どもを叩きつける戦法に切りかえながら叱りつけた。

「戦え、そうして希望しろ。お前たちはパロの聖王家の血筋なのだろう！」

「ああ、グイン、手がしびれるわ。もうしがみついていられない！」

リンダの声は絶望のためにかすれた。彼女はまだあらん限りの力をふりしぼり、グインの太い首に抱きついていたが、片手で松明を支えねばならぬこともあってその腕の力は失われてゆきつつあった。レムスはというと、これは健気に松明で化物どもを払いのけてグインの手助けをしようとつとめていたが、上から叩きつけるようにおそいかかってきた千切れた胴体に松明をうばいとられて悲鳴をあげた。

雨の大粒な滴がかれらの頬をうち、グールどもはいよいよ喜悦をむきだしに迫りかけていた。激しい風がリンダの髪をあおり、グインはいったん剣をひかえて松明の火を守るためにひきしりぞかねばならなかった。

「くそ！　俺はもっとひどい羽目をだって、切りぬけてきた筈だ――」

　グインが唸り声をあげたときである。

「グイン！　見て！」

　リンダが絶叫した。その声の奇妙なひびきがあまりにつよかったので、グインは一瞬グール《ドール》どもから目をはなす危険をさえ忘れてそちらを見やり――そして低い驚愕の声をたてた。

　信じられぬもの――さながら闇の中からわき出たかのように、黒い鎧、黒いマント、黒かぶと、ウマにも黒の胴を着せ、怯えるのをなだめるために目かくしをおろしてムチでウマの首を叩きつづけながら、三列になった騎馬武者の一隊が、粛々とこちらへやってくる！

「スタフォロス砦の追手だわ」

　リンダが口走った。

「ああ、ヤヌス！　わたしたち、もうおしまいだわ」

「いや、待て」

　グインはささやいた。彼の、豹頭のなかの目は、ふいにわきあがった狂おしい希望に、青く光りはじめていた。

「その反対だ。これで俺たちは生きのびるかもしれん――見るがいい、グールどもと騎士隊が互いに気づいた」

　ウマどもがふいに棒立ちになり、進むのをやめた。鍛えられた騎士たちはさすがにふりおとされるものこそなかったが、新鮮で大量の、生きた餌食のにおいをかぎつけてたちまちそちらへわらわらとむらがりよった、その見るもいまわしい地獄の蛆虫どもも、そのむざんにちぎれ、叩き切られ、つぶれてしかもなお渇望にわきたっている死体のすがたを目のあたりにして、あちこちで恐怖と嫌悪の悲鳴がおこった。

「見ろ。グールどもが、より大量の獲物のほうに注意を奪われたぞ」

肩で息をしながらグインがささやいた。

「かれらは——いったいなぜ、嵐になろうというこんな夜に……スタフォロス砦の紋章を鎧につけているところをみれば、この辺境にはもとから詳しいはずなのに」

「彼奴らは戻って来ない一個小隊をさがして、遠出をしすぎたのだ」

グインが云った。

「そしてたぶんルードの森で夜をむかえてしまい、地妖にたぶらかされて堂々めぐりをしていたのだ。見るがいい、かれらはみな、鞍つぼに松明を結びつけているだろう。かれらは夜、辺境をさまよう恐怖を骨の髄まで知っているのだ」

「見て、グイン、グイン！」

豹戦士の腕にしがみつくようにしながら、レムスが恐怖の叫び声をあげた。

草地は大混乱と凄惨な阿鼻叫喚につつまれていた。ゴーラの騎士たちは辺境の守護に馴れてもいたし、グールとの戦いかたをこころえてもいたけれども、こんどは、グインが切れば切るほど増えてゆくというノスフェラスの魔物のようにグールどもを叩き切ってしまったのが、大人数のかれらにわざわいして、かれらはそれぞれにかたまりあって剣をふるう充分な場所のないままに、食屍鬼どもにふところへとびこまれてしまった。

いったん剣のとどかぬ胸もとへもぐりこんでしまうと、グールどもは顔やのど、むきだしの肌を求めて執拗に這いのぼった。騎士たちはウマからころげおち、絶叫しながらそのいやらしい腐肉をつかんでころがりまわったが、ヒルのように吸いついたグールは騎士たちの顔にはりつき、窒息させて力をよわめながら、あたたかい生ま肉をすすりにかかった。

リンダはあまりのおぞましさに呻いて、グインの肩に顔を隠した。グールにはりつかれた騎士は絶叫しながらのたうちまわり、その顔がしだいにずるずると吸いあげられてやがてぽかりと陥没すると、夢中になった魔物はもっと大量なやわらかい肉と生血を求めて、鎧の中へと食い入っていった。同僚を助けようとわめきながら騎士たちはウマからとびおりてかけよったが、そこまでゆきつくこともできぬうちに、まずかれら自身を守るために必死の戦いをくりひろげなければならなかった。

「ああ――グイン、かれらを助けなければ！」

レムスはさすがに男の子だけあって、姉のように顔を埋めはしなかったが、吐気をもよおし、ガタガタふるえながら戦士にしがみついていた。

「馬鹿を云え」

というのが戦士の返事だった。

「彼奴らはお前たちをとらえに来た敵なのだぞ。屍食いどもが奴らにすっかり心をうばわれているのは大変な幸運なのだ。本当はこのあいだに逃げるといいのだが、さすがに俺にも、ここをはなれてルードの森の真闇にわけ入り、ぶじに朝を迎える自信がない。何とか、奴らが戦っている間に明けの光がさしてくれれば――あッ！」

ふいにグインが吠えた。レムスは叫び声をあげてとびあがり、リンダもおののいた。

「グイン？」

「俺は何という迂闊な！」

「グイン、どうして――グイン！」

豹頭の戦士は荒々しく天を仰いで罵声を発した。

「俺は屍食いどもの呪われた特性を考えに入れるのを忘れていた。屍食いどもは屍や生きた人獣を食い、それにのりうつって宿をかえるのだ。奴らが黒騎士どもにのりうつって俺たちをおそってきたらどうなる」

「グイン――！」

「あれだけの人数をあいてに朝まで戦いつづけてなどいられんぞ――くそ、知恵の神ヤーンよ！」

グインは逞しい両手を天につきあげて、祈るとも呪うともつかぬしぐさをした。が、そうしていたのは一瞬だった。

いきなり彼は行動にうつった。

「グイン――グイン、どうするの！」

リンダが恐怖の悲鳴をあげてなじった。グインはふりむきもしなかった。

「子ども！　お前の松明もよこせ」

「何をするのよ！　山火事になるわ。焼け死んでしまうわ！」

「グールに生きながら血肉をすすられるよりましだ！」

豹はリンダの手からひったくった松明をがむしゃらに下生えにうつしにかかった。

「さあ、燃えるがいい。火の神ミゲルよ、風の神ダゴンよ、俺に力を貸してくれ。さあ、燃えてしまえ。呪われた森よ！」

「ああっ！」

生まの、油をたっぷりと含んだ木々と草はしばしのあいだ激しくグインの暴挙に抗った。しかし、やがてさいしょの兆しがパチパチとはぜる音になってあらわれ――つづいて、オレンジ色の炎が下生えいちめんに突っ走った！

闇の領土に恐慌がひきおこされていた。木々の枝にひっそり眠っていた小禽がバサバサとびたち、草へビがシューシューいいながら逃げ出した。戦いに夢中になったゴーラの騎士たちとグールどものあいだにも恐慌がひろがっていた。

火があたりを照らし、こうこうと明るくして、かりそめの白昼を現前させた。夜闇の支配はくつがえされ、おぞましい食屍鬼たちはうろたえて、かぶりついていた生き餌を放り出して逃げまどった。炎がしだいに高く、明るく、天をついて燃えあがりはじめると、空をこがすその熱と明るさにうたれてグールどもは狂気のように逃げ場をさがし、きりきり舞いをした。

「グイン、熱いわ！」

「逃げられないよ！　火勢が早い！」

パロスの双児が叫ぶ。グインは炎に全身を照らし出され、腰に手をあて、マントを火がよびさました風にすさまじくなびかせて、不動の姿勢で立ちつくしていた。その雄大な体軀は、グールどもと火だるまの騎士たちが、炎の森で生ける松明となってはねまわる地獄図絵のなかで、半獣の神そのものででもあるかのようにきっぱりと、そして鋼鉄のような生への意志にみちていた。リンダは息を呑んだ。

火にまかれて、グールどもはおぞましい、声にならぬ悲鳴をまきちらしながらちぢんでいった。それらは騎士たちのように人間たいまつとなってかけまわり、燃えつきるのではなくて、あたかも氷が火にあってとけるようにすーっとちぢんでいき、ふっととけてしまうのである。苦悶と呪詛が火のパチパチいう音、風のうなりを圧倒し、リンダとレムスの口もまた、髪をあおり、肌をこがす猛火の前であらんかぎりの悲鳴をあげつづけていた。

と——

グインが動いた。

不動の神像ともみえていたその豹頭人身が、やにわにおどりあがり、逞しいその両手がのびてパロスの双児の胴を片方づつひっとらえた。

「来い、子どもたち」

吠えるなり、自ら放った火に追われて、彼はもときた道をがむしゃらに走って戻りはじめた。

火はすさまじい大火となって天をこがし、あたりは炎熱の真昼である。逃げまどうあらゆる奇怪な森の住人たちをかきわけ、おしのけてグインは走り、そしてついに求めていたものを見出した——ルードの泉！

「この明るさでは水妖も何もしかけては来んだろう」

唸るように云って、彼は、双児に抗議するいとまを与えず、小脇にふたりをかかえこんだまま、どぶんとその泉にとびこみ、否応なく頭までもぐってしまった。

求めていたいけにえに、わずかの差で逃れられてしまったことをいきどおるように、シューシュー、パチパチとたけりくるう炎の舌は、ルードの深い森、何千年ものあいだ静まり返って闇の生命をぬくもらせていた森のなかばをやきはらって、なおもその貪欲な侵冦をほしいままにいよいよ荒れ狂っていった。

「――子ども」

水から、まず出たのは、ぐっしょりと濡れてしおれた豹の頭である。

「おい、子ども、二人とも生きているか」

「え――ええ、どうやら」

つづいて水のぽたぽたとしたたる、プラチナ・ブロンドの小さな頭が、その巨大な豹頭の両わきに浮かびあがった。リンダはピュッと水をふきだすと、ガチガチ歯を鳴らしながら返事をした。

グインは見まわした――それは惨憺たる、火の猛威による破壊と浄めの廃墟であった。

木々は黒くやけただれ、下生えはむざんに灰になっている。梢を焼き払われた森はばかに広く、見通しがよく、その中に数知れぬ、やけこげた骸骨のような木々がうずくまっている。

グインはよかろうと見て泉を出、ぶるぶるッと全身をふるわせた。それはまるで、彼が本当に豹の化身ででもあるかのような野獣めいたしぐさだった。

ぶるんぶるんと水を切って豹頭を振りたてると、手をのべて、双児たちを泉からひきずりあげてやる。両手にすがってひきあげられたパロスの双児は、ぬれそぼち、しおたれ、歯をガチガチ鳴らしていたが、まず互いに見つめあうなり、手をさしのべてひしと抱きあった。

黒くこげた木々の向うに、青く夢幻的な連山の姿がうかんでいる。その上にぽっかりと――おお、何ものにもかえがたい、朝のまぶしさをふり濡す太陽が、太古からみればいくぶん冷えたのだとはいえ、かぐわしいぬくもりと光の恵みを満たして輝いているのだ。

「いーーいーー生きていたのね、わたしたち」

それがふしぎでたまらぬ、というようすで、弟ときつく抱きあったままリンダがささやいた。

「空気が甘いわーーああ、なんて明るいんだろう！」

「嵐を呼ぼうとしていた風が我々の助けになった、二重にな」

グインが吠えるような声で云った。

「風にのって火は燃えひろがり、我々をルードの森の屍食らいどもから永遠に救ってくれた。その同じ火がまたもや風をよび、雨をふらせて、泉が乾あがって我々もグールどもや騎士どものように焼けぼっくいになってしまう前に、ちょうどよい按配に火を消しとめてくれたというわけだ。たいそうな幸運だったと云っていいな、これからもまたこのようにうまくいくとは限らないが」

「あーーあの火をスタフォロス砦のだれかが見なかったかしら」

「もちろん、見ただろう。これだけの大火で、しかも二個の騎士隊がたぶんその火難にあっている。火が消えるのを待って砦の奴らは調査の人員をくりだすつもりだろうーー長居は無用だな。だが、その前に腹ごしらえをし、それと服をかわかしておけ、子どもたち」

グインは云って、マントをしぼり、水を灰の上にしたたらせた。

「でないと、追手を切りぬける前にこちらがぶっ倒れてしまう。幸い、食い物なら、でかい料理かまどが好みのものをローストしてくれている筈だぞ」

「まあ」

恐ろしいことを云う、と憤慨してリンダはにらみつけたが、朝の光の中ではいよいよ異形に、いよいよ伝説の半獣神シレノスさながらに見える豹頭の戦士は、もうかれらには何も注意を払わずに、灰とがれきのあいだから、焼け死んだ小禽をさがし出す仕事に熱中しているのだった。その豹の口がまもなく見つけ出したえものをひきさき、うまそうな汁のしたたりおちる肉をかみくだくのをみていると、双児もたまらなくなって腹ごしらえにかかった。

「――これから、どうするの？」

ようやくそのことばがリンダの口から出たのは、かれらが昨日来の空腹と寒気をやっと解放し、みちたりて指をぬぐったときだった。

「そうだな」

グインは豹頭を振って答える。

「俺はとりあえず自分を捜しに行く。自分が何者で、この仮面は何ゆえで、そしてアウラとは何なのかつきとめねばならん」

「わたしたちは……」

リンダとレムスは顔を見あわせた。だがそのとき、豹頭の戦士は大声で笑い出してかれらをさえぎったのだった。

「どうする気にせよそれにはまずここを生き永らえることだぞ。何十ものひづめの音がきこえてくる。砦の奴らだろう。どのみち、俺たちは考えているいとまはなさそうだぞ」

第二話　黒伯爵の砦

1

かれらの上には、青紫にやわらかな天蓋がつづいていた。

かれらの足が踏みしめるものは、焼き払われた下生えの、まだ猛火のぬくもりをとどめてでもいるかのような黒い灰。かれらのふくらんだ鼻孔をくすぐり、満たしているのは、猛火と大雨との夜どおしの浄めによって、かぐわしく、みずみずしく、同時にいくぶんいがらっぽくもある辺境の朝の大気である。

一見してゴーラの黒騎士隊の一員たちと知れる、黒かぶと、黒い鎧、黒マント、それにウマにも黒い胴を着せかけたところの三十人ばかりの騎馬武者が、その灰を踏み、焼け残った真黒な骸骨のような木々のあいまをぬうようにして近づいてくるのを、かれらは黙りこみ、双児たちは互いにしっかりと手を握りあったまま見つめていた。どちらにしても、いまから身を隠したり、向きをかえて逃げ出すことなどはまったく問題外だった。なぜなら、騎士たちの面頬をおろした黒いかぶとの先はまっすぐにかれらにむけられ、そして騎士たちの前衛が手にしている弩《いしゆみ》は、すぐにでも小さな致命的な鉛玉をかれらののどもとにむけて放てるように、ぴたりとかまえられていたからだ。そこで、かれらは何も口をきくでもなく、ただじっと立ちつくして、その一隊が近づいてくるのを待っていた。

かれら——だが、スタフォロスの砦から派遣された一隊に見つかってしまった、かれらの困惑より以上に、砦の騎士たちのほうも、それらが目の前にしているものに対して当惑していたのに間違いない。

それはたしかに、ひかえめに云ってもきわめて異様な組みあわせの三人であると云えた。手をとりあって息をつめ、騎士たちを見つめている、朝の光をあびた雲のようなプラチナ・ブロンドの髪と、夕映えの去ったばかりの空のようなスミレ色の瞳をした、パロスの聖なる双生児、リンダとレムス。ふたりの、革のブーツと革の服は、ふたつぶの真珠のようなふたりをルードの森のいたずらっぽい小妖精のように見せ、前夜の惨憺たる経験でしおたれていた銀色の髪もようやくかわいて、いっそう輝きを増しはじめている。

それだけであったのならば、とりたてて目を疑うような光景ではない――だが、騎士たちの目をむかせ、その自らの正気を疑わせるに足る怪人が、かれらのうしろに、かれらの巨大な守護神然と、厚い胸に腕を組んで突っ立っているのだ。

戦士グイン――一夜の冒険行を共にして、すでに彼に並々ならぬ親しみと奇妙な共感を覚えはじめている双児たちでさえ、正面から彼を見やると、それがあまりに幻想的な、悪魔的な空想の産物なのではないかと疑わずにはいられない。まして、一夜のうちに灰と化したルードの森に調査におもむいて、黒焦げの恨めしげな木々の残骸と、うずたかい灰のまんなかに彼を見出したかれらの狼狽と当惑はたいへんなものだった。

首から下は、グインは立派な、王者の風格をそなえてさえいる古強者の戦士、そのものである。はじめてリンダとレムスが見たときには、粗末な足通しひとつで、傷つき、かわいた血と泥に汚れ、いかにも風来坊然としていたけれども、そのあとで、自ら倒したゴーラの騎士たち――朝を待ちかねて砦から出た一隊が探しにやってきた当の仲間たち――の鎧、すねあて、籠手、大剣、それにマントをとって黒づくめのなりに改めたので、みごとに筋肉の発達した、巨大だが鈍重さのない体軀はいっそうきわだっている。

だが、そうであるほど、彼の首から上は――それは、迷信的な畏怖をよびさました。

　なぜなら、グインの顔にはいかなる人間の特徴もなく——最も醜悪なノスフェラスの原始人でさえ、彼ほどに人目をひきはしなかっただろう。黒いマントをはねのけた、あつく逞しい肩の上にがっしりとすわっているのは、黄色い丸い顔、その上部にはなれてついている丸い耳、巨大な牙の生えそろった恐怖を誘う猛獣の口、いかめしい下顎——黄色の地に鮮やかな黒の斑紋をうかべた、完全な豹の頭にほかならないのだ。

　よくよく注意深くて、推理力にも空想力にも富んだものが、よくよく近くへ寄って調べてみれば、おそらくそれは誰か魔道師の呪いの手によって、ぴったりとこの戦士の頭にかぶせられてしまった豹頭の仮面であるのかもしれず、決して彼が伝説の中の半獣半人の怪物の現実にあらわれた姿なのではない、と思うかもしれない。しかしそれも、百パーセントの確信をもつことは、とうてい誰にもできなかったろう。なぜなら、その豹の頭と人間の首の境い目は、肩に毛皮がおおいかぶさるようになってはいたものの、ただのかぶりもののように手でもちあげることも、むろんひきはがそうとこころみることもできず、その上、グインの双つの目は豹頭の仮面の奥で、豹そのものの目といったところで何ひとつおかしくはない、凶暴な野性の光と精気をたたえて黄色っぽく爛々としていたからだ。

　騎士たちは木々の残骸をへだてて三人の退路を断つかたちに停止し、魅せられたようにこの異様な見世物を眺めつづけていた。だがむろんかれらはほまれ高いゴーラの勇士、それも辺境警備隊にまわされるからには一騎当千のつわものぞろいであったから、ぬかりなくウマの手綱をしぼり、そしてすべての弩《いしゆみ》はぴったりとかれらを狙いつづけていた。かれらは総勢で三十人ばかりだったが、そのかなめの位置にいる、かぶとの上の房飾りで一見してそれと知れる隊長が命じるまでは、決してその、すぐにでも攻撃にうつれる体勢をとこうとはしなかった。

その隊長は、誰よりもグインの異形に魅せられているようにみえた——彼は、真黒なウマの首を叩いてしずめながら、しばらくはしげしげとかれら三人を見つめつづけていたが、やがて夢みるように口をひらいた。

「これは驚いた。おれはルードの森の大火の原因をさぐり、相ついで消息を断った二個小隊の運命をつきとめ、そしてそれらのそもそものみなもととなったはずのパロスの幼い王女と王子の双生児のゆくえをたしかめ、できれば砦へつれもどる、という命令をうけて朝日と共に砦を出た。大火の原因はさだかでないまま、われわれは森のなかばあたりで盟友の骨と焼死体を見出し、いままたパロの二粒の真珠を見出したが、しかし——

しかしさすがのおれも、灰と化したルードの森の廃墟で、こんなシレノスのような怪物に出くわすことは予期してなかった。きさま——一体全体、何者なのだ？」

云いながら隊長は飾りのついたムチをあげて、グインをさし、奇妙なしぐさをしたが、リンダたちにはそれが暗黒のゴーラの、悪魔よけのまじないであることがわかった。

「子供たちよ」

グインが黄色く物騒に光る目で騎士たちをにらみまわしながら、ききなれぬ耳には獣の吠え声としかきこえぬ重苦しい声でささやいた。

「こ奴らは昨夜の一隊の仲間だな。弩《いしゅみ》と弓矢がちと厄介だが何とかなるだろう。俺が三つ数えたら右左に別れてとびだせ。俺はまず隊長を盾にとる」

「まあッ、だめよそんな、グイン！」

リンダはおどろいて叫び、グインの腕を両手でひきとめた。

「あの弩が三十梃全部、すぐにでも放てるようこっちを狙っているのがわからないの？　これだけの敵をあいてに戦いようがないわ」

「何といったのだ、その化物は？」

いぶかしげに、訛のつよいことばで隊長がとがめた。リンダはグインをおさえておくよう、弟に目くばせし、勇敢に進み出た。

「ゴーラの犬よ、パロの双児は逃げ隠れはしない。だから、《ふたつぶの真珠》をスタフォロスの城主のもとへ連れて戻り、手柄を誇るがいい。でも、この人は――この戦士は行きずりの、かかわりのないひと、だから連れ戻るのはわたしたちだけにして！」

隊長は鞍をたたき、面頬をはねあげて目をほそめた。リンダは年のわりに長身だったけれども、ウマの上から見おろされて、いかにもほっそりとたよりなげに見えた。

しかし、そのすんなりとした全身には、なんという凛冽な誇り――貴い王家の正統な世継だけのもつことができる、激しくて力強い誇りがみなぎっていたことだろう。隊長は思案にくれた。だが、もういちど鞍つぼをたたいてグインに目をうつしたとき、その顔には、暗い狡猾な笑みがのぼっていた。

「わがモンゴールに滅ぼされたパロの王女よ」

彼は目をほそめながら、つよい辺境訛りで云った。

「お前と世継の王子をとらえたのはおれの功績で、おかげでおれは黒獅子章をうけることができるだろう。だがその男――その化け物を連れ帰れば、おれの主君はなおのことお喜びだろう。こんな戦士のことをおれはいちども、どんな噂にもきいたことがなかったが――なんという筋肉をしているのだ？　もしそれが見かけの半分もつよかったら、その男はその筋肉とその化け物の外見とで、おれの主君の宝物になるはずだ――またそうではなくてその男が、何か悪魔ドールの手先ででもあるのなら、それはそれで主君が処理なさるだろう。ただし、その身につけているものが、たしかにスタフォロス砦の守護兵のお仕着せであるところからみて、その男が、われわれの盟友の運命を知っていることも、疑いはないと思うが。

いずれにしても、お前たち三人を無傷で砦に連れもどることがわれわれの任務だ。剣をすて、ウマの前に乗せられてゆくか、それとも革ひもでつながれてウマにひきずられて来るか、決めるがいい」

「パロの双児をいやしい奴隷のようにウマのうしろにつなぐつもり?」

かっとなってリンダが叫んだ。レムスははらはらして姉の腕に手をかけた。しかし、そのとき、ゆっくりと双児の肩に両手をのせて、豹人が進み出たのだ。

「わかった」

グインは、騎士にもききとれるように、ことさらにゆっくりと、一語一語区切って云った。

「剣はすてよう。お前たちと共に砦へゆこう。だから、この子どもたちをまともに扱ってやれ」

そして彼は、ふしぎに高貴なしぐさで腰のベルトから大剣を鞘ごとひきぬき、灰の上に投げ出した。


隊長が鋭い声で命じると、数人の騎士たちがウマからとびおりてかけよった。いずれもびくびくもので、しきりに指を交叉させてさしだすゴーラふうのまじないをやりながらかれらに近づき、手早く武器をあらためる。それからかれらはウマに乗せられ、それぞれの右手首を丈夫な皮ひもで鞍にしっかりと結びつけられた。リンダとレムスが一頭のウマ、グインは別のウマに乗せられたのである。その上に、グインのウマだけが、両脇を屈強な騎士二人のウマにはさまれ、皮ひもでつなぎあわされた。

「グイン」

三人のとりこをおしつつむようにして、騎士隊が馬首をひるがえし、灰をけたてて砦へと動き出したとき、リンダは低くささやいた。

「わたしたちのためにまきぞえにしてしまったわ。わたしたち、どうやってお詫びすればいいの」

「詫びなどいらん」

グインは仏頂面で——といっても豹頭はいつでも

そうとしか見えないのだが——云い返した。

「つまらぬことを気にするな。俺はどのみちこ奴らの仲間をあやめた。こ奴らにしてみれば仇だ、お前たちとかかわりがなくてもとらえただろうさ。

それより——」

左右をはさんでいる、黙りこんだ騎士たちにチラリと目をやって、

「教えてくれ。俺は昔知っていたのかもしれないが、いまは何もかも知識が俺を逃げ出してしまった。ゴーラとは何で、どのような国だ？　それはどこにあり、大きいのか、弱小なのか？　お前たちの国はこ奴らの国に、なぜ攻め滅ぼされたのだ？」

「ゴーラは豊かで開かれた中原地方の南半分を統べる強国よ」

リンダは低い声で教えた。

「もともとは辺境に位置して、苦しくてつらい開拓で国土をひろげてゆかねばならなかったのだけれど、俗にいう中原の三大国のなかで、ただひとつその国境がほとんど、蛮族と妖魅の跳梁する辺境に接していることが、ゴーラの兵を勇敢にし、その名を中原に高からしめたの。ゴーラは連合王国で、それは、大公オル・カンの治めるユラニア、タリオ公の領地であるクム、そしてヴラド大公の統治するモンゴールの三大公領からなっているわ。これらの三大公は互いに牽制しあい、勢力を競いあいながら、三つどもえの死闘ですべてを失ったりせぬよう、合議によって国をおさめているの。公けには、ゴーラの古い血筋のさいごの生きのこりであるサウルが皇帝として擁立されているけれども、それが大公たちの傀儡にすぎぬことは三つの子どもでも知っているわ。

パロは中原で最も豊かで、そして最も雅びな文化を誇る美しい国だった。中原の真珠、中原の華、人びとはそう呼んだわ。それは長い歴史と交易によって富んだ過去をもつ、平和な国で、新興の粗野なゴーラ、謎めいた北方のケイロニアと並んで中原の三大国とよばれていた。それが中原にとってどのよう

な国であったかということは、すべての都市へ通じ、辺境の一部にさえひらかれて、旅人の安全を守っている《赤い街道》が、第三王朝の全盛期のパロによって拓かれたものだ、ということひとつでもわかると思うわ」

「ゴーラはかねて、辺境の開拓に見切りをつけ、より豊かで実り多い中原へその侵略の矛先を向けようと狙っていたんだ」

レムスが云いついだ。

「これは大臣のルナンが教えてくれたことだけれど、そのことについて、三大公のうちでもあれこれと意見の相違があって――結局、それをおしきってパロに兵を進めたのがモンゴールのヴラド大公だった。

モンゴールの、辺境守護隊あがりの勇士と蛮族たちで編成された強大な兵の前に、パロは――」

「平和に狎れてわたしたちはモンゴールの奇襲など予期さえしてなかった。モンゴール兵はパロの街道ぞいの守りをかためる砦をひとつひとつ落とすと同時に大部隊を迂回させて、突然、ケイロニアとの国境から首都パロに攻めこみ、パロの王家を全滅させたの」

リンダの声がふるえた。

「ぼくたち二人を除いて、だろう、リンダ」

「わたしたち二人を除いて。わたしにはわからない。ケイロニアとパロはずっと友好的で、互いに条約を結び、何百年ものあいだそこには平和が保たれてきた。だからこそパロは北方の守りを手薄にしていた。いくらモンゴールの大公が戦略に長けていても、ケイロニアの協力、少なくとも黙認なしに、北からパロの都へせめこむことなどできないはずなのよ。ケイロニアの皇帝はモンゴールの悪魔に魂を売ったわ」

「そして都が落ちて――お前たちふたりは、いったいどうやってこんな辺境までおちのびたのだ？」

興味を持って、グインはたずねた。

答えようとするレムスを、いきなり姉が制した。

「しッ！」

　そしてリンダは、ひどく奇妙な表情で、周囲をかためている黒づくめの騎士たちを見やり、パロの聖なる王家には、いろいろふしぎなことが起きるのよ、と答えたきりだった。

　そうこうするうちに、一行はルードの森をぬけ、タロスの森をもぬけて、ようやくスタフォロスの砦が仰ぎ見られる場所へまでたどりついていた。

　あたりは、深い森と、森と森のあいだのわずかな草地との連続だった。道はしだいに上りになってきており、どこかできこえる川のせせらぎが、だんだん大きく耳につく。森のむこうは山だった。青紫にけむるような空の下で、妙におぼろげな、不吉な姿でつづいている、黒い連山。

　それは辺境地帯の中では、比較的高い土地に属しており、川をこえればそこはもう、深い森も草の下生えもなくなって、ただ、気性の荒い蛮族セムが住んでいる、石ころだらけの荒野が延々とつづいているばかりである。森は危険をひそめていたけれども、それとても荒野の危険にくらべれば何ほどでもなかった。

　リンダはウマの上で小さく身震いした——平和なパロのクリスタルの王宮できかされた、荒野に住む蛮族の恐ろしさを思い出したのである。しかもその荒野に逃れてゆくためには、巨大な暗黒な流れ、ケス河をこえなくてはならない。——この時代、人間が安らかに暮らせる土地は、あわれなくらい少ないのだった。

　ケス河とノスフェラスの荒野のことを考えれば、ルードの森とゴーラ人たちでさえ、まだマシとしなくてはならなかった。リンダは小さくまじないの魔よけのしぐさをし、そして溜息をついて眼の上にそびえる砦を見上げた。

　それは石づくりの巨大で籠城に適した辺境の砦だった。灰色の石を並べた城壁には、無数の銃眼があり、それがたびたび荒野のセム族の来襲をうけて持ちこたえてきたことをしのばせた。いくつもの塔が複雑な、しかし美しい均斉を保って城壁に囲まれてそびえており、すべての塔の上に、ゴーラの黒獅子旗と、モンゴールの大公旗とがひるがえっていた。

黒っぽい森の木々にかこまれ、その砦は、くねくねとまがりくねった山道をのぼりつめた頂上にあった。うしろは切り通しとなっており、その下はケス河の急流だ。それは戦略的にも絶好の地点であるといえただろう。黒々とした木々と、濃紫の連山の背景とのあいだで、砦もまた辺境に特有の何とはない暗さ、ひえびえとした沈黙につつまれていた。

砦が近づき、大きくなるにつれて、黒騎士の一隊とそのとりこは静かになり、息さえもひそめて黙々とウマを歩かせた。山道を突然クロヘビが走りぬけ、森の上で黒っぽい鳥がぎゃあ——という、妙に人声に似た鳴声をのこしてとびたったが、それへ注意をむけるものはなかった。

道のゆきどまりに、パロのとりこたちの希望をたちきるかのように、巨大な石づくりの城壁がそびえたっていた。

「城門をあけろ」

隊長がすすみ出て叫ぶ。確認の目がのぞいて、それからおもむろに、きしむ音をたてながら、たけ高い城門が開きはじめた。

黒いウマと人の一隊は黙々と門をくぐった——だがそのときだ。

「イヤよ！　この門をくぐるのはイヤ！」

ふいにリンダが叫び出した。

「リンダ！」

おどろいてレムスがうしろから姉の肩を抱き、しずめようとする。リンダはみむきもしなかった。そのスミレ色の目は何か戦慄をさそう畏怖に見ひらかれて、そびえたつ石の砦を見上げていた。

「どうしたのだ、さわがしい」

隊長が怒って叫び、ウマを駆って列のさいごへ戻ってくる。リンダは首をふりながら、城を見つめていた。

「瘴気がうずまいているわ。かびくさい、ドールの領土の匂いがするわ。誰も気がつかないの？　この砦を待ちうけている運命が見えないの？　イヤよ、この城門をくぐるのはイヤ。わたしはあの瘴気にふれたくない」

騎士たちのあいだに、目にみえて動揺がわきおこった。そうでなくてさえ、数日来の、同僚たちの奇禍とルードの森の大火が、迷信深い辺境守護隊の心をおびやかしていた。森で見出した豹頭の怪物も、とうてい愉快な前兆とは云われない。その上に、パロの王家がヤヌスの最高祭司の家柄であり、その血すじをひくものにきわめて偉大な予言者や高僧があらわれるのだ、ということは、誰でも知っていた。そのパロの王家を滅し、刃にかけたのが、かれらの同胞であることも知っている。

王家の呪いだ、というひそひそ声がしきりにわきおこり、騎士たちは鎧の胸にヤヌスの印をきった。

ウマたちは広い城門と大手門のあいだでとまってしまった。

「えい、何を騒ぐ」

怒って隊長は叫び、かけもどってうしろからウマたちの尻を手当りしだいにムチで叩いた。

「さっさと通るのだ。これはスタフォロスの砦、けさがたわれわれが出ていったばかりのところだぞ。それはここは暗黒の領土に近い辺境だが、砦の中は安全なモンゴールの封土なのだ、なにも妖怪じみたものが入りこむことはできん。不吉なことがあるとすればそれはすべてパロの呪われた双児どもがもたらすのだ。さあ、早く通れ。わが主君は待ちかねておいでだぞ」

騎士たちは顔を見あわせ、そしてのろのろとウマにムチをくれた。

グインは興味をもって連れのほうをのぞきこんだ。しかしリンダはもう静かに——静かすぎるほどになっていた。彼女はレムスの手をしっかりと握りしめ、革の服の衿にあごをうずめ、顔をなかば銀色の髪におおいかくして、黙々と騎士たちに従った。その大きな、感じやすいスミレ色の目は、得体のしれぬ光をうかべて、けむるような睫毛の陰に隠されてしまった。

そうして、一行はスタフォロスの砦に入った。

2

「リンダ」

レムスが、怯えたように周囲を見まわしながらささやいた。

「ぼくたち、殺されるの」

「知るもんですか」

リンダはじゃけんに云い返した。しかし、すぐに後悔して、つけくわえた。

「殺されるにしてもモンゴールの都に送られて、大公じきじきの裁きをうけてからでしょうね。勇気を出すのよ、レムス、そしてしゃんと背をのばしてね。わたしたち、パロの王家のさいごの二人なのよ」

天井は高く、そして壁も天井も、すべては冷たい黄色みをおびた石でできていた。あかりとりの窓はたかいところにあり、そのために、砦の中に入ると、昼でもひんやりとして薄暗い、そして肌寒いばかりなうす闇が、かれらをつつんだ。

「かびくさいわ」

リンダはウマをおりた黒騎士たちにおしつつまれ、うしろからせきたてられるようにして長い廊下を歩きながら、鼻をしわめてつぶやいた。

「妖魅の匂いがする。——辺境の砦などで暮らすのは、わたしはイヤだわ」

グインは唸り声で答え、賛意を示した。

「われわれとて、好きこのんで辺境守護隊に加わるわけではないのさ」

リンダのすぐ隣を歩いていた黒騎士のひとりが、

ききとがめて云った。

「それはモンゴールの強壮な若人のみな心ひそかに恐れている、三年間の試練なのだ。辺境から帰ってきてはじめて、モンゴールの若人は成人となる。だが辺境の砦にもさまざまあり、袖の下を使えるものはトーラスの都から一日半しかはなれていないタルフォの砦や、『赤い街道』に沿っていてそこでの主な仕事といったら交易で行き来する商人《あきんど》どもの荷をしらべてかれらのわいろをうけとるだけというエイムの砦に派遣される部隊に入れるし、運のないものが、たえずセム族におそわれたり、妖魅の結界にあまりにも近すぎるこんなスタフォロスの砦やアルヴォンの砦にまわされるのさ」

「そこは何を口軽く喋っておるか！」

先頭からかけもどってきた隊長がムチをふりあげて騎士の肩をピシリと叩くと、騎士は黙り、隣と足並をそろえて石づくりの廊下を歩くことに専念した。

廊下は長く、はてしもなく続いているかのようにリンダたちには思われた――それは暗く、そしてひえびえとして、足音や話声がひどくよく反響する。両側の壁には先史時代からでもあったのではないかと疑われる、磨滅してほとんど顔かたちもたしかではない神々の像が刻まれ、像と像とのあいだはかくし扉になっているのかもしれないがそこから出てくる顔はなかった。

夜になったら、この廊下を歩いてゆくことも、ルードの森でヴァシャの茂みにもぐっていることも、その恐ろしさにかけてはたいしたかわりはないだろう、とリンダは思い、ブルッとからだをふるわせて肩を抱いた。

かれらは角を曲がり、石段をのぼり、また角を曲がった。無人の城かと思うほどに、森閑としたなかを、もういちど角を曲がると、ふいに、規則正しく石の柱が立ち並んでいる巨大な広間がひらけた。

石柱のあいだに、使い走りらしい男女がうろちょろしている。それをつきのけて一隊は通っていった。

奥の正面に、一段高くなった一画があった。

細めの石柱で仕切られたその一画には、いくつかの大きな椅子とテーブルとが並べられていた。だがそれはむろんそこで友人どうしが卓をかこむように内側をむけてあったのではなく、背を壁につけて、こちらへむけられた椅子の列の前に、高いテーブルがおかれ、その上にぶどう酒のつぼや石杯、石づくりの大皿などがのっていたのだ。そのために全体の雰囲気はどうやら裁きの間めいていた。テーブルも、椅子も、何もかも石で、椅子の上にはふかふかの毛皮がかけられ、その毛皮に埋もれるようにして大きな男がかけていた。

「ただいま戻りました」

その奥の間の手前で一隊を立ちどまらせた隊長が、すすみ出て房飾りのついたかぶとをとると右胸にあてながら申しあげた。

「ルードの森にてとらえました捕虜三名をめしつれました」

「その二人の子どもはパロの例の双児として——」

椅子の上から、ゆるやかな重々しい調子の返答があった。

「その左側の異形の者はそもそも何者なのだ?」

隊長がかぶとを胸にあてたまま、豹頭の大男を森の焼けあとで発見したいきさつを話しているのをききながしながら、リンダはひそかに非常な興味をもって椅子の上の男を眺めた。

一列に並んだ石づくりの椅子は、中央の玉座然とした最も大きいそれを頂点にして、両側に二脚づつ、しだいに丈を低くしながらならべられている。しかし、食事のときか、あるいは正式の謁見のときにでも、一族のものかそれともおもだった家臣が居流れるためのものらしい、それらの椅子は、中央のひとつを除いては、いまはがらんと空いたままだった。それぞれの背にかけられた毛皮が主待ち顔である。

中央にただひとり、いわばそれらの椅子を供につれて腰かけ、石のテーブルに肘をついて身をのりだしている長身の人物は、しかしその年恰好、顔かたちすらもさだかではなかった。なぜなら、彼は、前に立っている騎士たちと同様に、黒づくめの、ただし胸に銀で紋章をおした鎧をつけ、黒いブーツと黒い手袋をし、黒い長いマントをかけた上に、顔もまた、黒いかぶとでかくされていたからだ。

なお驚くべきなのは、そのかぶとで包まれた顔は、騎士たちと異って、下半分には黒布の仮面のようなものを垂らしているために、この黒づくめの人物の全身で、肌が外気にふれている場所はただの一ヵ所もありはしないのだった。中年の男、とリンダがとっさに思ったのだって、その重々しい声としゃべり方の具合によったので、少なくとも姿かたちからは、その男の素顔、素性をおもてにうかがい知らせるべき何ものも、ありはしなかったのだ。

「――というしだいで、私は君公《きみ》のご賢察にゆだねてご処置をあおぐために、これなる化物をつれ戻ったのでございます」

リンダが魅せられた目で、その黒い男を見つめているうちに、隊長は説明をそう結び、ふかぶかと会釈してから二、三歩ひき退いた。

城主に、命令を、とうながすようなしぐさだったが、しかし城主のほうはなかなか口をひらかなかった。

黒手袋につつまれた手がテーブルの上をすべり、石の杯をとりあげた。リンダは彼が仮面をおろすかと目を丸くしたが、あいては思い直して杯をおくと、テーブルをとんとん叩いた。

「このようなものを見るのははじめてだな」

おもむろに彼は口をひらいた。

「第三隊長よ、その豹人はスタフォロス砦の守護隊の鎧をつけておるが、それにはわけでもあるのか」

「それはおそらく第五小隊のものから奪いとったものででもありましょう」

「そうか」

黒手袋につつまれた手が苛立たしげにうち鳴らさ

れた。

「では、それをとらせよ、それからその豹頭がまことの半獣半人であるのか、それとも単に豹の仮面をつけているにすぎぬのか、それをひきはいでたしかめてみるがいい」

「かしこまりました」

リンダはグインが敵の陣中であることも忘れて暴れだすか、と危惧した。しかし、豹人は、自制した。彼はさっそく命令に従った騎士たちの手がからだにかかったときに、グルルル……と凄みのある声をたてただけで、無言のままマントや鎧をとり去られるに任せた。

ほどもなく、グインは、はじめに双児が出会ったときの、革の足通しに、ひとつだけのこしてもらえた胸をななめによこぎる革帯だけの姿になって、両腕をうしろにくくしあげられたまま傲然とスタフォロス砦の城主の前に立っていた。

だが、城主のもう一つの命令のほうはうまくいかなかった――仮面であるのかないのか、豹頭は、生まれついてそう彼の肩の上にのっていたかのようにおおいかぶさっており、何としてももちあげることはできなかった。

騎士のひとりが意を決したように短刀をぬき、リンダは拳を口にあてて悲鳴をあげた。だが、

「いや、待て」

城主がとめた。

「よかろう、この男は豹人なのだ。傷をつけるのはやめておけ。あとで考えてみよう――わしはいまだかつてこのようなものが悪霊でなく血肉ある人間で存在するなどという話はきいたこともないが。――おもしろい、あとでその男にはここでなく地下でもう一ぺん目通りさせよう。

ところでこの双児がパロの真珠か？」

仮面に下半分を、かぶとに上半分をおおわれた顔がこころもち動いて、ゆっくりとそちらを向いた。

リンダは何となく身ぶるいし、レムスの勇気づけよ

うとする手がぎゅっと腕を握りしめるのを感じた。

「わたしはスタフォロス砦をモンゴールの大公、ヴラド殿下よりあずかるヴァーノン伯爵だ」

　黒い男はゆっくりと名乗った。とたんに、リンダは反射的に叫んでいた。

「ヴァーノン！　『モンゴールの黒伯爵』！」

　そして、嫌悪のあまり叫び声をあげて目のまえの男からあとじさろうとし、黒騎士たちに手荒くおしもどされた。

　黒づくめの男は笑った。その笑い声はどうやらされこうべの中で風が鳴っているようにぶきみで、うつろだった。

「黒死の病に犯されたモンゴールの黒伯爵の名は、遠く中原のパロにまでひびいているか」

　ゆっくりと彼は云い、また笑った。

「怯えることはない、だからこそこうして全身をすっぽりつつみ、外気にも人目にもふれぬようにしているのだ。ヴラド公には、それでもなお宮中をうろつくにはふさわしくないものとお思いになられて、それでこうしてこのような辺境の最西端の守備隊の城主として追い払われたがな。まあ、ケス河をひとつこえればただちにうろつき出す妖魅どもと、これほど近くに住まうのも、仲間と共にあって淋しくないようにという、大公のお心づかいだろう。

　どうだ、噂に高い黒伯爵のすがたを、話の種にひと目見たいか？　もっとも、人間とは名ばかり、辛うじて人のかたちをとどめているにすぎんがな。お前たちの隣のその化物のほうがわしよりよほど人間らしいわ」

　そして黒伯爵はおもむろに手をもちあげ、かぶとをぬごうとした。

　リンダとレムスは心ならずも戦慄におそわれてあとじさったが、こんどは押しもどす手はなかった。騎士たちも覚えず鼻白んであとじさっていたからである。黒伯爵はまたからからと、うつろな風のような笑い声をひびかせて手をおろした。

「案ずるな」

彼は云った。

「わしにとりついた業病は、空気にふれてひろまるので、わしは決して肌の一部さえも外気にふれさせない。それゆえ、この騎士どもも、わしと同じ砦に住みここを守っていても罹病することはないとわきまえているさ。ところで双児よ——」

彼は立ちあがった。動作はいかにものろくさとして、辛そうだったが、テーブルに手をついて立ち上りおえてしまうと、異様なほどに背が高かった。

「このような辺境の砦で余生を送っているので、わしははじめ狼煙《のろし》とタロス砦からの早馬で、パロの双児がこのあたりに逃げこんだので捕えるようにとの命令をきいたとき、ひどく驚いた。なぜならわが大公殿下がパロを落とした、と狼煙が知らせたのが、さよう四日前のことで——中原の中央に位置するクリスタルの都から、このスタフォロスの砦の周辺にわずか二日あまりで移動するなど、太古の黒魔術の心得でもあるものならば格別、なみの人間には、とうていかなうわざではないからだ。

しかも、狼煙の知らせたところによると、大公はクリスタル・パレスを落としたものの、かねてからそこにあると人の口に高かった、パロの財宝はなにほども手に入らなかった、という。——いやいや、これは大公の狼煙ではなしに、わしの私設の情報係が教えてくれたものだが。

考えてみればパロはケイロニアの数倍、ゴーラに至っては十何倍もの長い年月のあいだ中原に君臨してきた古い国だ。当然そこには古い叡知もたくわえられていよう。いかに不意をつかれてモンゴールの軍隊の蹂躙にまかせたとはいえ、一朝夜にしてがれきと化してしまうほど、パロは脆くはないはずだ。

パロの双児よ、わしはお前たちを、布令どおりにモンゴールの都トーラスへ送りとどけるが、お前たちを生きてとらえたのはわしの幸運なのだから、わしがそのパロの秘密を手に入れても、罰はあたらぬと思うのだが……」

「パロには、秘密なんかないわ！」

　リンダはあおざめながら叫んだ。

「いや、ある」

「ないったら！」

「ではいったい、どうやってお前たちは、わずか一日で、クリスタルの都からこのルードの森へ、居場所をうつすことができたのだ？　空でも飛んだか？」

「さっき自分で云ったでしょう。黒魔術には、そのぐらいのことはできるわ」

「ではその黒魔術を明かしてもらおう」

「まっぴらよ」

　リンダははなはだ高貴な王女らしからぬしぐさで下唇をつきだした。

「さっさとわたしたちを殺して、塩づけの首を木箱につめてトーラスへ送りなさい」

「よい度胸だ、娘よ」

　黒伯爵は例の笑い声をあげた。

「だがお前はまだ何も知らぬ、この世には真に耐えがたいものがいくつもあるということさえ知らぬ。ある種の人間は、何かを手に入れたいと望めば、どのような手段をつかってでも手に入れるものだ、ということさえ知らぬ」

「拷問のことね」

　リンダはおちついて——あるいは少なくともそれを装って指摘した。

「何でもするがいいわ、火でも、水でも。どのみちわたしたちはパロの王家のさいごの生きのこり——パロの誇りと共に死んでいった方がましよ。汚辱の中で永らえるくらいなら舌をかむわ。パロの知恵も、栄光も、わたしとレムスと共にほろぶのだから、わたしたちの死はムダではないわ」

「お前は生まれながらの女王だな、小さい娘よ」

　黒伯爵は讃辞を呈した。リンダは長いプラチナ・ブロンドの髪を振りやり、かわいらしいあごをつんとそらせた。

「わたしは拷問台の上で息絶える瞬間までパロの女王で、聖なる血筋の純粋な継承者で、誇り高いアルドロス三世の愛娘で、――そして《予言者》リンダなのだわ。自分のことをかえり見て、わたしの前に姿をさらして立つことを恥じるがいい。――そしてレムスもパロの正統な皇太子、世継の王子――父上がモンゴールの槍にかかったときからは、パロのただひとりの統治者なのよ」

リンダはきびしく云い、どぎまぎしているようすの双児の弟をいかにもはがゆそうに前に押しやった。

「も――勿論だ」

レムスは威厳をとりつくろって云ったが、その姉よりもずっとやわらかな線を描いているあごは、いくぶん弱々しくふるえていた。

「パロスの二粒の真珠は一方よりももう一方がやわらかな貝につつまれているようすだな」

黒伯爵は笑って評した。

「パロの秘密も、やわらかい方の貝をこじあけて、思いのほかかんたんに手に入れることができそうだ。だが――わしは、業病に脳までも侵されているせいか、ひどくひねくれた人間でな。やわらかい貝よりはかたくなな貝から、輝かしい真珠をとりだすことに喜びを覚える。わしは、お前が何も知らぬ、この世で真に耐えがたいということがあるのを何も知っておらぬと云ったが――」

伯爵は、膝関節に故障でもあるかのようなぎこちないしぐさで、ゆっくりと動いて、石の壇をおりはじめた。

「たとえば、どんな感じのものかな、この鎧の下は包帯をまきたてて膿だらけのからだ――業病のために生命ある腐肉のかたまりと化したこのからだに、二人きりの床の上で、ぴったりと寄り添われ、抱きしめられ、口を口にかさねられるとしたら？　手をつかまれ、ひきよせられ、その滑らかな肌におぞましい膿をべったりと塗りたくられるとしたら？」

リンダが金切声をあげて後ずさった。悲鳴をとめようと、小さな拳を口にあてたが、どうしてもとめることができなかった。

「火や灼いた鉄や革ムチでは、たしかにお前のような魂を従えることはできぬだろうな、中原の小さい女王よ。――だがお前の心が高潔で激しければそうであるほど、生きながら腐った肉と、ただれてにじみ出る汚らわしい膿とに耐えることができるかな？　わしの寝床に縛りつけられたら、それでもお前はあらいざらい、パロの最高の秘密を、あることないこと叫び出さずにはおれるかな？」

黒伯爵はゆるやかにリンダのほうへ手をさしのべ、近づこうとした。実際にしたのではなく、そうしようとするそぶりをみせただけだったが、リンダは恐怖に我を忘れて長い髪をつかみ、かたく目をつぶりながら、

「やめて、やめて、やめて!!」

と叫びつづけた。

しばらくそのリンダの紙よりも白くなった顔を眺めていてから、伯爵はかすかな笑い声をたてた。それは悪意にみちていた。

「それ見たことか」

彼は云った。

「この世には、どのようにしても耐えられぬこと、というのはあるものだ。だから、子供の身で、あまりに生意気なことばを思いあがって吐かぬがいい。――どのみち、いずれはお前たちの口からパロの秘密を吐いてもらうことになる。逆に云えば、それをききだすまでは都にむけて、パロの子供たちをとらえた、という狼煙は出さぬ。わしはどうあってもパロの秘密、できるものならパロの財宝のゆくえをも、最初にききだす人間になりたいのだ。

だが――わしは見てのとおりの業病の身だ。一日のほとんどを、わし一人のために作り直された塔の中で生活している。そうでないと砦の兵がいとわしがるし、わしもまた――わしの病には、あかりや音

や空気がことごとくさわるのだ。だから、わしは一日のうち数刻だけしか、この本丸におりて来ない。

　今日はもうその限度が来た。第三隊長よ」

「は」

「この三人を塔につれていき、とじこめよ――わしのための黒い塔でなく、虜囚のための白い塔の一室へ、そして食物と水をやり、決して逃げ出せぬよう念を入れて見張っておけ。責任はすべてお前にある。――それから、その豹の男だが、その男には、わしはおおいに興味をそそられた」

「仰せのとおりで」

「そやつは何者で、どこから来て、なぜそのような外見をしているのか――それもさりながら、その筋肉が見かけどおりに鍛えられたもので、そのいまわしい獣の頭の中に、獣ほどの知恵がつまっておるならば、モンゴールの国境のなかではこの男はこの男と同じ重さの純金ほどにも値打ち物だということになる。なぜならヴラド大公殿下の尚武政策により、モンゴールではたびたび各地で大闘技会がもよおされ、そしてその勝者である名だたる闘士たちは恐るべき巨額の賭けの対象となるのだからな。

　――いや、この男は、万が一にも殺したり、傷つけたり、餓えで弱らせたりしてはならんぞ。半獣半人の格闘士――それはどんな評判をよぶことだろう。ただしそれも、こやつが見かけに愧じぬ戦いかたができればの話だが……」

　黒伯爵はふいにぐらりとよろめき、テーブルに身を支えた。騎士たちは騒然となったが、だれひとりとして、あるじを助けにその呪われた男に近よろうとするものはいなかった。黒伯爵はしばらく息をととのえていたがせきこんで云った。

「わしは早く塔に戻らねばならん。その三人をつれていき、後刻にそなえよ。くれぐれも逃がさず殺さぬようにしろ。その豹の男には、夜、地下室でわしが戦いぶりを調べてやることにする。よいか」

「はッ」

隊長が胸に手をあてた。とみるや、黒伯爵はいきなりよろめきながら椅子にくずおれ、そしてどこかにかくされたボタンをでも押したらしい。

ふいに、椅子ごと、石の壁がぐるりとまわって、あとにはひとつも椅子のないただの壁があらわれた。病がのこされているのを恐れて、椅子もまたその場にのこさぬ用心にちがいなかった。

考えてみれば、砦につきものの従者や下僕、主君に近くつきしたがう近習などひとりも見当らぬことにリンダは気づいた。スタフォロスの砦がまるで無人の城のような印象を与えたのも当然、黒死の病をおそれる城のものたちは、必要最小限しか城の主と接触せぬようにして、かれら自身の居場所にたむろしているのにちがいない。

そう思っていたとき、

「ひとつ云いのこした」

突然地の底からのように独特の重々しい声がひびいてきて、彼女はすくみあがって見まわした。

だが騎士たちはおどろいた色もない。そこでリンダはそれが石のあいだに埋められ、注意深く隠された伝声管であることに気づいた。

「パロの王女はだいぶお疲れのようだ。塔の小部屋は王女だけ別室にしてさしあげるがいい」

「何を――！」

弟とひきはなされては、とリンダは反論しようとしたが、そのまま伝声管は沈黙し、騎士たちは無言のまま三人を引ったてる仕事にかかった。

「リンダ、ぼくたち引きはなされるよ！」

レムスが叫び、隊長に直訴しようと身をのりだした。しかしグインがふいに吠えるような声で云った。

「ムダだ、やめておけ。あとで俺が何とかする。ともかくいまはこ奴らは俺たちをどうするつもりもないのだ。ひきはなされるぐらいは我慢して、力をたくわえておけ」

「だって――ぼくたち、生まれてからいちどだって別々になったことがないのに！」

「我慢するんだ」

そっけなくグインは云い、うしろから小突かれるままにまた石の回廊をまわり、石段を上って、白い塔へとのぼっていった。リンダとレムスも不安げにつづいた。

それもまたすべて石づくりの、ひえびえとした空気のわだかまっている塔だった。いったんおもてへ出てから再び建物に入り、らせん状につづく階段を二人づつ並んで上りつづけたところで、まず、隊長は大声で、グインとレムスのとじこめられる室のカギをあけるよう命じた。

ひどく背が低くて、不具ではないかと思える、頭巾をかぶった牢番があらわれて、二つ並んだ石の扉の手前のほうをひらいた。グインは身をこごめて自ら石の室に入ってゆき、レムスはリンダをふりむいて訴えるように手をのばしたが、そのままつきとばされて室に入り、そのうしろで重い扉がぴたりとたて切られた。

隊長は交互で見張りをするよう部下に命じてから、奥の室にリンダをとじこめるように牢番に云った。

「そいつはムリってもんでさあ」

というのが、その牢番の返事だった。

「つい昨日、伯爵様自らがその室に若い悪魔をとじこめ、処刑の日時を決めるまで待つよういわれたばかりですからな」

「誰か入っておるのか」

隊長は当惑して他の牢のことを訊ねた。牢番は汚い歯をむきだして笑った。

「娘っこひとりなら、塔のてっぺんの小部屋でもよかべい」

「塔の天辺の小部屋——」

隊長はためらったが、やがて意を決したようにうなづいて、リンダに階段を上るよううながした。

隊長のそのためらい、牢番のイヤな笑いかた、が、リンダにふと奇妙な不安を抱かせた。しかしリンダはかれらなどに弱みをみせる気はなかった。彼女は頭をまっすぐに立て、しだいに幅がせまく、急になってくる石段を、小突かれる前に進んでのぼった。

小部屋の戸があけられた。中はひどく暗く、そしてかびくさかった。リンダはぐいと唇をかみしめ、中に入った。扉がしめられ、カギをかう音がうしろにひびいた。

「気丈な娘だ」

外で声がきこえる。リンダは暗さに目を馴らそうとぎゅっと目をとじた。

「だが一夜ここで明かしゃあ泣いて憐れみを乞うでな」

きこえよがしの嘲りの声と笑声、階段をおりる足音がとおざかってゆく。リンダは両手で胸を抱き、ゆっくりと目を開いた。

そして、音をたてて息をのんだ。急速に、身体中の血がひいてゆくのがわかる。

暗がりに、何かがうずくまり、彼女を見上げていた。その双つの目は蛇か何かのように床のすぐ上で、暗く凶々しい、緑色の燐光を放ってちろちろと燃えていたのである。

3

室の中はうすぐらく、そして冷んやりとしていた。高いところに切ってある、小さなあかりとりの窓だけが、唯一の照明源だったからだ。

しだいに目が慣れてくると、室内に無造作におかれた、さまざまな調度、毛皮を投げかけてある長椅子、低い卓子の上の水さし、などが目に入ってきた。少なくともかれらは虜囚を、それほど不自由な思いをさせる気はないのだ。

「グイン……」

扉に外から厳重にカギをおろし、兵士たちの足音が遠ざかっていってしまったのをたしかめてから、レムスは心細い声でささやいた。

「ねえ、どうして彼らは、リンダだけを別の室にしたのかしら？　リンダは無事でいると思う？」

グインはその並外れた長身をさいわいに、あかりとりの窓から外のようすをさぐろうとしきりにのびあがっているところだった。

しかし、見わたすかぎり暗色につづいている辺境の森と、そのもっと彼方にひろがる荒野、それらの背景をなしている紫色の山々と、それらすべてを真二つに区切ってよどんでいる暗黒のケス河、という、はなはだ心を和ませない荒涼たる風景でしかなかった。森の一箇所でばかに明るくみえている部分があるのは、昨夜かれらが焼き払ったルードの森だろう。

「わからん」

グインは素気ない答えをして、外を見ることをあきらめた。

「だって……」

レムスは少年らしい不安にかられて連れを見つめ、ほっそりした両手をねじりあわせた。

「くよくよしても、しかたのないことには、くよくよせんことだ」

豹頭の戦士は吠えるような独特の喋りかたで云った。

「お前の姉は気丈者だ。たいがいの危険は自分で何とかできる」

「でもあの気味わるい伯爵——」

レムスは云いかけたが、ふいにぎょっとした顔で口をつぐんだ。

「どうした」

「な——何か音が」

「外に見張りの兵が歩きまわっているんだろう」

「違う！」

レムスは不安そうに首をかしげて、左の壁を指さした。

「そっちだよ。ほら、またきこえてきた！」

グインはレムスの示すほうへ目をやったが、はじめは何も少年のいうような異常は感じとれなかった。

いぶかしげに彼がふりかえったので、少年は草ウサギ《トーリス》を思わせるかわいらしい目を丸くしながら、一生懸命になって彼を納得させようとした。

「ほら！——壁をひっかくみたいに、カリカリ、カリカリって！」

「おお」

とだけ、グインは云った。いまは彼の耳にも、その音ははっきりきこえていた。

「な、何だろう」

「穴ネズミ《トルク》だろう」

「でも……」

グインは、同じ《パロの二粒の真珠》とは云っても、姉娘と弟の少年とで、その魂の色合いにはかなりの相違があることに、すでに気づきはじめていた。パロの世継であるところのこの少年は、長年、弟としてリンダにリーダー・シップをゆだねてきたせいかもしれないが、明らかに姉より数段内気で、繊細で、感受性がつよく——あえて云うならばまだ幾分その羽根には白いそれが混っているようだった。

「あんなネズミなど……」

グインは嘲るように云いかけたが、ふと言葉を切ると、そちらの壁を見つめた。彼の丸い頭がけげんそうに傾いた。

カリカリ……カリカリ、という、石の壁をするどい歯がひっかいているような音がやみ、かわりに、とんとん、とんとん、と壁を音を忍ばせて叩く音がはじまったのだ。

グインは目を光らせてそちらを見つづけ、不安そうなレムスの手が胸にしがみついてくるのも無視した。

「トルクではない」

彼はほとんど他の者にはききとれぬような唸り声で呟いた。

「辺境の大ネズミが格別に悪魔の知恵をもっているなら別だが——トルクが石壁をかじるだけでなく、それを叩いて隣人に通信するなどという話はきいたこともない」

「グイン」

　レムスがささやいた。

「隣の牢の囚人だろうか」

「ああ」

　グインはそれ以上云わなかった。云う必要がなかったのだ。そのとき、とんとんと向うから叩かれていた、壁の一部が突然にせりあがり、小さい石のひとつがぽろりとはずれてかれらの室へころげおちた。

　グインが手をのばしてその石を床におちる前にすくいとったので、ドアの向うに立っている張り番に、室内の異変を気づかれずにすんだ。その、石がはずれて、ぽっかりとあいた、十タルス四方くらいの小さな穴から、押し殺した笑い声がきこえてきた。

「やれやれ」

　まだ若い、しかしどこか不敵でユーモラスなひびきをひそめた張りのある声がつづけてささやいた。

「やっとこれで、通話用の窓ができたぞ」

　レムスが目を丸くして何か云おうとする。グインはその肩をおさえてひきとめ、壁の横にはりつくようにして、気配を窺った。彼はまだ、これが黒伯爵ヴァーノンの手ではないか、という懸念を忘れてはいなかったのだ。

　隣から返事がないので、壁の向こうの声は、ほのかな疑惑をはらんだ。

「おい」

　性急な声が云った。

「誰も隣の牢におらんのか。そんなわけはないだろう。おれは、うとうとしていたところへ、塔に上ってくる大勢の足音、剣とよろいのふれあうひびき、扉が開き、しまり、そして錠のおろされる音でとびおきたのだからな。おい、答えろ、そっちの牢の新しい住人は何者だ？」

　グインとレムスは顔を見あわせた。グインはまだ疑いをすてていなかったが、気短からしいその若々しい声には、その苛立った調子と、何とはない横柄なひびきにもかかわらず、人に不快を与えないなにかがあった。

「おい、きこえないのか？　それとも用心して名乗らないのか、あるいはあの厭らしい生きぐされの化物にお得意の拷問にかけられたばかりで、答える力もないのか？　それだったら、呻いてでもみせるがいい――それとも、まずこちらから名乗ってみせろというのなら、いいとも、礼儀作法は守るさ。どのみちおれがあの陰気な城主にたてついて、面とむかって膿だらけの腐肉と罵ってやったために、その場で鎧と剣をはぎとられてここに叩きこまれたことは、すでに砦じゅうに知れわたっているはずだからな――おれはイシュトヴァーン、ヴァラキアのイシュトヴァーンで、トーラスで傭兵としてモンゴール軍に投じたばかりにこのいやな墓場に送りつけられることになったのだ。おい、お前が何者なのかは知らないが、聞けよ、このスタフォロス城、こいつは、とんでもないところだぞ」

「どういうことだ？」

グインはつりこまれてきいた。なるべくはっきりと口をあいて発音したのだが、壁のむこうの声はけげんなひびきにかわり、

「お前は北方のタルーアンの頭の足りねえ巨人族か、それともノスフェラスの悪魔みたいな蛮族ラゴンなのか？　まるで口の中に生肉を頰ばっているみたいな喋り方じゃないか」

遠慮なく評した。もっとも、それにも長いことかまってはいず、「とにかくここはろくでもないところだし、そこを治める奴はといえば膿汁にまみれた腐肉だが、それだけならまだ我慢はできるというものだ。おれは十二のときから傭兵となってあらゆる城と戦場をわたり歩き、もっとひどい豚小屋にだっていくらも暮らしてきたからな。だがここは――おい、おれも名乗ったんだ。そっちも名乗って、なぜここにぶちこまれる羽目になったのだか云えよ」

「俺の名はグイン」

グインははっきりと発音しようと努力しながら云った。

「ルードの森で黒騎士隊に捕われたのだが、黒伯爵はどうやら俺をトーラスの大闘技会に出して闘わせるつもりらしい」

「なるほどな」

イシュトヴァーンの声がいくぶん親しみを帯びて、

「あのいまわしい膿袋は、たえず賭けでひと財産つくれそうな格闘士奴隷を探しているからな。なら、傭兵のおれとは仲間みたいなものだ。別に、モンゴールのヴラド大公に剣を捧げたというわけではないんだろう」

「俺の剣はいまのところ俺以外の誰のためのものでもない」

「なら、教えてやるが——いいか、おれは間もなくこのとんでもない呪われた城をおさらばするつもりだが、そのときはお前も何があろうとも脱走することだぞ。でないと、いいか、この呪われた城の石ひとつひとつが頭の上に崩れおちてくることになるぞ」

「どういうことだ？」

またグインはきき、なだめるようにレムスの肩を叩くと自分の隣にすわらせて、自分も壁の穴の横に椅子をひきよせてあぐらをかいた。

「この城が呪われているっていうことさ！」

傭兵は陽気に、

「おれは四つのときからひとりで戦場稼ぎをして生きのびてきたし、十二のときにはもう大人の鎧をくすねて一人前の傭兵だった。だから云うのだがおれの、生きのびるための直感は超能力といっていいほど鋭いのだ。人は、それで、おれのことを魔戦士などともいう。どんな戦場でも、どこにどんな危機がひそんでいるかかぎあててしまうからだ。

そのおれが云うのだからまちがいはない。この城には悪魔がとっついている。災厄の黒雲がこの城をおおいかくしている。その瘴気はあの包帯だらけの城主にあるのかもしれないし、あれはただその災厄の一部にしかすぎないのかもしれん。

　だが、グイン、いいか——いずれにせよこの砦は何かに呪われているぞ。傭兵部屋でこっそり囁かれていた話だがな、近習たちでさえ決して近付こうとしないあの黒い塔の中で、いったい何がおこっているのか、誰も知らぬそうだ。しかしたしかに何かがおこっている、その何かとは——チェッ、たいして知りたいとも思わんがね！」

「何か、あかしがあるのか」

　グインは興味をもってきいた。

「さよう——はじめは、近習だったたな」

　というのが、《魔戦士》イシュトヴァーンの答えだった。

「そいつはおれがここへ部隊と共にやってくる少し前のことだ。近習の若いのが、間をおいて三人、つづけて行方不明になって、その三人が三人とも、さいごに見られたのが、黒い塔の入口近くだった。それからうまや番の下僕、そして昔からヴァーノン伯爵につかえていて、この辺境の地に送られた彼にも忠実について下ってきたのだという老執事だ。

　黒騎士隊がかわるがわる外に出て、内密の使命を果して来るようになったのはその執事の行方不明で、砦じゅうに前々からのあやしいことが噂になりかけた直後だよ。黒騎士隊は夜明けに出ていって、夕刻、隊列の中に何やらマントをきた二、三人をおしつつむようにして帰ってきた。ところがかれらがそうするようになって以来、城中の者が行方不明になることはぴたりとやみ、噂が口にのぼることもまた、たえてなくなったのだ」

「……」

「なあ——きいたことがあるのだ、おれは。たしかトーラスの魔法使いに、黒死病という業病にきくのは、人の生血と、生肉以外にはないと」

「……」

「おれは《紅の傭兵》イシュトヴァーンだが、おれが超能力者と呼ばれるのは別に噂のように魔物がとりついているからではない。ただおれには人の見ぬもの、見ぬふりをしているものが見え、またかけはなれたいくつものものをひとつの模様に戻して見ることができるからなのだ。なあ、この砦が長くないというのはほかでもない――この砦の周辺にある開拓民や猟師の家からはおそらくいけにえを狩りつくして、このまえ例のお忍びの任務を果たしに出ていった黒騎士隊がマントをかぶせてつれ返った人間、というのは、わずか身の丈一タールの矮人が五、六人、それが何かのはずみで猿ぐつわがはずれたときに、『アルフェットゥ！　アルフェットゥ！』とわめくのがきこえてきたからなのさ」

「アルフェットゥ？」

「蛮族の神の名だよ、グイン」

　レムスがささやいた。

「ノスフェラスの荒野に住むセム族の神の名がアルフェットゥというんだよ」

「草原の神モスに誓って！」

　イシュトヴァーンがわめいた。

「そこにはもう一人いるのか？　それを早く云え！」

「しッ」

　グインは舌打ちして、

「訳は云えんが、俺は子供を一人連れているし、もう一人の子供――女の子だが――をこの牢の入口で引きはなされてしまったのだ。イシュトヴァーン、あんたが脱走するのはいいが、俺はどうやらまずその女の子を助け出さんとならぬようだ」

「おお、グイン！」

　レムスはグインの手を握りしめた。壁のむこうからはややあって、

「女の子がいて――一人だけ、引きはなされた？」

「ああ。どこやら別の小部屋にとじこめるといって連れていかれた」

「おい――そいつは、危険だぞ」

「どうして」

レムスが夢中で叫んだ。

「どうして危険なの？」

いきなり石の扉が、槍の先か何かで激しく叩かれ、

「うるさいぞ！」

と張り番の怒鳴る声がした。かれらは沈黙し、やがて声を低めてまた語りはじめた。

「もしかしたら――」

イシュトヴァーンは怒鳴られたことなど意に介さずに、

「その女の子というのを別にしたのは、その例の用途に使おうという肚なのかも知れんぞ」

「そんな――！」

レムスは震えながら、

「リンダを、悪魔の薬にするために生血を絞ったりさせないよ！」

グインは震えている少年の肩を叩いて慰めた。隣からはそんな少年の動揺などいっこうにかまわぬように声がつづいた。

「ならなおのこと急がねばならんというわけだ、そうだろう。実はおれ自身も少々焦っている。それで遠からずセム族がかれらの同胞を取り返しにか、復讐にか、いずれにしてもこの砦を大挙して襲って来るだろうと踏んだのでな、おれはあの化物に喧嘩をふっかけ、怒らせて、トーラスの都へ送り返されようともくろんだのだ――おれはヴァーノン伯爵の領地からの徴兵でなくて、モンゴール軍の傭兵なのだから、おれを罰するのはトーラスのグドウ将軍の筈だからな。ところがほんの少しおれはやりすぎてしまった、あるいははじめから化物には軍律に従う気持がなかった。都へ、次の連絡隊と共に送り返すかわりに彼奴は、ただちにおれの処刑を宣告しここにぶちこみやがったのだ。おそらく奴は処刑にことよせておれの血を絞ろうと思ってるのかもしれん。――むろん、おれは、そんなことぐらいでは参りはしなかったがね。おれは《魔戦士》イシュトヴァー

ン、生まれてきたとき、掌に玉石を握っていたので、土地の老予言者は、この子はいずれ、掌の上に王国をのせて支配することになろうと予言したのだ。おれは自分の運命を信じている。おれはいまのところまだ、一介の若い傭兵にすぎぬし、おれはいずれ天下をとるのだ。とすれば、天下をとっておらぬおれがここで傭兵のまま、いやな化物なんかに血を吸い殺されるわけはないからな。

というわけで、どうせおれは今夜かあすの夜明けには牢を破ろうと思っていた。だが、お前たちは——

——」

「われわれにも、どうやら、ここで死ぬわけにいかぬ理由がありそうだ」

考え深げにグインが云い、声がよくきこえるよう石壁の穴に身をよせた。

「イシュトヴァーン、あんたは世界じゅうを巡ってきたといった。それなら——《アウラ》という名前——か人——に心当たりはないだろうか？」

レムスは下唇をかみしめてグインを見やり、それが、グイン、という彼自らの名前以外、すべてを忘れ去ってレムスとリンダの前に突然あらわれたこの異形の戦士の、記憶に残っている唯一の手がかりであったことを思い出した。同時に、いまさらのように、グインとの出会いかたがどんなに不思議な、謎めいたものであったのかを思ってみずにはいられなかった。かれもリンダも、もうずっと長いことこうしてグインと旅をつづけていたような気持になりかけていたからだ。

「アウラ——アウラと。国の名でなし、町の名でなし、女の名前みたいだな」

陽気な傭兵は考え考え答えたが、ふいにはっと息をのむ音がして、

「ヤヌスの老人の顔にかけて！」

急に声が鋭く、いとわしげなひびきを帯びた。

「双面神ヤヌスの老人の知恵の顔と青年の生命の顔にかけて！　おれが壁ごしに喋っていたのは何とい

う化物なんだ？」

グインは話に熱中したあまり自らの異形を忘れ去って、向こうから見える位置に豹頭をあらわしてしまったことに気づいた。イシュトヴァーンの口汚い罵声がきこえて、

「運命の神ヤーンの三巻き半の尻尾にかけて！　お前はいったい何なんだ、半獣神シレノスか、それとも生まれもつかぬ辺境の妖魅どもか？　おれはあわや魔物を道連れに背負いこんじまうところだったのか？　おれはあのいとわしい《不具者の都》キャナリスにも傭兵として行ったが、そこでだっておまえのようなしろものを見たためしはないぞ」

「俺は――」

グインは事情を説明しようと口をひらきかけた――だがそのとき、ふいにイシュトヴァーンはひどくあわてた低声で、

「おい、兵どもが上ってくる。きっと晩飯の焼肉を窓から投げこんでくれようというのだ。お前の正体のせんさくはあとにしてやるから、早くさっきの石をひろって元通りにおしこめ。おれの折角たてた計画が水の泡になる」

「わかった」

グインは云って、石をさがし、元通りに壁の穴にはめこんだ。それは真にきわどいところだったのだ――なぜなら、彼がそれをし終えて長椅子の上に腰をおろすかおろさぬうちに、階段を上ってきた一隊の重々しい足音が二つにわかれ、一方は奥、すなわち傭兵の室の前で止まって、扉の上部についている窓をあけて「食事だ」と叫んで投げ入れる気配がし――それと同時に錠を外す金属的な音がかれら自身の室の扉にひびいて、ゆっくりと石の扉が開いたからである。

牢獄の入口に立っている黒騎士たちは、皆手に松明をかざしていた。その光でおぼろげに照らし出されて、はじめて虜囚たちは、そろそろ日没が迫りかけていることに気がついた。室内がもともとうす暗

い上に、あかりとりの窓からのぞける空は濃いスミレ色の、辺境特有の色調をしていたので、気づかなかったのだ。松明の光が石壁に虜囚たちと騎士たちのゆらゆらする影をおとし、室内には、逢魔が刻の心もとなさが漂いはじめていた。

「来い」

隊長——面頬をおろしているので、さきの隊長と同一人であるかどうかは外見からははかりがたい——が手短かに云った。

「我らが主君が、お前の力と技をお試しになる」

同時に二人の騎士が前に進み出て、グインの両脇につきそった。

「グイン！」

レムスは叫び、立ち上ろうとしたが、隊長がそれを制し、うしろから進み出た牢番が、卓子の上に焼肉と粉にひいた穀物をかためたもの、それにモンゴールの果実酒のつぼ、という一人分の食物をおいた。

「豹人だけだ」

隊長はかんたんに告げると、彼を引ったてるよう合図した。グインはそれが彼の主たる特質をなしている、ふしぎな無感動な態度で立ち上り、両脇を騎士たちにかためられたまま促されるままに室を出た。

どうやら、彼にとって、静と動とは極度に背中あわせの二面をなしているもので——彼はその頭に冠せられている野獣そのものと同様に、きわめて忍耐強い長時間の沈黙と待機からすさまじい破壊と暴力へ、嵐のような爆発と闘争から無為なときには筋肉ひとつ動かそうとせぬ、一見従順とまがうばかりの無抵抗と無感動へと、一瞬にして移行することができるのであるらしかった。

その彼が黙ったまま連れ出されると、もと通りに石の扉がとざされ、錠がかけられ、レムスは一人きりで残された。騎士たちは壁の灯明入れの松明を一本残していってくれたが、それはかえって室全体にゆらゆらした魔物めいた影を投げかけてぶきみだった。

グインがつれてゆかれ、リンダともひきはなされて、パロの王子はぼんやりと長椅子の上にうずくまり、卓子の上の食物にも手をのばす気になれずにいた。だが、兵士たちがたしかに行ってしまい、塔が静かになった、とみるや、またあの音――石のまわりのつめものをそっと注意深くひっかき、向こうがわへ押し出そうとする音がはじまった。

「そっちからも引っぱってくれ」

傭兵の声がした。レムスはあわてて手をのばし、石をひっぱったが、あやうく石のぬけた勢いでうしろに倒れるところだった。

もとのとおりにのぞき窓があくと、松明のあかりに照らされて、黒いきらきらする目がのぞきこみ――それから若々しい、しかし引きしまった顔全体が壁にかこまれて見えた。

「どうした、小僧」

傭兵はささやいて、唇のまわりについた焼き肉の脂を手の甲でぬぐった。

「彼らはあの豹の男をつれて行っちまったのか」

「ええ」

レムスは泣き出しそうな声で云った。

「黒伯爵が、グインの力と技を試すのだそうです」

「ははあ」

《紅の傭兵》はそれが持ち前らしい、楽天的で不敵なようすで云った。

「じゃ少なくとも殺されはせずに戻ってくるというものさ」

のぞき穴から、松明に照らされた室内やレムスのようすを物珍しげに見ていたが、

「おい、小僧、なんだってそんなにふさぎこんでるんだ？　大丈夫だって、その食い物には黒死の菌は入っておらんさ」

陽気に保証した。

「おまえは服装からして、モンゴールの開拓民の子どもなんかじゃないなあ。いったいなんであの化物と旅をし、スタフォロス砦の騎士隊にとらわれたん

だ？　いったいあの化物は――くそ、まるで化物の巣《ドール》じゃないか、いくら辺境とは云え――何者なんだ？」

「グインはいい人だよ」

レムスは云い、疑わしげにのぞき窓をにらんだ。

イシュトヴァーンはそんなことばは聞き流して、

「とにかく飯を食えよ、腹ごしらえをするんだ。お前が生血を絞られるのがイヤなら、おれに手をかしてくれ。おれはこのいやったらしい塔をぬけ出すために石を抜き、何とかくぐりぬけられる穴をこしらえたんだが、そこからケス河まで無事に這いおりるという段になって困っていたんだ。おい、この穴から、そっちの室の寝台の掛布をさし入れてくれ。おれの室の奴だけじゃ、充分なくらい長い紐をこしらえられないんだ。といって、あんまり細く裂いては、おれの体重を支えることができないしな」

「ケス河？　ケス河へおりてどうしようというの？」

云われたとおりに掛布をさし出しながら、おどろいてレムスは云った。イシュトヴァーンは笑い出した。

「別にどうするか決めておらんさ。ただこの塔の外側の城壁が、ケス河の暗黒の流れの上にまっすぐつき出しているから、とにかくここから出ようとしているだけだ。いいから肉と穀物を食えよ。腹が減っていては何もできない、というのは傭兵の最初の鉄則だぞ」

レムスは云われたとおりにしながら、隣の室できき、つなぎあわせて器用に縄梯子をつくる気配をじっときいていた。イシュトヴァーンが彼には松明をくれなかった牢番をののしったり、ぶつぶつ呪いのことばを並べたりしながら、不屈の努力をつづけているのをきくと、いまさらのように、わずか数日前まで美しいクリスタル・パレスで世継の王子として大切に守られてきた身の、いまの心細さが心にしみ

《紅の傭兵》が丈夫な歯と指で掛布をたてにひきさき

た。

　グインは日が完全におちて、青白い月が森を照らしはじめても戻っては来なかった。縄梯子をつくりおえるとイシュトヴァーンは、長椅子に戻り、毛皮をかぶって、力をたくわえておかねばと云いざま眠ってしまった。リンダの身の上も案じられる。辺境の森――ゆうべまで、二夜をすごした危険と怪異にみちた森の上を、得体の知れぬ影がとんでゆく。

　レムスは長椅子にうずくまり、長い不安な夜を生まれてはじめてのたったひとりで耐えていた。だれが知っていただろうか――それは、長い髭とウマのひづめ、三巻き半の尻尾と時の終わりまでを見通す隻眼をもつ、運命の神ヤーンが、彼の運命の小車を、静かにまわしはじめた最初の瞬間だった。ヤーンは長い、そしてきわめて入り組んだ模様を織りあげようとしており、その模様でそれぞれの役割を果たすべき人々にすら、まだ、かれら自身が自らの運命の糸の先端にあることは気づかれていないのだった。


　グインはなかなか戻らず、イシュトヴァーンは今夜じゅうには砦をぬけると宣言したことを忘れたかのようにぐっすり眠りこんでいた。スタフォロスの城全体を嵐の予兆の黒雲がつつみこみ、砦の兵士たちの夢もまたわけもない不安にいろどられたまま、静かに辺境の夜はふけていった。

4

　そのしばらく前のことである。

　ただひとり、連れのふたりとひきはなされて、塔のてっぺんの小部屋につれてゆかれた、パロの小女王リンダは、彼女のうしろで重い石の扉がゆっくりとしまり、嘲りののしる兵たちの声と足音とが遠ざかっていってからようやく、その室に彼女はひとりぼっちでいるのではないことに気づいて身をかたくしたのだった。

彼女の双生児の弟と豹の戦士がとじこめられた室と同様に、その室もまた、うす暗くて、石でできていた。この室には、その下の階の室にあるようなあかりとりの窓が切ってなかったので、室内はいっそう暗く、目が闇に慣れてくるまでは、ほとんど何も見わけがつかないくらいだった。

かびくさい、奇妙に不快な匂いが室の空気に混りこんでいた。これはリンダの心を和ませはしなかった。予言者の資質に恵まれた彼女にとっては、それは妖魅の領域に、危険すぎるくらいに近づきすぎていることを示すのにほかならない。

だが、——少なくとも、いまはまだ、それに心を悩ませるゆとりはリンダにはなかった。彼女は魅せられ、金縛りになって、入れと後ろからつきとばされた姿勢のままドアに背をぴったりつけて目のまえのそれを見つめつづけていた。——床の上とぼんやり見わけられる卓子の下のちょうどまんなかに、ちろちろと凶々しい光を放ってこちらを見つめ返してくる、双つの緑色の目。

穴ネズミ《トルク》にしてはその目は大きすぎ、人間にしては、人のからだが入りこめぬようなせまい床の上にうずくまっている。リンダの頭の中をちらっと、巨大な《人喰い《マン・イーター》》の長虫とか、ルードの森でさんざん悩まされたゾンビーのような、恐るべきドールの化身のことがよぎった。

リンダは両手を胸にあてがってふるえをとめようとしながらじっと立ちすくんでいた。あおざめたくちびるが小さく主神ヤヌスの名をとなえ、指がそっとルーン文字の魔封じを描く。

だが——どちらからも動くことも、互いの目から目をはなすこともできない、この緊張した対峙は、はじまったときと同様にふいに終わった。リンダは、ふいに、卓の下からのぞくその目が、彼女自身と同様、いや、もしかしたら彼女がそれに怯えたのよりずっと、リンダ自身に対して怯えているのだ、ということに気づいたのだ。どうしてかはわからない——

——たぶん、彼女のそなえている、異常につよい精神感応力のためだったのだろう。

リンダは深く息を吸いこむと、一歩進み出た。

「まあ——怖がらなくていいのよ」

彼女は何とも知れぬあいてにむかって勇敢にも話しかけた。

「わたしだって、この塔の囚人で、あなたと同じ身の上なんだから」

あいてが反応したのは、たぶん彼女のことばの内容でなく——というのは、すぐにわかったように、あいては彼女のことばを話さなかったから——その澄んで子供っぽい、あたたかな声のひびきだったのだろう。はじめは何の反応もなかった。やがて、リンダがあきらめて椅子にこしかけて休もうかと考えはじめたときになって、あいては、おずおずしながら卓子の下から這い出し、彼女と向かいあって立った。

リンダは目を丸くし、やっと闇に慣れた目にうつるそのすがたをびっくりして眺めた。はじめ、それは子供かと思われた。まっすぐに立っても、あいての頭は、ようやくリンダのウエストのあたりまでしかなかったからだ。

しかし、からだつきは、未成熟な子供のそれではなく、むしろサルに似てそれなりの均斉をもっていた。顔つきも、目が丸くて大きい、ある種のサルを思わせた——それはどこか非人間だったが同時に獣とも云いきれぬ何かがその緑色のまるい目の中に光っていた。

乱れた黒い髪の毛を首のあたりまでのばしほうだいにし、からだには毛皮の貫頭衣のようなものをつけただけだ。明らかに、まだそんなに年をとってはいない。それに、そう云っていいならば、たぶん若い女性であるらしかった。からだはすっかり毛皮でおおわれていたけれども、首や手首に、フジづるをあんできれいな花を編みこんだ、しゃれた装飾物をつけているのがわかったからだ。すでにしおれかけている、その花飾りを見たとき、ふいにリンダの胸に安堵と、そして同情とがこみあげてきた。

「あなたも捕われたのね。わたしもよ」

リンダは自分とあいてを指さしてみせながら云った。

「あなたはケス河のむこうに住むセム族だわね。いつもきかされてはいたけれど、こうして見るのははじめてよ」

緑色の目がまたたいて、リンダのことばを理解しようとするようすだった。だが、首をかしげてみせるとこんどは甲高い早口で何か云った。

首をふるのはリンダの番だった。それはリンダには、あえてくりかえすならば、

「スニ、スニ、セマ・ラクンドラ・リーク」

としかききとれなかったからだ。

「どうして、ケス河の向こうが住みかのセム族が、河のこちらがわで捕まるようなことになったの？」

云ってみたが、同じ早口のわけのわからぬことばがかえってきただけだった。

そこでリンダは考えて、最も原始的な交流の手段にたよることにした。すなわち、自分を何回も指さしながら、

「リンダ——リンダ」

そう繰り返してみせたのだ。

反応はすぐにあった。蛮族の娘は自分の毛皮で包んだたいらな胸を示すと、

「スニ」

と云った。リンダは自分をさして「リンダ」と云い、あいてをさして「スニ」と云ってみた。するとあいては嬉しげにうなづいた。

「セム族のスニ」

リンダは云ってみた。

互いの名がわかったところで、それだけのことで、それ以上に手まねで意志を通じあえるわけでもなかったが、しかしリンダは、何がしかの心のふれあいはたしかにあったことに満足した。彼女はゆっくり

した動作で長椅子にいって腰をおろすと、これまでのこと、いまおかれている身の上、これからのこと、などをはじめてしみじみと考えはじめた。

リンダには、たぶん、その予言者の資質と関連して小動物やおびえた弱い心をとり扱う天性のカンもそなわっていたのである。なぜならセム族のスニはひどくおびえきっていて、ひとめ見てもわかるくらいだったから、もしリンダがちょっとでも荒っぽく動いたり、スニにふれようとこころみたりしていたら、たちまちそのささいな交流はふいになっていたことだろう。

しかし、リンダは、空気の流れを乱すのがこわいとでもいうように、ゆっくりとしか動かなかったので、リンダが動き出したときぴくっとした蛮族の少女は、すぐに彼女の意図を理解して、彼女がすわるのを見守った。それから緑色の目を怯えたトーリスそっくりにぱちつかせながらリンダを見つめていたが、そのまま彼女が動かないとみると、リンダから充分にはなれた壁の隅へいってうずくまり、好奇心にかられてじっと眺めつづけた。

リンダは気にしなかった。気にするひまもなかったのだ。彼女は若く、大胆で、そして疲れはてていた。昨夜も、その前の晩も、ろくに眠っていないのだ。

それでおちついてこれからのなりゆきと、パロの唯一の正統の世継である弟王子のことを考えてみようと決心していたにもかかわらず、椅子の上にうずくまると同時に彼女はつよい眠気におそわれ、たちまち眠りにおちてしまった。

若く、健康な少女の眠りをさまたげたのは、妖魔でも、朝の光でもなく――ふいに起こった短い悲鳴、そして絶望にかられた争いの気配のゆえだった。

リンダははね起き、そしてむざんな光景をみた。床の上で、セム族の少女が、壁のどこかの穴から這い出してきた、巨大な穴ネズミ、トルクの二匹をあいてに悲鳴をあげながらもみあっているのだ。

　ネズミの鋭い牙が蛮族の少女の肩と太腿とにかみついていた。むろん、ネズミ族としてはぞっとしない巨大種だといっても、いいところ体長は三十タルスあまりで、小型のネコ、といったところだ。しかしこれはリンダにとっての話だった。身長一タール弱、体重もそれに見あうぐらいしかない、矮人族であるセム族からみれば、トルクは猛犬と同じほどの脅威であるだろう。

「ヒィー！　ヒィー！」

　スニはその牙が咽喉笛を狙ってかいくぐってくるのを、何とか手でつかんでひきはなそうとしながら叫んでいた。

「アルフェットゥ！　ヒィー！」

　リンダは長いこと眺めていたわけではなかった。事情を悟るやとびおきて、周囲をみまわし、手頃な武器を求めたが、見あたらぬ、とみてやにわに床の上へとびかかり、素手でトルクの、スニの肩にかぶりついているほうの一匹をつかんでひきはがした。

　汚い毛皮のぞっとするような感触もかまわずに、力まかせにそいつを石壁に叩きつける。ぐしゃりという音がして、ネズミの頭がつぶれた。

　もう一匹はすばしこかった。スニをはなすなり、リンダにむかってとびついて来ようとする。リンダはすばやくそこにあった小椅子をふりあげ、空中でそいつをなぎ払うと、とびかかって叩きつぶした。

　小動物のつぶれる感じに、全身を悪感が走ったが夢中だった。

　いまのところその二匹の他に室にはいりこんでいるトルクはいない、と見てとると、リンダは椅子をおろし、肩で息をしながら立っていた。が、気がついて、倒れたまま泣きじゃくっているスニをひきおこし、胸に抱きよせてやった。

「大丈夫よ、大丈夫よ」

　髪をなでてやる。セム族は想像を絶するほど、不潔で醜悪だ、ときいていたのだが、スニはきれいずきなのかどうか、悪臭もなく、ただ萎れた花の匂いと、なまかわきの毛皮の匂いがするだけだった。

「アルフェットゥ！　アルフェットゥ！」

スニはくりかえした。その小さなからだを抱いていると、リンダは自分が力強い大きな英雄になったような気がしてきた。

「大丈夫よ。やっつけたわ」

リンダは云ったが、ふいにスニが腕をふりほどき、彼女の足元に身を投げ出して、そのブーツをはいた足にくちづけしはじめたのでひどくびっくりした。

「セママ、ラクラニ、イーニ……スニ、イミクル、リーク」

スニは興奮した声で云った。

「なあに、スニ？　わからないわ」

だが次のしぐさの意味は、リンダにも明瞭だった。スニは首のうしろに手をまわし、首にとめていたフジづるの花飾りをはずすと、うやうやしいしぐさでリンダの首にそれをのびあがってかけた。そして、うっとりとした崇拝の目でそれを見あげると、うしろにさがり、主人にするように胸に手をあてて、ていねいに一揖したのである。ことばよりも雄弁な緑色の目と生き生きした表情が、蛮族の娘の感情を物語っていた。

リンダはにっこりとすると首飾りをもちあげて唇をつけてみせ、宮廷でパロの王女が賓客にするように優雅に答礼してみせた――それから、隣の椅子にくるように、スニを手招いた。

ふたりの少女は塔の小部屋に並んですわり、すっかり心が通いあったように感じて満足だった。少なくとも、そこが敵の真只中で、それぞれがどんな苦境におかれているのかさえ、当分は忘れていられそうだった。ふたりは手をとりあってすわり、何とかしてことばを少しでも通じあわせるこころみに夢中になりはじめた。

真夜中をまわって、突然音もなく壁にしかけられていた隠し扉が開き、幽鬼のような姿があらわれるまで、ふたりはすべての懸念を忘れてそうしてすわっていたのである。

いっぽう――

黒騎士隊に両側から守られながら塔をおりていったグインの方は、もとの大広間につれてゆかれると思いのほか、塔の階段を地下にむかって更におりるよう小突かれていた。

石の階段はしだいに急になり、周囲の石と石の間から水がにじみ出してぽたぽたとしたたって、石のくぼみに水たまりを作っていた。地下に通じる階段は曲がりくねりながら、どこまでも続いているように思われたが、やがてついに行きついたのは、穴倉のように暗くびしょびしょする、柱のいくつも立ち並んでいる回廊だった。

「右だ」

松明をかかげながら云う隊長の声が、いくぶん沈んできこえたのは、その周囲の暗さと水のぽたぽた垂れる音、そしてぬるぬるとすべる足元の不快のためだったのだろうか、無言のまま一隊はその通路にふみこんでいったが、光のとどく範囲はごく限られていたから、その松明の光が照らし出すたびに、安眠を破られた気味わるいくらい大きなトルクや、地下に入りこんできたらしいコウモリなどが、あわてふためいて光のあたらない暗がりへ逃れ去ってゆくのが見えるのだった。

騎士たちのほうもとりたててその任務を楽しんでいたとは云えぬようだ。コウモリがバサバサと羽音をたてるたびに、ヤヌスを唱える声や、クモの巣にぶつかった呪いの声がぶつぶつときこえ、隊長もあえて制しようとはしなかった。

いっぽうグインの方はというと、まるで無感覚なようすで、周囲の荒涼たる情景になど何の注意も払わず、大股に歩きつづけていた。その一行の中でいちばん平然としているのは当の虜囚であるくらいだった。

隊長はそれをいまわしげに見やり、ヤヌスの印をきったが、そのとき、前ぶれもなしに通路がおわったかと思うと、再び道は上りになった。そしてかれらが石にその鉄の長靴の音をひびかせながらいくらもゆかぬうちに、ふいに柱の蔭から、さまよい歩く亡霊のような黒マントの男があらわれたので、さすが気丈なゴーラの黒騎士たちもあわや悲鳴をあげるところだった。

「ご苦労」

黒伯爵のヴァーノンは例のきき苦しい、幽鬼じみた声で云った。

彼は鎧をとりはずし、かわりに深い頭巾とマントをつけていた。その下で、頭も顔も手も、うすい鉄の板でギプスをはめられたように包みかくされているのをグインはみてとった。何のことはない鉄製の巨大な人形のように、伯爵はぎくしゃくとかれらを手招いたが、部下たちの恐怖と嫌悪をかきたてることを恐れてだろう、ずっと距離をおいたまま近寄ろうとしないので、なおのことその姿は亡霊らしく見えた。

「用意はさせておいた。こちらにその豹人を連れて来るがよい」

その手招きする亡霊にみちびかれ、一隊はさらに廊下をすすんで、やがて地下の広間とおぼしい一室に入った。そこは同じような円柱で支えられているほかには何もない、石づくりの室だったが、ただ、その奥のほうにはちょっとばかり人目をひくに足る豪勢な調度がそなえてあった。

もっとも、心和むとは云いがたいものばかり――すなわち、車裂きの台、巨大な石の炉、水責めの水槽、さかづりのためのろくろ、鞭打ち台、鉄製の、針責め人形、などといった拷問のための道具なのだ。

それらの前には、鎖でつながれた奴隷が二、三人いて、のろのろと、もう希望も絶望も感じなくなっているかのようなしぐさで命令にそなえていた。

黒伯爵はそちらには目もくれず、その気味悪いコレクションのわきをぬけていった。騎士隊もつづいた。グインは無感動にそれらの傍を通りぬけ、鼻についた生血の匂いにもそしらぬ顔でいたが、内心は、別にこれらの道具の性能を自分のからだで試してみなくても、残念なことはないな、などと考えているのだった。

だが少なくとも、当面の彼の目的はその室ではなかった。黒伯爵は例のぎくしゃくした動きで、奥の壁までゆくと、その石の一箇処を押した。

それはかくし扉の仕掛けになっており、石の壁がゆっくりと左右にひらくと、その向うにある、広い殺風景な室があらわれた。

そこには拷問台も処刑台もありはしなかったが、かわりに考えようによっては、もっといまわしい——おぞましい生き物が、奥の檻にとじこめられて、鉄格子につかまったまま、目を赤く燃やし、唸り声をあげていたのだ。

「ガブールの大猿——灰色猿《グレイ・エイプ》だ」

隊長が低くつぶやき、ヤヌスの印を切るのをグインは横目で見た。

もしグインが記憶を失っておらず、ガブールの灰色猿がどのようなものであるかを知っていたとしたら、そのおぞましい牙をむいた口や、どんな人間でもたやすく引き裂くに足る盛りあがった上腕の筋肉、悪魔そのものが巣くってでもいるように赤くいとわしい光をうかべている小さな目、を見るまでもなく、そのひとことですべての希望を失ってしまったかもしれない。ガブールの灰色猿は、すべての悪魔《ドール》の創った生物がそうであるように、人喰い《マンイーター》で、その上生きた獲物をゆっくりとひきさき、なぶることに無上の嗜好を有しているのだ。

だが、グインにはそれは巨大で物騒な大猿——凶暴で手ごわいだろうが、要するに下司で不潔な獣とうつるだけだった。仮にそうでなかったとしてさえ、グインの頭をおおっている豹頭は、彼のどのような内心の感情をも、その表情の変化からおしはからせるということがないのだ。騎士たちはそっとヤヌスの印を切ったが、中にはグインのその超然と立っている、動揺のないようすをみて、その豪胆にひそかな称賛の表情を示すものも、憎々しげに唾を吐くものもあった。

　黒伯爵のほうは、悪夢の中から出てきたようなその汚らわしい獣を見て、彼の虜囚の示したその豪胆な反応に、どうやら満足したらしく見えた。

「そこへおりろ、奴隷」

　横柄に彼は命じ、ゆっくりと、檻の前の広い石敷にいたる階段をさし示した。

　グインはゆっくりと左右を見まわした。どうすべきか、ここで二十人の騎士をあいてに暴れるか、伯爵のいまわしい意図に従うかをはかっているようなしぐさだった。怪人は焦れて足ずりをし、騎士たちは槍で彼を小突こうとした。グインはひょいと逞しい肩をすくめると、どうでもよさそうに身体をゆすりながら、小突く槍の先をさけて、おちついて進み出ると階段をおりた。

　伯爵はグインがおりきったとみてまた壁のボタンをおした。すると石段はバタンとひっくり返り、上るすべもない壁になってしまった。伯爵がまた別の石を押すと、さっきひらいた壁が下から上ってきて、ちょうど地下室を上から見下されるコロセウムのように伯爵のいるところからへだててしまった。

「いいか、あと五つ数えたらその猿めの檻をあけるぞ」

　重々しく黒伯爵は宣告し、おもむろにマントのひだから砂時計をとりだして仕切りの上においた。

「この砂時計が三つおちるあいだそやつを相手に素手でもちこたえたら短刀を投げてやろう。それから更に二つのあいだもちこたえたら大剣を投げてやる。お前がよい戦士であるほど、生きのびるチャンスは大きくなるわけだ。わしは公平な男だし、よい戦士は貴重だからな。その灰色猿《グレイ・エイプ》と戦って素手でしとめたなら、お前と同じ重さの純銀を褒美にくれてやるぞ。

さあ！　わしにお前の戦いぶりをみせてくれ、豹の男！」

黒伯爵ヴァーノンがゆっくりと、さいごのボタンをおすと、ギギギ……と軋みながら、鉄の格子が上りはじめた！

ガブールの大猿は突然与えられた自由に戸惑って、すさまじい吠え声をあげたが、たちまちその赤い、汚らわしい悪意にもえている目が豹頭の戦士をとらえた！

おもむろに、荒い息を吐きながら大猿はそちらへ向き直った。グインにはいまや戦い以外の道はまったく残されていないのだった。

第三話　セム族の日

1

悪夢そのものの中から生まれ出たかたちのように、ガブールの灰色猿《グレイ・エイプ》は長い腕をだらりと垂らして、目の前の豹人をにらみつけていた。

それはすりきれた巨大な頭を除いては、全身を汚らしいねばねばした灰色の毛におおわれた大ザルで、グインもきわめて長身で逞しかったにもかかわらず、そのサルの厭らしい頭は彼よりも頭ひとつぶん高いところにあった。

グインは両手をだらりとしたまま、宮廷のお茶会にでも招待された、といったようすで、大猿をおちついて観察していた。灰色猿はいきり立って檻からとび出し、いまにもつかみかかろうとするかのように餌食にむかってすすみ出たのだが、あいての反応が、その粗雑な脳味噌の知っているどのそれともあまりにかけはなれていたためだろう。足をとめると、いぶかしげに、豹の頭に人のからだをつけたその大男を見、小さな赤い目をわけもない怒りに燃やしながら、腕で胸を叩いて威嚇しはじめた。

グインは動かなかった。しかし、その豹の仮面の中で、彼の目が細められ、黄色っぽい光を放ちはじめ、彼はしだいに、その頭をおおっている高貴なすさまじい生き物——豹そのものへと、変貌してゆくかに見えた。猿の臭い、熱い息を吹きかけられながら、彼はじっと待った。

そしてふいにそれは二者を訪れた！

何のきっかけもなしに、やにわに猿の長い、怪力を秘めた腕がグインにむかってするするとのびた。もしそれに正面からとらえられてしまったら、それだけでこの戦いは終わっていただろう。

だがグインは充分に体勢をととのえていた。彼は猿が手をのばすと同時に自らは身をしずめ、驚くべき決断力でもって自分から猿の内ぶところへおそいかかっていった。

灰色猿のすさまじい吐息は怒りと、そしてかきたてられ炎になった闘争心に燃えていた。大猿は空を切った両の腕で、そのまま生意気な豹人を抱きこみ、締めあげようとしたが、グインは再び身をしずめると、大猿ののどもとと腹を両手につかんでひっかつぎ、頭から石の床へ叩きつけた。

「おお」

というどよめきが、見守る黒伯爵——それに黒騎士たちの口からもれた。だがぐしゃりと音をたてて石の床に叩きつけられた大猿は、面もむけられぬ怒りにたけり狂いながら、少しもその勢いを弱められぬまま両腕をつきだして突進してきた。グインは身をかわしざま体を入れかえて、うしろから灰色猿にとびつき、その太い毛むくじゃらの首を渾身の力で締めあげて、首をへし折りにかかった。

　猿は両腕をあげ、グインの胴をかかえてひきはがした。グインは松の根のような逞しい両腕によじれた縄のように筋肉を盛り上がらせ、ひきはがされまいと咽喉笛をつかむ手に力をこめたが、しかし猿の怪力はわずかな抵抗ののちに豹人をひきはがして投げつけた。グインは空中で体勢をたてなおし、すばやく立って身構えた。人間に数倍する膂力と体重とをもつこの獣と戦うのは、グインほどの巨漢にも手にあまることで、早くも彼の厚い日に焼けた肩は激しく波打ち、そのかたくひきしまった腹は荒々しく上下していた。

　だが、灰色猿のほうも、それまでにたびたびやったような、たわむれにひきさいてなぶり殺した人間どもと、そこに身構えている豹の頭をした人間とが少し違うことにすでに気づいて、警戒心を示しはじめていた。猿は胸を叩き、ごふごふとおぞましい威嚇の声をあげ、そして原始的な激しい悪意と憎悪をこめて、その思いどおりにならぬあいてをにらみすえた。

「一つ」

　伯爵がかすれ声で云い、一回落ちきった砂時計をひっくり返した。

　グインはこんどは容易に猿に間合いをつめさせようとはしなかった。猿がとびかかる気配をみせると、さっと身を低くしてしさる。いためつけられた体力を少しでもとり戻す、時間稼ぎをしなければならなかったし、いっぽう大猿の体力はいまの攻撃では少しもそこなわれていない、と見なければならない。

　だが、グインはもはや何も考えてはいなかった。それらのことも脈絡のある考えとして彼の豹頭にうかんだのではなかったし、彼の心からもはや四囲の状況、なぜそもそもこうしてガブールの大灰色猿と戦うに到ったのか、ということすら消えていた。彼はいまや一頭の野性の豹——本能を信じ、本能によってだけ動く巨大な野獣そのものだった。

灰色猿が警戒しはじめたために少し、両者のあいだに緊張した対峙がつづくと、伯爵はたちまち焦れて仕切りを叩いた。

「何をしている」

彼は濁った声で毒づき、やにわに手近かな水さしを拾いあげて、猿と豹のあいだに叩きつけた。

水さしの割れる音が、二頭の獣に求めていたきっかけを与えた。灰色猿は跳躍しておどりかかった。グインは間一髪でその腕をよけるなり、床を一回転して、起き上ったとき、彼の手には水さしのとがったかけらが握られていた。

騎士たちがざわめいた。

グインはからだを低く、ほとんど垂らした拳が床につくくらい低くして隙をうかがっていた。灰色猿が次にとびかかってきた瞬間、その腕にあえて頭をつかむにまかせた、彼の手の武器が、猿の左眼をまともに突きさしていた。

猿の咆哮が石の地下牢をゆるがした！

しかし猿は戦士の頭をはなさなかった。戦士は左手で猿の腕くびをつかみ、その万力のような力をゆるめようとしながら右手に力をこめてえぐり、猿の顔半面をひきさいてしまったが、猿は意に介さず咆哮しながら戦士をつりあげた。

グインの足が床をはなれた。グインは思いきり猿の毛だらけの腹を蹴り、再び蹴ったが、頭をつかみつぶそうとする大猿の手からのがれることができなかった。

騎士たちは息をとめた。

グインの口からも野獣のすさまじい唸り声がたてつづけにもれていた。もしその頭が怪奇な豹頭におおわれているのでなかったら、とっくにその頭は卵の殻よりももろくつぶされていただろう。グインの首から下のあらわれている肌が、こらえようとする努力のために真赤になり、彼はわめきたてながら気狂いのように右手の武器で猿の顔をおそった。

その盲滅法にふりまわした鋭利な石がもうひとつ

の目のすぐ上をひきさいたとき、さすがの猿も手をゆるめた。すかさずグインの足がありたけの勢いでみぞおちを蹴る。猿は戦士をぼろぎれのように投げすてると、顔を汚い巨大な掌でつかんで呪われた地下室をどよもす憤怒の叫びをあげた。

戦士のほうも、しかし、叩きつけられた床の上で動けずによこたわっていた。豹頭はそれだけの力を加えられてさえ彼の頭を執拗にはなれなかったが、心なしかいくぶんゆがんだように見え、そして逞しい肩や胸には猿の爪がひっかいた長い血のにじむ傷がついていた。彼は起き直ろうとしてもがいたが、二、三回足で宙を蹴ると、呻き声をあげ、頭を両腕でかかえて丸くなってしまった。

黒伯爵は息をつめて身をのりだした。腕の下の砂時計はいつのまにか、まったく忘れ去られていた。

大猿は片目をつぶされ、もう一方の目にも流れこむ血のために視力を失って、すさまじい激怒にかられ、足をふみならし、拳で胸を叩きつづけていた。猿は自分を痛いめにあわせたあいてがどこにいるのか、探そうと手をのばしながら、二度、三度怒りの声をあげた。

「起き上れ、豹人！」

期せずして見守る騎士たちの中から警告の叫びがわきあがった。

グインは起き上れなかった。手ひどくしめあげられ、つぶされかかった頭はもうろうとして、目の前がまっ暗になっていた。彼の手から力なく石のかけらが落ち、彼は弱々しく呻いた。

猿ののばした手が水さしのかけらにつきあたった。猿は怒りの声をもらし、それを嚙んでこなごなにしてしまった。暗黒な、太古の闇にそのままつながってゆくような煮えたぎる憤怒。

猿のしきりとまさぐる手が倒れたままの戦士のからだにふれた！

「危い！」

騎士たちは恐怖の声をあげた。中のひとりがやにわに腰の長剣をぬいた。

「豹人！　右だ、来るぞ！」

叫びざま彼はそれをグインにむかって投げつけた。

グインはかすむ目を見ひらいて、自分にむかって投げ与えられた武器をみた。

彼の手がのびて、いなづまをつかんだという神話の豹人シレノスさながら、長剣の柄をしっかりとつかみとった。

灰色猿がおめきたてながらおそいかかってきた。

グインの右手の長剣がその胴を出会いがしらの勢いで真一文字にないだ！

灰色猿の絶叫が耳をつんざいた。

豹人がはねおきた。それはまさしく巨大な豹そのものの敏捷さだった。豹頭の戦士はいやらしい猿の腹からふきだす熱い血にまみれながら猿の内ぶところにとびこみ、長剣を何度となくつきさし、えぐった。

おどろくべき野獣の生命力でもって、それだけの傷をおいながらなおも猿はもちこたえていた。盲目な真紅の憤怒にみちて、ガブールの大灰色猿は自分を傷つけた豹人の両肩をつかみ、肉をひきむしろうとした。

豹人はさらに剣をつきさした。まだはなさぬとみて剣をふりあげ、猿の指を切り払った。

手がゆっくりとはなれていき、猿がどうと倒れる直前に豹人はとびはなれて床の上におりたった。その厚い肩に、まるでドール自身の指が印をおしたかのように紫色の巨大な指のあとが捺されているのを人びとは恐怖の目で見つめた。

グインは猿の首を上からつらぬき、残忍で要心ぶかい豹そのままにとどめをさした。だが、そのままよろめくと、彼は長剣を握ったまま倒れてしまった。全身が血にまみれ、傷をおい、弱りはてていた。

そのときようやく二回目の砂時計がゆるやかに落ちきったのだった。

「痴《し》れ者め！」

疲れはてた闇へおちこんでゆく寸前に、グインは黒伯爵ヴァーノンのわめき声をかすかに耳にした。

「ばか者！　わしの貴重な実験をふいにしおって！　豹人に剣を投げた男は早く一歩進み出るのだ。ばか者！」

「お言葉ですが、伯よ」

隊長が思いきって――というのは、彼自身もできればその部下のようにふるまいたかった気持だったので――抗弁をこころみた。

「豹人は立派に戦えることを示したのでありますから、これも結果どおり――ともかく長剣一本で、二ザンのあいだにガブールの灰色猿《グレイ・エイプ》を屠れる者は無念ながら私どもの隊には存在いたしません」

「痴れ者！　痴れ者！」

たけり狂って業病の貴族はわめいた。

「長剣一本をたずさえてならば、たった一人でトーラスの都を落とせる剛の者などモンゴールの格闘士には何ぼうでもおるわ！　わしはこ奴が素手で灰色猿《グレイ・エイプ》をひき裂くところを期待しておったのだ。どのみちこ奴に短剣も長剣も投げてやる気はなかった」

「しかしそれは――」

隊長は口をつぐみ、鼻白んでひきさがった。伯爵はいっそうたけりたって、足ずりをし、うなだれたまま押し出された罪人を指さした。

「その痴れ者の鎧かぶとをはぎとれ。早くはぎとれ！　そやつはわしが罰を与える。豹人をつれてゆけ、元通りとじこめて食事を与え、次の命令を待たせろ。そやつの戦いぶりをいま少し見るには、また蛮族の商人が猛獣を連れてくるまで待たねばならん。――いや……」

ふいに、伯爵は、悪魔的な思いつきに興じて手を打ち鳴らしはじめた。

「おい、その親切な痴れ者めに剣をやり、闘技場へおろすのだ。豹人と戦って倒したなら、第五隊長に入れかえてやるぞ。早くしろ、鎧をはぎとり、剣をやって、階段の下へおろすのだ」

「伯爵！　ガブールの大灰色猿をあいてに二合で切りふせる闘士に、トーラスのオロが何で立ちむかえましょうか」

隊長は抗議した。

「ならば奴に切りふせられるがいい」

伯爵は冷やかだった。

「豹人は傷をおい、弱っているぞ。豹人に手傷でもおわせたら、命令にそむいた罪は見のがしてやろう。さあ、階段をおろすぞ――」

黒伯爵がボタンをおして、ゆっくりと壁から石の段がおりてきた。

刹那だった！

うずくまり、血にまみれて、失神しているかに見えたグインが、バネ仕掛けのようにはねあがった！

騎士たちがおどろきの声さえもあげるいとまのないうちに、灰色猿の血にまぶれた長剣をつかんだ戦士は豹そのまま石段をかけあがり、仕切りをおどりこえ、呪われた城主めがけて突進した！

黒伯爵が逃げようと手をかざすひまもなく、豹の戦士は剣をつきつけ、業病の貴族のマントをひっつかんで勝利の叫びをあげた。騎士たちはあとずさりした。

「モンゴールの城主の生命が惜しければ、道をあけるのだ」

グインは吠えた。

「こやつ、口をきくぞ！」

騎士たちのあいだからおどろきの叫びがもれる。

「さあ、道をあけろ。この厭らしい腐肉にとどめをさしてほしくなければな」

騎士たちはヴァーノン伯その人には、同じ空気を吸うことさえもいとわしいほど、その業病をおそれ、いみきらっていたけれども、しかし伯が象徴しているモンゴールの栄光に対しては、かれらの剣を捧げていた。ゴーラの騎士たち、といえば、勇猛、忠誠の形容詞にすら使われるほどなのだ。かれらは迷って顔を見あわせ、グインが剣先でおどしながら伯を小突いて進み出ると、うろたえてあとにさがった。もっともそれはグインをおそれてのことども、かれらの主君の病をおそれてとも、見わけのつけようはなかったのだが。

「長剣の柄から手をはなせ。でないと――」

グインは怒鳴った。

「トーラスのオロといったな。お前の厚意を忘れんぞ。――白い塔のカギをよこせ。そして俺を元の塔まで案内しろ」

まっすぐに立ち、長剣をかれらの城主ののどもとに擬して、低い石の天井にその豹頭がふれんばかりに長身のその半獣半人には、何かは知らず、威厳と――そして野性の誇りとがみなぎっていた。ゴーラの騎士たちは、彼の身にそなわったその威容を感じ、ためらいがちにその命令に応じようとざわざわしはじめた。

そのなりゆきをいちはやく察したのは当の楯にとられた貴族だった。全身を鉄板でつつんだ黒伯爵は、ふいにグインの剣をつきつけられたまま、幽鬼のようなしわがれた声をたてて笑いはじめたので、皆はぎょっとした。

「この膿袋め、何がおかしい」

グインは怒って叫んだ。伯爵はいよいよ、声を大きくして笑った。

「なるほど、こやつは、段びらをふりまわすだけでなく、豹なみの脳味噌ぐらいは持っておるというわけだ。だが、豹は豹だけのことしかないのだな。よりによって、このわしを楯にとろうと考えるとはな」

「なぜだ、きさまがスタフォロスの城主なのだろう」

「いかにも、そうだ」

伯爵はおかしそうに、

「ところでわしはスタフォロス城の城主だが、同時に呪われたモンゴールの黒伯爵でもある。それを忘れてもらっては困るな——どうだ、その手の長剣で、わしの胸をえぐるか？　わしの咽喉を切り裂いてみるか？　うすい鉄のマスクがわしと外界とをへだて、わしを浮世の風から、そして外の世界をわしという呪いから守っているのだぞ。お前の手の剣がわしのマスクを切りさいたそのときに、その破れめからわしの業病のみなもとがほとばしり、ここにいるお前らはみなその場で生きぐされの病人となるのだぞ」

そして伯爵は、ぎょっとなったグインが彼をはなし、あわててあとずさるのをみてもっとひどく笑った。

「いや、その剣が切り裂くのを待つまでもない。こうして、このマスクをひらき、呪われた肉を風にさらせば……」

鉄の手袋でつつんだ手がのろのろと顔のほうへあがっていった。たちまち騎士たちのあいだに恐慌がまきおこった。かれらは算を乱して逃げようとし、互いを自分より前に出してたてにしようともみあい、罵りあった。

隊長のほうはさすがに逃げようとこそしなかったが、ヤヌスの護符をまさぐりながら両手を頭の上にさしあげ、「伯爵さま、ご容赦を！」と叫んだ。

グインの手から段平がおちた。彼は呆然とし、どうすればよいかわからずにそこに立っていた。伯爵はそれをとらえろと部下たちにわめいた。

「そやつをとらえ、すみやかに元のとおりとじこめて、これからも何によらずわしの命をただちにかなえると誓いをあらたにするならば、ここでこの病いの風を解放することだけはゆるしてつかわすぞ」

騎士たちは長剣の柄をあるじにむけ、切っさきを自らの左胸にむけてさしのばす、ゴーラふうの誓いのために先をあらそって鎧をがちゃつかせた。それからあわてふためくあまりにたがいにぶつかりあいながら、豹頭の戦士にとびかかり、その太い腕に何重にも革ひもをかけた。

グインは手むかいしなかった。彼の黄色の目は、まるで化け物をでも見たかのようにぼんやりしてしまい、彼は虚脱したようになって剣をとりあげられ、ひきすえられるままになった。

「よかろう、これからもその従順を忘れぬことだ」

からかうように伯爵は部下たちに手をさしのべて云った。

「さあ、わしは疲れた。この腐ったからだをやすめるために暗室へ戻るゆえ、お前たちはすみやかにその男を白い塔へつれ帰り、手当し、血を洗わせ、食物を与えて休ませるのだ。いずれ近いおりにその男は再び試され、そののちわしがトーラスへのぼる折につきしたがって闘技会のために連れてゆかれることになろう。どのみち、パロの世継の双児を、遠からず大公殿下のもとへさしだすためにわしは都へもどるからな。さあ、行け。わしのもくろみをさまたげた馬鹿者は隊長の判断で罰をうけるがいい。

わしの前にこれ以上その姿をさらすな！　早くつれてゆけ！」


ふいに黒伯爵は堪忍袋の緒を切ったようにみえた。あわてて騎士たちは命令に従い、グインはスタフォロス城を支配しているのが、ゴーラの威光やモンゴールの忠誠というよりは、より多く恐怖であることを知ったのだった。

来た通りの通路を、黙りこんでかれらは通っていった。夜はふかく、足もとで水はびしょびしょと革のクツをぬらし、かれらの足どりは重かった。腰にさげた長剣ががちゃがちゃと鎧にふれあう音をたて、スタフォロス城の守護兵たちはかぶとをかしげてうつむいて歩いた。

「おい、気をつけろ」

なみはずれて長身のグインが、通路の上からのしかかってくるような低い天井に頭をぶつけそうになると、彼の左を歩いていた兵士が低い声で注意してくれた。グインはそっとそちらを見やり、その親切な男が、腰の鞘に剣の入っておらぬことと、かぶとの下からのぞくモンゴール人特有の青い目とまだ若若しい顔とから、さきに剣を投げて彼を救ってくれたトーラスのオロにほかならぬことに気がついた。

　グインがそれに気づいたことを悟った為だろう。オロははにかんだふうをし、驚嘆のまなざしで豹頭を眺めた。

「あんたは凄い戦士だ」

　彼は先頭をゆく隊長にはききとれぬような声でささやいた。

「あんたを見殺しにしたら、おれは長剣を腰に帯びる資格などはなかったろうよ。あんたと戦わされずにすんで、おれは心からよかったと思っているよ」

　隊長がふりむいたのでオロは黙りこんだ。グインも口をひらかず、一行は長い石段をようやくぬけたときには心から安堵の息をついて新鮮な夜気を思うさま吸いこんだのだった。

　グインは黙ったままだった。機械的に歩いてはいたけれども、その豹のまなざしはかげり、何かしらいとわしい思いつきの萌芽を隠しているように見えた。だが彼の丸い、毛皮に包まれた頭の中でどのような奇怪な疑念がきざしているのかは誰にも知られぬまま、一行はこんどは地上を通って、改めて白い塔へと入っていき、せまい段々を足音を反響させながらのぼっていった。

2

　そして、再び、彼のうしろで重々しい音をたてて牢舎の錠がおりたのだった。

　グインは肩をひとつすくめると、石の扉に背をつけて立ったまま戻ってきた獄舎のなかを見まわした。パロの王子は向うをむいて、毛皮にくるまって寝台の上にまるくなっていたが、戸口でおこった物音にはっとはねおきて戦士を見、あわてて何か叫び出そうとした。しかし彼のうしろに黒騎士隊の姿を見ると何も云わず、寝台をおりると、かけよってグインにすがりついた。

グインはそのほっそりした腕にしがみつかれたまま安心させるようにうなづいてみせた。戦いのあとで弱ってもいたし、空腹で疲れはてていたが、その少年の銀色の絹糸のような、なめらかな髪を傷だらけの手でなでてやっていると心がなごんだ。

「帰ってきたんだね、グイン」

ふるえ声でレムスはささやき、うしろで戸がしまるのを見守った。

「ぼくとても心細かったよ。グインが殺されてしまったらどうしようかと思って」

「心配するな。俺は生きている」

グインは笑った。

「このぐらいのことでどうにもなるものか。それよりも食物があったらくれ。それと酒があったら」

「ええ、グイン」

あわてて少年は卓子に行って、食物ののこりとつぼをもってきて、豹頭の戦士が冷えた焼肉をひきさいて穀物の粉のねり物の中に指でおしこみ、がつがつと口に運ぶのを物云いたげに見つめていた。

「どうした」

その顔に気づいてグインは云った。

「まだ、姉のことを心配しているか。大丈夫だ、お前の姉は自分のことは自分で始末できる娘だ」

「違うよ、グイン」

レムスは扉のところへいき、外の気配をたしかめてから、戻ってきて、豹の丸い耳にささやいた。

「隣の男が……」

「《紅の傭兵》か」

つぼからゴーラのはちみつ酒をのんで、彼は云った。

「あの男がどうかしたか」

「それが……」

レムスは口ごもった。

グインはそちらの壁をみた。石はもとどおりはめこまれ、隣室との通話孔はふさがれている。

「ぼくは……眠っていたの。つい、うとうととして。目がさめたら――」

レムスはグインが怒るのではないか、と怖れているように、おずおずと説明した。イシュトヴァーンはレムスに云ってかれの室の寝台の掛布をとりあげ、それでしきりに縄梯子を作っていたが、そのうち寝椅子によこたわると大鼾をかきはじめた。

パロの美しい宮殿で育てられ、典雅な貴族たちや、うやうやしい召使にしか会ったことのない少年にとって、その傭兵の粗野なふるまいはひたすら面くらうものだった。レムスはイシュトヴァーンに何回か話しかけてみようとしたが、返事がないので諦め、そのうちにグインを待ちつかれてとろとろとまどろんだ。

そのうちに、ふいに隣でごそごそ動く気配がしたと思うと、

「ヤーンよ！」

ひと声ささやいて、ひそやかな活動がはじまった。とびおきてのぞいてみたレムスは仰天した。《魔戦士》が、塔の壁にうがった穴から、つくったばかりの縄梯子をつりさげ、いまや這いおりてゆこうとしていたのだ。

「待ってよ！　その梯子はぼくたちのものでもあるじゃないの！　グインが帰って来ないのに、どこへゆこうというの？　待ってよ、ねえ！」

レムスは壁の穴に顔をおしつけて叫んだ。するとイシュトヴァーンはこちらをにらみすえ、

「静かにしろ、口をつぐめ、ばかだな。牢番が気がつくじゃないか」

云うやいなや、レムスの当惑にはかまいもせずにするすると梯子をおりて夜闇の中に姿を消してしまったのである。

「あいつ、だましたんだ。ぼくたちと一緒に逃げるふりをして」

きいて、グインは吠えるような声で笑った。

「なるほどな、イシュトヴァーンは逃げたのか。か

まうな、あいつにはあいつのもくろみがあるのだろう。どのみち、この室からとなりへ、この穴をくぐっては行けん。あいつには我々と行を共にする気はなかったのだ。俺ひとりなら共に戦う剣だからつれていったろうが、子供たちがいては足手まといだからな。——あいつのしそうなことだ、賢い男のようだったからな」

「だってぼくをだまして掛布をとりあげて！」

レムスは憤慨した。グインはいっそう笑った。

「お前は正直な子どもだなあ、王子よ」

彼は云って、壁のむこうへ漠然と手をふってみせた。

「そうかんたんに人を信じ、裏切られたといってむかっ腹をたてるようでは、とうてい名王と呼ばれるようにはなれんぞ。心配するなというのに、俺はこうなったらお前たちと一蓮托生だ。何とかして姉もおまえも無事にこの砦をつれ出して逃げるすべを考えるさ。イシュトヴァーンにはイシュトヴァーンの道をゆかせよう。それはともかく俺は疲れきっている。少し眠らせてくれ」

グインは目をとじ、床の上にじかに横たわった。レムスは邪魔をせぬように室のすみへ行き、おとなしくうずくまったが、しかしグインはすぐにまた目をかッと見ひらいて、思い出したように云った。

「お前の姉は《予知者》リンダなのだな。彼女がいまここにいて、俺のさっき見た怪異をときあかしてくれることができるなら、俺はどのようなことでもしてやるのだが！」

「何なの、怪異って」

姉と比べられ、いちばんのいたいところにふれられたのでレムスは怒ったようにきいた。

グインは、目の裏にやきついたものを忘れたい、というようにその豹頭を激しく振り、毛皮をからだの上にひきあげた。

「スタフォロスの城門をくぐるのはイヤだ、と姉は云っていたな。ここには不吉な瘴気が立ちこめている、と。あれは、何を感じとってのことだったのだろう。俺はあのとき、彼女が何を感じたのかさっぱりわからなかったが、さっき塔の暗い地下室でガブールの大猿と戦わされ、そのあとであの城主をたてにとってここから脱出しようとしたときに、異様なものを見た」

「異様なもの？」

「そうだ」

グインはむくりと身を起こした。毛皮をかぶり、床にうずくまって彼は闇に目をこらした。まるで、その塔の石壁をすかして、スタフォロス砦全体をおおっているあやかしの輝く目が見つめている、とでもいうかのように。

「異様——というのはあたらぬかもしれん。俺が見たのはただ、スタフォロスの城主、黒伯爵のヴァーノン自身にすぎなかったからだ。——俺の目の錯覚かもしれん。だからこそ、俺はお前の姉に、俺の見たものが目の迷いであり、俺の感じたおぞましい寒けが気の迷いである、と云ってほしかったのだ」

グインは身ぶるいをして、

「——お前にはわかるか。黒伯爵に長剣をつきつけて、その呪わしいからだにきわめて近く立ったとき、ふいに俺はおこり病みのようにふるえだすのを感じた。俺は心の迷いを気づかれてはとふるえをとめようとした。だが俺のすべての五体はいまいましくも、蛇の巣にさまよいこんだ小鳥のようにふるえつづけ、俺はまるで地獄の口のへりにあやうい一筋の糸でぶらさがって、その底知れぬ深淵をのぞきこんでいるような気がした。

その俺の思いは、ヴァーノンの奴がカササギのような声で笑って、この仮面をとってその呪われた肉を空気にさらしてやるとおどしたときに恐しいくらいに強まった。俺は騎士どもの誰より近く伯爵に寄って立っていた。それで俺は、騎士の誰にも見えなかったものが見えた——というよりも、かれらには見えなかったものが、俺にはもっと見えなかったのだ」

「——?」

「というのはな」

　グインは無意識に指と指を交叉させてヤヌスのまじないをした。

「俺はその病人のおおいかくされた手が、マスクのあわせめをおろしかけるのを見てしまったのだが——

——マスクの内側には、何ひとつとしてなかったのさ!」

「まさか」

　とレムスは叫んだ。

「いや、そうなのだ。俺は目を疑い、呆然とし、手から長剣のおちてゆくことにさえ気づかずにいた。俺の目はルードの森の、梢のさきのバルト鳥までも見え、下生えと同じ色をした草へビでも見わけられる。

　その俺が何度みても、黒伯爵の首から上には、ただれた頭どころか——たとえそこに宇宙の無限の星星が輝いていたとしても、俺はこんなにはふるえなかっただろうさ。マスクのすきまからのぞかれたものは深淵だった。ドールの居場所である地獄そのままな深淵だった。わずかにかいま見ただけだったが、そのすきまから吹きつけるなんともいえぬなまぬるい風がいとわしく俺の肌にとどき、俺の鼻孔は耐えがたいまでに強まってきた、かびくさいようないまわしい匂いをかいだ。

　いったい、モンゴールの黒伯爵ヴァーノンとは、何者なのだ?」

　グインとレムスは黙りこんで顔をみあわせた。二人の頭に、まるで今夜の明けぬうちに砦をぬけ出さなくては生命にかかわることを、知ってでもいるかのようにあわてて脱走していったヴァラキアの戦士、イシュトヴァーンのことばが期せずして同時にうかんだ。

（おい、ここはとんでもないところだぞ。おれは間もなくこの呪われた城をおさらばするつもりだが、そのときにはお前たちもさっさとここを——でないとこの城の石、ひとつひとつが、お前の上におちてくることになる)

「グイン……」

レムスはふるえ声でささやいた。

「ぼくたち、これからどうなるのかしら」

「わからん」

グインは、いくぶん気をとりなおして、

「とにかく、たしかにこのまま手をつかねて運命を待つのはよくないことのようだな。たとえどのようななりゆきになってもいいから、この塔をぬけだし、辺境地帯へ入ってしまうことだ。どのみちそこも妖魅の領土だが、なあ、子ども、この城に巣くっているいまわしい恐怖よりは、ルードの森のゾンビーのほうが、まだ俺は好きだぞ!」

「でも——でもリンダが……」

「それだが、何とかして手だてを考えるさ」

グインは云うと、のこったはちみつ酒を、つぼを傾けてのみほし、改めて毛皮をかぶって丸くなった。

「モンゴールの妖怪のことは、考えてもしかたのないものなら考えずにおこう。やがて、なるようになるのだからな」

そう結論して、力をたくわえるために目をとじ、眠ろうとする。

レムスはうずくまったままそれを見つめていた。彼の目には暗い不安な想念が燃え、彼はやがて豹頭の戦士が静かに眠りこんでしまってからも、その姿勢をくずすことができなかった。

だが——どのみち、かれらは、その夜をもまたゆっくりと休んではいられぬさだめであったようである。

そうして夜をすごす体勢になっていくらもたたぬうちに、やにわにばらばらと大勢の兵が塔の階段を上ってくるあわただしい音がきこえ、そしてドアが

あいたと思うと松明がさしつけられた。何人かがのぞきこんで、

「うむ、確かに二人だな。豹人と、パロの王子」

無遠慮な声が叫ぶ。グインはくるりと起き直り、モンゴールの虜囚は眠らせてさえもらえぬのか、と大声で罵った。

「この室はよい」

最初に確かめた長身の騎士が他の仲間に命じてから、

「その虜囚の中でなんと城壁よりケス河の流れに身を投じたものがあった、と見張りが叫んだのだ」

説明した。

「暗黒の流れといわれるケス河に身を投じるとは底しれぬばかものだが、しかしこの塔にはいま何人かのセム人をとらえていることでもある。セム人ならばケスの流れぐらいはおしわたって逃れることができよう。それでこうして囚人をたしかめてまわっているのだ」

「どうして囚人と決める」

おもしろそうにグインがきいた。

「つらい防人《さきもり》の暮しに気のふれた、ゴーラの兵かもしれんぞ」

「ゴーラにはそんな弱卒はおらぬ」

ゴーラの騎士は誇らしげに、

「歩哨は、たしかにこの塔からつたいおりて城壁へかけのぼり、とびおりた人かげを見た、と云ったのだ」

「それはわからんぞ。なにしろスタフォロス城には、ただならぬ魔物が巣くっているようだ」

夜目にもわかるほどに、騎士は顔色をかえた。あおざめ、長剣の柄に手をかけてつめよろうとしたとき、

「わかったぞ！　この室の囚人が逃げたのだ！」

隣を改めていた仲間の大声がひびいた。

「石が切られ、穴があいている。おい、牢番、この室の囚人はだれだ？」

「伯爵さまにさからって罰をうけた、ヴァラキア生まれの傭兵で」

「ならばケスの流れをそうたやすくおしわたることはできまい。しかしヴァラキア兵とあれば海の近く、泳ぎは慣れているか。よかろう、筏を出すまではないが、灯しでもってケスの川面を照らして屍体をたしかめるよう伝令をまわせ。よいか」

外でいよいよあわただしい気配がつづき、グインたちの室の戸口に立った騎士は何か云いたげにかれらをにらみつけていたが同僚がうしろをどんどんかけぬけてゆくので、

「けだものめ」

腹立たしげにひとこと云いすて、そのまま扉をしめた。

「図星をさされたな。城内でもすでに怪異のうわさはひろまっていると見える」

グインは愉快そうに云った。

「イシュトヴァーンの奴無事におちのびたかな。なかなかに殺しても死にそうもない奴だったが、ケス河の流れに身を托してはどこまで生きのびられるものやらな」

「——グイン」

壁ぎわにうずくまっていたレムスの声が、急に不審そうなひびきをおびたので、グインは顔をあげた。

「グイン、ほんとにグインは何もかも記憶を失っていて、自分が何者だかもわからないの？　だって、ときどきグインは、まるで——」

「自分でも、わからぬのだが、ふいに頭の中に、それについての知識があることに気がつく前にそれが出てきてしまうのだ」

グインは認めた。

「自分が何を知っていて、何を知らんのかわからん。だが自分が何者であったのか、思い出せぬのだけは本当だ」

「グインが連れていかれているあいだに、ぼく考えていたんだよ」

レムスはさかしげに云った。

「グインと出会ってから、まだ間もないはずなのに、もうぼくもリンダもこんなにグインと昔から知りあっていた気がしている。グインは人を信じるなと云ったけれども、ぼくはグインだけは、はじめから何も疑っていないよ。ねえ、もしかしたら、グインはぼくたちの知っていた勇士たちの誰かなのじゃないかしら?」

「パロの王家に仕える?」

グインはしばらく考えた。が、やがて頭をふった。

「そうは思えない。俺の頭には、ケス河やその向うの蛮族の領土についての知識はあるのに、ゴーラやパロ、中原の国々についての知識は恐しいくらい欠けおちている。まるで何ものかが、俺の頭に辺境で生きのびるに必要な知識だけを植えつけて、あとは白紙のまま、この世の中に生みおとしたとでもいうようだ」

「パロということばがなつかしい気はしないの? クリスタル・パレスは? ではモンゴールの都トーラスは? ユラニアは? クムは?」

「だめだ」

しばらくグインは頭をかかえていたが、やがてうなるように云った。

「頭が痛む。頭のなかで、《アウラ》ということばだけがガンガン鳴るんだ」

「いったい、なんだって——」

レムスは云いかけたが、ふいにことばを切って、恐ろしそうに、

「グイン! みて、外の空が真赤だ! 朝かしら?」

「ちがう。松明を城壁じゅうにつけて、ケス河の水面を照らしているのだろう。《紅の傭兵》を捜しているんだ」

「そうか……」

レムスはまた考えた。あかあかと照らし出された水面が反射する光で、塔の室の中もまた赤く染まっ

た。

「じゃあグインは、北方諸国か、それとも南の神秘な国々からでもやって来たのかしらね？」

「――わからん」

「辺境には、グインのような戦士を育てる国があるとは思えないし」

「俺の素性など、いま知れなくても大したちがいはないさ。すべてはここをぶじにぬけ出してからだ」

グインはぶっきら棒に云った。

「眠れよ、小僧。少しでも、眠っておけ。といっても、このいまいましい明るさではムリかもしれないがな」

「何か――何か声がきこえない？　とてもたくさんの男たちが、ざわざわ話しているような？」

「イシュトヴァーンを捜しにいくため、黒騎士どもがウマを厩からひきだし、前庭につないでいるんだろう」

「それなら、いいけれど」

レムスは何となく不安そうだった。グインは苦笑した。姉のリンダが《予知者》リンダ、パロの小女王だというのに、弟のパロの世継は、まったくのびくびく虫だ。

だが彼は間違っていた。レムスの秘めている、まだそのほとんどは目覚めていない真の性格について知るすべがなかったように、レムスは決してリンダの不安についても間違っていたのだ。レムスの不安にリンダのように予知能力をもってはいなかったかもしれないが、しかしかれは予知者リンダの双生児の弟であり、彼女の魂をなかばわけあっていた。かれのわけもない怯え、恐怖と不安、を、もっと豹人は彼自身のあじわった怪異と結びつけて考えてみなければならなかったのだ。

グインはいまいましげに寝返りをうつと、明るくなった室内に背をむけて壁をむき、毛皮にくるまって、再びいためつけられた体力を回復するために眠りこんでしまった。彼の丸い豹の頭はあかあかとした松明の火に染まった室の中で影になって壁にゆらめく神話的な影絵をつくった。レムスは膝をかかえ、疲れきって、弱りきってはいたが、まどろむ気にもなれずにそれへ目をあてていた。

「グイン――グイン」

そっとささやいてみたがもう答えはない。

どうしてこんなに心がさわぐのだろう、とレムスは自らに問うてみた。答えはひとつだけしか思いあたらなかった――じぶんが、女のように臆病でびくびくしている人間なのでないとしたら、たぶん、かれの魂をわけあっている片割れが、塔の上の室かそれとも他のところでやはり安らかに眠ることができずにいる、ということなのだ。

交感は、これまでそれを必要とするほどにリンダとひきはなされたことが一度もなかったから、ここころみたことがなかったけれども、ヤヌスの祭司として聖なる血をうけたパロの王家の、そのまた双生児として生まれたのであってみればそのぐらいの白魔術が身にそなわっていてもふしぎはなかった。

レムスは考え、それからリンダの身に何かしら危険が迫っているかもしれない、というひどく切迫した不安にあおりたてられるままに、両膝をきちんとそろえた上にほっそりした腕をくんで、一心に精神を集中しはじめた。

(リンダ――リンダ――リンダ――リンダ!)

しばらくはそれは何の効果ももたらさぬように見え、少年は気落ちして立ちあがった。

眠りこんでいるグインの方を見やり、眠りをさまたげぬように椅子をそっと動かして窓の下にもってくると、それによじのぼって、あかりとりの窓から外をながめた。

ひんやりした夜気が顔をうった。しかし、目にうつったのは、黒々としずまりかえっている眠りについた森と、そのかなたの連山のかわりに、夜空をこがすばかりにあかあかと燃やされている松明の炎に照らされて、不吉に黒々とうかびあがっている城壁だった。

奇妙な考えが、パロの王子の頭をかすめた。こんなに周囲をあかあかと照らしたら、たしかに妖魅の跳梁する辺境の夜の脅威から、逃亡した傭兵の捜索隊を守ることにはなるかもしれないが、そのかわりもっと血肉をそなえた敵のほうは、たやすくあかりの下の暗がりに身を潜めてしまうだろうに。レムスはふいにぶるっと身をふるわせた。

夜のなかには騒擾と、そして何かしら執拗な不安の気配とがひそんでいた。山の端をうっすらと染めかけている薄紫の色あいからすれば夜明けは近いのかもしれない。レムスは石の壁に両手をかけ、ざわめきとウマのいななき、ひっきりなしの命令やパチパチと木のはぜる音に耳を傾けながら、いっそ一刻も早く夜が明けそめてほしいと思った。太陽は万物の恵みであり守護者だ。それは夜、ドールのしろしめすときである夜の不吉な翳を光の手でかきのけ、すべてを明察の光で照らし出す。夜にひそむ妖魅も、凶兆も、危険も、朝はひとたびそれらを征圧して、とにかくこのいまわしい砦のさなかでもまた一夜、かれらがこともなく過ごすことができたこと——なべての凶兆と不安とが笑い話にすぎなかったことを教えてくれるだろう。

「クリスタルの都が火に包まれ、ゴーラの軍の手におちたのも、ちょうどこんな不安な夜が流血と恐怖と叫喚の夜になだれこんでいったときだった」

レムスは思い出してささやいた。きくものはいなかったが——かれは、ひんやりする石の壁になめらかな頬をおしあて、それまでの平和で輝きにみちた生のあとの、この数日間のあまりにもめまぐるしい変転に思いをはせた。

（いつかまたぼくとリンダはパロの美しいクリスタルの塔を見ることがあるのだろうか？）

かがり火はあかあかと燃えて夜をおしのけようとし、そして月はひたすら黒雲のヴェールにその青白い顔をかくしてしまっていた。レムスはふいにまた椅子の上でのびあがって外を見た。

夜の中に、たしかに、何か――不安の本体がひそんでいる。

レムスは魅せられた目をそちらにむかって上げ、そしてついに、その恐怖をさそい出してやまぬ源を見た。

――黒い塔！

かれらの幽閉されている白い塔と対をなして、城壁に近くそれは立っていた。レムスたちの入れられていた室は、白い塔のちょうどまんなかぐらいに位置していたが、そのせまいあかりとりの窓からのぞける黒い塔は、何か云いしれぬ瘴気とそして不浄の暗黒をその中に隠してでもいるかのように、あかりひとつ、窓ひとつないその姿をみせて立っていた。

覚えずレムスはヤヌスの魔よけの印を切ると、大いそぎで椅子をおり、反対側の壁にいってうずくまった。しかし、かがり火に照らし出された黒い塔のイメージは、かれの目にやきつき、そのまがまがしいいとわしい夜の凝固したかのような影でもって、壁を通してかれを見張ってでもいるかのようだった。

レムスは起こさぬよう気をつけながら、そっとグインによりそった。不安はたえがたいまでにたかまり、ほとんど息もつけないくらいだった。レムスは拳を口にあて、頭のうしろがしびれたように熱くなり、この夜がぶじには明けぬこと――夜明けまでにはなにかが――何だかわからぬ致命的な破局がおそってくることを確信しながらうずくまっていた。おそらくイシュトヴァーンには自ら云ったとおりの動物的な直感があって、それで彼は沈む船から逃げ去るネズミのようにケス河へ身を投じたのだろう――できればレムスもそうしたかった。この不安に身をゆだね、なすすべもなくうずくまっているくらいなら、ケス河の暗黒の流れの方が何十倍もマシだった。

ヤーンは静かにその運命の小車をまわしつづけていた。

そして、レムスはそれをきいたのだ。

夜明け前の、ひそやかなざわめきにみちた暗闇をぬって、それは実にはっきりとパロの双児の心に届いた。

「わたしにさわらないで、亡霊！　おお、その手がさわったら舌をかんでやるわ！　イヤよ、やめて、レムス、レムス！　グイン！」

それはリンダの助けを求める叫び声にまちがいなかった。レムスははねおきると、ありったけの声でここを出せと叫びはじめた。グインはとびおきて驚いて少年を見つめた。

そのとき、砦の鐘が鳴りはじめたのである。

3

パロの小女王、《予知者》リンダは、塔の小部屋に蛮族の娘スニと閉じこめられ、窓もない暗がりの中でじっと腰をおろしていた。

連れのふたりとひきはなされ、共に閉じこめられているのはことばも通じないセム人の娘、しかも女の身で、たぶんふつうの娘であったら自らの運命への不安と敵の手におちた恐ろしさに、悲嘆の涙にくれていたのにちがいない。

しかし、リンダはなみはずれて激しい気性と、そして運命についてのするどい洞察力とをもった少女だった。その心の中には不屈の炎と同時にふしぎな自らの運命への信頼がひそんでいた。そこで彼女は冒険好きの少年のように、自らの苦境も忘れ、膝をかかえてすわり、何とかしてスニとのあいだに理解を成立させようとこころみることに、すっかり夢中になっていたのである。

「壁」

リンダが指さしていうと、体長一タールほどしかない、猿人族の娘のスニはそれを口まねして、

「カベ」

といぶかしそうに云うのだった。

「手」

「イクク、ニーニ、リードラ、イミ」

「そんなにたくさんしゃべったらわからないじゃないの！」

スニはすぐにリンダのこころみの大人しい生徒であることに飽きて——というのも、いかにも王女らしい驕慢さで、リンダはパロのことばを教えようとこそしたが、同時にセムのことばを覚えるというこころみには、まったく関心を示さなかったので——甲高いさえずるようなセムのことばをしゃべりだし、リンダを失望させるのだったが、しまいに少女たちは顔をみあわせると同時に吹き出してしまった。

「伝説の《魔法の舌》がわたしの舌にふれて、いますぐどんなことばでもわかるようにしてくれればいいのに」

リンダは閉口して云った。スニはその足もとにすわり、暗がりでも見えるらしいその目で、崇拝をこめてリンダの白いはだ、プラチナ・ブロンドの髪、しなやかな長身、をあかず眺めていた。

この即製のレッスンは、どうやら失敗におわったことが明瞭だった。そこで、リンダはやりかたをかえて、もっと直接的な手段——すなわち身ぶり手真似に頼ることをこころみた。

「あなたたちは——とスニを指さし——どこから——壁のむこうを漠然と示して——来たの？」

スニは短い髪が不揃いにのびた顔をかしげて考えていたが、甲高いセム族のことばで何か云いながら、しきりに手で何かの形を示しはじめた。

まどろこしいやりとりを通してようやくリンダには、スニと何人かのセム族の仲間たちが、ケス河の中州で砦の騎士たちに見つかり、数人はその場で弩《いしゅみ》で殺され、数人が否応なしにじゅずつなぎにしてひったてられたことがわかった。たぶん、セム族たちは、そのいまわしい風習に従って、川にすむ気味のわるい生き物を狩っていたのであろう、とリンダは理解した。

スニは激しい身ぶりをし、どうやら、仲間はこうして何度もゴーラ人におびやかされている、と云っているのだった。

「わたしは、セム族を見たのはスニがはじめてだから、わからないけれど――ケス河の向こうこそが、わたしたち中原の人間がほんとうに辺境と呼んでいるところで、その向こうでは、どんな怪異でもおこり得るし、そこでの唯一の神は悪の化身なるドールなのですってね？」

スニは当惑した顔でリンダを見、わからない、というように首をふった。

「わたしたちにもまた、ゴーラ人は敵なのよ」

かまわずにリンダはつづけた。

「ゴーラ人はわたしたちの住むパロの国を滅し、クリスタルの都を軍靴で踏みにじり、野蛮な手でパロの絹のカーテンをひきさいたの。スニにはどうせ知るすべもないのだから教えるけれど、わたしたち――わたしとパロの世継なる王子レムスは、宮廷の騎士たちがゴーラの黒騎士隊、青騎士隊、赤騎士隊の前に次つぎに倒れ、ヤヌスの祭司長にして学者なる父王アルドロス三世が切り倒されて血の海に沈むのを、手をとりあってみていたの。乳母のボーガンと大臣のリヤが走ってきて、いまこそパロの希望をお二人の上にかけねばなりません、と告げた。わたしとレムスは煙のあがるクリスタル・パレスをかけぬけ、かねて決して近づいてはいけないと云われていたヤヌスの塔に入ったの。

ボーガンとリヤはあわただしくわたしたちを導き――わたしとレムスはヤヌスの塔の地下にある、水晶の台座に入った。

リヤが手をあげたとき走りこんできた赤騎士の段びらが乳母の胸をさしたわ。わたし目をつぶってしまい、騎士が、『パロの世継の首を見つけたぞ！』と叫んで剣をふりあげるのがきこえたの。レムスとわたしは抱きあって倒れ――

ねえ、スニ、信じられる？　そのとたんまわりが暗くなり、大臣のリヤが、『座標が狂ってしまった！　ヤーンの御慈悲を！』と絶叫するのが遠くきこえ——

気がついたら、わたしとレムスはルードの泉の奥ふかい草地に倒れ伏していたのよ。黒伯爵ヴァーノンはそれをパロの黒魔術といったけれども、わたしにもほんとうのことを云えばわからないの、いったいなぜ、わたしとレムスが、黒煙のあがる、落ちたクリスタルの都から、一瞬にしてこんなゴーラ領の辺境にやってくることができたのか。

もっともそれでわたしたちの運命が楽なものになったとは決して云えないわ。わたしとレムスはそこが何の国で、どんなに辺境近いかも知らずに、ヴァシャ樹の茂みをベッドにして二日を過ごしたの。食べものといえばヴァシャ果と、草花の蜜だけで——そこへ通りかかったゴーラの黒騎士たちの話を立ちぎいて、わたしたち、ここがモンゴールの大公領のはずれで、妖魅の領土に近い辺境のルードの森であり、その騎士たちは辺境を守るスタフォロス砦の者だ、ということを知ったの。

わたしたちがルードの森で、ともかくも二日無事に過ごせた、というのは信じられぬような幸運だったのよ——そして、その森で、あわや砦の騎士たちにとらえられようとしたとき、わたしたち、グインに出会った。グイン、という自分の名と、アウラ——ということばのほかにはどこから来たのかさえわからないという、豹頭をした戦士に会ったのよ———」

驚いてリンダは口をつぐんだ。

スニの表情に、非常な変化があらわれていたのである。スニはふいに立ちあがり、よろめいて、両手を上へさしあげ、まるであわれみを乞うかにみえた。

「アウラ！」

スニは叫んだ。

「アウラ！　アウラ！」

「どうしたのよ?」

リンダは叫び、スニにかけよった。

「スニは《アウラ》ということばに心あたりがあるの? ねえ、教えて! 豹頭の戦士グインを知っているの? 彼が覚えていたただひとつのことば《アウラ》とは何なの?」

「アルフェットゥ、リニ、イミヤル!」

スニはわめいた。リンダはセムのことばがわかりはしなかったが、それでもスニの声の調子から、その意味がわかってしまった。

「アルフェットゥの神よ、お守り下さい!」というのにちがいない。

「まあ、スニ——」

リンダはスニがひどく怯えているのを知り、眉をしかめた。アウラとは、セムの娘をこんなに怯えさせるような単語なのか? だとすれば、その名を覚えていたグインをおそった運命はどのようなものだったのだろう?

彼が、まるで怒りにかられた女神イラナの呪いをうけでもしたように、その頭を豹のそれに変えられ、それをとることもできぬことを考えると、それは何となく、予想がつくような気がする。

「スニ! 教えてよ。アウラというのは、なんなの? グインはなぜ、豹頭に変えられ、何ひとつもたずに、ルードの森にあらわれたの? ねえ、スニ! わたしグインのことを知りたいのよ!」

リンダは気短かに、怯えて首をふりつづける蛮族の少女の肩をつかんでゆさぶった。

「イミヤ、イミヤ!」

スニは声をあげ、恐しそうに両手をさしあげてよじりあわせた。そのしぐさが、ますます、パロの少女を苛立たせた。

「スニってば!」

リンダはスニの肩をつかまえ、何が何でもききだそうとのぞきこんだ——だが、そのときだ。

リンダの細いがしっかりとした手のなかで、スニはふいにもがくのをやめ、そして大きく目を見ひらいた。

その目が白く狂おしくなって、リンダの肩ごしの何かを見つめつづけている。

「何――」

リンダはスニの表情に気づくと手をとめた。忘れていた、いまの身の上、まわりをとりまいている危険と凶兆、がふと心に戻ってきた。

「どうしたのよ、スニ――」

リンダの声はよわよわしくかすれた。スニの目にうかんでいる、信じられないような恐怖の色が、リンダにのりうつり、あれほど勇敢な少女であったにもかかわらず、彼女はスニが彼女の肩ごしに見ているものを見るために壁のほうへふりかえるのを、激しくためらった。

しかしそれよりもなお、スニをおそれさせているものに無防備に背中をさらしている恐怖――そして知りたい気持のほうが強かった。リンダは真珠色の歯できつくくちびるをかみしめ、スニをはなし、その小さい毛むくじゃらの手がしっかりとしがみついてくるのを感じながら、ゆっくりとからだの向きをかえていった。

そして見た。

壁がゆるやかに割れようとしている！

窓ひとつない石壁の一面に、重くどっしりした、この暗がりではその模様もよくは見えぬタペストリがかけられているのだが、風の吹きぬけるすきまとてないのに、その掛布はゆるゆると揺れ、石壁の面をあらわし、――そしてその壁が、まるでとけてゆくかのように左右にひらきつつあった。

リンダは知らず知らず、スニの小さな手をぎゅっと握りしめて息をとめていた。スニの激しいふるえが伝わってくる。リンダの目は左右にひらいてゆく壁のむこうに、ぽかりとひろがった暗黒な空間をうつし、リンダの鼻は、そこから吹きつけてくる、何ともいえない不快と戦慄をさそう、かびくさいいきづまる匂いをかいだ。

「だれっ！　そこにいるのは？」

リンダのかすれた声は悲鳴のほうに近かった。

壁にひらいた隠し扉は、そのままドールの棲家である地獄へとつづいているかのようだった。リンダはそこからゆっくりと、まるで生とそれ自体の意志とをもったもののようになまなましく吹きあがってくる匂いのある風が、彼女の顔をふわりとなでるのを感じて吐気をもよおした。リンダはヤヌスの印を切り、そして低く声をたてた。

その暗い穴の中に、ぼうっと人影があらわれたのだ。

それははじめ、ぼんやりと白い見かけの輪郭は、そのまま闇の中から立ち上がっている、とでもいうかのようにおぼろげに見えた。だがリンダはすぐに気がついた。その人――それが人だとすればだが――は、すっぽりと頭をおおう長いフードつきの漆黒のマントを着、それが足元までをおおっているために背後の闇が凝って立ちあらわれたかのように見えるのだ。

マントの人影がゆらりと動いたとき、リンダは、ふかぶかとかぶったフードの中で、わずかにほの白く見えた顔が、どうやら手荒らに包帯をまきつけてあるらしいことに気づき、さむけを感じた。

（黒伯爵！）

たちまち、その名がうかんだのである。

マントの影は、ひどくたどたどしいしぐさで手をあげ、さし招くようにした。手もまた、包帯にまかれ、あまった布切れが形のくずれた手から下へひらひらと垂れていた。

「アルフェットゥ……」

恐怖のあまり叫ぶ力さえなくしたスニがよわよわしくうめくのがきこえた。

周囲は石の無情な壁――リンダとスニは、少しずつ亡霊が進み出るたびに、少しづつあとへさがって間をつめられまいとし、ついに反対側の壁にぴったたりと背をつけてしまった。

その間もふたりはのろくさと動く黒い長身の幽鬼から目がはなせなかった。息づまるようないやらしい臭気が、かびくさい匂いのなかに混りこみはじめ、かれらの胸をつまらせた。しかし恐怖にとらわれて、かれらはその匂いに気づきさえしなかった。

マントの人物は両手を前にあげ、まるで目も見えず、感覚も失っている、とでもいうかのように、じりっ、じりっと前にまさぐり出てくる。まるでそうして身を移動させることにさえ、異常な努力を必要としているかのようだ。リンダは吐き気をもよおし、嫌悪と戦慄にふるえあがりながらも、その男――男だとすれば――の立っているのが、リンダの顔にまでとどくそのなまぬるい風のまんなかでありながら、ずしりと垂れたマントの裾が風にそよともゆらぐことがないのに気づいて、異様に思った。

「ヒイー！」

スニがついに呪縛をやぶって絶叫した。リンダは喘いだ。

「ヴァーノン……」

声がかすれて出ない。いくども舌で唇をしめした。

「ヴァーノン伯爵、あなたがもしヴァーノン伯爵なら……」

なんとかことばをしぼり出して説得しようとしたが、そのことばもたちまち舌の上で凍った。

マントの人物が、ゆらゆらと横にからだをゆらしたかと思うと、包帯だらけの両手を、まるで礼拝でもするかのように――それとも助けを求めるかのように、さしのばし、彼女たちにふれようとしたのだ。

「ヒイッ！」

悲鳴をあげたのは、こんどはリンダのほうだった。マントがゆらめき、顔をおおった包帯がずれ――

そこから、なんともいえないくらいおぞましい、腐りはてたくずれかかった黒いかゆとでもいった人間の残骸がどろりとのぞいたのである。

「助けて！」

リンダの心から、パロの小女王の誇りも、予知者の勇気もふきとんだ。リンダはスニとかたく抱きあい、石壁に背をつけてぺたりとくずれおちたまま、つづけざまに悲鳴をあげはじめた。その動き出した死骸、生をふきこまれた不浄の腐肉のような姿が、どうにも我慢ができぬくらいに恐ろしかったが、もっともいとわしく恐れをさそうのは、このおぞましいものがまさしく人間であり、モンゴールの貴族、スタフォロスの城主にほかならないのだ、と考えることだった。だが、包帯のさけめからのぞく、ただれたどす黒い肉になかばふさがれかけている目は、まさに、明らかな人間性を示して光っており、そしてその目は、かれらにむかって何か訴えかけようとすらしているかに思われるのだ。

「ヒイー！　ヒイー！　ヒイー！」

スニがあらん限り、悲鳴をあげつづけている。腐臭は気絶しそうなくらいにたかまり、リンダは自分でも意識せずに激しく首をふりつづけていた。

怪人はじりじりと距離をつめた。その細いつぶれかけた目には、まぎれもない渇仰とそして狂おしい欲求の光があった。包帯がとけた肉からずるりとすべっておち、ほとんど指の骨があらわれてしまった屍そのままの手がなかばのぞいた。

怪物はその手をゆっくりとあげると、ふたりの怯えきった少女の肩をつかもうとするかのように、よわよわしくのばした！

リンダの腕の中で、セムの少女はふいに失神し、リンダにそのかるい体重をすべてあずけてきた。

リンダのスミレ色の目は凍りついたように怪人からはなれなかった。できればリンダもあっさりと気を失ってしまいたかった。だがそうなってしまえば、ここでこのいまわしい生きた屍体の思いのままなのだ、という戦慄が全身をつかんで、リンダはただ、魅せられた目で怪人を見つめていた。

くずれ、形をとどめない手が二、三回、何か云いたげに上下した。それからそれが、ほとんどリンダの肩にふれそうにおりてきた。リンダはその、黒ずんだ膿汁まみれの包帯のあいまからのぞく恐しい、骸骨よりもグロテスクな顔を見、すさまじい悪臭に息をつまらせ、動くこともできずにいた。しかしその骨と化した指さきが、なめらかな肌にふれようとした刹那、リンダの全身を縛っていた麻痺は恐怖のあまりけしとび、リンダはのどもさけるような大声で、断末魔の絶叫をあげた。

「わたしにさわらないで、亡霊！　おお、その手がさわったら舌をかんでやるわ！　イヤよ、やめて、レムス、レムス！　**グイン！**」

そして恐怖のあまり目をとじ、倒れたままのスニの上におおいかぶさって倒れると、まるで接吻を求める熱烈な愛人ででもあるかのように、妙に哀しげなようすでのしかかろうとする化物を見ないですむよう、両手で顔をおおってしまった。

そのときである。

「リンダ、どこにいるの！　いま助けるよ、リンダ、リンダ！」

レムスの声が——リンダにはむろん知るすべもなかったが、レムスにきこえたリンダの声と同じぐらいにはっきりと、リンダの頭の中でひびいたのである。

「ここよ、レムス！　こわい！」

リンダは叫んだ。目をかたくつぶり、両の掌で顔をおおっていても、彼女の目には、呪われた男の手がふれようと近づいてくるさまがありありとうつり、そしてその手のふれたところから彼女の肌がその怪物どうようにくずれ腐ってゆくさまがはっきりと見えた。彼女はすすり泣いた。

そのとき、鐘が鳴りわたった！

急調子に、あわただしい切迫したひびきで、いくども城の鐘がうち鳴らされている！

それは危機を——何か、ヴァラキアの脱走兵だのルードの森の火事とは比べものにならない危機の襲来をつげて、激しく、耳をつんざいて、城じゅうにひびきわたりつづけ、いっこうにやむようすもなかった。

リンダは顔をあげ――そしておどろきの声をあげた。

「化物がいないわ！」

たしかに彼女の上におおいかぶさるようにしてのぞきこんでいたはずの黒マントの亡霊は、まさしくそれが亡霊そのものででもあったかのように消えうせてしまっている。

壁の隠し穴もまたなかった。タペストリがゆるゆると左右にゆれており、リンダがはねおきて、それをおしのけてみても、そこにあるのはただ、動くべきしかけなどあるとは思えない、平らで堅牢な石の壁面でしかなかった。

「そんなはずはない――わたしはたしかに見た！」

リンダは口に手をあてて叫んだ。そうする間にも、カーン、カーン、カーン、という、急をつげる鐘の音はひびきわたりつづけている。

「たしかにあのいとわしい匂いをかいだし、あの――おぞましいすがたも見たわ！　でも――でもそういえばいったいなぜ、空気にふれただけでも伝染するというほどの宿痾という黒死の病人と、あれほど近くにいて、わたし、何ともないのだろう――ううん、でも、スニだって見たのよ！」

リンダは当惑しきってあたりを見まわした。しかしあつい壁が彼女の視界をさえぎっており、そしてただ、悲鳴のような鐘の音だけが、よせてはかえす波になって耳をふさいでいた――カーン、カーン、カーン、カーン！

鐘のあいまをぬうように、剣戟のひびき、ウマのいななき、ただならぬ騒擾の気配がきこえ、そしてほどもなくそれには悲鳴や叫喚が混じりはじめた。そしてどこからとも知れぬ叫び――

「セム族の襲撃だ！」

リンダはバネ仕掛けのようにはね起きた。しかし両手をもみしぼるばかりで、どうするすべもなかった。とにかく彼女は砦の虜囚なのだ。

鐘の音はいつのまにか、まるで鐘楼の打ち手がのどにセムの毒矢をつきたてられてころがりおちた、とでもいうようにとだえていた。リンダはふたたび両手をねじりあわせて苦悩の叫びをあげた――それから、やにわに、床の上にぼろきれのように倒れているスニに走りよると、その小さなからだを抱きあげ、何とかして正気づかせようと一心にゆさぶったり頬を叩いたりしはじめた。

4

もし、それよりまえに、スタフォロスの城とその周辺の光景とを、さしづめ近くの山のてっぺんからでも眺めている悪魔がいたとしたら、彼はそこでくりひろげられている運命のなりゆきに、必ず皮肉な哄笑をあびせかけずにはいられなかっただろう。

スタフォロス砦はルードの森とタロスの森とにかこまれ、高くなった丘のいただきに、ケス河を背にして立っている城である。

辺境での勢力争いはまだ中原人種と辺境の蛮族とのあいだで一進一退をくりかえし、そこで国境の守備につとめるのは決して安全な任務とはいえなかった。

それゆえ、砦は天然の要害をえらんで築かれ、陸路からの襲撃者は森から出ると、丘のいただきまでのまがりくねった細い坂にぶつかって、一列にのぼってくるよりしかたなく、その力を八分どおりそがれてしまうのだ。いっぽう砦の守護兵はと云えば、それを上から見おろして、石をころがしおとし、矢を射かけ、弩で射てばらくらくと防御の役をはたすことができる。

そして城の背後はケス河にむかって切りたった、水ヘビかトカゲででもなければのぼれぬような絶壁だったから、こちらの守りも万全というわけだった。

もっとも、このへんにすむ蛮人族であるセムの領土は、主としてケス河の向うであったから、河のこちらがわにそうしてわだかまっている分には、通常は、さして危険なめにもあわずにすむというものだ。だが、相次ぐ事件のために、砦の守護兵たちの目は、あらぬ方へ向けられてしまっていた。

もし、ことのなりゆきをすべて見通す目をもった鬼がその夜のはじめからスタフォロス城を見おろしていたとしたら――石の壁の内と外を共に見通す目がもしあるとしたら、彼は気づいたことだろう。ケス河の黒い流れに、夜半から真夜中にかけて続々と、流れの向う岸、その彼方にノスフェラスの荒野をのぞむ暗黒の側の岸からすべりこみ、音もなく泳ぎわたってくる、いくつもの小さな影に。

それはどこかサルに似ていた。背丈からすれば子どもか矮人のようでもある。ケスの流れにはおぞましいさまざまな魔魚や水ヘビが棲むといって、辺境の人びとは、イカダでさえその流れを下るのをいやがるのだが、ただセム族だけがその流れを友とし、それにひそむさまざまな脅威を手なづけうるのだ。

それらの影は黒い頭を水面近くに沈めて、あとからあとからケス河を泳ぎわたってきた。それらはそれまでも事あるごとにそうして辺境をおかす中原の先兵をせめるべくやって来ようとしたのだが、これまでのところそれは功を奏していたとはいえない。なぜならば、ケス河がかれらの退路を阻んでおり、いったん河をおし渡ってきたかれらは河のこちら側で分断されるとなすすべなく数でまさる砦の守護兵にたいらげられるほかはなかったからだ。

だがその夜ふけ、河をあとからあとからおし渡ってくる黒い小さな頭は、かつてないほどの数にのぼった。それは音ひとつたてずにひたすら河を渡っては森に走りこみ、ルードの森のやけのこった部分と、タロスの森とをくまなく埋めつくした。しかもなお、黒い頭は増えつづけるのだった。

さしもの大部隊が夜明けを前にして河をようやく

渡りおえるかおえないかのうちだった。にわかに城のあちこちに灯りがつき、壁の内がさわがしくなった。

　セムの族長たちはあおざめた。伝令が激しくとびかい、甲高いさえずるような声がかわされた。だが、

「ヴァラキアの傭兵が逃げたぞ！」

「塔からケス河の流れに身を投じたのだ」

　そう、城内で叫びかわしていることに気づくと、またすぐにかれらは動揺をおさめて、それぞれの部隊に伝令をとばし、断崖の下にはりついているものはいっそう身をちぢめ、森にひそんだものはいっそう息をひそめて、城内がもとどおり静まるのを待ちうけた。

　だがしかし、この夜、百の耳とただひとつの目をもつ老いた運命の神ヤーンは、とびきり皮肉な心持ちでいたのにちがいない。まもなく城中でひとしきりざわめきがおこり、やがてケス河に面した城壁というう城壁に、数知れぬ松明が運ばれた。それが河の上にむけてさしのばされるとケスの河面はま昼のようにに明るくなり、崖の下のセム人たちはまるで毒トカゲのように平たくなってあぶら汗を流した。

　だがヤーンは結局のところセム族に肩入れをするつもりだった——松明の火だけであったら、ほどもなく歩哨のたれかが襲撃者に気づいたかもしれないが、城ではやがて夜明け前の寒気に対抗しようと松明ののこりをあつめて天も焦すばかりなかがり火をたきはじめ、

「夜が明けたらケス河にボートを出すぞ」

「だがもちろんもう脱走兵は死んでいるだろうに」

「かまわん、死体を確認しろとの伯爵のご命令だ」

　声高に話しながらみなかがり火の周辺にあつまって夜明けを待ちはじめた。かがり火は砦を昼のように明るくし、天を赤く照らし出し——その火のかげで、ルードの森やタロスの森々、それにケスの暗い流れは、いよいよその暗さを増して、セムの大部隊をのみこんだまま黒々と闇に沈みこんでしまったの

である。

　しかしセムの族長たちは、この予期せぬなりゆきに一瞬はとまどったものの、かれらの最大の味方が夜闇であり、夜が明けおおせてしまえば戦いは七割方、砦がわに有利になることをよくわきまえていた。族長たちは音もなくよせあつまって小声で相談してから、さっと散ってゆき、自らのひきいる蛮族たちに命令を下した。

　セムの長《おさ》の手の、ウマの尾の鞭が打ちふられた！　たちまち、小さくすばしこい蛮族たちの一隊が、ケス河に面する城壁をサルのようにすばやくのぼりはじめた。同時に森にひそむ部隊は音もなく砦までの間合いをつめた。

　城内ではたき火をかこんで果実酒、はちみつ酒の皮袋がまわされ、ちょっとした酒盛りがはじまりかけていた。どのみち夜明けまではイカダもボートも出せっこないさ、とかれらはヴァシャ果の皮を吐きすてては実をかじりながら云いあっていた。それに何といってもケス河に身を投じるようなばか者のためにそう急ぐことはない。どうせケスの岩でなければケス河に棲む水妖が、そいつを冷たいぷかぷか流れる屍にかえてしまうのに決まっているからな！

　だれひとりとして、この辺境の、妖魅の領土なる夜のしかもケス河の河辺へと、たかが一人の傭兵のために出てゆきたがる兵はいなかった。かれらはここにいれば安全だと信じている砦の城壁の中で、すっかり安心し、気をゆるめ、火に顔をほてらして、互いに手わたしあってははちみつ酒を飲んでいた。

　ふいにその中の一人が大きく目を見ひらいた。うしろを指さして何か叫ぼうとした。が云いもはてず、のどをかきむしって倒れた。

　仰天してとなりの兵が助けおこし、そののどに突っ立っている、セム族特有の短い毒をぬった矢を見た。

　指さされた側に並んでいた兵たちもあわててふりむこうとした。その目に、闇から突然生まれ出たかのようにとび出してくる、サルのような毛むくじゃらの姿がみえた。赤く、ミーア果の汁で色どった顔、鬼のようにむきだした歯、毛ぶかいからだにまきつけた狼の毛皮と腰布とクツ、異様なにおい。

兵は絶叫しようとした。セムの手にかざされた石斧が頭にふりおろされ、かぶとをたちわって血と脳漿をたき火にとびちらせ、その絶叫を止めた。

たちまち、中庭は阿鼻叫喚にみちた！

夜の中から、あとからあとから蛮族は城壁をのりこえておどりこんできた。かれらはまず矢を放ってたくさんの守護兵を倒し、それから石斧をかざして突進した。

ゴーラ兵たちもそう長いことうろたえてはいなかった。かれらはちょうど脱走兵をさがすために、武装して起きていたし、腰の剣を寝床におきわすれてはいなかった。かれらは最初の驚愕から立ち直ると、激怒にかられて猿人たちを切り倒しはじめた。セム族は数でまさり、奇襲をかけた有利をも手中にしていたけれども、じっさいの白兵戦になれば大人と子どもほども体の大きさにはひらきがあったから、決して一対一で守護兵にたちむかおうとはしなかった。

すべてのゴーラ兵が、それぞれ五人から十人もの、縦横にはねまわるすばしこい人間猿を相手にしなければならなかった。中で左右にセム族を切りふせた黒騎士のひとりが、おそいかかってくるやつらをだんびらで払いのけながら、塔にむかって走り、鐘楼にかけのぼった。

勇敢に彼はセムの矢の雨に身をさらして鐘楼に立つと、危急をつげる鐘を打ちならしはじめた。

「セムの夜襲だ——セム族が砦に入った！」

カーン、カーン、カーン、カーン——激しく、狂おしく鐘は打ちならされ、同時に兵たちはのどもさけよと警告の叫びをあげつづけていた。猿人の斧がその頭上にうちおろされ、矢が目につきたった。

ふいをつかれ、中庭に入りこまれてしまった不利をはねかえそうと、砦の黒騎士たちは一列に並び、塔と建物のすべての入口をうしろにして戦っていた。セム人たちはなんとかして防衛線を破り、建物のなかに入りこもうとした。かくて、戦いは、中庭から四方へ分散しようとする襲撃者と、それをくいとめようとする守護者のあいだに激しかった。

砦の外からは、森をかけぬけた新手の大軍が「イーア、イーア、イーア！」とセムのときの声をあげながら、砦へつづくただ一本の坂道をおしのぼって来る。ゴーラ兵は城門をとざし、はね橋をあげて万全の構えをとっていたが、内庭の戦いにその兵力の半ば以上はさかれていたために、高方の有利を守って矢を射かけ、石を投げおとす守護兵の奮戦も、ともすれば圧倒的な数の敵の前におされ気味だった。

中庭でも、しかし、じわじわとセム軍は押し気味にいくさを進めた。ゴーラ兵たちは門や建物の入口に背をつけ、サルのように小さいがすばしこいあいてを左右に切り払いながら、そのままではいつか数でまさるセム軍に内と外とからなだれこまれることに気づきはじめていた。

黒いかぶとのふさをなびかせた第四隊長は、目の前でトーラスから来た若い騎士が五人まで、セムの毒矢をのどと顔にうけて倒れるのを見た。

「顔をあげるな！　面頬をおろせ、城壁へ顔をむけるな！」

第四隊長は絶叫し、城壁の石という石にむらがって矢をつがえている小さな悪鬼を長剣でなぎ払った。その背にサルのような蛮族がたちまちとびつき、石斧をふりあげた。

「隊長、危い！」

黒騎士のひとりが絶叫してとびこんだ。蛮族の石斧は騎士のかぶとをやぶり、彼は倒れた。隊長の大剣がセム族の首をはねた。

「このままでは手をつかねてやられるのを待つばかりだ」

城壁近く、這いのぼってくるセム族とその矢をあいてに奮戦する盟友たちを見やって、内庭の門を守っていた第三隊長が叫んだ。

「おい、きさま、一ザンの間だけでいい、この扉を守りぬいてくれ——おれは一ザンの間だけ扉をひらいて中へとびこみ、伯爵の指図をあおいでくるから」

「わかりました、隊長」

青年は緊張した声で叫んだ。隊長はかぶとにつつまれた隊士のその若々しい声をきいて、それがさきにあわや処刑をまぬかれたばかりの、トーラスのオロであったことに気づいた。

「三数えるぞ」

隊長はオロの肩を叩いて笑いかけ、そして数えた。

「一——二——三！」

数えおわると同時に彼は戦いに背をむけて、死守していた内扉の錠を外しにかかった。たちまちそれへむけてセム軍がおしよせようとする。ゴーラ兵は走り寄り、防いだ。トーラスのオロはかなりの使い手だった。彼の剣はたちまちセム族の血にまぶれたが、彼のくりだす剣の舞いにはばまれて、セム族たちはひらかれた内扉に近づけなかった。

隊長は暗く静かな建物の中に走りこんだ。その姿をのみこんで扉が激しく音たててとざされると、扉を再び背にしてゴーラ兵たちは戦った。千の首をもっていて切っても切っても生えてきたという巨人ノスフェラスのように、切り倒しても切り倒しても蛮族の数はへらず、ゴーラ兵のほうは少しづつ、少しづつ、矢にあたり、斧にうたれてその数を減らしていったが、しかしかれらは必死に戦いつづけた。それは強国ゴーラを一介の辺境の属国から、ついに中原の華を誇るパロの都をせめほろぼして中原の制覇をめざすまでに強大にした最大の力——ゴーラ兵の勇猛を、この絶望的な戦いの中でさえ誇らしく守り通そうとするかのように悲壮だった。

あとからあとからセムの矢ははなたれ、屍はどさりとかがり火の中に倒れこんで夜空に美しい金色の火の粉を舞いあげた。叫喚と雄叫び、剣戟と炎——

火はいよいよあかあかと燃えさかって天をこがし、それに照らし出されて蛮族たちは悪鬼そのままにおどりこんできた。スタフォロスの城全体がいまやふしぎな幻想的な、オレンジと金色の炎にその輪郭をくっきりとうかびあがらせ、それはさながらその巨大な砦が身をよじって断末魔の悲鳴をあげつづける姿とも見えた。

「アイー、イーア、アイー！」

セムの族長たちは手をあげて合図した。一列に並んだセムの射手が、いっせいに火矢をはなち、それは火の尾を引いて城壁をこえて、多くは石の壁にあたって落ちたけれども、それでもその中には木の扉につきたってパチパチと燃えあがりはじめたものが相当数あった。再び族長が手をあげ、再び、三たび、火矢は小さな流星雨と化して城をおそった。

いまではスタフォロス城全体が、かがり火だけでない燃えひろがろうとする炎によってくまなく照らし出されていた。それは城を守ろうとするものを不利に、闇にひそんで矢をはなつ襲撃者を有利にした。ゴーラ兵たちはセムの矢をうけて次々に倒れていった。

「大手門が破られるぞ！」

悲壮な叫びがあがり、兵たちはそちらへゆこうとするが、すでにかれらのまわりは小さな蛮族に埋めつくされ、盟友よりもかれら自身を守るためにまずかれらは死にものぐるいで戦うことを余儀なくされていた。ゴーラ兵たちのひきつった顔にはすでに疲労の色が濃く、重い甲冑に身をかためたかれらがよろめいて膝をつくとたちまち象にむらがるアリのようなセム人たちがひきたおしてそののどもとへまさかりを打ちおろした。

「もうすぐ日が昇るぞ！」

内庭のさいごの防衛線を命をかけて守っていた、トーラスのオロはまだ生きていた。手傷をおい、よろめいていたが、彼は東の空のしらみはじめるのを見、美しいバラ色とスミレ色の光がさしそめるのを見た。彼は段平を杖にして立ち、声を高くして城兵たちをはげました。

「もう少しだけ持ちこたえるんだ！　日が昇れば、セム族の有利な闇は去る。われわれは誇りたかいモンゴールの騎士だぞ！」

オロの頭を、これまでかつてこれほどにセム族が怒りにみちて、これほどの大部隊でもって辺境の砦をおそってきたことはないし、もはや城内に入りこまれてしまった以上あとはゴーラ兵たちは一人一人打ち倒されてゆくばかりだ、ということ——仮にいちばん近くのアルヴォンの砦の同胞が、燃えさかるスタフォロス城の方角に異変を認めて即刻救援の兵をさしむけてくれたとしてさえ、アルヴォンからスタフォロスまではウマで三日の距離があること——そういった絶望的なことがらばかりがちらとよぎっていった。しかしオロは頭をふり、目のまえでまたひとり、黒騎士が頭を割られて地に沈む光景に目をむけてとびだしながら、もういちど声をはげまして叫んだ。

「もうすぐアルヴォン城からの援軍がつくぞ！　日が昇ればわれわれは助かるのだ。持ちこたえろ、戦え、モンゴールの勇者たち！」

彼の剣はそのあいまにもセムの首をはね、毒矢を払いのける。それにしても襲われている城の、当の城主はいったいどこにいて、どうしているというのだろう——オロはセム族の族長らしいけばけばしいやつに追いすがって、そのまさかりをはねとばしざま返す剣で切り倒しながら思った。城主さえいれば——主君さえ指揮をとってくれれば！

だがその一瞬の思いがオロの気をそらした刹那に、黒いかぶとに包まれた後頭部に、セムの石斧が思いきり打ちおろされた。

オロの目のまえが流星の色の闇につつまれた。オロはゆっくりと中庭の石畳の上につっぷし、その手から段平は力なくおちた。戦いは、オロのからだをのりこえたセムたちと、ゴーラ兵とのあいだでなおも激しくつづいたが、ほどもなく内庭の扉を守っていたゴーラ兵のほとんどが、死ぬか戦闘能力を失って倒れ、セム族の刃の下に屈した。

　セムののどから異様な勝ちどきの叫びがほとばしった。蛮族はるいるいとよこたわるゴーラ兵の死体をのりこえ、おどりこえ、ふみつけて、内扉に殺到した。巨大な破城槌がもちだされ、扉はめりめりと音をたててふっとぶ。

「イー、イー、イー！」

「イーイー！」

　サルめいたわめき声をあげながら蛮族の毛むくじゃらの小軀がつぎつぎに、暗いひんやりする城内へとびこんでいった。オロのからだは同胞と蛮族たちの死体のあいだによこたわったなり、ぴくりとも動かなかった。

　そのとき、大手門のほうでわーっと大喚声が上がった。同時にすさまじい音をたてて石がくずれおちた。ついに大手門が破られたのである。くずれおちた石はその下にむらがっていたたくさんのセム族をおしつぶしてしまったけれども、蛮族たちはそれにひるむどころかいよいよ躍起になって叫びたてながら石の山によじのぼり、仲間の屍をふみつけて、城内へ殺到した。

　せきは切れた。またたくまにスタフォロス城はどこもかしこも、かけまわり、キーキー声をあげる、異様な匂いのする小さな姿でみたされた。セム族たちは奇声をあげて廊下を突進し、ゴーラ兵たちを切りつけた。いまや城のなかば以上が炎につつまれてごうごうと燃えあがり、そうでない部分はすべてセム族に埋められていた。ゴーラ兵の叫びと命令はとだえ、あがるのはただ断末魔の絶叫と負傷者の微かな呻きばかりだった。パチパチと火は燃えひろがり、城の中心部に立つふたつの塔、黒い塔と白い塔とにその炎の舌をのばそうとして貪欲そうに舌なめずりをしていた。

　そのとき、夜が明けた。

巨大な真紅の円盤、ヤヌスの神の子なる太陽は、あたかも地上の炎を空に掛けたかのように、流血の城をまばゆく照らし出した。黒くひろがる森々のなかに、瀕死のスタフォロス城は立ち、その各所から黒煙がたちのぼり、そして叫喚と呻きとが酸鼻の内庭をみたしている。朝の光の中で、セム族の勝ち誇った悪魔の喚声と、そしてどこかで石壁のくずれおちる轟音だけが、ヤヌスのしろしめす、小鳥の鳴く平和な朝のたたずまいを破り、たえずおこるあらたな火の手が、地獄の業火の中に燃えつきてゆく砦の運命を告げ知らせる炎の指となって、やわらかなスミレ色の空にメネ・メネ・テケル・ウパルシンの啓示の文字を描いていた。

いつしか鳴りつづけていた鐘の音もとだえ、鐘楼は炎の中にあった。スタフォロス城はもう間もなく落城するだろう。黒煙と屍、打ちすてられた折れた剣や矢のあいだで、倒れていたトーラスのオロは、顔にしたたりおちた血のしずくにはっと意識をとりもどし、朦朧としながらあたりをよわよわしく見まわした。内庭は静かになっていた。セム族たちはすべて、建物の内部へ走りこんでいったのである。

オロは呻きながら立ちあがり、剣を杖にしてよろよろと歩き出した。見わたすかぎり、盟友と蛮族の死体がころがり、たちのぼる炎が呼んだのだろう、しだいに風が出てきて死者たちのマントをはためかせはじめた。それは一夜にして生き地獄とかわった、辺境の守りのかなめ、ゴーラ王国の誇るスタフォロス城の廃墟だった。オロは嗚咽しながら歩きつづけ、もがいて起き直ろうとしたセム族をつきさした。かぶとがはずれておち、オロのまだ若い、血にまみれた顔と血走った青い目とはすっかりあらわになっていた。呻きながら、それでもトーラスのオロは白い塔にむかって歩き、しだいに力をとりもどして走った。そのとき塔の中で激しい戦闘の気配がおこったが、そのときにはすでに火の手は本丸から、両側の塔へと迫っていたのである。

それよりまえ――

セムの来襲を報せに本丸へ走りこんだ第三隊長は、暗い石づくりの廊下を狂ったようにかけぬけた。

それはまるで外の阿鼻叫喚が一場の悪夢か、ただの思いちがいではないかと思わせるまでに、暗く、ひんやりと静まりかえったたたずまいだった。黒死病をおそれて、つね日ごろ、毎日それぞれ一刻の目どおりの刻限以外には、城主のヴァーノン伯爵の住まう城のこの側に近づこうとするものはほとんどなかったから、その廊下には騎士たちはもとより近習も、およそ生あるものの影さえもなく、長い廊下をブーツを鳴らして走りぬけてゆきながら、隊長はまるで無人の星へやってきてしまったかのような不安に胸をたかならせていた。

だが耳をすませると、外のさわぎ――叫喚と悲鳴、剣戟のひびき、急をつげる鐘の音とウマたちの不安にかられたいななき――がかすかにつたわってくる。

第三隊長は、ひえびえと暗い回廊をようやくかけぬけて、黒い塔の下までたどりついた。そこには、黒い重い封じられた扉が立ちはだかって隊長を阻んでいた。

隊長は少しためらった。最もいやしい下僕でさえ、そこからさきに踏みこんでゆくくらいなら死を選んだ。なぜならその扉のむこうはヴァーノン伯――モンゴールの黒伯爵が一日の大半を、孤独に、死と異臭とだけを友として過ごしている、伯爵の私室であったからだ。黒死の病による腐敗はゆっくりと、だが確実にそのおぞましい進行をつづけている、と城の兵たちはささやきかわし、砦も辺境に数ある中に、よりによってヤヌス神に罰せられたこのような城主のもとに剣を捧げるはめになった運命を呪った。

だが――

第三隊長は面頬をはねのけ、その豪毅な顔を決意にひきしめて、重いかんぬきを抜きとり、黒い死の扉をあけた。とたんに悪臭が――生きながらくさっ

てゆく肉の、何ともいえないくらいおぞましい匂いが息をつまらせたが、隊長はあえて無視して、

「伯爵さま！　わが君！」

声をはりあげて叫んだ。

「伯爵！」

「なんだ」

返事は、あまりにも近いところからきこえたので、隊長はびくりととびすさって目をこらした。扉の内は真黒な真の闇、その中にある何ものも見ることはできなかった。

さしも勇気あるゴーラの黒騎士隊の隊長も、その病の貴族がひそむ暗闇へ、足をふみいれてゆく気にはなれなかった。そこで、彼はそこにたちつくしたまま、再び声をかけた。

「伯爵――大変です。セム族が砦を」

「わかっておる」

返ってきた答えは、隊長をカッとさせた。この間にもおもてでは彼の部下が切り殺され、あるいは毒矢をうけて倒れてゆくのだ。

「セム族の大逆襲であります。わが砦は今日の夜を無事に迎えられることはまず、望めますまい」

彼は重ねて云い、相手は病人であることを考えて、しいて自制しようとしながらも云いついだ。

「第三騎士隊は全滅寸前、第五隊もやられました。第六隊が防いでおりますが新手が加われば大門は破れそうです。ご命令を賜わりますように」

「破れたら、どうなのだ？」

暗闇からの声は、はっきりと嘲りの調子をひそめていた。

「大門が破られたところでわしにはかかわりがない。この砦ひとつばかり、猿どもにくれてやるがよい」

「伯！」

第三隊長は激昂した。伯爵が発狂した、と信じたのだ。

「セム族がこれほどに大挙して砦を襲ったのは何故かとお考えか！　かれらは凶悪とはいえ、蛇の年以

来われわれとの間には無言の協定が成立し、わずかな平和が保たれていたものを、これほどにかれらを怒らせたのは、伯、閣下のご命令ですぞ！　それ例の、セム族を生けどりにして連れ帰れという。たびかさなる仲間の拉致がついにセムたちにその災害の正体を気づかせ、この日をもたらしたのだ。かれらは仲間を救い出す気です。伯爵、かれらの同胞を塔に封じこめたのはあなたですぞ。一体なぜ、かれらは一人また一人と姿を消したのです。砦の者も噂しております。かれらを一体どんな運命が襲ったのです？」

「教えてやろう」

穏やかな――しかし何かぞっとするような悪意をひそめた声がささやいた。隊長は少しあとずさった。

「第三隊長よ、お前は忠実で勇猛なゴーラの騎士だ。砦の運命はヤーンの糸車がつむぐに任せておけ。わしにはわしでまだやることがある」

「伯爵――？」

隊長の声は上ずり、彼はますますあとずさりした。闇が少しづつかたちをとり、彼の前に、そのひそめていたもの、の全貌を、ゆっくりと明かしつつある。

モンゴールの黒伯爵――それともそう呼ばれているその生き物が、ゆっくり、ゆっくりと戸口に姿をあらわしたとき、恐怖に凍りついた隊長のかすかな叫び声が暗黒神ドールの名を呼んだ。すぐにそれは止んだ。

そして、そのあとにはまたねっとりした異臭を放つ闇だけがわだかまっていた。

第四話　暗黒の河の彼方

1

スタフォロス城は炎のなかにあった。

すでに戦いの帰趨は決している。内庭にも、本丸と二の丸をつなぐ回廊にも、頭を割られ、矢に射られて打ち伏す、黒い鎧をつけたゴーラ兵の姿があり、そのあいだをぬうようにして、くすぶる黒煙が立ちのぼっている。

わずかな残りの守兵たちは追いつめられ、じりじりと後退しながら互いに助けあって、しだいに城の中央に立つ二つの塔にむかって集結していた。日は高くのぼり、外はうららかな辺境の昼である。セム族の奇声がたえずきこえてきて砦の運命を知らせるほかは、やわらかなスミレ色の空にも、黒々としたケスの流れにも、いつもと変わったものは何ひとつとしてない。

それより早く、まだ砦の守備隊が壊滅的な打撃をうけるまえ、内庭にも回廊にも剣戟のひびきと戦いの怒号が満ち満ちていたとき、城の二つの塔のうち牢舎として使われている「白い塔」のなかでも、ちょっとした波乱がまきおこっていた。

砦の兵たちは中庭と大手門を侵入の突破口としてなだれこんで来る蛮族を迎えうつために、ひっきりなしに命令を叫びかわしあいながら、いつの間にかじりじりと追いつめられていた。第四隊長はすでに毒矢に射られて打ち伏し、第六隊の隊長もむらがりよせる猿人たちに引き倒されるようにしてかれらのさなかへ沈んだ。

「塔を守れ！　君公《きみ》を守れ！」

劣勢の中で、ヴァーノン伯の信任厚い第一隊長だけが、まだ手傷もおわずに声をからして叫びつづけていた。手兵をまとめて、何とか二つの塔へ近づいてゆこうとする。

その背にむけてはなたれたセム族の矢が、鉄のよろいにあたってカンカンと音をたててはねかえる。

第一隊長がもういちど「塔を守れ！」と大声をあげて手をたかだかと打ちふったとき、突然、白い塔の中でわーッと騒乱の気配がおこった。

「セム族が白い塔へ！」

騎士が叫んで注進にかけつける。

「白い塔は囚人どもの牢舎、かれらがどうなろうとかまわぬようなものだが、パロの王子と王女だけは守らねばならん。それに白い塔がやぶられれば地下を通って黒い塔へも侵入することができる」

あえぎながら第一隊長は云った。

「おまえ、ラッパを吹くのだ。無念だが他の場所はすべて放棄しよう。二つの塔めざして、すべての生存の兵をとりまとめ、蛮族を追い払え」

「かしこまりました」

ただちにラッパ手が口にラッパをあてた。それを吹くために彼は顔をのけぞらせなければならなかった。そののどがあらわになったとたん、セムの矢がそののどのまんなかにつき立った。ラッパ手がのどをかきむしって倒れる刹那、同僚がとびついてラッパをうばいとり、絶望的な勇をふるってのども裂けよと吹いた。

りょうりょうとひびきわたるラッパの音に耳を傾けながら、第一隊長は肩で息をし、大剣を杖について青く美しい空を見あげた。そこには、黒地に金で草原のライオンをぬいとり、金のふさをつけたゴーラの黒獅子旗と、紫の地に白と金の紋章をぬったモンゴールの大公旗とが、セム族にゆさぶられる砦の苦境も知らぬげに、誇りやかに風になびいている。

それは砦の兵たちがかれらの生命にかえて守り通そうとしているものだった。それは限りなく誇りにみちて美しかった。

隊長の目がかすんだ。彼は、「モンゴールのために！」と大声をあげて段平をふりあげ、しゃにむに白い塔へむかって突進した。

その足に、ピシリと鞭がからみついた。セムの猿人がくりだしたヤマオオカミの皮鞭だ。ふいをつかれ、隊長は横転した。たちまちその大柄な姿は蛮人たちのからだにおおいかぶさるようにして隠された。蛮族の石斧がうちおろされ、石ナイフが隊長ののどをかき切った。


そのころ——

塔の中で、虜囚たちが、それぞれの壁をがんがんと叩きながら、絶望にかられて叫びたてていた。

そのとき、必ずしも、白い塔のすべての室が血に餓えた城主の黒伯爵によって死を宣告された囚人たちでいっぱいになっていた、わけではない。多くの石づくりの室は空いており、トルク《ネズミ》とむなしい沈黙との二者だけがその主だった。

しかし、いくつかの室には囚人がとじこめられていた。そしていくつかの室にはあかりとりの窓がきってあり、そこからのぞくと中庭の戦闘、スタフォロス城を現におそっている恐るべき災厄は手にとるように見おろせた。

あちこちの、ふさがっている牢舎から、石づくりのドアを平手で、あるいはそのへんの椅子か何かで叩き、足でけとばし、あらんかぎりの声でわめきたてて牢番の注意をひこうとする、たいへんな喧騒がまきおこり、それでほとんど塔の下の阿鼻叫喚はかき消されてしまうくらいだった。

「牢番！　牢番！」

「何が起こったのか教えてくれ！」

「セム族だ、セムが攻めてきた。砦はおしまいだ。おれたちは皆殺しだ」

「出してくれ。ここを出してくれ。おれも猿人どもと戦う。誓って逃げたりしないから大剣をくれ。モンゴールの剣をくれ！」

「助けてくれ！　このままではとじこめられてセム

の奴らに皮をはがれるのを待つばかりだ！」

「だれか！　牢番！　仲間たち！　壁かけに火がついた。あつい、焼ける、助けてくれ！」

「牢番！　牢番——！」

「出せ！」

戸を叩く音、窓からセムの火矢が入ったのだろう、火のパチパチはぜる音と焼き殺されようとしているあわれな男の絶叫に混って、トーラス、辺境、ヴァラキア、遠いクムまで、ありとあらゆるなまりの声が、のどもかれよと叫びつづけた。

その声は、暗い廊下に佝僂の牢番が、のたりのたりと、しかし彼としてはできる限り急いで姿をみせるに及んですさまじいまでに大きくなった。

「カギをあけてくれ。ここを出してくれ！」

牢番が歩いてゆくたびにその階のなかで悲鳴のような哀願の合唱がおこる。

それへ、いちいち、牢番は戸をカギ束でどやしつけて怒鳴った。

「駄目だ。駄目だ。でかい声、出すでねえ、やかましい。伯爵さまから囚人をおっ放していいなんどというご命令は出ておらんでな。出してやるわけにゃいかねえ」

「だがこのままではみすみすセムのいけにえだ！　そんな悠長なことを云っている場合か！」

「とにかく、あけろ！」

「ならねえ。出して、黒い塔にうつせちゅう命令もらったのは、パロの子どもと豹あたまのばけもんだけだ。ならねえ、ならねえ」

口々の、狂ったような罵声や哀願にもかまわず、数人の騎士を従えて牢番は、そのまま多くの扉の前を通りぬけて、グインたちをとじこめてある室まできた。

豹頭の戦士グインと、パロの聖なるアルドロス三世の遺児レムス王子も、他の囚人たち同様に叫びたて、戸を叩いていた。レムスは狂ったように姉の名を呼びつづけ、グインはその巨大なハムのような手で扉を叩き、ゆさぶりつづけていた。扉は決して破れぬよう、一枚石でできていたのだけれども、グインの手がゆさぶり、そのおどろくべき巨体が体あたりをかけるたびに、扉のちょうつがいはきしみ、いまにも外れんばかりだった。

牢番は辺境なまりのガラガラ声でちょっと待てと怒鳴った。

「いま、出してやっから、ドアからはなれてるだ」

「牢から出しても、あのくされ城主のところへつれてゆく気なら、ここでサルどもに頭を叩き割られた方がマシだ！」

豹人はその頭のつくりのために、くぐもってきこえる大声で怒鳴った。

「それよりも俺の大剣を返せ！　俺にも、あのノスフェラスの前人類どもと戦う権利をくれ」

「そんなことは云われてねえ」

佝僂の牢番は頑固だった。彼はちょこちょことかけよって重い鉄の輪で腰につるしたカギたばでドアをあけたが、いそいでうしろにさがった。グインが咆哮をあげて、とびだしてこようとしたからだ。

「待て！　これが目にはいらぬか！」

牢番がそのうしろに逃げこむと黒騎士たちがすばやく前に出た。その手にはそれぞれ大槍が握られ、その穂先は囚人ののどや胸にふれんばかりだった。

グインはおどすようにうなり声をあげ、パロの王子はそのたくましい腰にすがってかれらを説得しようとこころみた。

「このさわぎが耳に入らないのか。グインならひとりで黒騎士一個小隊ほどにもあたるはたらきをすることができるんだ。砦がセム族の手におちてしまえば皆死ぬばかり——グインに剣を返して！」

「囚人の身でそのような心配はいらぬ」

誇らしげに騎士のひとりがこたえた。

「お前たちは伯のご命令どおり、黒い塔へ地下通路をとおって避難するのだ」

「あの暗黒の化物のところへか！」

グインはあざわらった。

「何から本当にわれわれは避難せねばならぬのだか、知れたものではないぞ！」

「化物はどっちだ、生まれもつかぬけだもののくせに」

かっと怒って騎士はグインを槍の石突でこづいた。グインは平気な顔をしていた。

「さあ、来い、化けもの」

「断る。二度と、あのドールの生まれかわりの伯爵野郎はご免だ」

「きさま！」

「おい、下で何かさわがしい気配がする」

かっとなって、囚人を殴打しようとすすみ出かけた騎士をひきとめて、同僚のひとりが不安そうに云った。

「大丈夫だろうか、この――」

「大丈夫にきまっている」

騎士は腹立たしげに、しかしいかにも誇らしげに同僚にむかって云いきかせた。

「このスタフォロスの砦は、たかが蛮族の一部隊におそわれたくらいではけっして落ちぬ。ここはモンゴールの、辺境の守りのかなめなのだ。これまでだってなんど蛮族の襲撃をうけたことか、だがそのつどわれわれは誇りたかいモンゴールの剣で彼奴らを切り払い、危機を切りぬけた。

ほどなくアルヴォンからの救援部隊もつくだろう――」

ふいに騎士は口をつぐんだ。

その顔はかぶとの下で、何ともいえぬ奇妙なものに見えた。少しのあいだ、なぜその同僚が口をつぐんだのか、なぜその顔が急にこっけいな人形のように見えたのか、だれも理解しなかった。

騎士には、演説のつづきをおえることは永遠にできなかった。モンゴール人特有の高くせまい鼻梁の上、目と目のちょうどまんなかに、ふいにつけられた奇怪なアクセサリーのように、黒い羽根、黒い矢柄の短い矢が突っ立ち、ぶるぶるとふるえていたのである。彼はグインたちに背をむけ、同僚の方をむいてしゃべっていた。

彼は白目をむきだし、石づくりの入口に、そのまま倒れこんで、金具のぶつかるにぎやかな音をたてた。

「セム族だ！」

隣にそれまで元気で喋り、砦の安全を保証していた友人が、瞬時に冷たく動かぬむくろと化すのを見たとたんに、並んでいた黒騎士は、呪縛されたように立ちつくしてしまった。

「危い！　うしろ」

レムスが叫んだ。そのときには、上からうちおろされた石斧が、不幸な彼の頭を叩き割っていた。彼は絶叫して射殺された同僚の上へおりかさなって倒れた。その上へ、天井から、まるで何十人もいちどきに石壁のなかからわいてでも出たような茶色の蛮族が、口々に奇声を発しながらとびおりてきた。

佝僂の牢番がわめきながら逃げようとする。その背にむかって矢が射かけられた。しかし蛮族たちとほとんど同じぐらいしか上背のない佝僂は背なかの肉瘤に針さしのようにつきささる矢をかまいもせず、カギ束をおとして階段をかけおりようとした。その足がしかしすくんだように止まった。

階段を無数の猿人たちが、異臭をはなち、奇声をあげながら、せきを切った水のようにかけのぼってきたのである。

「お助け！　お助け！」

牢番はのどもかれがれの悲鳴をあげ、そうすればまるで石の壁が彼をのみこんで守ってくれるとでもいうように、ひたすらつきでた背中を壁にこすりつけて平たくなった。だが猿人たちは彼を同族とみまちがえはしなかった。

「アイ！　アイ！　アイイー！」

「イーイ、イイー！」

けたたましい怪鳥のような声を発しながら、ふりあげたセムの石斧が打ちおろされ、牢番は背中をむけて二、三回までは肉瘤をうたせることで防いだが、とうとう一人の斧がその亀のようにひっこめた頭をおそって額のまんなかにぐしゃりとのめりこんだ。

牢番は声もあげずに倒れた。彼のからだはまりのように石段をころがりおちてゆき、一階下の踊り場に、何人かの蛮族をまきぞえにして倒れ込んだ。その上をたちまち、階段をかけのぼろうとするたくさんのセム族の汚い裸足が踏みにじり、乗りこえた。

階上では猛烈な戦闘が展開されていた。セム族はただちに剣をぬき放って応戦した騎士たちの前にたちまち切り倒された。場所の利は騎士たちにあった。ふいをつかれはしたもののそれはもともとかれらの城であり、そして廊下のせまさがかえって、おしよせるセム族をさまたげたからだ。一対一、ないし一対二ぐらいで戦えば、からだの大きさでまさる黒騎士たちは確実に蛮族を倒した。

しかし、蛮族の強みはその圧倒的な人数だった。仲間が血煙をあげて倒れても、倒れても、「アイー！　アイー！」と叫びつづける猿人たちは、ひるむということを知らぬかのように仲間の死体をふみつけておしよせた。

他の連中は牢番の死体からカギをとり、あちこちの牢の戸をあけはなちにかかっていた。重い扉をひらくとかれらは奇声をあげて中におどりこんだ。中に囚人がいれば、たちまちそれは蛮族に頭を割られて倒れた。その中には、ベッドの下にもぐりこんで隠れようとするものもいたし、椅子をふりあげて、人間の領土をおかすこの半人類どもと勇敢にも戦おうとするものもいた。しかし、セムたちは、隠れるものはひきずり出し、歯向うものはおっとりかこんで、さながら大きな虫をアリどもがむらがってたいらげてしまうようにひとりひとりをかたづけていった。

中のいくつかの室はすでに、窓から射こまれた火矢でごうごうと燃えあがりはじめていた。塔の廊下という廊下は、火の燃え、パチパチとはぜる音、虐殺される囚人たちの絶叫、セムの奇声と、そしてうずまく黒煙とに満たされた。

それは生き地獄ともいうべき光景であった。レムスはがたがたふるえながらその凄惨なありさまをただ見つめ、手にもった武器がわりのイスをにぎりしめていた。

だが、グインはそれどころではなかった。彼が行動をおこさなかったのはほんの短いあいだだけだった。彼と王子とを連れにやってきた騎士が、セムの矢に射られて倒れたとき、豹頭の戦士は瞬間とまどったが、たちまちのうちにレムスをひっつかむように石の扉のうしろへ追いやった。

「そこをはなれるな」

吠えるように命じておいて、敏捷にありあう道具――彼がつかんだのはからになったみつ酒のつぼだった――をかざして矢を防ぎながら廊下へとび出す。

「グイン、危い！」

レムスが悲鳴をあげたが、豹の戦士の狙いは、倒れた黒騎士の腰の大剣にあった。

グインが戸をくぐってその怪奇なすがたをさらしたとき、ふいにセム族の中に動揺がわきおこった。

「アルフェットゥ！」

「リアード、リアード！」

豹だ、豹だ、とでもいうらしいおどろきの声が、いっとき、奇怪なときの声をうわまわった。

だがただちに頭だったものが何か叫んで彼を指さし、セムどもは気をとりなおして豹頭の戦士めがけて突進した。

グインには、その一瞬のセム族のためらいで充分だった。彼はかがみこみ、死んだ黒騎士の腰から大剣をひきぬこうとした。鞘に、柄がひっかかった。

グルルル……とグインは咽喉で唸った。そして力づくで引っぱり出そうと全身をまっかにして力をこめた。

それへ、カラスのようなけたたましい声をあげたセムの射手が、矢をいかけた。グインは顔をあげた。

「キャーッ！」

レムスは椅子をとりおとして悲鳴をあげた。矢はもろに、グインの豹頭の眉間につっ立ったのだ。だが、

「ケケッ！」

驚愕に奇声を発したのはセムの射手のほうだった。

猛毒のぬりつけられているはずの、セムの黒い矢を、額のまんなかでぶるぶるとふるわせて突き立てたまま、豹人は平然として剣の柄を左右にゆさぶり、ついにからみついていた鞘をぷつりと切りおとして欣然と大剣をつかみあげた。

彼の口から満足そうな呻きが洩れた。彼はびゅん、と剣をふってみてそのバランスをたしかめると悠々と立ちあがり、額に手をのばし、左手で無造作にセムの毒矢をひきぬいて、蛮族に投げつけた。

矢は投矢《ダート》の要領でうなりをきって飛び、狙いあやまたずそれを射た射手ののどにつきたった。一瞬、セムどもは、その矢の毒がうすれていたのか、と思ったかもしれない。だが、射手はたちまちのどをかきむしってころげおちた。

セムどもの中に目にみえて動揺がひろがった。

「アルフェットゥ！」

「アルフェットゥ！」

猿人は口々にかれらの神の名をわめいた。

「リーララ、ムル、ストラト！」

恐れるな、とりかこめ、とでもいった意味らしくリーダーがさけび、セム族たちはいくぶんためらいがちに再び囚人にむかって奇声をあげた。

しかしグインはかれらを待ってなどいなかった。待望の大剣を手に入れるやいなや、彼の戦士の血は燃えあがり、彼は巨大なファイティング・マシンと化していた。彼は突進し、ぶんと唸りをたてる大だんびらのひとなぎで、たちまちのうちに猿人どもを五人ふっとばしてしまった。彼はまた剣をふりかぶった。

「グイン！」

　そのときレムスの悲鳴をきいてふりかえると、隙をみて猿人どもが牢の中へとびこもうとしている。

　ウォーッとおめいてグインは身をひるがえし、あわやレムスに石斧を叩きつけようとしていた蛮族をからだの真中でまっぷたつ、横なぎに両断してしまった。

「ついて来い。ここにいては数でやられる、いつかは。いいか、俺から絶対にはなれるな」

　グインは唸るように王子に命じると王子のほっそりしたからだを巨軀のうしろに庇い、左手にはあらたにひろいあげたセムの石斧をふりまわし、右手の剣を着実にふるって二人、三人づつ猿人をほふりながら、廊下へとびだす隙をうかがった。

　その間にも、廊下やせまい階段に陣どって、黒騎士たちや、少しは腕のたつ囚人の二、三人がそれぞれに抗戦をつづけていたが、かれらは一人づつ寸断されていたので、いずれは数で圧倒され、つかれはてて、むなしく蛮族に屈することは目にみえていた。

　縦横に剣をふるいながら、グインはすばやくそのさまを見てとった。彼の豹頭の中におさまった、人の狡智と豹の決断とをかねもった頭脳がすばやくはたらき、彼はいきなり大声をはりあげた。

「黒騎士ども、囚人ども、こっちへ来い。一人づつ戦ってはやられるばかりだ。集まれば俺たちが強い。集まっていずれか一箇所でセムどもをくいとめるのだ！」

「だめです！」

　悲痛な叫びが応えた。囚人の一人だった。

「切りふせても切りふせても新ら手がおそってくる。そこまでたどりつける者はおりません！」

　そして彼はセムの斧に足を折られてどさりと倒れた。

「ちいっ」

　グインは吐きすてた。その間にも彼の剣がひらめいてサルに酷似した小さな毛むくじゃらな首を胴体からふっとばした。

「王子！」

「ええ、グイン！」

「このままではどうにもならぬ。おまけにどうやら火がまわりはじめた」

「グイン、リンダが！」

「わかっている。何とかサル共が塔の天辺まで埋めつくしてしまう前に、王女を助けよう。本当は切りぬけるには下へ下へと戦う方がいい、上ってゆけばいよいよ追いつめられてしまうがそうは云っておれん」

「危い！　うしろ！」

「大丈夫だ！」

　グインはうしろにひそんで高々とはねあがっておそってきた蛮族をなぎ払って壁に叩きつけた。

「三つ数えるぞ」

　彼はささやいた。

「俺のベルトをつかんでいろ。三つでとび出して階段までの血路を切りひらく。そのままかけあがってリンダを探す」

「はい──グイン」

「いいか、一、二──三！」

「三！」というと同時にグインは頭をさげ、剣と斧をつきだすようにして、セム族でいっぱいの石の廊下へとびだした。

　レムスはすかさずグインのうしろに身をかくしてついて出た。グインの大剣が目のくらむような速さで左右に血しぶきをあげてセム族を切りふせてゆく。グインの口から豹そのままの雄叫びがもれ、黄色い目はすさまじく燃えあがり、たくましい雄神さながらの全身に返り血をあびて彼はそのまま一頭の猛獣だった。

　さしも勇敢な小人族も、その彼の突進の前にたじろいで道をあけた。グインは階段までを自らの剣で切りひらき、そのまま大股に、三段づつふっとばして石のせまい階《きざはし》をかけのぼった。王子が続いた。

ひとつ上の階もすでにセム族の先兵に占められかけていた。ここでもグインは剣をふるって蛮族を切りふせた。

「姉をさがせ。呼べ」

剣を舞わせるあいまに彼が云った。レムスはうなづき、

「リンダ――リンダ！」

声をはりあげた。

「リンダ！　ぼくだよ！　どこなの！」

応えはなく、レムスはグインが階段の上に陣どって、おしよせようとする蛮族をふせぐあいだに各部屋を走ってあらためにいった。しかし、すぐに戻ってきて、

「この階にはいないよ」と告げた。

「よし、わかった。上へ行くぞ」

グインは云って、大きくひとなぎしてからいったん剣をひき、今度はレムスを先にたてて階段をかけのぼった。もう、その階からはほとんどセム族の姿はなかった。

もう一つ上の階にもリンダのとじこめられている室はなかった。

「グイン！」

「上へのぼれ。急げ」

グインは不吉な光を目にうかべて云った。その丸い豹頭はかしげられ、何かをいぶかしむように見えた。

「グイン――？」

「気がつかんのか。中庭――と外が妙に静かになった。剣戟のひびきがきこえてくるのはこの塔の中だけだ。もし、セムどもが砦の守兵を圧倒し、ほとんど片付けてしまったのだったら、いかな俺でも、生きてこの城を出てゆけるかどうかはちと考えものだぞ」

「グイン……」

「そんな顔をするな。セムどもに追いつかれる、早く走れ」

あわててレムスは階段をかけあがった。しだいにそれは細く、そして急になりつつあった。

「グイン、もうここしか残っていない」

「塔の頂上だな」

そこは他の階にくらべてさえひどく暗く、そして天井も低く威圧的だった。そこにはただひとつの扉しかなかった。

レムスは期待をこめて叫んだ。

「リンダ、リンダ――返事して！」

たちまちに応えがあった。

「レムス！　ここよ、あたし！　出して！」

「グイン！」

狂喜してレムスが叫んだ。

「よし」

グインが石の扉をゆさぶった。しかしそれは、よくよく頑丈な一枚岩を使ってあるとみえて、びくともしなかった。

「ウーム」

グインは唸って体当たりをこころみようとしたが思いとどまった。一枚岩の戸に体当たりをしたら、いくら彼が怪力であろうと彼は生ま身にはちがいないのだ、折れるのは彼の肩の骨の方であるに決まっている。

グインは石斧を戸に叩きつけようとしたがふとその手をとめた。

「あのちびの牢番がもっていたカギはどうしたかな」

「ぼく見ていたよ」

レムスは即座に答えた。

「ぼくたちのとじこめられていたへやの、前の廊下におとし、それを野蛮なセムどもがけとばして廊下のみぞへ知らずに落としてしまった。まだあそこにあるはずだよ」

「ほほう」

ちょっと意外そうに、グインは、弱虫で気のよわいとばかり思っていたパロの世継を見た。一瞬考え

て、

「よし」

　と彼は云った。

「いいか、王子——俺はこれから下へかけおり、そのカギ束をとってくる。この階へ通じる階段の上り口に、下の階の石扉をもってきて防塞を作っておいてやる、それならばそれだけのあいだぐらいは何とか保つだろう。それをのりこえてやってくる奴はそう多くはあるまいが、そのときには——」

　斧を王子のふるえる手に渡してやり、

「お前も男の子なら、何とかしてそれだけのあいだもちこたえてみろ」

「うん——うん！」

「よーし」

　グインはレムスのかぼそい肩を大きな手で叩くと、血でぬめる剣をしっかりととりなおした。

「いいか、姉を守るんだぞ」

「グイン、死なないで！」

「大丈夫だ。俺は——」

　ふいに、豹頭の仮面を冠せられたこの謎の男の黄色い光を放つ目に、ふしぎな理解めいたものがひらめいた。

「俺はここでは死なぬ運命《さだめ》だ。ということは、お前たちもそうであるのにちがいない」

　ほとんど優しいといっていい口調で豹頭の戦士は云った。そして、レムスがそのことばの意味をといただすいとまもなくているうちに、つむじ風のように階段をかけおり、バリケードをつくる荒仕事にとりかかった。

　応急のその防塞のできばえに一応満足すると、彼は剣をふりかざし、いまやすぐ下にまで迫ってきていた蛮族どもの群れの中へためらわずに走りこんでいった。

　たちまち絶叫と、そして激しい戦いの物音が起こる。にわかごしらえのバリケードの向こうにも、それは届いた。レムスは石斧を汗ばんだ手に握りしめ、姉とのあいだを無情にもさまたげる石の扉にぴったりと背中をつけたまま、声にならぬ声で（――グィン死なないで……グィン！）と祈るように云いつづけていた。

2

グィンは景気よく右に左に蛮人たちを叩きふせ、切り払い、なぎたおしながら、黄色と黒の疾風さながらに石の階段をかけおりた。

切りふせても、切りふせても、蛮族はいっこう減るけしきも見せない、グィンは疲れの色もなく、剣をふるい、「サルどもめ――セムどもめ！」とうなるように叫びながら死体の山を築いた。彼の剣はいなづまのように早く、彼の手は確実に死をまきちらし、彼は血まみれの戦いの神ルアーのうつし身とも見えた。

だがセム族も勇敢だった――それだけは認めないわけにいかない。セム族の毛深い頭蓋におさまった、野蛮の前人類の頭脳には、おそらく恐怖とか保身を考える部分が欠落しているのではないか、とさえ思わせる、がむしゃらな勢いで、やられてもやられても彼らは仲間の死骸をふみこえておしよせてきた。

だがグィンはぐずぐずしてはいなかった。そんないとまはまったくなかったのだ。彼は豹頭の悪魔と化して階段をかけおり、ようやく見すててきたばかりのかれらの獄舎の前へたどりつくまでまったく歩調をゆるめなかった。

廊下は意外にも、おりてゆくに従って蛮族の数が少なくなっていた。たぶん、豹頭の戦士を仕止めようと上へ上へとのぼっていった連中をのこして、他の連中はこの塔を見すてて他の獲物を求めていったのだろう。廊下や戸のひらいたままの室の中に、セム族のそれに混って砦の騎士や囚人たちの死骸がうちすてられ、もう、生き残っている砦がわのものは、このへんにはまったくいなくなっていたからだ。グインが相手にせねばならなかったのは主として、彼を追って塔をかけ上って来、また彼を追ってかけおりてきたセム族の一隊だった。

塔の下の方は妙にしずまりかえっていた。そして塔の外にも何の戦いの気配もない。

(スタフォロス砦は全滅したか)

グインは唸った。

彼は焦っていた。ようやく目当ての場所にたどりつき、レムスが云ったとおり、壁にそって掘られている排水管がわりの溝の中に、カギのたばとおぼしい金属のきらめきがあるのを目にとめた。だが、そのときには、彼を追って階段をかけおりてきたセム族たちに十重二十重に囲まれて、身をかがめてそのカギへ手をのばす、たったそれだけのひまさえもなく剣をふるわねばならないのだ。

スタフォロス砦がわが全滅かそれに近い打撃をこうむったのならば、ほどなく蛮人たちは砦に火をかけるだろう。

グインは焦りをつよめた。彼はセムの石斧をはねとばし、返す刀でちっぽけな猿人を肩から腹まで切りさげ、壁を背にして身をまもりながら、何とかしてカギをひろいあげる隙を作ろうと左右をきょろきょろ見まわした。

そんな隙のあろう筈もない。グインはぎりっと歯がみをすると、やにわに強引な行動に移った。おそいかかるセム族どもをまったく無視して、いきなり身を沈めて左手でカギ束を溝からひろいあげたのである。

いなづまよりもすばやい動きであったが、しかし一瞬彼の広い背中と豹頭は、完全に無防備に蛮族どもの前にさらされた。セム族たちは一秒の十分の一ほどのあいだ、それが豹人の何か故意にしかけた策略ではないかとためらった——それから、かれらは、彼の意図を悟り、たちまち石斧をふりあげた。

そのときにはもうグインは体勢をたてなおしにか

かっていた。しかし彼は先刻までの優位をカギ束をひろうために自ら手ばなしてしまっていた。彼が頭をあげたとき、その額にまっこうからふりかぶった蛮族の石斧が、ぶんと唸っておちてくるところだった。グインはすばやく剣で防いだ。すでに何百人もの蛮族の血を吸っている剣は血でぬめっていた。それは石斧の攻撃をうけ流しはしたもののよけることはできず、斧はグインの二の腕をかすめた。剣が同時に彼の手をすべってはねとび、壁に当たってチャリーンと音をたてた。

「危い！」

ふいに予期しなかった絶叫がセムどもの背後からおこった。同時にセムどもの頭越しに、武器を失ったグインめがけて新しい剣がとんできた。

すかさずグインはそれを空中でつかみとり、持直すなり横ざまにないだ。真に危いところだった。その剣がはねとばさなかったら、打ちおろされた石刀がグインの痺れた左肩にもろに食いこんでいるところだったのである。

刃こぼれもしておらぬ新しい武器をえて、疲れを知らぬもののように新たな勢いでセム族を切りふせながらグインは彼を救ってくれたものの方を見た。救い主もすでに、二手にわかれた蛮族の一方をひきうけて激しく戦っていた。

グインの無表情な豹頭の仮面の奥で、満足げな笑いが洩れた——彼に剣を投げてくれたのは、トーラスの若い戦士オロだった。

「これでお前には二回助けられたな、トーラスのオロ！」

グインは陽気にセムどもを片付けながら怒鳴った。トーラスのオロはセムと切りむすびながら、グインのほうを見、かすかな笑いをうかべてみせた。彼はあちこちに傷をうけており、セムの石斧をうけとめる刀も、ともすれば宙を切った。オロがグインの方に注意をふりむけたとき、うしろに忍びよっていた蛮族が石斧をふりあげた。

オロは気配に気づいて向き直りかけた。それが悪かった——刀はまともにオロの額を割ったのだ。かぶとはすでにどこかでうちすててしまっていた。トーラスの若者の額がぱくりと割れ、血がふきだしてきた。オロはくるくるとコマのようにまわり、よろめいて、どさりと倒れこんだ。

「オロ!」

グインはわめいて、セム族をからだごとはねとばしてオロのもとへとびおりた。そのときまでには蛮族の数もようやく底をつきかかっていた。さいごの数人を、片手でオロを抱きおこしながら右手の剣でかたをつけてしまうと、グインはトーラスのオロのからだをゆさぶった。

「おい、しっかりするのだ」

「駄目だ」

というのが、オロのあえぎあえぎの返事だった。

「早く逃げてくれ。奴らはまたすぐ新ら手をくりだしてくるぞ。あんたが軍神ルアーその人であっても、あいてはルードの森のグールよりもきりがない。いつかはやられる」

「あまり喋るな」

グインは剣をおき、傷をしばる布を目でさがしながら云った。ぱっくりと割れた額から脳味噌をなかばはみ出させて、トーラスのオロは首をふった。

「早く逃げろ。間にあってよかった。あんたを助けにきたんだ。白い塔から黒煙が上っているのを見たんで——あんたのような戦士が、とじこめられたまま、生きながら焼き殺されるなんて、あ——あんまりむざんな話だものな。あんたが、た——戦っているのをみて、嬉しかった」

「オロ。喋るなというのに。お前はこれで二回、俺を救ってくれた。ガブールの灰色猿からと、セムの猿人からと。今度は俺がお前を助けてやる」

「おれはただ……剣を、剣をあんたに投げてやっただけさ。そ——その剣で切りぬけたのはあんた自身だ。あんたが自分で自分を救ったのだ。ああ——目が見えない」

「水がのみたいか」

「もう駄目だ。ああ——なんという災厄が美しいスタフォロス砦を襲ったのだろう。おれの目のまえで隊長も……同郷のリードも仲のよかったエクもみんな——みんなやられてしまった。わが城にかくも理不尽な運命をもたらしたヤーンは百回も呪われるがいい。ああ……おれはこの春で辺境警備のつとめをおえ、美しいトーラスの都に帰れることになってたのに」

　オロののどがごろごろ云いはじめた。グインは黙って、太い腕に彼を救ってくれた若者を抱いたまま、じっとその若々しい顔が死相にくまどられてゆくのを見守っていた。

「ああ——苦しい。ああ……」

「何か俺にしてほしいことはあるか」

「いや……もう何も——」

「何か——トーラスで待つ家族に伝言でも」

「いや……いや、それなら……」

　オロはくちびるで舌をなめ、声をしぼり出した。

「もしあんたがト——トーラスで助けが必要になったら、トーラスの下町で《煙とパイプ》亭をいとなんでいるゴダロのところへいくといい。おれのおやじだ。よい人間だし、むすこの死にかたを知りたいだろう——ちゃんと戦士としてセムの猿どもと戦った、と……」

「わかった」

　グインはオロの手をとった。それは早くも冷たく、そして力を失いかけていた。

「お前は俺によくしてくれたな」

　グインは云った。オロは傷ついた顔で笑おうとこころみた。その口がゆがんだ。

「あんたは——凄い戦士……だ、豹人」

　彼はさいごの力でささやいた。

「あんたに剣を投げなかったら、あのとき——おれはモンゴールの戦士などと名乗る資格は——なかっただろう……」

声がとぎれ、トーラスのオロは死んだ。

「お前のためにセム族の首を十、とってやろう」

グインは重々しく剣をつかみ、床におろした死骸の上にさしのべて誓った。

「お前は勇者だ、トーラスのオロよ」

彼の無表情な豹頭がいくぶん前に傾いた。

そのとき彼はぴくりとして身を起こした。彼の鼻は、いぶる煙の匂いをとらえ、彼の耳は、新たな騒擾の音をききつけていた。セムどもが新ら手を送りこんできたのにちがいない。

「イイー！　イーイー！」

「アイー！　アイー！」

階下からセムのあの呪わしい奇声がかすかにきこえてきた。

バネ仕掛けのようにグインははねおきた。オロの死体をのこし、彼は再び階段をかけのぼった。ひと息に頂上へゆきついて、バリケードがわりの石扉をおしのける。

「ああグイン！」

レムスがとびついてきて泣きじゃくった。

「グイン、グイン、ぼくもうグインがやられてしまったのだと思ったよ――」

「そしてお前もパロの王子にふさわしいだけの働きをしたようだな」

グインはバリケードの内側にころがっている、四、五人のセム族の死体をみて云った。

「俺はお前のことを、白い羽根の臆病者のように思ってしまっていたが、どうやらそれは間違いだったらしい」

レムスは嬉しさで頰を染めた。グインはカギをとり出してつぎつぎにあてがってみていた。

「これだ」

唸るように声をたててカギをさしこむ。一枚岩の扉がゆっくりとひらくなり、中からリンダがとび出してきた。

「おお、レムス！」

「リンダ、リンダ！」

　一卵性双生児であるこのパロの真珠たちにとって、最も耐えがたいことはすなわちひきはなされていることだったのだ。リンダとレムスはやにわにひしと抱きあい、二度と何ものにもひきはなされまいというかのように、何度も何度も腕に力をこめて接吻しあい、互いを涙にぬれた目で見つめあった。

「――！」

　グインはその間に目を光らせて室の中へふみこんだ。

「ヒイー！」

　たちまち甲高い悲鳴がおこる。リンダはレムスをおしやって室にとびこみ、グインのふりかざした剣を両手で制止した。

「ちがうの、ちがうのよ、スニは、いい子なの、あたしたち友達なのよ、だめ！」

「友達だと？」

「スニは黒伯爵につかまったのよ。あのセム人たちはスニを助け出しに来たのだわ。スニがぶじだとわかればかれらも、わたしたちの生命まではとろうとしないのにちがいないわ」

「そいつはどうかな」

　グインは吠えるように云った。

「子供たち、うしろにさがっていろ。奴らがのぼって来る」

「スニが話してくれるわ！」

「いいから隠れていろ、じゃじゃ馬姫どの」

　グインは吠えた。

「くそ――セムどもは火をつけながら上ってくる。奴らはサルの親戚だからな、城壁をつたってでもおりられるだろうが、俺たちは、ここでむし焼きになるかそれとも――来た！」

　セムの一群がついに、塔のてっぺんまでかけのぼってきたのだ。

　スニは前へ出て仲間を迎えようとした。が――先頭の数人を見たとたんに、キーッという金切声をたてて グインたちのうしろへとびこんでしまった。

「ど——どうしたのよ、スニ！」

スニは早口でまくしたてる。

「どうしたというの！　仲間が助けにきたのよ——話をして、わたしたちは味方だといって！」

「ムダだ。このセム人の娘は、あいつらは自分たちラク族の仲間ではない、敵対するカロイ族のやつらだと云っている」

「グイン！」

リンダは一瞬おどろきに、そのことばの重大さささえも感じとれずロに手をあてた。

「グイン、あなたセム語をわかるのね！」

「うむ、どうもそのようだな。ところで、これでたぶんわれわれの運もここまでだぞ。その娘がいても役に立たず、下からはセムの大軍とすべてを焼きつくす火、そしてモンゴール軍は全滅——ということは……」

「グイン、危い！」

いきなり射かけられた矢をグインは間一髪で払いとばし、

「中に入れ」

おめいて、石の扉をしめるなりがっちりと中からカギをかってしまった。

「この扉は頑丈だ。しばらくは保つだろう——そうして一時安全になったところでどうなるものでもないが」

扉の外に、数秒の差でどっとおしよせてきた蛮人たちが、鼻さきで逃した獲物に怒って口々に呪詛の声をあげるのをきき流してグインは云った。

「でもさっきまでわたしたち、別々で互いを案じることしかできなかった。同じ死ぬんでもふたり一緒がいい」

リンダは云い、レムスをもういちど抱きしめたが、スニが隅へちぢこまり、両手で肩を抱いてぶるぶるふるえているのをみると、

「まあ、いらっしゃい、可哀そうなスニ、あれがスニの部族だったならスニだけでも助かったのに」

やさしく云って手をさしのべた。スニはリンダにおずおずとすがりつく。

それをじろりと見て、

「俺はここでは死なん」

グインが云った。

「俺は自分が何者で何のためにこんな姿をしておるのかさえ知らんのだ。それを知るまでは、俺はたかがノスフェラスの猿どものためになど殺されはせん」

「でも……」

レムスが叫んだ。

「グイン！　どうしよう、扉が破られるよ！」

扉の外からはすさまじい、何か重いものが石にぶち当たる轟音がひびいて、互いのことばさえもききとり難くしはじめていた。

「奴ら、破城槌をもちだしたな」

グインは笑った。

「サルのくせによく知恵のまわることだ」

「グイン！」

両手を握り、上へつきあげるようにして、リンダは決然と云った。

「かれらはノスフェラスの蛮族よ。かれらは捕虜をかれらの神にそなえ、拷問し、食べてしまうんだときいたわ。かれらが扉を破ったら、その剣でわたしとレムスを刺してちょうだい。スニが望むならスニも」

「リンダ……」

レムスが叫んで姉に抱きついてしゃくりあげた。

いよいよ激しくなりまさる破壊の音の中でグインは笑った。

「あの呪われた黒伯爵が云ったとおり、お前は生まれながらの女王の誇りをもっているな、リンダ。だがまだ早い、さいごのさいごまで追いつめられているわけではない。

これでもう百の中さいごのひとつまでも望みが絶えた、というそのときまでは――いや、たとえそうであろうとも、息絶えるその瞬間までは、希望しろ、そして戦え。それが本当の誇りというものだ」

「でも……」

リンダが云いかけた、そのとき、ついに石の厚い扉のまんなかに穴があいた。

石の粉がとびちり、破片が散った。グインは剣をとりなおした。

「グイン、わたしにも剣をちょうだい。わたしも戦うわ」

リンダが云った。

「うしろにさがっていろ。壁までさがれ、背後にまわりこまれんよう、ぴったりと背中を壁につけろ」

というのが、グインの答えだった。グインは三人の子供たちをうしろに庇い、扉からいちばん遠い、つづれ織りの壁掛のかかった壁へと少しづつさがった。

奇声を放ち、石斧をふりかざしながら、破れた扉口から勝ち誇った猿人どもがとびこんできた。

再び戦闘がはじまった。だがこの室は天井が低く、そして暗かった。その分、巨大なグインの体格は不利になった。彼の長い腕につかまれた大剣がふりまわされると、それはセムの首をひとつはねるたびに天井か、壁かにぶつかってしまったのだ。

グインはすさまじい唸り声をあげて少しづつ、少しづつ退がった。

「グイン――もうこれ以上さがれないよ!」

レムスが悲鳴をあげた――その、刹那だった!

ふいに、タペストリの向こうの壁がなくなってしまった!

「ああーっ!」

リンダの絶叫が尾をひいた。リンダ、スニ、レムス、そしてグイン――四人を暗黒の中にのみこんで、おどろくセム族の前で、壁はもと通りにぴたりと閉ざされてしまったのだ。

あとにはただ石壁だけが残った。

3

石壁の向こうには、はてしないかに見える暗黒だけが続いていた。

豹頭のグイン、パロの王子レムス、その姉《予知者》リンダ、そしてセムの娘スニ——その四人は、押しよせる蛮族の猛攻を避けて、白い塔の天辺の部屋のいっぽうの壁へとしだいに追いつめられていった筈だった。

塔の下ではるいるいと砦の兵たちの死体がつみかさなり、もはや動くものの姿はなくなっている、運命の日である。

かれらを突然呑みこんだ石壁はうろたえさわぐセム族の前でぴたりと閉ざされてしまい、サルに酷似した蛮人どもが叩いたり蹴ったりしてののしりさわいでも、まったく開く気配すら見せなかった。そして、その壁に吸いこまれるように姿を消した四人はというと、それぞれに予期せぬできごとに悲鳴や、怒声をあげながら、なすすべもなく、深い暗黒の中を落下していった。

それは、さほど深い穴というのでもないようだったが、いかにも奇怪だった。最初のはてしなく落ちてゆくような速度がふいに弱まると、ふわりとした浮揚感に似たものがかれらを包みこみ——そしてかれらはどさりと重なりあって石の床の上におちた。

落ちてゆくあいだに、その体重の最も重いグインがいちばん下になっていたのがかれらに幸いした。これがもし、スニかリンダが下じきになったのだとしたら、とうてい四人全員が無事でいるというわけにはいかなかっただろう。だがグインの鍛えぬいた筋肉は石の床に叩きつけられた衝撃を本能的にうけとめ、少年少女たちはその彼の上へ次々におおいかぶさるようにして落ちた。

墜落のショックがかれらをとらえ、かれらはしばらくのあいだ意識を失ったまま、真闇のたて穴の底でくずおれていた。

だがそれは、長い時間ではなかった。やがて一番下でグインがごそごそと動き出し、フーッと息をつき、そして胸の上にのしかかっている少女のものらしい頭をおしのけたので、みな何とか意識をとりもどした。

「大丈夫か。誰も怪我はないか」

グインがまず云ったのはそれだった。この豹人に特有の、底ごもった少し聞き苦しい声が、暗黒の中にいんいんと反響し、奇態なこだまを呼んだ。

「だ——大丈夫だよ。リンダ……」

「わたしも大丈夫」

レムスとリンダは答え、手さぐりして互いに抱きしめあった。

「ま——まるで目が見えなくなってしまったみたい。なんて暗いのかしら、いったいわたしたちに何が起こったのかしら。わたしたちはたしかあの塔の部屋で……」

「静かにしろ」

というのがグインの答えだった。闇の中でも緑色に燃えてみえる豹の眼を彼はまっすぐにすえて、どこにひそむとも知れぬ敵をさがしながら底ごもった声で云った。

「われわれはあの塔の部屋の壁からこぼれ落ちた。あの壁がかくし扉になっていて、そのうしろに秘密のたて穴があったのに違いない。まあ古い城にはよくあることだ——だが、これでわれわれが当座少なくとも安全になったと云っていいのか、わるいのか——」

「なんにも見えないわ。何かとても不安だわ。ねえ、グイン、ここはよくない場所だわ。何か暗闇の中に耐えがたい瘴気がある。わ——わたしたち、何かひどくいまわしいものの本体に、とりかえしのつかないほど近づいてしまっている、そういう気がしてならないわ」

リンダはふるえ声でいい、暗がりで身をぶるぶるとふるわせた。

「お前は《予知者》リンダだ、王女」

というのがグインの答えだった。

「いつもながらお前は正しい。しかし今度ばかりはお前のその予知がなくとも俺にさえその瘴気がかぎとれるぞ。俺の鼻をさっきから甘ずっぱい腐臭が満たしているが、これは生きながら腐ってゆく人肉の、死臭よりもいとわしい匂いではないのか」

「黒伯爵ヴァーノン」

リンダはささやいた。そして急におどろいたように、

「そう！　そうだったんだわ」

手をうちあわせた。

「わたしとスニが塔の部屋でみたいまわしい亡霊、あれは黒伯爵がこの通路をぬけて、とじこめられたいけにえをおそうために訪れてきた姿だったのだ。だから、急に彼は消えてしまったんだわ」

リンダは早口で、包帯を巻いた下からどろどろと肉が黒くとけくずれた怪物があらわれ、消えた経過を説明した。それからふいにぞっとして、

「でも、それならこの通路はあの怪物が通るのよ。いまわしい黒死の病菌がここにのこっているとしたら――」

「ふむ」

グインは唸った。彼の鼻はむずむずし、彼の逞しいからだは本能的な嫌悪に、いますぐここからとび出したさにおののいた。しかし彼はこらえた。

「だがそれでも話のあわぬところがあるぞ。伯爵はいったいどうやってこのたて穴を使って、塔の小部屋までを行き来していたのだ？　壁に、なわばしごでもあるか？　それとも石壁に出っぱりが刻んであるか？　だが病人のくずれた手でそれをつかって高い壁を登ってゆけるものかどうか――どうももうひとつ、わからぬな、何もかも」

「ええ――」

リンダは考えた。

「それにまだわからないことが――あのときわたしとスニは、あの怪物にほとんどふれんばかりに近づいていたのよ。だのに、怪物がかき消えたあと、わたしたちは無事だった。肌がただれもせず――リンダは激しく身をふるわせた――生きながら人を腐らせてゆくというあの黒死の病におかされもせずに。

でも、ヴァーノン伯爵はたしか云っていたわ、自分のこの病は、ちょっとでも空気にふれたら、たちまちひろがって、その場で近くにいたものをおかしてしまう奔馬性の宿痾なのだと。――」

「なるほど」

「スタフォロス城には何かがある」

リンダはささやいた。暗闇にひそんでいる何ものかがきくことを恐れるかのように、低い声で、

「この城には謎があるわ。たとえセム族が攻めよせて来なかったとしても、近い将来にスタフォロス城は滅びてゆく運命にあったと思うわ」

「《予知者》リンダよ。隣の牢を早々に破って逃亡していった囚人、自ら危険を察知するというので《魔戦士》と名乗っていた傭兵のイシュトヴァーンもそれと同じことを云っていたぞ――どうした、娘」

グインは笑いながら云ったが、ヴァラキアのイシュトヴァーンの名を口にのぼせたとたん、すりあわせていたリンダのからだに電撃のようなふるえが走るのを感じておどろいた。

「ヴァラキアのイシュトヴァーン、《紅の傭兵》に心当たりがあったのか」

「い――いいえ！　全然。でも……」

リンダは手をのばして、グインの固い腕にそっと手をからめた。豹頭の戦士の名をはじめて口に出して呼びかけてみたときもたしかに、まるでヤーンの糸車の音をきいたとでもいうような戦慄が走ったのをリンダは覚えていた。

しかしそれと、その傭兵の名を耳にしたときのおののきとはいくぶん何かが異っているようだった。これまできいたことさえもないヴァラキアのイシュトヴァーンの名は、神々に愛されてふしぎな感覚をさずけられて生まれたこの少女に奇怪な不安と動揺とをかきたてた。リンダはいっそうつよくグインにしがみついた。そのあたたかいむき出しの、逞しいからだにふれていると、そこから何か力強い波動が流れこんできて、彼女を勇気づけ安心させてくれるのだった。

「ねえ――リンダ、どうしたの。何が見えるの？」

闇の中でじっと二人の話をきいていたレムスがいくぶん不満げに会話に加わった。レムスはいつも、姉を自慢にもし、愛してもいたけれども、姉がパロの聖双児というだけでなく《予知者》リンダとしての感覚に没入してしまうと、決まって取りのこされたような、見すてられたような不満とさびしさを覚えた。

「わからないわ。きっと気のせいよ。でも――」

リンダはグインと弟の双方にいっそう身をすりよせながら、

「ねえ、わたしたちこんなところにいつまでこうして坐りこんでいるの？」

「出られるものならば――だが」

グインは苦々しげに答えて、自分のさしのべた手さえも自らに見えぬ、墨色の闇をそろそろと探索するために身をおこした。

それまで黙っていたセム族のスニが甲高い声で喋り出した。グインがかれらのことばで喋り返したのでリンダとレムスはひどくおどろいた。

「グイン！　あなたセム族のことばをわかるだけでなく話しまでできるのね！」

「ねえグイン――グインはいったい何者なの！」

「静かにしていろ。大切な話をしているんだ」

グインは叱りつけ、それから説明した。

「この娘は、セム族は闇の中でも目が見える、そして俺は味方だしお前たちは大切な人だから、俺たちを救うために自分が偵察に行くと云っている。スニの云うところでは、この闇はそう広くはなく、壁にはもと何かの上昇装置がついていたように刻み目があり、そしてものの五十歩もゆけば行きどまりの壁だそうだ。スニは云っている。この壁にきっとまた隠し戸の仕掛けがあるだろうと」

「でもその向こうに何があるのかわからないのよ。行っちゃだめよ、スニ」

「だがこうしてここにうずくまり、永久にじっとしているわけにいかないのだから仕方がない。それにスニはもう壁を調べに行ってしまったぞ」

グインは云った。

「心配するな。壁の向こうに何があろうと、俺はさいわい穴を落下するあいだも手の長剣をはなさなかった。これさえあれば、何がこようと恐れることはない」

「わ、わたしが考えているのはあの動きまわる死骸のことなのよ」

腹立たしげにリンダは云った。だがそのとき、ふいに少しはなれたところでセム族の娘のするどい叫び声がおこって注意をひいた。

「スニ！　どうしたの！」

リンダが叫んでとび出そうとする。それをあわててレムスがひきとめた。

「隠し扉があるらしい、といっている」

グインが通訳し、二人の肩をつかんだ。

「行くぞ」

「でも黒伯爵は──」

レムスが云いかけたとき、

「ヒイーッ！」

スニの悲鳴がきこえた。

そして急に細い光が闇を切りさき、たちまちもとの闇──グインは二人をひきずってそちらへ突進した。

「隠し扉がまわったのだ。スニは向こう側へ出たぞ」

「スニ！　スニ！」

リンダはそれが黒伯爵の通路だったかもしれない、という懸念も忘れ、小さな拳でスニをのみこんだ石壁を叩いた。

それがたまたまスニがふれたのと同じ、どんでん返しの作動ボタンにあたったらしい。とたんに石壁はさきと同様にくるりとまわると、かれら三人をその壁の向こう側に吐き出してばたりと閉じた。

三人はちょっと呆然として石床にへたりこんだ。盲目になったかと思わせる闇の中から、にわかに光の中へ出たために、しばらくは目がくらんで何も見えなくなってしまったのだ。

といって、そこが別にとりたてて明るかったというのではない。むしろ、それは薄明ていどの灯りしかなく、少し目がなれてくるとそこが石づくりの天井の低い地下室で、相も変わらぬスタフォロス城の城内であることがわかった。

じめじめとした地下室はどうやら回廊の中にある一室らしい。まわりに人けはなく——セム族どもはもちろんのこと、先にドアから吐き出されたはずのスニの姿さえもない。ただ石壁からポタポタと水がしたたっている。

「これは——」

見まわしながらグインが云った。

「どうやら、俺がさきに連れてこられた、黒い塔の地下のようだぞ」

長剣を手にしてぬかりなく一歩づつ忍び出て、外のようすをたしかめ、双児を手招いて云う。

「たしかにそうだ。俺はこの回廊をぬけて伯爵の拷問室へつれてゆかれた」

「黒い塔と白い塔は地下の秘密の通路でつながっているのね」

リンダが云った。

「そしてきっと黒伯爵か、その部下が、白い塔にとじこめておいた生贄をこっそり訪れるのよ」

「そんなことだろう」

グインは答えながらもしきりに左右を偵察していたが、回廊に林立する柱の陰にも、別にひそむものの姿や気配はないと見てとると、双児を両わきにひきつけながら踏み出した。

「スニはどうしたのかしら」

「わからん。逃げたのかもしれん」

「そんな――そんな娘じゃないわ」

リンダは両側を見まわした。ずっと規則正しく並んでいる石柱、すりへった石の壁、暗い照明、どこにも人影はなく、むろんのこと城の他の部分をおおいつくしてしまったセム族の侵略さえもここにいるかぎりはとても現実とは思われない。

重苦しいまでの沈黙と孤独だけが地下の回廊を支配しており、そこにいれば、地上の騒擾はすべて夢ではなかったのか、という思いの中に誘い込まれてしまう。ただかすかな、すでに嗅ぎおぼえた不快な異臭だけがどこからともなく鼻にとどいて、一抹の不安をかきたてる。

「スニ――スニ！」

リンダが呼ぶと声が石の建物に反響した。

「よせ。何が巣くっているか知れたものではないぞ」

グインにとめられてリンダは唇をかんだ。

「俺はここをたしかに歩いた――この右へ、上り坂になった道をのぼってゆくと、そこは城主の拷問室になっており、多勢の奴隷がつながれていたはずだ」

グインが云った。

「何なら奴隷たちを解放し、かれらをひきつれてセムどもを切りぬけ、おちのびよう」

「でも、スニ……」

「スニはセムの娘だ。セム族の切りぬけかたまで、俺たちが考えてやる必要はないさ」

グインは子供たちをうしろに庇うようにして、灰色猿と戦わされたとき黒騎士たちにおしつつまれて通った、見覚えのある大広間の入口の横に、ぴたりとはりついた。

「ここにいろ」

声を低めて云い、長剣をかまえて音もなく拷問具の並ぶ室へ踏み込む。

が——

「これはまた」

グインの急に大きくなった声をきいて、リンダとレムスはつづいて室へ入った。

「誰もおらぬ。奴隷どももも、ヴァーノン伯爵も」

「セムたちにやられたのじゃない?」

「いや——」

グインはしきりに見まわしながら云った。

「死体もない、血のあともない。ただ奴隷どもがつながれていた鎖だけだ」

それは妙に心を寒くするうつろな光景だった。

広い、しかし薄暗い室の中には、あらゆる拷問具が、それを収集した主の狂ったゆがんだ心そのもののように暗鬱な行列を作っている。それに鎖でつながれ、のろのろと、すべての希望を失って死人のような目をした奴隷たちが拷問機械を動かしていたときよりも、からくりがみな止り、石の台と鉄の仕掛けのかたわらにただ空の輪をつけた鉄鎖がおちているいまの方が、ずっとそれらは凄惨なおぞましい感じを与えるのだ。

「——何が起こったのだ」

グインが沈んだ声で云った。

「何もかも解せぬ。奴隷たちに何が起こり、そして何がこんなにもきれいさっぱりと黒い塔から人の気配を消してしまったのだ……」

「グイン——こわいよ」

レムスがグインの胸にしがみついた。

「わ——わたしも……」

リンダも認めた。セム族の攻撃にも、よしんば黒伯爵そのひとのおぞましい脅威にでも、形ある敵であるかぎりは何とか立ちむかうことができる。しかし、こうまで徹底した無人と沈黙、ひそとも空気さえも動きはしない、よどんで重苦しい陰鬱な恐怖をあいてどって戦うことは——

「グイン、ここにいるのはイヤよ！」

　リンダの声が激しくふるえていたとしても無理はなかった。

「ここはよくないわ。さっきの闇とセム族のもたらす死のほうがまだいい。グイン、ひきかえしましょう」

「いや」

　グインは首をふった。豹の目が光った。

「引き返して死に直面するなら、このまま進んで未知の呪わしい脅威に立ち向かった方が、のぞみがあるというものだ。心配するな、もしお前たちが黒伯爵のために生きながら腐りはててゆく黒死の病にとりつかれてしまったなら、その場で俺がお前たちを刺し殺してやろう」

「約束してね。誓ってくれる？」

「俺のこの豹頭にかけて」

　グインは長剣を持ち直した。

「この広間をぬけると、向こうに俺が灰色猿と戦わされた室があり——その奥に、再び暗い入口があるのを俺は見届けておいた。たぶん、俺のカンに間違いがなければあの入口の向こうが、黒い塔の中をのぼってゆく階段か、少なくともどこかへぬける通路にはなっているだろう」

　かれらはそこでよりそいあい、壁にたまってくる水のしずくがポタリとおちてたてる陰気な音に神経をさかなでされてはとびあがりながら、生あるものの気配さえもない石の室をとおりぬけていった。

「見ろ」

　次の、がらんとした室へ入るとグインは云った。

「そちらの低くなっているところで俺はガブールの灰色猿《グレイ・エイプ》を屠った。奥に鉄格子のはまった檻が見えるだろう。

　だが——どこにも、捕われていた大猿の悪臭だけがあって猿の死骸は見えぬ」

「きっと片付けたんだよ」

レムスが推理した。

「あるいはもっとかんたんな始末の方法があったのかもしれんな」

グインが陰気な笑い声をたてる。リンダとレムスは両側からしっかりとグインに身をすりよせ、それはさながら巨大な岩にからみつく二輪の白い岩ズイセンのようだった。

室の中に、三人の足音だけが反響した。かれらは何者にも——生ある敵にも、死んだ敵にもさまたげられることなく、その室を通りぬけ、奥の出入口まできた。

「このさきが本当の試練だぞ」

低い声でグインが云い、双児たちを彼のうしろに入らせた。

そのアーチ型の入口の向こうは、グインの予想したとおりに、細い階段になり、まがりくねって続いているようだった。してみるとかれらのとじこめられていた白い塔と、この黒い塔とは、ほぼ対の設計がされているのだ。

だがグインはその入口をふみだす前にごくわずかためらった。果断な豹の騎士にはふさわしくない、何か異様なおののきが彼をひきとめたのだ。その入口の向こうには、再び、ねっとりとした闇がつづいており、いかにもそれはその闇のひそめているもの、そこに棲むものについて、警告を発しているかのようだった。「何か感じるか、リンダ」

進むことをためらう云いわけのようにグインは闇とその中に没している石段、せばまった両側の壁のむこうを指さしてささやいた。リンダはレムスと抱きしめあったまま、闇にきかれることをはばかるようにささやき返した。

「最も悪いことはそこにあります、グイン。そしてわたしたちの生きのびる道がその向こうに見える」

「ではわれわれはどうであろうと、この塔に巣くう化物に立ち向かわねばならんというわけだ」

グインは云うともう恐れることなく階段ののぼっている闇へと一歩をふみだした。彼の黄色っぽい眼は奇怪な炎をひそめて燃えあがりはじめていた。それは、レムスの頭にふとうかんだ考えだったが、それはもうグインが彼の内なる人間を眠らせ、かわって一頭の豹にその魂をあけわたしたあかしのように見えた。

「ついて来い、俺からはなれるな、双児」

グインは云い、慎重に、しかしためらいなくせまい石段を上りはじめた。たちまちなまぬるい、妙に生命あるもののようによりそってくる闇が彼を包んだ。双児が続いた。

三人は階段を上り、曲がり、また上った。リンダは唇をかみしめて叫び声をあげまいとし、励ますように双児の弟の手がつよく腕をつかむのを感じた。というのも、霊能力に秀でたリンダにとって、この闇のなまなましい手ざわり、しだいに鼻をぬりこめてくるかびくさいような臭気、そしてあたかもかれらをじっと塔ぜんたいが見守っているかのような気配なき気配、などは、それが魔神ドールの結界であることを示すものにほかならず、決して馴れることのできぬ不安をかきたてたからだ。

果てしないかのように思われる階段をかれらはまた曲がり、上った。

そのとき、それはきこえてきたのだ。

かすかな、布で縛られた口からかろうじて洩れてくるような泣き声。

若い娘の声のようだが、妙に人間らしくないところのある甲高い声。

「スニの声よ！」

リンダは叫んだ。

グインは走り出した。彼の発達した聴覚は、あやまたずその声のきこえる方角をききわけていた。もう一階上——そして右だ。

さいごの数段は大股にとびあがった。そこには、いくつかの室へ通じているらしい、暗い通路があった。異臭が耐えがたいまでにたかまった。

グインは剣をかまえて走り、いきなり最初の扉を蹴破った。そして息をつめた。白い塔と同じつくりの石壁の室の中にあったものは、暗がりにさえしらじらと白い、人骨の山！

「キャーッ！」

双児が悲鳴をあげた。

「ここじゃない！」

叫ぶなりグインは次の扉へ走り、そしてまたまた次の扉へ――

そして、はっとたじろいであとずさりした。

次の扉を蹴破ろうとした足は宙で迷った。

扉はおのずから開き、ぽっかりと、宇宙空間さながらの闇をのぞかせ――

その中で、縛ってつるされたスニが泣きわめいている。だがそれより――

三人は我知らずさがった。


四角く石壁にふちどられた、異様な臭気にみちた闇の中から――

一体の鎧武者がゆるゆると立ちあらわれた。

面頬をおろし、黒い仮面で鼻と口をもおおい、古い金具をがちゃつかせ――夜ごとの悪夢からさまよい出てきた、太古の亡霊さながらの姿で。

そのぎくしゃくとしたゆるやかな動作には云いしれぬ不自然なところがあった。そしてすさまじい臭気――恐怖と呪詛にみちた、巨大で滑稽な武者人形。

リンダが悲鳴をあげた。その悲鳴はよわよわしく咽喉に立ち消えた。

「黒――伯――爵！」

何かその、永劫の闇を背景にしてゆらゆらと立っている鎧武者の姿の中には、すべての摂理を冒瀆し、あらゆる生命の輝きを絶望と汚穢にぬりこめるようなおぞましい恐怖が漂っていた。武者はゆっくりと顔をのけぞらせた――笑ったのだ。

そして同じようにゆっくりと、スタフォロス城の城主、モンゴールの黒伯爵、ヴァーノン将軍は口をひらいた。

4

「豹人よ、豹頭の男よ」

黒伯爵の声は、枯木の梢を吹きわたる冬の風に似て、カサカサとうつろだった。

「よくぞセムの重囲をくぐりぬけてここまで来たものだ。パロの双児までも無事にひきつれて、な。それについてわしはお前に礼を云わなくてはならん」

グインは答えなかった。彼は双児をうしろに庇い、目をらんらんと光らせ、巨大な口をいくぶん開いてそこから白い獰猛な牙をのぞかせながら、長剣をつかんで伯爵をにらみすえていた。

「わしは黒騎士どもに命令してお前たちを黒い塔へ連れてくるようにさせたが、時すでに遅く、汚らわしい猿人どもが本丸を占領し、白い塔にまで入りこんでしまった。わしは恐れていたのだ。お前たち、貴重な、そのからだと同じ重さの純金を支払っても惜しくない戦士のお前と、そしてパロの秘密を握るパロの双つの真珠が、下らぬ前人類どもの手にかかって失われてしまうのではないか、とな」

「スニを放しなさい。外にはセムどもが満ちている。スニをときはなってセムと和平を請うのよ！」

リンダが叫んだ。目の前の鎧武者がいいようもなくおそろしかったが、室の中で奇妙な機械に縛って吊され、彼らの姿をみて泣くのをやめてもがいているスニを見ると、彼女の小さな胸は瞋恚に恐怖さえ忘れた。

「パロの小女王よ、この機具が何のためのものかわかるかな」

ヴァーノン伯爵はカサカサした声で嘲った。

「これは、わしの宿痾である黒死病にきく唯一の薬、すなわちあたたかく新鮮な人血を、さいごの一滴まで生きた犠牲者から絞りとるためのものだ」

「吸血鬼！」

リンダは大声で罵った。

「そうやってセムの罪もない蛮人たちを何人もお前は——！　今日スタフォロス城がセムの怒りの火に焼かれるのはヤヌスの認めたまう成りゆきだわ」

「新鮮な甘い血潮だけがわしの日々の糧なのだ」

王女の怒りを無視して伯爵は続けた。

「そして血を絞ったあとのいけにえの生肉をそいで患部にあてる。これがわしの病の進行を辛うじてくいとめてくれているのだ。

このような砦がほろびるなら、ほろびるがいい。それがヤーンの定めた模様ならばな。ヤーンにもし一抹の慈悲あらば、このわしをこんなふうな生き物として生かしてはおかなかったはずだ。このようなさだめをさだめたヤーンにも、それをよしとしたヤヌス神にも、呪いこそあれ信仰などひとかけらも持たぬわしには、スタフォロス城がどうなろうとかかわりのないことだ。むしろわしはわしの存在そのものをひとつの呪いとし、祖国モンゴールにその呪いをとき放ち、モンゴールと中原一帯をしろしめすヤヌス、その機織りたる老いたヤーンの面にわしのその呪詛をふきかけ、その摂理に泥をぬりたくり——

——」

「ヴァーノン伯よ」

黒伯爵の昂然たる、毒々しい長広舌をふいにさえぎったのは、それまで一言も口をきかず、異様な黄色い光をはなつ目でスタフォロス城の城主を見すえていた豹人グインだった。

「たいそう立派な、ドールの喜びそうな呪詛のことばだな。だがお前はひとつだけ忘れているぞ」

「豹頭のけだもの如きが何を云うか」

伯爵はぎくしゃくと手をあげて云った。

「わしがこの鎧をひらけばお前もパロの双児もその場でわしと同じ廃人と化すのだぞ。それを知り、心してわしに物を云うがいい」

「やってみたらどうだ」

グインは云い、不敵にずいと一歩出た。

「グイン！　近寄っちゃだめよ！」

リンダが悲鳴をあげる。

かまわずに二歩、三歩、と彼は進み出た。

「黒い死をとき放つぞ！　そばへ寄るな、いまわしい半人半獣め！　わしの手はすぐにでもこの鎧をひらき、城じゅうにセムの火など子供のたわむれに思えるような破局と裁きをもたらすことができるのだぞ！」

黒伯爵がわめいた。その手がのろのろと胸もとへ上がってゆく。子供たちはグインを止めようと悲鳴をあげ、グインはかまわずに長剣をふりあげて大股に迫った。

「きさま、きさま、黒死病がこわくはないのか、豹め！」

「俺も業病は恐しい」

グインは云った。

「だがお前はひとつ忘れていると云っただろう。それはこれだ——お前はヴァーノン……モンゴールの黒伯爵ではないとなぜはっきり云わぬ！」

いきなり、グインのふりかぶった長剣がふりおろされて鎧かぶとで包まれた伯爵のからだを頭の上から足まで真二つにした！

リンダとレムスの口から恐しい悲鳴があがった。だがそれさえも、突然ほとばしった、すさまじい断末魔の絶叫にかき消されてしまった。

つづいて起こった悲鳴は再びリンダとレムスのそれだった。双子は立ちすくみ、信じられぬ目で、グインの切りさげた鎧のなかみを見つめていた。

どろどろととけくずれ、もはや人の形をすらとどめぬ廃人が倒れこんできて、死と病をまきちらすかと思いのほか——

「グイン！　な——何もない、い、い！」

「これがスタフォロス城に巣くっていた《黒伯爵》の正体だ」

グインがわめいた。彼はまっ二つになった鎧の残骸をとびこえ、おぞましい絞血の機械からセムの少女をときはなってやっていた。

「こいつはただの悪霊だ。黒伯爵なんかでありはしない」

リンダとレムスは手をとりあい、ふるえながら見つめた。床の上には、奇妙ないやらしいものがわだかまっていた。

生命ある黒い霧――と云おうか。闇が同族である闇からかりそめのいとわしい生命を得て、のたうつ不定型なアメーバと化したかのような、と云おうか。

鎧の内側に、何もなかった、というのは、ある意味では本当ではなかった。そこにのたうち、うごめいている闇には、何やら明瞭な意志があり、生命がありーーどうやってかヴァーノン伯爵になりすますだけの知力さえもあったのだから。生命ある、いまわしい虚無、動き出した虚空！　リンダは吐き気を感じた。


少女の白い指があわただしくヤヌスの印を切り、呪いよけのまじないをする――が、途中でその手が凍りついた。

「グイン！」

リンダは絶叫した。

「イヤ、イヤ、イヤ！　こっちへ来る！」

グインがふりかえる。

彼の目にうつったのは、真二つに切りさげたはずのその動く暗黒が、ぶるぶるとふるえながらのろくさとよりあつまり、何とか人の形とおぼしいものをととのえてうごめきだす、吐気のするような光景だった。

その暗黒のゼリーをすかして、居すくんだパロの双児をぼんやりと見ることさえできた。グインはようやくときはなった、スニの毛ぶかい腕をつかみ、そちらへ突進し、厭らしい闇の生物を再び、三たび切りさいた。

「だめよグイン！」

リンダがまた悲鳴をあげた。怪物はぶるぶるとふるえ、グインの剣に切りさかれた刹那だけ散るが、またたちまちもやもやとより集まり、形をととのえ、そのたびに人間ばなれした姿へ変じてゆきながらもその地獄の意志だけは疑いようもなくかれら——生きて、あたたかな血のかよう人間たちへ迫ってこようとした。

「いかん」

グインが吠えた。

「こいつは死霊だ——ルードの森の食屍鬼《グール》と同じ種類のやつだ！　あの人骨を、生きながらくっちまったのはこやつだぞ！　逃げろ、早く！」

云わせもはてずリンダ、レムス、それにスニ、は通路をかけもどり、階段にむかって逃げた。

グインはしんがりをつとめて、剣をふるい、怪物を何度となく切りつけながら後退した。それは怪物をおしとどめる役にしか立たず、決してそいつの息の根をとめる一撃にはならなかったけれども、少なくとも時間かせぎにはなった。そうやって集合しようとする生ける闇を分断しながらグインは怒鳴った。

「上へ行くな。追いつめられるぞ。下の通路をぬけて外へ出るのだ」

「グイン！」

すでに廊下から、階段へさしかかっていたレムスの悲鳴がきこえた。

「だ、だめだよ、グイン！　セム族が塔を！」

「セム族が下の扉を破るわ。ときの声がきこえるわ！」

「下からはセム族、うしろからは死霊か！」

グインは怒鳴った。

「親切なヤーンめ俺たちにこの世の窮地のすべてを味あわせてくれようというのか。よしわかった、上へ走れ！」

「ええグイン！」

だがリンダたちは云われたとおり階段をかけ上ってゆこうとはせず、上り口でグインを案じて待って

いた。下からは扉に打ちあたる破城槌の音がきこえ、早くも、

「イーイーイー！」

「アイー！」

「アイイー！」

　セム族の甲高い勝ちどきに混ってわずかに生きのこっているらしい砦兵の、

「君を救え！　城主を守れ！」

　という叫び、絶望的な命令と剣の打ちあうひびきがきこえてきた。

「えい、奴らは守ろうとしている当のあいてが人食いの死霊だと知らんのか」

　グインはののしったが、いよいよ扉が打ち破られた、とみて、剣でいたずらに死霊を防ごうとするのをやめて子供たちをせきたてて階段をかけのぼった。

「死霊めはそう早くは動けん」

　息を切らしてグインは叫んだ。

「もしセムどもの方が早ければ――」

「セムが怪物を見つけたわ！」

　階段の下で突然おおさわぎが起こっていた。死霊がグインたちよりも手っとり早くありつける生き餌どもを見つけたのである。

　それは狼の群れの中に蛇を放ったにも似ていた。たちまちセムの絶叫と戦いの物音がわきおこった。死霊は餌を選ばなかった。

「この隙だ。とにかく走れ」

　グインは云って急がせた。だがもう四階ばかりもかけのぼると、そこは白い塔と同じくゆきどまりで、塔の小部屋の重い戸がかれらをはばんだ。

「くそ、別の塔で同じはめになったばかりか」

　グインは怒った。息を切らしながらレムスがきいた。

「あ――あの化物は何だろう。あれがヴァーノン伯爵を僭称していたのなら、真のヴァーノン伯爵はどうなってしまったんだろう」

「俺の想像にまちがいがなければ、さいしょに食わ

れたのがほんものの伯爵なのさ」

　グインは答えた。

「たぶん伯は人肉と人血に身をひたすのが宿痾によいときき、辺境にやられたのをよいことに治療をこころみて、それ、ルードの森のグールにとりつかれた人間を死人とは知らずにつれ帰ってしまったのだ。グールはそいつを食ってのりうつり、あとは次々に人間をつれて来させてはむさぼり食っていた。たぶん、伯を食ったときに伯の知識なども一緒に身につけたので、城主になりすませばすべては思いのままと知ったのは小面にくいことさ、たかがルードの森の悪霊ふぜいにしてはどうして知恵のまわることだ」

「ではほんとのヴァーノン伯爵は……」

「とうの昔に白骨になっているさ」

　グインが云いおわらぬうちだった。

「ああっ！」

　リンダが絶叫した。その指がさす方向をかれらは見――そして凍りついた。

　暗い石廊のゆきどまりに、何の前ぶれもなく亡霊が出現していた。

　それは亡霊以外のものではなかった。その輪郭はおぼろになかば壁とかさなりあい、そこには生ある闇の死霊ほどの実在感さえも感じられなかった。

　にもかかわらず奇妙なくらいにそれはありありとした姿をしていた。それは背のたかい一人の、どことなく貴族的な男で、といってもその全身は乱暴にまきつけた包帯と黒い長いフードつきマントでおおいかくされてほとんど見えない。

　その、包帯のすきまからのぞく顔やからだの皮膚は、むざんにも黒くただれ、生きながら腐肉と化したそのどろりとした黒がゆ、まじりもののあるかゆ状の肉のあいだから、真白な骨がいたましくのぞいている。

　だがその凄惨な腐れはてた外見よりも、もっともっと恐怖をさそい、あわれみをかきたてるのは、包帯でおおわれ、ほとんど髪もぬけおちているような その頭で、包帯のさけめからのぞいて光っているどろりとした目だった。

それは白くにごり、なかば視力をも失っていることは明白だったけれども、それでもそれは人間の目——知性と意識とを辛うじて保っている目だった。

リンダは胸を抱いてふるえながら、そのいまわしい呪われたすがたが、白い塔の小部屋で突然あらわれ、突然消えた、あの亡霊にほかならぬことを認めた。

「ヴァーノン伯爵……」

かすれ声でリンダは叫んだ。

「そうだ——真のヴァーノン伯爵はとっくに食い殺され、といって呪われた死に方ゆえに黄泉へもたどりつけず、生前の姿のままで城内をさまよって、いま城主を僭称しているのがルードの森の死霊であると何とかして知らせようとしていたのにちがいない」

その正視にたえない姿から目をそらすようにしてグインは呟いた。

「かわいそうなヴァーノン伯爵」

リンダが涙声で云った。

「何という恐しい運命でしょう——身はルードの食屍鬼にくわれ、生きているときも、死んでからも、このような呪われた姿でさまよわなければならないなんて」

「だが少なくともこれで、この男はもう、業病の呪いを祖国にときはなつことからはまぬかれたのだ」

グインは左手を亡霊の方にさしのべて、奇妙などこかまじないめいたしぐさで指さしながら云った。

「黒伯爵よ、もはやスタフォロス砦は蛮族セムの席捲するところとなり、遠からず炎の中に果てる。ルードの森の死霊もまた、こうなってはおぬしを詐称して砦の兵たちをえじきにすることもできまいし炎がいずれ死霊をも焼ききよめてしまうだろう。火はすべてのきよめだ。おぬしの宿痾も、化物の所業も、スタフォロス城の滅びの劫火がきよめてくれる。それゆえ、安らかにドールのしろしめす黄泉へもどるがいい、亡霊！」

グインの声は朗々とひびいた。

亡霊はのろのろとその手をあげた。何のしぐさをしようとしたのか、そのくずれはて形をとどめない外見からはおしはかることもできなかったが、しかしリンダは、そのにごった、しかし人間の誇りをかすかにとどめた怪人の目の中に、安らぎ、満ちたりたほのかなきらめきを見たように思った。

そしてリンダは思った。リンダと、スニとの前にあらわれ、彼女たちに手をさしのべ、のしかかってきたこの亡霊——その目にうかんでいた奇怪な哀願と欲求のいろは、まごうかたなく、救いを求め、そして自らが彼の城にもたらしてしまった恐るべき災厄について、何とかして伝えようとする、苦悩の表情だったのだ、と。リンダは鼻の奥がつうんと熱くなった。

「ヤーンはいったいどんな罪業ゆえに彼がこれほどの罰に価すると思ったのだろう」

リンダは頭をふり、挑戦的に云った。

「わたしにはそんな罪業は、思いつくことができないわ」

「お前の魂はまだ眠っているからだ、王女。俺は考えつくことができるな」

グインがからかうように云いかけたが、すぐにきっとなって、

「いや、待て——来る、上ってくるぞ。セムどもだ！」

大声をあげた。

下では、かわらぬ戦闘の音がしだいに近づきつつあった——セムたちが、何人死霊にくい殺されたのであれ、それはセムたちを決しておしとどめはしなかったし、そしてたぶん死霊もまた、生き餌をむさぼりくってその脅威を増しこそすれ、セムの毒矢も石斧も身に致命傷とはならなかったのにちがいない。

かりそめの闇の生をしかもたぬものに、どうして矢や剣がいたでをおわせることができるだろうか。

グインは剣をとり直した。その手も、剣も、連続する戦いのために血がこびりつき、黒くかわいてその上にまた血が塗られていた。このまま戦っていても、いつかはセムの矢か、斧に力をそがれ、疲れに足をとられて、この行きどまりの塔の頂上で死んでゆくばかりだろう。逃れる道は下にしかない。たとえそこにセムの大軍と、死霊とそして——パチパチはぜる音と煙の匂いとが気づかせてくれたのだが——火とが待ちうけているとしてもだ。

グインはぐわッと吠えて剣をとり直し、疲れた腕を何回か振ってみた。

そのとき、——

リンダが彼の腕をつかんで注意を促した。

「見て！」

グインはふりむき、そして見た。

亡霊のすがたが消えてゆこうとしている。

そうしながら、亡霊は、ゆっくりと、たいぎそうなしぐさで天井をさし示しているのだ。

何度も何度も、亡霊は天井のある一点を指さしてみせた。その目が奇怪な輝きをうかべ——そして、壁にとけこむようにして黒死病の貴族ヴァーノン伯爵のさいごのすがたはすっかり消えてしまった。

「天井よ。何かあるのよ！」

「そいつが抜け道だと有難いが」

グインは怒鳴り、やにわに天井の、亡霊が示したところへむけて手をのばして押してみた。

しばらくは何もそこにはないように反応がなかった。が、グインの剣がどこか仕掛けにふれると、そこにはただちにぽかりと穴があき、さわやかな夕風と共に青紫の暮れなずむ空がのぞいたのである。

双児——それにスニまでが歓声をあげた。

「のぼれ」

グインは云って、リンダを抱きかかえておしあげ、リンダが敏捷に穴をぬけ出るとレムスを、つづいてスニを穴にもぐりこませた。

そのとき、にわかに剣戟とときの声が近づいたかと思うと、セム族のさいしょの一隊がついにこの天辺の階へ、死霊にもさまたげられずにたどりついたのだ。

グインは吠えて剣をふるい、左右にセムどもを切りふせた。

「グイン！　早く！」

「グイン、大丈夫？」

上から双児の叫び声がする。

「逃げられるようなら先に逃げていろ」

グインは怒鳴り返してなおしばらくせまい廊下で一身にセムどもをうけとめて戦った。

が、きりがない、と見て——それと下の悲鳴から、死霊もどうやら少しづつ、セムどもを屠りながら上へ近づいてきている、と感じとって、手近かな蛮族を血煙をあげて切り倒すなり、もう追いすがる猿人どもにはかまわずにぬけ穴へととびあがる。

たくましい両腕で穴のへりにぶらさがる彼へ殺到したサルどもを、蹴りはなしておいて、巨軀に似あわぬ敏捷さで穴をくぐりぬけた。

並はずれた肩幅が穴につかえた。何とか身をはすにしてやっとぬけ出すなり、彼はふっと深い息を吐いた。

そこは石づくりの、黒い塔の屋上だった。

そろそろ死闘に明けた一日は死闘のうちに暮れようとしている。見おろす目の下に、スタフォロス城は死体で埋めつくされ、いたるところから破局の黒煙が吹き出している。

そこからは、眼下に光る暗くふかいケス河が見えた。ルードの森、タロスの森、神秘なスミレ色にけむる山なみも、河の向こうにひろがる荒れはてたノスフェラスの野もみえた。

そしていま沈みかけている日輪は、巨大な暗いオレンジ色の球体となって城にさいごの光を投げかけ、グインはそれを背にして剣を手に立っていた。

リンダとレムス、それにスニ——その三人は息をつめて、そんな彼を見守った。巨大なコロナにふちどられた赤い円盤を背景に、血ぬられた剣を手にして立つ、雄大な体軀と豹の怪奇な頭とをもつ一人の戦士。

——それは、半獣神シレノスとも、軍神ルアーのうつし身とも、どのようにも思える奇怪な、しかしこの上なく美しい彫像のようだった。発達した筋肉が日をうけてぬめぬめと光り、彼はあたかも全身に血の洗礼をうけたかのように見えた。

彼は片足を塔のいただきの、旗台のへりにかけ、剣をもっていない方の手をその旗をかけた棒にのばしてすっくりと立っていた。

「グイン!」

リンダが警告の叫びをあげる。間髪を入れず豹頭の戦士ははねおきて、ぬけ穴からのぼってこようとした蛮族の首を、はるか目の下の中庭まで切りとばした。つづいて出たのを蹴りおとしたが、

「これではきりがない」

唸るように云って、

「おい、子供たち、それにスニ——こうしていても死を待つばかりだ。俺は行くが、ついて来るか」

「ど——どこへ?　この追いつめられた塔からいったいどこへ行けるというの?」

「あそこへだ」

グインは指さした。

ケス河の深くたゆたう神秘な流れ。

子供たちは息をのんだ。

「ここからあそこへとびこめば死ぬかもしれん。それにまもなく日がくれる。辺境の暗黒の河で夜を迎えることになる、もしかしたら意識を失って。だがここにいれば確実に死だ」

「わかったわ」

答えたのはリンダだった。

「行くわ。つれてって」

「ぼ——ぼくも」

「よし」

グインは短く云い、ベルトをとると三人の子供たちを彼の腰に背負うようにくくりつけた。そのときにはもう、下から上って来ようとするセム族の数は、グインひとりでは抗しきれぬまでになっていた。

「目をつぶり、頭をかばってしっかりと俺にしがみついていろ」

グインは云った。そして彼は巨大な豹頭の鳥のように飛んだ。自由と——

そして運命とに向かって。

2 荒野の戦士 WARRIOR IN THE WILDERNESS

——そしてかれらは糸に引かれるようにノスフェラスへの道を歩んだ。かれらの上にはつねに暁の星があり、かれらをあるべき姿へと導いたのであった。

——『イロン写本』より

第一話　死の河を越えて

1

朝もやが薄紫色にケスの水面を霞ませている。辺境の夜明けである。

　見わたすかぎりのノーマンズランドは、その荒涼とした岩と砂、砂と同じ色のわずかな草木にふしぎな独特の美しさをたたえていた。きびしく、人の介入をゆるさない、一種凄絶な驕りの美しさである。その荒野を、同じ辺境でもケス河をへだてたこちら側とは、その緑のいろからしてまったく別世界のように違っていた。

　もっとも、いまは、必ずしも河の北岸であるルードの森の周辺が、緑につつまれた平和な世界として見るものの目に映ずる、というわけではない。――リンダはそう考えながら小さな拳を空につきあげ、あくびをした。ルードの森のなかばは灰燼に帰し、そしてその森々のなかほどに高くそびえ立っていたゴーラの護り、スタフォロス砦の雄姿もまた、一夜にして失われてしまったのだ。

「あれほどゆるぎなくそびえ立っているように見えたのに」

　白に近い輝く金髪、ほっそりと伸びた四肢と神秘的なスミレ色の目をもつ少女は自分の肩を抱くようにしてつぶやき、そっと瓦礫と化した城墟を見やった。そこからはまだくすぶる黒煙がいくすじか立ちのぼっている。さしも難攻不落を誇っていたスタフォロス城は、おしよせたノスフェラスのセム族の大軍との、丸一昼夜にわたる攻防に破れ去ったのだ。

　スミレ色の瞳を翳らせて、何万という死者を出した戦いのあとを見やっている少女の傍で、小さな人影がむくりと起き上がった。

「何かいった？　リンダ」

ねむそうな声でたずね、そちらへ首をのばす。朝日が照らし出したのは造化の奇蹟ともいうべきものだった——そこに立って腕組をして、少年のような革の服に身を包んで物思いに沈んでいる美少女と、髪の長さをのぞいてはまったく寸分たがわぬ美しい顔。

そこにまるで磨きぬいた鏡が立ちあらわれたようにして、可愛らしい少年は姉のわきによりそい、スミレ色の目でのぞきこんだ。そうして並ぶと姉弟はほとんど、どちらが少女で、どちらが少年であるのかさえ見分けがたいほどだ。——これはパロのいまはついえた王家の遺児、王女である《予言者》リンダと唯一の正当なパロの王位の継承者、王子レムスだったが、姉のほうはきっぱりと果断な性格をあらわして少女としてはきつい顔立ちであり、弟のほうは、むしろ夢みるようにやわらかい瞳とうっとりと開かれた唇をしていたので、その結果、二人は黙って立っていればまずそれと見分けはつかぬふたつぶの真珠のようなのだった。

かれらはパロのクリスタルの都が、野蛮なゴーラ兵の蹂躙するところとなり、かれらの父王、母王妃もまたその刃にかかった黒竜戦争の日に、クリスタル・パレスの奥にかくされていた太古の機械によって九死に一生をえた。ところが、ほんのわずかな座標の狂いが、かれらを予期しなかったゴーラの辺境、ノスフェラスの荒野のまぢかへと送りこんでしまい、そのために双児は、発見されて偶然出会った奇怪な連れたちと共にスタフォロス城へ拉致されて、セムの大夜襲に遭遇することになったのである。

その、いかにも奇妙な組みあわせの連れたちは、双児と共に難を逃れて一夜をあかした、スタフォロスの崖の真下にある巨大な岩かげで、まだ思い思いの格好で眠り呆けている。ようやくセムの部隊がすべてひきあげ、すっかり安全だという確信がもてるようになったときには、もう太陽神ルアーのチャリオットが地平に最初の一閃を投げかけていたので、夜どおしの緊張から解放されたかれらは前後不覚に眠りつづけていた。

　もっとも、こそとでもいぶかしい音か気配があれば、かれらはそのドールの闇よりも深い眠りからでも瞬時にめざめて、膝にひきつけたままの大剣をかまえたに違いない。そう考えて、リンダはかすかに笑い、両手で汚れた金髪を肩のうしろへかきあげた。

「リンダ」

　弟のレムスが、ようやくはっきりと目のさめてきた顔でいう。滅びの朝のすきとおった静かさを乱すのを恐れるかのような囁き声だ。

「ぼくたち、生きてたんだね」

「あたりまえじゃないの」

　苛々したようにリンダは答えた。レムスは慌てた。

「ねえ、リンダ！　そんなに大きな声出したら、そのへんに、まだ奴らが……」

「いるわけないわ、まったくあんたって何も考えてないのね」

　リンダは決めつけた。

「セム族は、昨日のあの炎が他の辺境の砦から丸見えだったことを知ってるわ。今日中にも、アルヴォン、タロス、その他の近い砦から援軍がスタフォロスへ着くでしょう。セム族はそれを恐れてるわ。きのうだって、本当なら夜を徹して死体をつみあげて大祝宴を張るだろうに夜明け前に次々とカヌーを出してひきあげていったのは、新手のゴーラ軍にぶつかったらお終いだと知ってるからよ。でなければ、私たちをあっさり見のがすものですか」

「あっ、そうか」

「あんたったら、いつだって、その頭を半分しか使ってはいないのよ。——ああ、それにしてもお腹がすいた」

　急に現実にひきもどされたようにリンダはぺちゃんこのお腹をおさえ、世にも悲しげな溜息をついた。

「この辺には魚がいる筈なのだけど、きのうああ派手にケス河が血に染まっては食べる気もしないわ。セム族とゴーラ人の死体がたくさんケス河に流れたもの。きょうのこの河の魚は、きっとそれをたらふく食べているはずだものね」

「でも、あんなに夜、血と死体でまっかだったのに、けさはもう、こんなにきれいに青くて、静かなんだね」

レムスは感心した。リンダは舌打ちした。

「下流へ流されたのよ、ばかね。——いくらケス河の魚が多くても、あの死体を一夜で食べきれやしないもの」

リンダは間違っていた。平和な中原のパロで、花のように大切にされて育った王女が、暗黒の流れといわれるケス河について、正確な知識をもちあわせていなかったとしても仕方がない。リンダはそんなことは少しも知らずに、

「餓え死にしちゃうわ。それはまだいいけど、セム族が恐れていたゴーラの援軍は、わたしたちにとっても脅威のはずよ。かれらに見つかりたくないと思うなら、もうさっさとここを立ちのかなくてはならないのだけど——」

どちらへ向かって逃げのびればよいのか、と、リンダは見まわし、そして首をふった。目のまえにひろがるケス河にはとうてい希望を託すことはできそうもない。うしろの森の方へひきかえすことはそれこそゴーラの大軍にまっこうからぶつかる危険を犯すことになる。そして、ケス河の向こうにひろがるノーマンズランドこそは、世にも恐しい、妖魅と蛮族との跳梁する孤独な荒野なのだ。

「早くグインが目をさまして、考えをきかせてくれればいいのに」

リンダはかわいいくちびるをかんだ。弟はなだめ顔で、

「大丈夫だよ。きっと、グインにまかせておけば何もかもよくなるよ」

「だといいけれどね。ここはケス河なのよ」

リンダは云った。しかしふりかえったときふとその目が和んだ。

「スニ。グイン」

岩かげの一夜を明かした隠れ家から立ち上がってこちらへ歩みよってくる二人をみて云う。それはいかにも対照的な二人だった。

ちょこちょこと小走りにリンダにかけよってくるスニは小人族セムの少女である。セム族といっても、昨夜大挙してスタフォロス城を襲撃したカロイ族ではない。カロイは狂暴で知られているが、スニの部族、ラク族は、むしろおとなしい種族である。

セム族は、種族によって多少の大小はあるけれども、平均身長が約一タール。体重もそれに見あうぐらいしかないし、そして顔にも手足にも剛毛が密生している。それは一見すれば人というよりは猿に近いし、また事実知能もかなり低いとされている。しかしかれらはまったくの獣ではない。

その証拠に、かれらなりの奇妙な言語ももっているし武器をつくることもできる。火もつかえるし、毛皮をまとい、布で身をかざりさえする。そしてその小さな頭の中にはいくばくかの情愛もちゃんとしまいこまれている——そのことは、リンダやリンダの連れによって三回、生命を救われたこのスニが、リンダを忠実な犬のように見上げる、そのクルミ色の目をみればちゃんとわかった。

そのスニのうしろに異形の者が立っていた。豹頭戦士のグインである。

名はグイン。しかし、それしかわからない。国も、これまでどこで何をしていたのかも、いったいどんな事情で放浪することになったのかも——彼は、一切の記憶を失って、ルードの森に裸で倒れていたのだ。

朝の光に照らされ、スニのうしろから歩みよってくる彼は、身長にしてスニの二倍以上、体重ならばたぶん、三倍ではきかぬだろう。しかもそのみごとな体軀には、これっぽっちのムダな肉もない。ずっしりとした鋼のような筋肉に鎧われたからだつきは彼が、きたえぬかれた容易ならぬ戦士であることを明らかにしているし、その浅黒いからだのあちこちにこびりついた、かわいた血、古いのや新しい傷あと、は彼の波乱にみちた過去を示しているようだ。

そして、その雄神のような体軀に異様なさいごの仕上げをしているのは、肩の上にすっかりおおいかぶさって彼の顔をつつみかくしてしまっている豹頭——ほんものの険呑な野獣の頭なのだった。

「充分にやすんだか」

唸るような声でグインがいう。その声は、もう双児はすっかり慣れてしまったけれども、豹頭のために重々しくくぐもって、慣れぬものにはかなりききとりづらい。

「体力をたくわえておかんときついぞ。今日じゅうにはゴーラ領を出るまで行っておかんと危いからな」

「ゴーラ領を出る？」

レムスが目をまるくして云う。

「でもどうやって？」

「驚くことはない。この河ひとつわたればそこがもう辺境だというのは、わかっているはずだ」

スニがちょこちょこと走りよってリンダの足もとに身を投げ出し、憧れるように銀髪の少女を見上げた。リンダはその小さな頭を無意識のままなでてやりながら、ケス河の朝日に照らされたグインの、神話の神がそのままあらわれ出たような幻想的な美しさにうたれている。

「辺境に足をふみいれたりしたら……」

レムスがぶるっと身をふるわせる。

「他に方法はあるまい。昨夜考えていたのだが、とにかくケス河をおしわたり、そしてノスフェラスの荒野を横切って、何とか中原の東端にたどりつくのだな。他のルートは困難なだけでなく危険だし遠すぎる。それに俺とスニがいては、人目に立ちすぎるからゴーラ領をつっきるのもムリだ」

「でもノスフェラスの荒野——」

「いや、まだ一つ方法がないでもないぞ、グイン」

突然うしろから声がかけられて、一同はふりむいた。かれらの目にうつったのは、まだ若い戦士のハンサムな顔だった——ヴァラキアのイシュトヴァーン、《紅の傭兵》の。

昨夜、セム族の部隊とスタフォロス城の城主のすがたをかりて城内を跳梁していたルードの死霊、双方に追いつめられた、グイン、パロの聖双児、それにスニの四人は逃げまどった揚句に黒い塔の天辺にたどりついた。

そこの抜け穴から塔の屋根へと這いのぼったかれらを、なおも炎と蛮族は追いかけてきた。いかにグインの力と技倆とが衆にすぐれていようとも、多勢に無勢でこのままゆけばいつかは斃されることが目にみえている。

それと知ったグインは決然と危険な賭けを選んだ。すなわち、戻っても死、とどまっても死、ならば万にひとつの死中の活を求めて、塔の屋根からはるかな眼下にひろがる暗黒の河、ケスの水面へと、リンダとレムス、それにスニを革のベルトで結びあわせておいてやにわに身を投じたのである。

はてしない浮揚の感覚とどこまでも落ちてゆく恐怖、そして激しく水面にからだが叩きつけられたかと思うと、暗黒が四人の逃亡者をのみこんでしまった。

とはいうものの、かれらは予想外に運がよかった——それとも運命の神ヤーンに守られていたのである。というのは、何百タールの高みからとびおりたのだから、身を守ってくれる水面にでなく、粉々に砕いてしまう岸べの岩に激突してもふしぎはないところだったのだから。しかしかれらは一たんケスの水中に没し、それから意識を失ったままで暗黒の河の水面にぽかりと浮かびあがった。

かれらの幸運は二重だった。もしそのまま浮かんでいたら、誰かが気がつくより早く、ケスの大魚やあるいはもっと別のものが、かれらを見つけたかもしれない。

ところが、かれらが羽根を失った巨大な鳥のようにおちてくるのを、ケス河の水面近く、切りたった崖の根もとの岩に身をかくして、じっと見守っていたものがいた。イシュトヴァーンである。

この海近いヴァラキア生れの、陽気でたちの悪い若い傭兵は、スタフォロス砦の城主に反抗した罪で死刑を宣せられ、グインたちの隣の牢舎にとじこめられていたのだった。しかし、自らの運命は自らで切りひらくとばかり、夜を徹してナワばしごを編んだ彼は、ひと足先にスタフォロス城を脱走してしまったのである。ちょうど、沈みかけた船からの脱出どきをなぜかネズミが知るように、自ら超能力者《魔戦士》《トルク》を名乗るかれには、丁度よいときというものを厳密にかぎあてる、奇怪な能力がそなわっているようだった。

なぜなら、もしその夜であったら、砦をおそったセム族によって囚人のまま殺されたであろうし、もっと早かったら、崖の下にひたひたと押寄せてひそんでいたセム族の大軍にまともにぶつかった筈である。

そうなればいくら彼がすぐれた戦士であっても、あとからあとからかかってくる小人族をすべてたおすことは不可能だったろうし、また崖の下での戦いのもの音を城の人間が気づいたら、スタフォロス城の運命も大きくかわっていただろう。しかしイシュトヴァーンは、あたりが闇につつまれ、こっそりと上流をおしわたったセム軍が、森と崖下の二手にわかれて奇襲の布陣をおえた直後にナワばしごをつたってケスの河原へ逃れ出たのだった。

ヴァラキア生れの陽気な傭兵は、しばらく、水面に浮きつ沈みつする人影を見やりながら、どうしたものか思案していたが、やがて、助けてやることが自らの得になるであろう、という結論に達した。

で、そろそろと這い出てきて、手かぎのついたナワを投げた。もう夜になっていたが、スタフォロス城をつつんだ炎のおかげであたりは真昼のように明るかったのだ。手かぎでひっかけた四人を苦労して岩の上にイシュトヴァーンがひきあげたのは、まことに危機一髪だった。彼がたくましい腕にナワのようにに筋肉をもりあがらせて、重いぬれそぼったからだをひきずりあげたとき、黒くねっとりと静まってみえた河のおもてにざあと波が立ち、同時にものすごい牙のはえた巨大な口がぱくりと歯をかみあわせたからである。その化物は、ぱくぱくと二、三回歯をかみあわせたあと、手近に漂っていた城兵の死体をくわえこんで姿を没した。

「ウワッ」

イシュトヴァーンはつぶやいて魔よけの印を切る。

「大口《ビッグマウス》だ」

もうあらわれぬのをたしかめてから、助けた四人をじろじろと検分した。それは奇妙きわまる組合せであったが、イシュトヴァーンはセム族の少女には目もくれない。ひたすらグインに興味をひかれ、ゆさぶったり、その豹頭をこっそりもちあげたりしようとしてみた。

「へえっ、地獄の犬ガルムの炎の舌にかけて！　たまげたもんだ、こいつはほんものの豹あたまをしてるぞ！　酔狂か面をかくすために、出来あいの仮面をひっかぶってるんじゃねえ」

低く叫び、ずるそうに下唇をなめまわす。グインの筋肉をおしてみたり、長剣をとって考えこんだりしたあげく、リンダとレムスに目をうつした。イシュトヴァーンのその切れの長い目がふいに細められた。

「こいつは例のガキで――こっちは女の子だな。――ふう！　青白いイリスにかけて、あと十年もすりゃあ国々はこの娘をめぐって戦争をおっぱじめるだろうよ。どう見てもただのそこらの子どもなわけがない。いや、待てよ、《紅の傭兵》よ、ちょいとよく思案するんだぞ！」

ヴァラキアふうにあぐらをかいて座りこんだ彼は飽くことなくリンダの気を失った美しい顔をのぞきこみながら、ぶつぶついっていたが、ふいにぴくっとはねおきた。

うしろに、セム族が一人、毒矢を手にして忍びよってくるところだったのだ。おそらく部隊をはぐれたか、ずるを決めこんだやつだろう。イシュトヴァーンが気づいたと知るやそいつは毒矢を放ってきたが、身をよけざまの剣の一閃が猿人の頭をケス河へふっとばした。

傭兵は他にもいないかとにらむようにあたりへ目を配った。そのとき、グインたちが、もぞもぞと身動きしはじめた。

そうして、かれらは、危険で不安な一夜を、イシュトヴァーンが前もって隠れ家に選んでおいた、えぐれてうろのようになった岩かげに身をひそめてやり過した——というわけだったのである。

「話はきいたよ」

そのイシュトヴァーンは、胸のところで腕をくみ、横柄な云いかたをした。

グインほどではないにせよ、やはり非常な長身といってよい彼である。ただ、横はとうていグインにはかなわない。むしろすらりとして、鞭のようなからだつき。しかし十二のときから傭兵で生きてきたと自慢するだけあって、ムダのないその体軀はいかにも強く敏捷そうだ。それをつつむのはゴーラ兵の鎧かぶとだが、牢に放りこまれるとき、ゴーラの紋章類はすべてはぎとられてしまった。

かぶともうしろにはねのけ、若々しい顔を日のもとにさらしている。まだ二十そこそこである。引きしまってぬけめのない、いくぶん長めだけれどもなかなか男前の顔立ち。黒い髪はモンゴールふうに短くかりこみ、そげたように痩せた頰にうかぶ笑みは皮肉っぽい。

しかし何よりも見るものの目をひくのは、その浅黒い顔の中できらきらとして、いつも何やら悪だくみをためこんでいるような、彼の黒い目である。それはずるそうにまたたき、信用ならぬ光をたたえているくせに、妙に愛嬌があり、そしてあまりにも生き生きと輝いているので、見るものはゆだんのならぬやつだと思いながらもつい、心をひかれてしまうのだった。腰におびた長剣と短剣、足首までの革のクツ。

「もうひとつ方法がある——そう云ったようだな」

グインがその彼に無表情な豹面を向けていった。そのくぐもった声をききとりにくいようすで、イシュトヴァーンはせっかちそうにうなづいた。

「とにかくゆうべのあのさわぎは何とか切りぬけたし、われわれにとって幸運だったのは、セム族のやつらもひきあげていっちまった。しかしここにいたんじゃどうしようもない、ゴーラ兵にみつかるのを待つだけだ、ってのは、あんたの云うとおりだよ、豹人。——しかしその前に、もう一つしておきたいことがある」

「何だ」

「腹ごしらえさ」

イシュトヴァーンはニヤニヤして云うと、魔法のようにうしろから食物をとりだした。それは彼が牢を脱走するときにもってきたものだ。冷たい焼肉と、それに穀物の練り粉でつくったかたまり。

見るなり王子も王女も唾をのみこんだ。イシュトヴァーンは気前よくその食物を切りわけたが、スニに与えるときには惜しそうな顔をした。

とりあえず、しかしかれらは朝食にありついた。岩の上にすわって、こねた練り粉に指でおしこんだ冷肉をたべながら、かれらはこれからの相談をした。とにかくゴーラ領には入らずに、ということは何とかして辺境をつっ切って、文明圏にたどりつかねばならない、という点では、スニをのぞく四人の利害は一致していた。

「そのセム族は途中のどこかで仲間をみつけること

もできるだろうしな――おれはどうせゴーラではもう札つきで、雇ってくれる者がないどころか、白状すると辺境警備隊に志願したのは、ちょいとまずいことをやったからなんだ」

イシュトヴァーンはにやりと顔を長くして云った。

「トーラスで貴族のせがれをばらしちまったのさ。で、これはヤバいというので――実はユラニアでおたずね者になってクムに流れ、クムの都ルーアンで決闘のさわぎをひきおこしてモンゴールにやってきたのだから、おれはもうゴーラ三国領にいるかぎり浮かぶ瀬はない。――といってもうサルどもの相手はたくさんだしな、だからこの際北方のケイロニアか、それとも太古王国のハイナムをでもめざそうかと思っていたところだ」

「わたしたちは――」

リンダはちょっと考えた。グインはともかく、イシュトヴァーンはまだ信用しきれるとは思っていない。どこまでもらしてよいか、迷ったが、

「わたしたちはケイロニアか、アルゴスに行くつもりでした」

「アルゴスか。先日滅びたというパロの王の妹が、嫁いでいる草原の国だな」

何でもないふりをしてイシュトヴァーンが云い、双児のぎくりとするさまを目を細くして観察した。

「豹あたま、お前はどうする気だ」

「俺は――」

グインは考えた。

「俺は《アウラ》ということばを何だったのかつきとめたい。それがわかればあるいは俺が何者で、なぜこんな姿をしているのか、わかるかもしれない。それだけだ」

「では、辺境をつっきってケイロニアをまず目ざすことに、別に異論はないわけだ」

「ああ」

「よし、決まった」

《紅の傭兵》は陽気に、

「それで、おれのさっきいった提案なのだが——それは、もし運がよければ、スタフォロス城のやけあとに、まだ一隻や二隻のイカダがぶちこわされずに残っているはずだ。それとも少し直して使えるのがあればそれでいい。そいつを見つけ出して、とにかくケス河へのりだしちまおう——ってのがおれの考えだ」

「ケス河へのりだす？」

レムスがおどろいて叫び声をたてた。

「ダメだ、できるわけないよそんな——ケス河がどうして暗黒の河と呼ばれているのか、それはみんなよく知ってるじゃないの。これを下って生きて帰ってきたものはいないって、むかし教えられたよ。そこは妖魅の領界であるノスフェラスの荒野と、文明界との境をなすところで、いろんな他のところでは見られない奇怪な生物が棲んでいるって」

「ああ、小僧、そんなこたあ、お前に教えてもらうまでもないのさ。おれはお前がおしめにくるまっていた時分にはもう、戦場かせぎをして世界じゅうをかけまわっていたもんだ」

イシュトヴァーンはばかにしたように笑った。レムスは怒って傭兵をにらみつけた。

「ケス河を下ってどうするの？」

リンダは弟の憤慨ももっともだと思いながらきいた。イシュトヴァーンはずるそうな目で美しい少女をちらりとぬすみ見た。

「ケス河を下ってロスの河口に着く。ロスの町で、レントの海をわたる商船をみつけて乗り組ませてもらう。そうすれば、ほとんど苦労しずにケイロニアなりヴァラキアなりにつくことができるし、そこからさきはどうなりとすればいいいからな」

「但しこの俺が、商船に怪しまれることなく乗り組めるとしての話だがな」

それまで黙っていたグインがぼそりと云った。イシュトヴァーンは冷肉の脂のついた指をなめ、ゲラゲラ笑った。

「そのでかい豹あたまを、何とかしてしまうわけにいかんのかね」

ひとしきり笑ったあとでまじめになって云う。しかし彼の黒い目は、まだ嘲笑に似たきらめきをたたえている。

「できるならとっくにやっているわ」

リンダがグインを庇った。

「彼は誰かの呪いをうけたのだと思うわ。これはとろうとしてもとれないのだもの。フードか何かで――」

「そんなことをすれば、かえって目立ってしかたがないだろうな」

そっけなくイシュトヴァーンは云い、腰にさげていた水筒からひと口のんだ。

「まあそんなことはあとで、人里に出てから心配すればいい。ケス河にすむ大口《ビッグマウス》や屍食らいの魚どもは、グインが豹あたまの化物だろうと、豹そのものだろうと気にとめやしないよ。――それにしても」

つくづくとグインをながめやり、改めて感にたえた、というようにつけくわえる。

「それにしても一体どんな事情と、どんな魔道の呪いが、こんな奇態な生き物をつくり出しちまったのだろうな。おれは《紅の傭兵》として全世界を、北方のクインズランド、タルーアンから南方の諸島、美しいシムハラから泥の国ルート、はては神々に見すてられた『不具者の王国』フェラーラにまで足をのばしたものだが、それほどにさまざまなことがらを見聞きしてきたこのイシュトヴァーンにして、こんなにも説明のつかぬ出来ごとを目のあたりにしたことはなかった。女の子、お前は知らんだろうが氷雪のクインズランドを治めるのは《氷の女王》タヴィアで、彼女は事実上氷のなかに封じこめられてしかも生きている女なのだ。そうだ、コーセア海の宝石シムハラを治めているのは、牛頭人身で、しかも尻尾のある大祭司なのだが、その牛頭ってのはかぶりものでさ、宝石をちりばめた世にもおそましい仮面にすぎないのだ。この世にはいろいろと奇妙なことがたしかにあるものだが、その大半をもたらすものは、要するにただの人間なのだからな。

ところが、この豹あたまときたら！」

イシュトヴァーンは嘆息した。

「こればっかりは、どうしたって、戦士の首をもぎとって、かわりにほんものの、モスの草原の豹の首をのっけ、しかもそこに戦士の頭脳と魂をはめこんだのだとしか思えやしない。――あああ、おれはどうも苛々する、この豹あたまを見ていると、気になりはせんがどうも妙な気持になるのだ。おれは、ちゃんと理屈のつけられぬことというのは、あまり好きではないのでな！」

そんなことをいったって、とリンダは反発しながら考えた。グインは何も好きこのんで、こんな姿をしているわけではありゃしないわ。

ところが、イシュトヴァーンは、そのリンダの口に出さぬ思いが、まともに声に出して云われでもしたかのように、平然と答えた。

「たしかにそうだ、女の子。こいつが豹あたまの化け物にされてしまったというのは、たしかに何もこいつのせいではない、だからこいつが一日も早く自分の素性のカギをにぎってるらしい『アウラ』とかいうことばの謎をときたがるのも、実に当たりまえなことさ。おれだってそうしたに決まっている。

にもかかわらず、世の中には、摂理ってやつがあって、そいつがおれを落ちつかなくさせるのさ。おれは《魔戦士》イシュトヴァーン、紅の傭兵だ。それなのに、おれやお前にはどうすることもできぬ巨大な何かがあって、そいつにこのおれが操られている、なんて考えたら――これは、苛立ちもしようってもんじゃないか。

たとえば――おい、女の子、お前はきいたことがあるか？　《光の公女》のことを？」

「《光の公女》？」

リンダは考えた。そのことばは、妙にききおぼえのあるような印象を与えたのだ。しかし、レムスと顔を見あわせた上で、リンダは首をふった。

「それが？」

うながしたが、するとイシュトヴァーンは口の中でむにゃむにゃ云って黙ってしまった。

「《光の公女》って何なの？」

リンダはかさねてきいた。しかしイシュトヴァーンは答えようとせず、そのかわりに、ふいに膝の上の粉くずを払いおとして立ちあがった。

「さあ、こんなにしゃべくっている場合じゃない。どうするんだ、イカダをみつけてケス河を下り、ロスの河口に出るっていうおれの案に、のるか、乗らんのか？　危険な上にどこまでいってもつきることのない、ノスフェラスの荒野にさまよいこみ、道に迷う危険をおかしながら蛮族や妖怪どもと戦いたいか、それともケスの妖獣どもを払いのけてあとはらくらくと海路ケイロニアへむかうか？　早くきめろ、おれはどっちにせよイカダをさがすし、そしてもうすぐアルヴォン砦の救援もつく、河をわたらぬわけにはいかないんだ」

リンダとレムスは心を決めかね、しっかりと手をにぎりあって目をみかわし、それからグインを見た。スニは、話の内容はほとんどわからないなりに、それが主人たちにとって重大な話であると理解したらしく、岩かげで肉をかじりながらひっそりと待っている。イシュトヴァーンの黒い、性急な目がキラキラとしてかれらを見つめている。

グインの無表情な豹頭が、ゆっくりと前へ傾いた。黄色の目は、はかり知れぬ表情をうかべていた。彼は重々しく口をひらいた。イシュトヴァーンでさえもわかっていた——グインのひとことがこの後の行動を決定するのだ、ということが。このパーティの指導者はグインだった。これに限らず、どんな場合にでも、それはそのとおりだっただろう。誇りたかいパロの王女ですらそれを知り、決定を待っていた。この呪いをかけられた豹頭の戦士には、何かしら生まれながらにして世界の王座を与えられた者の威厳、とでもいうべき何かがそなわっていたのだ。

グインはくぐもった、重々しい声で云った――

「イカダを探すなら、地下の穴蔵からだろうな」

イシュトヴァーンが膝を叩き、彼の甲冑は陽をうけて彼の黒曜石の瞳のように黒くきらきらかに輝いた。

――一行のとるべき道は、決まったのである。

2

イカダを発見することは、思ったよりも難儀な仕事ではなかった。――というのは、セムたちは略奪には夢中になったけれども、地下の倉庫にたくさん用意してあった、モンゴールの舟や大砲の部品などには興味を示さなかったからである。

セム族がほしがったのは主としてゴーラの精巧な弩と――そして衣服や布の類だった。ノスフェラスの荒野には、布の原料になるような植物などはほとんどなく、セムたちは荒野にすむわずかな数のけものや、もっとおぞましいことは敵対する他種族の同類をとらえては、皮をはいでなめし、身にまとっていたからである。リンダとレムスは威容を誇っていた城の廃墟のそこここにころがっているゴーラ兵の死体が、衣服をひきはがれているのをみて目をそむけた。それは惨澹たる光景だった。スニが怯えたようにリンダの上衣のすそを握りしめる。

グイン、そしてイシュトヴァーンは、そんな光景にわずかでも心を動かされたとも見えなかった。機械的に屍をおしのけて道をつくり、なかば焼けくずれた大扉の前では協力しあって死体を左右へ放り出した。イシュトヴァーンは巨漢のグインと並ぶとほとんどほっそりしているとさえいってよいくらいだったが、その痩身は非常な筋力を秘めて楽々と重い鎧をつけた死体をもちあげた。

やがてイシュトヴァーンが歓声をあげた。扉のむこうに、手つかずで残されていたイカダを発見したのである。

イカダといっても、それはきわめてしっかりとつくられていて、固い木の板を鉄の帯ではぎあわせ、わずかながら必要なものを入れられるよう船底めいたものもついていて、それに帆もはれるようになっていた。ケス河のような、幅広いけれども流れのはやい河にのりだすためには、細長いボートよりも、ひらたいイカダの方が安定性がたかいのである。

四人とセム族の少女とは汗みどろになって、焼けあとからイカダを運び出した。イシュトヴァーンが丸い木の枝を拾いあつめさせてころにし、押したりひいたりして城壁まで運んだ。

そこで切りたった崖をどうやって無事にイカダをおろすかでかれらは途方にくれたが、これはほどなく解決した。イシュトヴァーンが、城内から水面へイカダをおろす吊り具を見つけてきたのである。かれらはてんでに巨大な滑車にとりつき、何とかイカダをケスの河原におろすことができた。そのときにはもう、日は天の中央たかくのぼりつめて容赦なく照りつけていた。

かれらは汗みずくで一休みすることにした。ゴーラの友軍が砦の危機を救うべくかけつけてくることはわかっていたが動くことができなかった。炎熱と疲労とで、パロの双児はぐったりとへたりこみ、スニがしきりに葉扇であおいでくれるのも気にとめなかった。《紅の傭兵》でさえ汗にまみれて肩で息をしていた。

「おい、本当にお前は人間なのか、豹あたま」

ひとり、たくましい胸を上下させてさえおらぬグインを見やって、いまいましそうに悪態をつく。

「蛇神セトーの飲みこんだ彼自らの尻尾にかけて、おまえが人間だとしたら他にひとりも人間などはいやしないにちがいない。何ていう体力なんだ?」

グインは答える手間を省いた。

傭兵は、苦心のすえにようやく水面へおろしたイカダを満足げにながめた。

「ともかくイカダは手に入った。これは、何かの必要があって城兵がケス河をわたるときのために作ったものだが、しかし知っているか、おれたちがスタフォロス城でどのような訓練をうけていたかを。おれたちは、ケス河をおしわたりながらイカダにナワをつけてひいてゆき、対岸からそれをひっぱって、何とかしてケス河に橋をかけることはできないかと何度も試みたものだ。おい、グイン、これがどういうことかわかるか。モンゴールのヴラド大公は、彼の領地の西北限がケス河で切れていることをおおいに不満に思っている。公は、大軍を遠征させて、ノスフェラスの荒野にまでモンゴール大公領をおしひろげ、他の二大公、クムのタリオ公とユラニアのオル・カン公に一気に水をあける野望をもっているのだぞ。あの恐しいノスフェラスの荒野にさえ、虎視眈々としているのだ」

「俺にはかかわりのないことだ」

というのが、グインの穏かな応えだった。彼はそれが間違った考えであり、それほど遠からぬ未来にモンゴール大公の恐れを知らぬ野望が彼自身の重大な岐路となってこようなどとは、夢想さえしていなかったのだ。

一服して息を入れると、かれらはあわただしく立ち上がった。ゴーラ遊軍の脅威が、かれらを性急にしていた。

「とりあえず手に入るかぎりの食物と——そして水、ケス河では水は飲用にならんし、河の魚がそれほど食う気をおこさせるかどうかも保証の限りではないからな。あとは武器だ」

イシュトヴァーンが云った。いかにも物馴れたようすである。彼に指図されて双児とスニはできる限り食物をさがしたが、その結果はかんばしいものではなかった。食べられるほどの食糧はすべてセムに略奪されつくし、飲料水の器は壊されていた。

それでもかれらはいくらかの乾し肉、乾した果実、それに水でねる粉をみつけた。それを適当にわけて皮の袋に入れ、しっかりと腰のベルトに結びつける。イシュトヴァーンは何やらしきりにセム族の死体とみてはかがみこんでふところをさぐっていた。

「何をさがしてるの」

リンダが声をかけると、

「何か、金めのものでもぬすんでいやがるんじゃないかと思ってさ」

云って、ふてぶてしく白い歯をみせて笑いかける。油断のできないやつ、とひそかにリンダは考えた。

その考えを見すかすように、

「なあ、女の子——おまえ、ケイロニアにいってどうしようというあてはあるのか。おまえたちのふた親はどうしたんだ？　おまえ、この辺の開拓民のむすめなんかではあるまいが」

《紅の傭兵》が云った。リンダはびくりとしたが、

「あなたこそ、《光の公女》とかをなぜ探しているの？」

きびしく問い返してやる。《紅の傭兵》は声をたてて笑った。

「隅におけん娘だな。きついむすめだ」

感心したように云う。

「そうして光のあたる場所に立っていると、プラチナ・ブロンドの髪に日の光があたってまるで銀製の人形のようだぞ。どうだ、もしかして《光の公女》ってのは、おまえのことじゃないのか。おまえ、どこの何という家の娘だ？」

まあ、さぐりを入れてるんだわ、とリンダは腹をたて、ぎゅっとルビー色の小さな唇をかみしめた。レムスが心配そうな顔をして寄ってくる。それへ、何も口をはさまぬよう目顔で合図をしながら、

「わたしの生まれがあんたに何のかかわりがあるの？　わたしが万が一にもその《光の公女》とやらだったら、いったい、あんたは、それでどうだというの？」

きびしく云って、賞められた輝く銀髪をうしろへ

払いのける。

「《光の公女》がおれに運開きをしてくれる筈なんだ」

というのが、《紅の傭兵》の答えだった。

「運開き？」

「それ以上の詳しいことは、実をいうとおれも知らぬ。しかし、予言者が——」

そこまでいって急に、喋りすぎた、と悟ったように口をつぐんでしまう。リンダがうながそうとしかけたとき、グインがスニを従えて近よってきた。両手に弩をひっさげ、何かしら緊張しているようすが見てとれる。

「出かけよう」

いきなり前おきもなしにグインは云った。

「タロスの森の方角で煙があがっている。俺の考えにまちがいがなければ、あれはアルヴォンかタロスの砦の援軍が中食をつかっている煙だ。アルヴォンからスタフォロスまでは、騎馬で約二日半の距離だしな、休みなしにウマをかけさせれば、もうそろそろ先ぶれがルードの森へ入ってもよいころだ」

「わかった」

イシュトヴァーンはぐずぐずしていなかった。

かれらは、イシュトヴァーン、レムス、スニ、リンダ、グインの順で、城壁から崖下へおりるほそい道をつたって水面近くへおりた。

知らぬ間にかれらの足どりは追われる者のそれになっていた。グインが、何ひとつあとにかれらという生存者のいる証拠をのこしてゆかなかったか、たしかめるようにスタフォロス城の廃墟をふりかえる。そこに巣食い、呪わしい悪行をはたらいていた屍食いの死霊も、ごうごうと燃えさかった浄めの火にやきつくされて滅び去ったのだろう、全滅した砦には動くものの影とてない。

「よかろう」

グインは口の中で呟くとさいごにイカダにとびのった。

重たい彼がのると鉄で補強したイカダもぐらりとゆれた。イシュトヴァーンがそろそろと端へいざりよって平衡を保つ。イカダの両側には、そこにつかまって身を保てるよう、鉄の棒がわたしてあった。

「女の子、もう少し傭兵のそばへよれ。スニは、まんなかから動くな。いや——そう、それでいいぞ」

グインが云う。

「出航だ！」

海の近いヴァラキア生まれの昔をしのぶように、若々しい声をはりあげてイシュトヴァーンが叫び、そして剣をふりあげると、イカダを岩につなぎとめていたナワを一撃のもとに叩き切った。

たちまちに早い流れが五人をのせたイカダをゆりあげ、河の中ほどへ運んでゆく。イカダは暗黒の河ケスに乗り出したのである。

リンダはふるえながら、鉄棒に両手でしっかりとつかまった。河の流れは速かった。

「いいか、水におちたらさいごだぞ。この流れでは、戻って助けにいってやることなどとてもできんのだからな」

《紅の傭兵》が叫ぶ。グインはとも﹅﹅の方に足をふんばって立って、重い竿をあやつりながらイカダがまっすぐ進むよう気を配っている。

暑い日だったが、水面にはつよい風がふきつけ、水しぶきとでかれらはさむいくらいだった。

「きれいな水！　底の石までのぞけそう、とてもこれが暗黒の河、死の河と呼ばれるなんて信じられないわ！」

まもなく、リンダは、快い速度を保ってすすむイカダの乗心地に馴れてきはじめた。髪をかきあげて大声をあげる。

イシュトヴァーンは何もいわずに肩をすくめた。彼はイカダの先の方に片膝立ちでうずくまり、左手で手すりをつかみ、右手を抜きはなった剣の柄からはなさずにいた。

「ばかなことを」

答えたのはグインである。

「本当はこの河は、とうてい底など見えるわけもないほど深いのだぞ。しかも暗黒の河というのは上からのぞいたその色からきているはずなのだ。底の石がみえたと思ったら、充分に注意するがいい。きっとそれはそうみせかけた何かほかの生物だからな。いいか、皆忘れるな。ここは辺境なのだ。辺境だぞ！」

つよく叫ぶあいだもグインの力強い手は、流れにさす棹の微妙な調節を忘れない。

リンダは大きく目をみはったレムスと顔をみあわせ、それから素直にこっくりした。

「悪かったわ、グイン。――でも、もうスタフォロス城があんなに遠くなった。このままでゆけば、河口の町までは、いくらもせずにつけるのじゃない？」

「ロスの町まではおよそ五十タッド――ウマで五十日分ということだな」

おちついてイシュトヴァーンが云う。

「流れの速さを計算に入れ、一日十タッド進めるとしても丸五日はこの死の河に身をゆだねていなければならんのだ。たっぷりとヤーンの御加護を祈っておけよ」

「わたし、ただ思ったとおり云ってみただけだわ」

イシュトヴァーンにはリンダは怒ったように云い返した。プラチナ・ブロンドの長い髪が、川風にきらきらと吹き乱される。イシュトヴァーンは肩をすくめて、ニヤリと笑った。

かれらはみな急流を、イカダをうまく保ってのりきることにすっかり注意をとられていた。また、仮にかれらがそうでなかったとしても、右手の――というこ とはゴーラ領がわの岸の、高い崖のつづくその上では、ちょうど死角になって、グインの目をもってしても見とおすことはできなかっただろう。

しかし、その崖の上に――はるか下、ケス河の流れを見おろして立つ、一騎の騎馬武者の姿があった。

かぶとの面頬をおろし、その頭頂には白い房飾りが美々しく風になびいている。白いよろい、すね当て、ウマの着た馬具もすべて、きらめく宝石をはめこんだ白い革で作られている。

馬上のその武者の目は、かぶとの下から、じっとケスの流れに向けられていた。その高みからは、グインたちの乗ったイカダは、さながらアリたちがつかまっている破れた木の葉のようにしか見えない。

その小さな、運命に挑む大胆な姿をしばらくじっと見守っていた武者はやがて、何やら満足げにうなづいた。白いかぶとの下から、キラキラと光る金髪がこぼれるのも気づかずに、手綱をひき、ウマに向きをかえさせる。

白づくめの、鎖編みの手袋をしたほっそりとした手があがり、ムチがウマにあてられた。

「ハイッ！」

鋭い声でウマを叱咤する。白馬は軽い足並みで、崖からかけおりていった。その細い道は、ほかならぬアルヴォン砦の方へつづいているはずである。騎馬が消えたあとは、再び森と辺境の河とに静寂が戻ってきた。

そんなことを、いっぽう、ケス下りのイカダの五人は、知ろうはずもない。

「ねえ、グイン——ぶじにロスへたどりついたとして、その頭、かくすのにはどうしたらいいんだろうね。それにスニは——」

しっかりと手すりにつかまり、うっとりと白い泡立つ水をのぞきこみながら、レムスはそんなことを云っていた。

「何とか手だてを見つけるさ」

「でもスニは——」

「スニは、どこかでおろしてやって、仲間のもとへ帰らせればいい」

「まるで女みたいに、ああだ、こうだと四の五の気をまわす小僧だな、お前は」

イシュトヴァーンが意地わるそうに云った。

「お前の双児の姉貴のほうが、よっぽどしゃきしゃきと、男っぽいじゃねえか」

「そんなこと――」

いつもの一番の弱みにふれられて、レムスはむっとして何か云いかけたが、しかしそれを云いおえることはできなかった。

ことばがふいにとまり、手すりにしっかりと両手でしがみついたまま息をつめる。

「どうしたの、レムス」

リンダがとがめた。レムスはふるえ声で、

「ねえ、見て――あそこ……変だよ！」

「変？」

リンダは眉をしかめて、レムスの指さす方の水面を見――そして、あッと息をのんだ。

「な――何なの、何なの、あれ！」

五タッドばかり右手の波間に、ブクブクと白い泡のかたまりが、まるでイカダを追おうというかのようにざわついている。

と思うとその泡をまっぷたつにわけるようにしてとんでもないものが水面にあらわれ出た。

恐しいとがった牙がずらりと生え並んだ、途方もない巨大な口！

「《大口《ビッグマウス》》だ！」

見るなり傭兵が大声をあげ、あわてて剣を握り直した。

「気をつけろ。奴はイカダにぶつかり、水におちた奴をひと口にしちまうぞ！」

そのとき巨大な口がおもむろに開いた！

3

「キャーッ！」

リンダの悲鳴がひびいた。思わず手をはなして、正視にたえぬそのケス河の怪物を見まいと顔をおおってしまおうとする。

「ばかッ！」

グインが必死に棹をあやつりながら叱責の大声をあげた。

「何をしてる！　手をはなすな、何があってもふりおとされんよう、両手で手すりにしっかりつかまるんだ」

「落ちたらひと口だぞ！」

やはり片手でしっかりと手すりを握りしめたイシュトヴァーンが絶叫する。もう一方の手に大剣の柄をかたく握り、彼の目は泡立つ水面をわけてあらわれ出たその化物からはなれない。

しかしそれにしても何という怪物だったことだろう！　それが《大口《ビッグマウス》》という名をつけられている理由は一目瞭然だった。

なぜならそれはまさしく、生ける巨大な口、以外のものではないのだ。直径はその口をぱくりと開いたときで一タール以上もあろうか。そのすさまじい顎にはびっしりと鋭い牙が埋めこまれ、その口だけをみればレントの海のサメの口を思わせる。

しかしさらにおぞましいのはその口のうしろに、続くべき胴体はおろか、頭も、手足も、何ひとつ見出されはしないことである。パクパクと獰猛に嚙み鳴らされているその口は、本当にただの大口《ビッグマウス》にすぎなくて、それはまさに悪魔ドールの悪意によって地上に現出させられた、巨大で盲目な破壊欲そのもののように見えた。

リンダはふるえながら、この悪夢からぬけ出てきたかたちを見つめた。両のあごが嚙みあわされるたびにそこから水が白いあぶくになって吐き出される。巨大な口は怒りにふるえてでもいるかのようにこちらにむけて進んでくる。そうであるからには、その水面に没したままの部分に、ひれか手足のようなものがついていなくてはならぬ、と思われるのだがそうではなく、ケス河の《大口《ビッグマウス》》はそのおぞましい口をとじたりあけたりして水を吐き出し、その勢いで実にすばやく移動したり方向をかえたりすることができるのだった。

そいつがそうやって大量の水を吐き出すたびに、小さなイカダは激しくゆれた。イカダの上の人々は悲鳴をあげ、手すりを握りしめながらイカダの上で荒々しくふりまわされた。

「きゃあ！　グイン！」

リンダが絶叫する。豹頭の戦士は大胆にも、まだ棹をはなさずに、手すりにつかまろうともせず生来のバランスのよさだけでその動揺をのりきろうとしていたが、いきなりぶつかってきた大きな波に足をさらわれかけたのだ。

豹人は棹を川底につきたてた。それを棒高飛びの要領につかって、巨軀と思えぬほど身がるく、いったん足をはなしてしまったイカダへと飛びもどる。イカダをあやつる唯一の頼みの綱である重い棹をすばやく手にとりもどすことも忘れない。

「グイン！」

レムスが泣き声をたてる。

「おそってくるぞ！」

《紅の傭兵》が絶叫した。

「イカダにむかってきたら手すりをはなさず、ぴったり身をふせるんだ。死にたくなかったらどうなろうと顔をあげるな——やつが来たところを、剣でまっぷたつにしてやる！」

そしてそれは襲いかかってきた！

巨大な物凄まじい口は獰猛な執念をむきだしに、がぶりと水泡を吐き出し、やにわに、しぶといイカダの乗り手たちをそのイカダから叩きおとしてやろうという明白な意志をむき出しにイカダに殺到した。

「気をつけろグイン！」

イシュトヴァーンがわめいて剣を横に払う。しかし怪物の本体よりも先におそってきた、泡だつ水が強い力でその手を叩いた。イシュトヴァーンは剣をとりおとしはしなかったがワッと叫んでイカダから払いおとされまいと手すりを握りしめて突っぷした。

リンダの絶叫がひびいた。リンダは手すりを握って、イカダの板にしがみついていたが、そのぶきみな生き物が頭をかすめ、歯をかみ鳴らして通りすぎたとたんに、その巨大な口のカッと開かれた牙の列の奥に、原初の悪意をこめて光る一対の小さな目を見たのだ。ケス河の《大口《ビッグマウス》》はすべての感覚器官を、どうやらそのばかでかい口の中に内蔵してしまっているらしい。

それがそやつの攻撃におぞましい正確さを与えているのだった。《大口《ビッグマウス》》はイシュトヴァーンと双児の上を飛びすぎ、水をしたたらせながら、大胆にもともに立ちつくしている豹人に目標をさだめた。

しかしその獲物は大人しく食われるのを待ってはいなかった。グインは重い棹をふりあげ、それは狙いすました《大口》の口が嚙みあわされる瞬間につきだされた。たちまち、無数の牙ががっぷりと棹にくらいつく。と見すまして、グインは棹を思いっきり激しくふるった。

さしもの《大口《ビッグマウス》》も吹っとんだ。離れた水面へぴしゃりと叩きつけられていったん水中へ沈む。しかし、反動でイカダもその平衡を失い、《大口》の消えた方向へむかって激しくかしいだ。

「ヒーッ！」

「スニッ！」

悲鳴が交錯する。軽いセム族の少女がしびれた手を手すりからもぎとられ、水面へ吹っとんだのだ。たちまち《大口》特有の白いあぶくのかたまりが、そちらへむかって動きはじめた。

「スニを助けて！」

リンダが絶叫する。グインの猿臂がのびて、危ういところで猿人族の少女の軽いからだをイカダにひきあげる。《大口》は再び襲いかかろうかどうしようかと考えてでもいるようにブクブクと泡を激しくたてていたが、やがてあらわれたときと同様にふいにその泡のかたまりは水底ふかく沈み、姿を消してしまった。

しばらくは誰ひとりとして、一語を発する者さえもいなかった。

「フーッ！」

ややあって、悪い夢からさめたとでもいうように
イシュトヴァーンが息を吐き出した。

「なんてえ化け物だ、イシュタールの乳のように白い胸にかけて！　千の牙をもつガルムにかけて！　——おい、どいつも、どこも食われちゃいねえだろうな」

彼の冗談をおもしろがる人間はいなかった。それはイシュトヴァーンにもわかり、肩をすくめて胴着のすそをしぼる。

「なんてこった。とんだ大スコールにでもあったみたいだ」

全員が、頭から足のさきまでぐっしょりと水にぬれていた。ひとしきりかれらは水をしぼったり、あちこち拭いたりするのに忙しかった。

「スニ、大丈夫よ。もうあれは行ってしまったのよ」

リンダはイカダの板につっぷしてブルブルとふるえつづけているセム族の小さい肩を抱いてなぐさめてやる。

グインは冷静だった。棹をあやつり、いまのさわぎで岸辺の岩にぶつかりかねぬほどにノーマンズランド側の岸に近づいてしまったイカダを、静かに大河の中央におし出しながら、その黄色い目を四方にくばる。

「うむ、確かに行ってしまったようだ」

ようやく彼がそう云ったのは、なおもしばらく、水面が平静をとりもどし、そのどこにも呪わしい水泡の立つのが見えないとたしかめてからだった。

「それほど餓えきってもいなかったようだな。それにケス河の《大口《ビッグマウス》》としては、それほどばかでかい奴というわけでもなくてよかった」

結論を出すように云って、丸い豹頭を、本当の野獣が水を切るときとそっくりのしぐさでぶるぶると振った。

「えッ！　あんな化物が、あれ一つじゃなくて、もっとでかいやつがまだいるの？」

レムスがびっくりして云う。イシュトヴァーンが笑った。

「何匹でもいるさ。しかもケス河の化物があれだけってわけでもない。なあ、ゆうべの今朝で、あれほど河を一面埋めていた戦死者の死体がなぜ、一夜にしてきれいさっぱり消えうせていたと思うのだ。ケス河の怪物は、いつでも腹をへらしているんだぞ」

「その死体どものおかげでわれわれが助かったようなものだな」

グインが指摘した。

「そのとおり。――あーあ、食い物から下着から、何から何までぐっしょり濡らしちまった」

イシュトヴァーンは嘆いた。しかし、それほど心配しているふうでもなかった。いまのひと幕は、恐しく長い時間のような気がかれらはしていたが、じっさいには一ザン、すなわち小さい砂時計が一回落ちきるあいださえたってはいなかったのだ。ケス河は見かけだけの平和をとりもどし、すみきった水面をキラキラと光らせる太陽はあいかわらず強烈な光をはなって、たちまちに何もかもをかわかしてくれそうだった。

「もう襲って来ないかしら」

レムスが心配する。

「もちろん、来るさ」

陽気な傭兵が保証した。

「心配するな。あいつやケス河の大ヒルのあしらい方ぐらい知っている。おれは半年以上、この辺境の砦の守兵として訓練をうけてきたんだ」

でも《大口》を追っぱらったのはグインだったじゃないの、とひそかにリンダは考えた。このヴァラキア生まれの傭兵の大口ときたら、《大口《ビッグマウス》》も顔負けだ。

《紅の傭兵》はじろりと少女をみた。黒い目がずるそうに輝く。お前の考えていることぐらい見通しだぞ、と云いたげに、にやりと唇の片端をつりあげたが何も云わない。

イカダは少しゆるやかになってきた暗黒の河の流れに棹をさして、たゆみなく下りつづけた。


その同じころ――

いまやモンゴールの、辺境の守りの拠点となったアルヴォン城では、ちょっとした騒ぎが起こっていたのである。

そもそもの騒ぎのはじまりは、トーラスの都から蜘蛛の脚のように、八方へむかってのびている街道ぞいに、アルヴォンの城主が出している伝者からやってきた。早馬で、汗だくになって城門にかけこんできた伝奏の報告をきくうちに、アルヴォン城をあずかる、モンゴールの赤騎士隊長、リカード伯爵の顔色がかわってきた。

「何というか！　ではもうアルヴォンの森へ入っておいでだと云うのか！　なぜ街道番は狼煙で知らせては来なかったのだ。いや、――こうしてはいられん！　ウマを出せ、ウマをひけ。わし自らせめて城壁まで、お迎えにあがらねばならん」

「その必要はない、リカード伯！」

うろたえさわぐ城主の頭上から、ふいに、凛と張った声が降ってきた。

「もう私はアルヴォン城に入っている」

「こ、これは――」

赤騎士隊長は吃り、中庭に通ずる城壁をふりあおいだ。

そこに、一騎の騎馬武者が立っていた。――白づくめの鎧かぶと、白く長いマント、白い馬具をつけた純白の駿馬。まぎれもなくさきにケス河を見おろす崖の上から、グイン一行のイカダを見つめていた一騎である。

かるくウマに拍車をあて、馴れきってさながら人馬一体を思わせる確実さで武者が中庭へおりてくるうしろから、数人の、ほとんど同じ装備の騎馬があられて従った。ただしよく見れば、影武者ともまがう同じ装備ながら、従う数騎のこしらえは、先頭のひとりにくらべてごくかんたんなものであることがわかる。

「こんな少人数で、よくまあ――」

不用意ではありませぬか、とリカード伯はとがめようとした。しかし中庭にたどりついたその人は、悠然と、かけよる徒士たちに助けおろされながら手をふって、

「アルヴォンの森に私の手下《てか》の白騎士隊、一個中隊を待たせてある。呼びにやって、休ませてほしい。それから、私がなぜここにあらわれたかについては、今はまだきかぬように」

凜とはりつめた美しい声だった。若く、怜悧な声、どうあってもかぶとの面頬にかくされたその声の主の顔を、ひとめ見たい気をおこさせる。

そしてその武者の声にも態度にも、たちまちわかる、ある高貴なもの――命令し、それがききとどけられることに生まれながら馴れきったものだけの持つある力ともいうべきものがありありと感じられた。

それはむろん、モンゴールにその人ありと知られた勇猛な赤騎士隊長にも感じとられ、リカード伯爵は自分よりわずか背がひくいぐらいなそのあいてにうやうやしくうなづく。

「何もかも仰せのままに」

「スタフォロス城は全滅した」

感情を示さぬ声であいては云った。

「私のともなった魔道士が、水晶球の中に生きて動くものの姿が昨夜からとだえたと告げた。おそらくヴァーノン伯も生きてはいまい」

「スタフォロス砦は全滅――」

リカードは唇をかんだ。古武士の容貌をもつ百戦の勇士。

「黒煙をみてただちに出した三大隊も、遅すぎましたか――おっつけあちらにつくころと思っておりましたが」

「遅すぎた。ここ数年、蝶の年以来セム族のあれほどの大部隊がケス河をこえてくることはなかったので、ヴァーノンにせよ油断があっただろう。モンゴールはスタフォロス城を失った。われわれのゴーラへの野望は、一歩後退を強いられた」

「私どもがもっと緊密に連絡をとりあうべきでありました、将軍」

　リカード伯は姿勢を正して云い、腰の剣を鞘ごとぬくと左の胸にむかって擬す、ゴーラの誓いを行なった。将軍とよばれたあいてはその手に、白手袋をした手をかさねて剣をおさめさせた。

「伯の過ちではない」

　歯切れよく認める。

「スタフォロスは失われたのだ。なぜ失われたかよりも、この後われわれのとるべき最もよい道を探そう。——黒竜戦争のいきさつは知っていよう」

「は」

「われわれの大部隊の精鋭は、積年の狙いどおり《中原の宝石》パロを手に入れた。しかしクリスタルの都とクリスタル・パレスを陥とし、パロをおさめる聖王アルドロス三世とその王妃ターニアの首級はあげたものの、黒騎士隊の追求をのがれた王家の家族がある。すなわち——」

「《パロの二粒の真珠》リンダ王女と、世継のレムス王子でございますな」

「そうだ。かれらはどんな小癪な白魔術を使ったものか、不敵にもルードの森へあらわれたという報告があった。

　モンゴールの金蠍宮は、一体なぜ、無力な子ども二人が戦士の精鋭の手を逃れただけでなく、一夜にして中原のクリスタルから辺境のルードへとぶことができたのか、炎のように知りたがっている。——もしそこに何らかの未だ知られぬ原理があるとしたら、それこそはわれわれの求めるゴーラ三国の統一、ひいては全中原、辺境統一のカギであるかもしれない。

そしてリカード伯！」

「は！」

「かれらがスタフォロスにあらわれたことと、相前後するスタフォロス城のセム族による全滅、この二つの事実には、何かのつながりがあるとは思わぬか」

「それは」

リカード伯は緊張した。

「それは大公閣下の代理人、白騎士隊長、右府将軍としてのご下問でありましょうか？」

「そうだ」

「では申し上げます。小官には、かよわい二人の少年少女に、どのようにすれば十大隊及びその随員とそれにふさわしい装備をそなえたスタフォロス城をせめ滅しうるものか、遺憾ではありますが想像もつきませぬ！」

「愚か者！　スタフォロス城を滅したのはセムの大軍だ、わかっていいように」

右府将軍はその手にしたムチのような声で云い、リカード伯は青ざめた。

「私がいうのは、パロの遺児とセムの軍とのあらわれるのが重なったのは偶然か否か、ということだ。パロの遺児はノスフェラスのセム族と手を結んではいないのか？」

「ま――まさか！」

伯爵はおどろきのあまり口走ってしまった。

「中原の最も伝統ある祭司が、ノーマンズランドの猿人と！」

「何事も不可能なことなどないのだ、伯」

将軍はたしなめた。手のムチをあげて城壁の向こう、ケス河の方角を漠然とさし示す。

「万に一つ、億に一つでもパロがノスフェラスの蛮人族と手を組むことに成功し、そして黒竜戦争に生き残ったパロの忠臣たちが手兵をまとめてクリスタルをとりもどしに決起するようなことがあれば、ゴーラは腹背に敵をうけることになるのだぞ！　そのような危険はおかせぬ、その可能性がどんなに低くともだ。いや、きくがいい、待つのだ、伯――

いま私はケス河ぞいの崖の上をウマを走らせてきた。そのとき奇妙なものを見た」

「奇妙なもの――でございますか？」

「というより、ありうべからざるものを、だ。一つのイカダがケス河を、スタフォロスからアルヴォン、ツーリードを経てロスにいたる流れにそって下ってゆくのを」

「ケス河を、イカダひとつで？」

リカード伯爵は失笑しかけた。しかし思い出して黙った。この、白づくめのほっそりした、ヴラド大公の代理人は、無能は罰するだけだけれども不注意は憎悪する、という恐るべきうわさが心をかすめたのだ。

「してどのようなものが――セム族で？」

「ちがう」

白い武者は考えに沈むかに見えた。

「どうも私には解せなかった。それは何とも奇妙なとりあわせに見えた――遠くて、私の百タッド先の鳥を見る目でも、たしかにはわからなかったが、それは五人で、大人の男ふたり――子ども、それとも女がふたり、そしてセム族とおぼしい小人がひとり。ただその――」

伯爵は興味をもって見守った。この右府将軍、ゴールじゅうに名高い大公代理がためらうなど、まったくそれらしくもない。

「その男のひとりが――どうも妙だった」

「妙、といわれますと？」

伯爵は追求する。あいては苦笑いして、

「よかろう、目の錯覚ならそれでもいい。そのあいては、まるで、首から下はふつうの人間だが、首から上だけは、豹か虎といったけもののそれを人のからだにうつしかえたように見えた！」

「豹人？」

伯はまた失笑しかけたが頬をひきしめた。

「ともかく兵どもを出し、たしかめて見られますか」

　将軍の目の錯覚だと信じなかったわけではないが、どういう態度と対応をあいてが望んでいるかはわかっていた。あいては満足そうに、

「もう、出してある。——どう考えても不可思議であったし、疑っていることもあったので、白騎士一個小隊をさいて彼らの正体をたしかめ、必要とあらば連れもどるよう命じた上でアルヴォン城へ入った」

「恐れ入ります」

　さすがだ、と伯爵はちょっと感心する。それへかぶせるように、

「一個中隊、二個小隊に出動の準備をさせよ。必要とあらばイカダをくり出せるように。それから例の、赤の月のはじめの宮廷会議で申しわたした渡河訓練は行なっておろうな」

「は」

「よかろう。情況に応じてそれも準備を。それからスタフォロス城についた派遣軍から連絡の狼煙があったらただちに応じて狼煙をあげること。——その内容はこれからいう」

　その内容、というのは充分に、リカード伯を一驚させるに足るものだった。そうした反問が、あいてを苛立たせることはわかっていたが、思わず問い返してしまう。

「恐れながら——金蠍宮のかたがたには何ゆえそのような御決定を——？」

「無用の問いだ」

　というのが、予期したとおりの答えだった。

「では命令が速かにとり行なわれるようにせよ。私はトーラスからの道を不眠不休で走りついできた。少し疲れている。寝所を用意せよ、狼煙のしらせがあるまで眠ろう」

「ただいますぐに」

　伯は侍童を用意に走らせた。その間に将軍はゆっ

くりと、かぶとの緒をほどきはじめる。

　将軍がかぶとをとり去るのをリカード伯爵はちょっと息をのみながら見守っていた。そのかぶとの下にどのようなものがかくされているのか、むろんリカード伯爵は知らぬはずもないが、それでもそれは改めて感嘆するに値した。

　ほっそりした手がさいごの紐をほどいて、さっと白い羽根飾りつきのかぶとをうしろに押しやる。――と、そこにやにわに、めくるめく光があふれた。

　いや――光、と見えたのは輝きだった。たぐいまれな、豊かな――しかもかつて誰ひとりとして見たこともないくらい純粋な黄金色に波うつ髪の。

　リカード伯爵は息をつめた。ただうっとりとして、そろそろ傾きかけている陽光にまぶしく照りはえる姿を見まもる。

　かぶとの下からあらわれたその顔は、さながら狩と戦いの女神イラナを思わせる、比類なくも美しい、若い女の顔だったのである。

　若い女、というよりは、まだ少女といった方がふさわしいほどの年頃だったが、しかし彼女はすでに非常な威厳をかねそなえていた。背の中ほどまでもゆたかな波うつ黄金の髪にふちどられた、その形のよい頭は美しくもたげられ、何事にぶつかっても挫けまいとする意志を刻みこんだかのようにその優美な唇はひきしまっていた。しかしまたその唇は、もしそれがほほえみかけてくれたとしたらどんなに幸せであろうかと、見るものに考えさせるような艶めいたピンク色をしてもいたのである。そしてその緑色の瞳ははるかなケス河の水面に似て底深く、しかも男にも滅多に見られぬようなするどい決断と情熱、高貴と野望、そして冷徹と優雅のふしぎなきらめきを宿していた。

　ひとことでいってそれはまだわずかに未完成の、だがたぐいまれな成就へむかってあけぼののように確実にさしそめてゆく《美》の肖像にちがいなかった。それも青白くたおやかなイリスの女神の美ではない。常に甲冑をつけ、ツタをからませた槍を手にした姿として描き出されるイラナ、軍神にして太陽の神ルアーの最愛の妻にしてその右で戦う者であるイラナの再来ともみえて、白い装具に身をつつんで立ったその長身は、見るものすべてに飽くことない感嘆と嘆賞とを強いた。

「用意がととのいました、アムネリス様」

侍童の報せをうけ、リカード伯にいざなわれて、イラナ女神の化身ともいうべき少女はゆっくりと歩き出す。——誰知らぬものがあろう。彼女こそはモンゴールのアムネリス、ヴラド大公の一人娘にしてその代理人、右府将軍、黒竜戦争の総司令官にして白騎士隊の隊長にほかならぬ、ゴーラに名高い男装の美少女アムネリス公女であった。

4

いっぽう、イカダの五人である。

一行は、そのあと三ザンばかりのあいだ、さっきのようにケス河の《大口》や水ヒルなぞに襲いかかられることもなく、しだいに広さを増してゆく河を下っていった。太陽神ルアーの黄金色のチャリオットはたゆみなく中天をかけてしだいに山々に近づき、周囲の光景は、暗黒のというケス河の異名を疑わせるばかりにのどかなままである。

下流へむかってひた流れるイカダの右手の岸には深緑の、辺境の森々が切れめなくつづき、ふいにその向こうから煙があがっては、辺境開拓民のいとなみを知らせる。

木々の梢から、ルビー色やコクタン色の、尾の長い鳥がふいにとびたって、するどい鳴き声をのこして飛び去ってゆく。ミズヘビが褐色のからだをくねらせてイカダを大あわてでよけてゆく。

そして左手をみればこれは灰と白茶色にぬりつぶされた、岩と砂漠のノスフェラスのノーマンズランドの、荒涼たるひろがりである。そのところどころに、わずかな灰がかった緑に地衣類がへばりついて、さびしげな色どりをそえてはいたけれども、たかがケス河ひとつをへだてた、このぬりわけたような地勢の変化ぶりには見るものを途方にくれさせ、妖怪と蛮人族だけが跳梁するノーマンズランド、という人々の認識を、いよいよたしかにさせるのだった。

その見わたすかぎりの砂漠地帯の向こうには、遠いまぼろしのようにして、暗灰色のけわしい山なみがつづいている。

「北方諸国と辺境とをへだてる、世界の屋根たるアスガルン山地だ」

きかれもしないのにイシュトヴァーンが指さして註釈を加えた。

「氷の中で永遠に生きているという《氷雪の女王》の治めるクインズランド、巨人国タルーアン、英雄バルドドルの君臨する神々の王国ヴァンハイム、そして世界の北端なるノルンがあそこのむこうにはあるという」

誰も何も答えない。別に気分を損じたようすもなく《紅の傭兵》は喋りつづける。

「それにしても、どうしてゴーラ、あるいはモンゴール大公領が、ノスフェラスのノーマンズランドなんぞに執着するものか、まったく解せんな。こんなけったくその悪い、人も住めないような——あ、いや、しかしそれについてはよくおれたちは傭兵の寝所で激論をたたかわせたものだ。地獄の河ケスにまっ二つに区切られて、一応人も住むことはでき、緑もゆたかな辺境地方と、それからノスフェラスの荒野、真の辺境とが、これほど異った姿を呈しているというのは、いったいヤーンのどういういたずらなのだろう、とな。

——もし仮に、ヤーンが彼の全能の手で、ケス河を境に向こう岸を妖魅の結界、こちら側を人間界、とさだめて作ったのであるとすれば、何とかうなづけないでもないが、しかし早い話が長いあいだノスフェラス地方が諸国の野望をくじいていた、というのは、そこが人の住むのをさまたげるような毒、瘴気をかくしている、という伝承があったからだ。

もっと奇怪な伝承ではこういうのがあるな。つまりノスフェラスのノーマンズランドに住むただ二つの種族、巨人族ラゴンと小人族セム、これはどちらも人間と呼ぶのがはばかられるようなやつらだが、これは実はもともとはただのあたりまえの人間にすぎなかった――それが、ノーマンズランドに奇怪な妖魅どもと住むうち、しだいにいまのような姿かたちに変容をとげてしまったのだ、と。おれのじいさんというのはヴァラキアでちょいと知られた物知りのキタラ弾きでな、そのじいさんが語ってくれたところによると、ノーマンズランドの大地から出る瘴気が、そんなふうに生きとし生けるものを怪物にかえてしまう力があるのだと。――だからこそノーマンズランド、およびそれをとりまく辺境地方には、ケスの《大口《ビッグマウス》》をはじめとして、イドだの砂ヒル、《飛び石《フライヤー》》にオオアリジゴク、他にも妖魅そのものとしか呼べぬようなおぞましいドールの創造物ばかりが棲んでるのだとな。

おい、豹頭、ひょっとしてお前の出身ってのも、そのあたりなんじゃないのか？」

「グインはそんな化物なんかじゃ――」

レムスがいきりたち、リンダはしゃあしゃあとした傭兵をにらみつけた。豹頭の戦士は怒りもせずに、わからぬ、というようにその黄色と黒のなめらかな巨頭をふる。

「いいかげん、何かひとつぐらい思い出せそうなもんだがな。わかったもんじゃない、本当にお前がケス河の水ヘビのように無知なのか、それともそうわれわれに思わせておけば何か都合のいいことでもあるのか――」

「《紅の傭兵》、あんたってばかだわ」

リンダが怒ってさえぎる。イシュトヴァーンはゲラゲラ笑って、

「怒ると目がスミレ色からたそがれの紫に近くなって、まるで星空のようだな。いいからしっかり水面を見張っていたらどうだ？　こんど《大口》が襲ってきたら、今度こそは仕とめなくてはならんのだからな」

「卑劣漢！」

いまいましそうにリンダはつぶやいたが、あわてて水面に目を戻す。あたりにはゆっくりと夕方が近づきかけており、かれらのイカダはアルヴォンの下流を流れすぎて、そろそろモンゴール領の南端、ツーリード城の領地へと入りかけているぐらいである。

かれらは持ってきた乾肉と乾し果物、ヴァシャ果とでかんたんな昼食を、イカダの上ですませた。さっき《大口》との戦いでぐしょ濡れになった衣服は、イカダの上でものの二ザンも陽光にさらされているうちに、一度も水などかぶったこともないほどにかわいてしまった。グインの力強い、疲れというものを知らぬ手が、しっかりと棹をあやつってかれらの行く先を保ちつづける。

「――静かすぎるな」

口をつぐんでいるということができぬたちらしい《紅の傭兵》が、ヴァシャ果をかみながらぶつぶつ云った。

「なんだというの、今度は？」

リンダが苛々した返事をする。リンダはイシュトヴァーンには、たえず苛立たされ、憤慨したり当惑しながらも、妙にこの図々しくて押しのつよい不敵なヴァラキア人に、気になるものを感じてしまうようだ。

「静かすぎるといったのさ。地獄のといわれるケス河が、こんなにすんなりとわれわれを見逃してしまっていいものか？　いまにきっと、さきの《大《ビッグ》口《マウス》》どころではないことが起こるぜ」

「それは《魔戦士》の予感？」

からかうようにリンダはたずねた。陽気な傭兵の自慢はすでにさんざんきかされている。

「と、いってもいいがな――おい、豹あたま、おまえ、まさか夜どおしケス河をイカダで下る、なんてムチャは考えていないだろう」

「むろん」

というのが、イカダのともからの、グインの簡潔な返事だった。

「ケスは暗黒の河。妖魅の本領を発揮する日没以後に水上にあるのは自殺するようなものだ。日没少し前にはイカダを岸にひきあげ、あまり遠目につかぬ焚火をして、交互に張り番をたてて夜を送り、日の出とともに再び河へのりだす」

「それがいいよ」

レムスが面当てがましく叫んだ。リンダは叫びこそしなかったが、内心で、やっぱりあんな《魔戦士》なんてものより、わたしたちのグインのほうがどんなにかりっぱだし頼りになるし強い戦士なのよ、と考えてひそかに深い満足を覚えていた。イシュトヴァーンはおもてだってグインからこの小パーティーの指揮権をとりあげようなぞというそぶりは、一度もみせてさえいなかったのだが、しかし彼のいつもあいてをひそかに笑っているような生き生きした黒い目には、何かしらパロの双児を苛立たしくさせるものがあったのだ。

「おれの考えも同じだよ」

イシュトヴァーンはそんな双児の反感には気づいたそぶりさえ見せずに、

「いずれにしてもモンゴール公領をすぎればいくぶん事情は好転するし。ツーリードのさき、自由貿易都市ロスまでは、開拓民の土地だ」

「夜をノスフェラス側の岸ですごすのは無謀というものだろう。だから、今夜と明日の夜は、多少の危険を冒してモンゴール側の岸に野宿するほかはない」とグイン。

「たしかにな」

イシュトヴァーンが云い、何を思ってかしげしげとグインを見つめた。実はこの旅のあいだにも、すでにグインはかなりしばしば《紅の傭兵》の目がさぐるように自分をねめまわしていることに気づいていたのである。豹頭の異相への好奇心というには少し度がすぎているようだが、といってそのほかには、グインにイシュトヴァーンの注意をこんなにもひきつける何があるとも思われない。

グインは目をあげて、無遠慮な彼の目をまっこうからうけとめた。豹頭の、物騒に黄色く底光りする目と、黒くてきらきら輝く、何もかもを皮肉っているかのような目があった。

が、目をぷいとそらしたのはヴァラキアのイシュトヴァーンの方だった。わざとらしく、モンゴール領の方の崖を眺めやるふうをする。

しかし、ふいにその顔がひきしまった。

「おい、グイン」

声がにわかに切迫したひびきを帯びる。グインは棹をあやつり、ようよう赤く夕日の色に染まりかけている水面を、おもむろにイカダの向きをかえて岸に近づけようとしているところだった。

「ちょっと待て！　誰か来るぞ！」

「そんな、ばかな——」

レムスが云いかけたのをリンダが腕をつかんでひきとめる。イシュトヴァーンは薄暮がおりてこようとしている森の側へと目をこらしたが、にわかにあわてた調子で、

「いかん、少し待て、イカダを岸によせるのはちょっと待て。ようすを見るから——森から誰か出てくる。少人数じゃない」

「ゴーラ兵！」

リンダの声はきびしかった。イシュトヴァーンは目を細めてすかし見ながら、

「だとするとな——もしこの辺の開拓民にすぎなけりゃ、まだおれたちにもヤーンの御加護があるってもん——待てよ！　女神イラナの乗る風の白馬にかけて！」

「一個小隊、少なくともそのくらいはいるようだ」

おちついてグインが指摘する。

「変だ――黒騎士隊じゃない、あの鎧は白い！」

《紅の傭兵》は端正な顔をひきつらせて手すりに身をのりだした。いまはもう、対岸の小暗い森陰から、まるでふっとわき出たかのようにあらわれたその一隊の姿は他の人びとにもはっきりと見てとることができた。

こんな切迫した状況ではあったが、それは妙に夢幻的な美しさをたたえてかれらの目にうつる光景であった――森の木下闇から、あたかも白いまぼろしか、さまよう魂のように次々に岸へと立ちあらわれる、一騎のこらず白づくめの騎馬隊。

白い長いマントがなびき、頭頂のかんたんなかぶと飾りがゆたかに垂れさがっている。ウマもまた一頭残らず純白で、しかも同じ白の馬具をつけている。

「ゴーラの装備だ」

グインが指摘した。

「しかし――あれは白騎士隊、そんな、バカな」

イシュトヴァーンはなおも納得がゆかぬようだ。

「どうして？　モンゴールの黒、白、青、赤、黄、五大騎士団は中原じゅうに鳴りひびいて――」

「つまらんことを」

リンダのことばを傭兵は荒っぽくさえぎった。

「小娘のくせに知りもせんことに口を出すんじゃない。スタフォロス城の守備はヴァーノン伯率いる第三黒騎士隊。そしてアルヴォン城はリカード伯麾下の第五赤騎士隊、黒と赤が辺境の守り」

「白は？」

「白はトーラスの主都を守る大公の旗本部隊なのだ。白騎士団の総隊長はヴラド大公の公女にして右府将軍のアムネリス殿下。こんなところへたとえ一個小隊でも、白騎士隊があらわれるわけがない」

「だがあらわれている」

グインは云った。イシュトヴァーンは激しく苛立った身ぶりで答える。

だがそれ以上かれらはその問題をいぶかしんでい

るいとまはなかった。なぜなら、全身白づくめ、アスガルドの氷雪からあらわれ出たかのようなそのかれらは、何を探しているにせよまさかこのイカダではあるまい、というグインたちの最後の頼みの綱をたちきるように、水辺近くまでウマをよせるなり、その先頭に立った大柄な白騎士が手を口によせてラッパの形にしてよばわったのだ。

「おーい——そこのイカダ、おーい」

グインはすばやくイシュトヴァーンと目を見あわせた。イシュトヴァーンがそろそろと腰の剣へ手をやりかけてみせる。グインはするどく首をふる。あいては一個小隊、しかもまだ、はっきりとそれがこちらに害意を抱いていると決まったわけではないのだ。

「どうする」

傭兵が猫のような咽喉声で云った。

「もうじき日がくれちまうぞ」

「出かたを見る」

それがグインの答え。岸で、白い騎士はきこえなかったと思ったのか、いっそう声を大きく、手ぶりもつけて、

「おーい、イカダの者。われわれはモンゴール辺境守備隊、アルヴォン城の者だ。名をきかせてくれ、どこへゆく、イカダを岸によせ、われわれの質問に答えよ」

叫びながらかれらをさし招く。

イシュトヴァーンは舌打ちした。

「おれと双児に云いぬけようはあるが、豹あたまとスニは——おい、グイン、こいつはどうも、逃げの一手を決めこむほかはなさそう——」

「いや」

グインがゆっくり云う。

「見ろ」

イカダの乗員は見、そして低い絶望のうめきをあげた。

白騎士の一隊には、はじめから何があろうと、イ

カダを逃す気がなかったのだ。友好的に出ているうちに命に従え、という暗黙の雄弁を示して、なおもさしまねく隊長のうしろに扇形に散開した三十人の小隊全員が、ぴたりと弩をあげて石弾をこめ、そのさきはすべてイカダにむけられている。

「おれたちに何の不審あっての尋問だ！　おれたちはただの旅行者。おれたちが何をした！」

イシュトヴァーンが怒ってわめいた。白づくめの隊長はまた手のムチをふりあげ、

「問答無用。そのイカダの一行全員を、必ずアルヴォン城へともなうよう、固い命令を受けている。イカダを岸によせろ、さもなければ射つ」

「ムチャクチャだ！」

イシュトヴァーンはわめいた。

「グイン、ずらかろう。餓鬼ども、イカダに身をふせていろ。日がおちれば弩はあたらん」

「しっかりつかまっていろ」

グインは声の調子もかえずに云い、イカダの速力をあげようと棹をつよく川底につきとおした。岸では戻ってこいとわめきたてる。思いきり力を入れて川底の岩をつき放し、その反動でイカダが波にふわりとうきあがった——そのとき！

「ウワーッ！」

イシュトヴァーンが絶叫した。

「《大口《ビッグマウス》》だッ！」

スニが悲鳴をあげた。

暮れかけた水面に、おぞましい白い水泡のかたまりがわきあがり、凄まじい速さでイカダにむかって突進してくる！

岸からの警告の叫び、イカダの上の子供たちの絶叫、その間をぬって、水泡の中から、ぐわッと悪夢の怪物があらわれ出た。

しかも、何という大きさ！

「だめだ！　イカダがやられる！」

剣をふりまわし、そのばかでかい凶悪な口をまっ二つにと狙いかけた傭兵が悲鳴をあげて、膝をつき、

《大口》の体当りに水しぶきの中で斜めにかしいだイカダにしがみついた。

さきのやつとは比べものにならぬほどの巨大な、口だけの怪物は、口から驚くべき量の水を吐くなりうまそうな餌をイカダからふりおとそうと、二度めの体当たりを敢行する。

そのたびに、しがみついた手すりだけを頼りの五人は、木の葉の上の虫のように、すさまじい勢いでふりまわされた。とうてい、抗戦するどころではない、それどころか、手がすべらぬようにするだけで精一杯だ。

岸では、大さわぎがおこっていた。ゴーラ兵たちは隊長の命令一下、生かして連れ帰らねばならぬ貴重な捕虜を助けようといっせいに、水中の怪物めがけて弩をはなつ。しかし《大口》は暴れまわり、それと当の人間たちにあたってはという配慮で、せいぜいが威嚇程度の周囲をしか狙えない。

さしもの豹頭の戦士も、《魔戦士》イシュトヴァーンも、波に弄ばれるイカダの上ではなすすべもなかった。それのみか、このままでは、まもなくイカダが転覆してしまう。水中におちたがさいご、《大口》の盲目であくことのない食欲をみたす生き餌となりはててしまうのだ。

「よしッ！」

瞬時に豹人はそれを悟った。イカダの棹をうちすて、《大口》が下からつきあげてくる衝撃にゆれうごいているイカダの上で、手すりをしっかり握りしめたままじわじわと端ににじり寄る。

片手で手すりをつかんだ彼は、もう一方の手で腰の短剣をひきぬいた。水中では、大段平よりも短剣のほうが扱いやすい。それをすばやく口にくわえ、じゃまになる腰の物入れをかなぐり捨てる。黄色い目を野獣の決断と意志に燃えあがらせた豹人のその動きに、いまにもしびれた手をはなしそうになりながら、リンダだけが気づき、そして顔色をかえた。

「きゃあ！　グイン、何するの！」

悲鳴をあげ、ゆれうごくイカダの上で懸命にそちらへ這いよろうとする。

「ダメよそんな！　やられちゃうわ！」

「手をはなすな、ばかもの」

口から剣をとったグインが怒鳴りつけ、あらためて剣をくわえ直した。

《大口》の荒れ狂う、地獄のように煮えたぎる水の中へまっさかさまにとびこもうと身をこごめた刹那！

「待って、グイン、あれ見て！」

リンダが絶叫した。

「変よ、《大口》が！」

いけにえたちは見——そして見た！

《大口》がパニックに陥っている！

《大口》のまわりで突然、透明な川水が生命あるゼリー質と化したのだった。いや——そうではない。

暴れまくる巨大な口の上に、ぶきみなおぞましい怪物が泳ぎ寄り——それを泳いだと云えるとしての話だが——そしてスポリと《大口》を包みこんでしまったのである。

「環虫《リングワーム》だ！」

突然希望のさしそめた声でイシュトヴァーンがわめいた。

ケス河の環虫《リングワーム》は名のとおり、半透明のぶよぶよしたゼラチン質のからだに、いまわしい白っぽい何百万もの触手がびっしりとついている、気味のわるい原始的な生き物である。途方もなく巨大化したゴカイ、とでもいったらいいか、さしわたし最大では五タール以上もあるこのゼリー状の生き物は、その短いざわつく触手をそよがせて水中を泳ぎ、動いているものとみると寄っていってまずそれを何であれその半透明のゼリーに包みこんでしまう。

そうなったらさいご、もがこうと暴れようと環虫《リングワーム》を振り払うことはできない。何百万の触手がとじてぴったりと餌食をつつみこみ、それをやわらかく、ぶよぶよと押しつぶして消化してしまうのだ。

ケス河の王者は巨大な《大口》ですらないのだった。

《大口》はこれまでのイカダへの攻撃など、ただのたわむれ、じゃれつきにすぎなかったのか、と思わせるほどのすさまじい勢いで暴れ狂いはじめていた。日が沈みかけて真赤に照らし出され、あたかも血の色の河かとさえ思わせる水面は、《大口》の断末魔のあがきが立てる水しぶきで何ひとつみえない。

しかしどんなにもがいても、環虫《リングワーム》はぶるぶるとふるえるそのゼラチン質をときはなちはしなかった。《大口》は狩る者から一転して狩られるものになっていた。原初的な生命体の、盲目な生への意志にかりたてられて、そのびっしり生えそろった牙が激しくゼリー状の物質をかみ裂く。それでも環虫《リングワーム》のからだは痛みを感じることも、血を流すこともなく、ただねっとりと《大口》をおしつぶしにかかってくるばかりだ。

「いまだ！　いまのうちに逃げるんだ！」

傭兵がわめいた。

「だめだ。棹をおとした！」

グインの絶望の叫び。

それがやにわにすさまじい驚愕の叫びにたかまったと思うと、リンダたちの激しい悲鳴が、夕日がさいごの光を投げかけるケス河にひびきわたった。《大口》と環虫《リングワーム》の、至近距離での物凄い戦いが、ついに棹を失ったイカダをさいごの大波に横転させてしまったのだ。

手すりから、人びとの痺れた手はついにはなれた。スニの甲高い悲鳴、リンダの絶叫。

「大丈夫か！」

いったん、ごまつぶのようにばらばらに水面にばらまかれた五人は、水中に没したが、最初に首を出して水を吐き出したのはイシュトヴァーンだった。

海の町ヴァラキア生まれで水練の達者である。口からプーッと水を吐いてモンゴール側の岸を見やったが、そこであれよあれよとうろたえさわぐゴーラの白騎士隊を見、彼と岸のちょうどあいだでのたうちまわって戦うケス河の両怪獣をみ、そして対岸の方がはるかに近いとみてとるなり、抜手をきってノスフェラスの岸へと泳ぎはじめる。

浮き沈みしていたリンダをみつけてその首に手をのばし、かかえこんで泳いだ。イカダがひっくりかえったとき、高々と空中に舞いあげられてから、ノスフェラス側の岸まで十五タッドもないところまでとばされたのが幸いした。すぐに、それ以上おぞましい生物に煩わされることもなく岸辺の岩へぬれねずみになって這いあがり、気絶しているパロの小女王をひっぱりあげる。

そのときグインも豹頭を波間にあらわして、同じ判断でこちらへ泳ぎつくところだった。岩に這いあがる前にたくましい手がのびて、スニの小さなからだを岩に放りあげ、それからもう一回戻ってレムス王子を助けて這いあがらしてやってから、イシュトヴァーンの手をかりて敏捷に岩へと這いのぼる。真に危い瀬戸際だった。《大口》をその獰猛な牙の抗戦ものともせずにねりつぶして、あっという間に食いつくしてしまった恐るべき生きたゼラチンが、その触手をざわめかせて、豹人を追ってこちらへ来ようとしていたからだ。

しばらくは岩の上で、物を云えるものさえなかった。荒い息をつきながらかれらはぬれそぼって、平らな岩にへたりこんでいた。

もうすっかり日は暮れ、対岸の白騎士たちもおぼろな影としか見えぬ。——こうして、一行はノスフェラスの岸に乗りあげたのだ。

第二話　蛮族の荒野

1

「何ということだ！　何という！」

叱責の声は、決して大きくなることはなかった。

しかしそれは、そこに居並んだすべての古強者を恥入らせる苛立ちの調子がこもっていた。

第五赤騎士隊長であり、モンゴールのアルヴォン城の城主でもあるリカード伯以下、「獅子の広間」に居流れるゴーラの忠実なしもべたちは首をちぢめる。最も恥入っていたのは、いうまでもなく、直接に命をうけていた白騎士親衛隊の小隊長のヴロンである。

「申しわけもございません。しかし――」

羽根のついたかぶとをとって左胸にあてた醜い巨漢はおずおずと云いはじめる。それをきびしい声がさえぎった。

「云いわけ無用！　お前はかれらを捕えることができなかった。それを責めているのではない、誰にでも失敗はある。

私がとがめているのはお前がかれらを目のあたりにしながら何ら自らの頭で決断しようとせず、その命令をうけておらぬというだけの理由で河を渡ることなく無為にひきかえした、という怠慢なのだ。第一にヴロン、お前はその一行の異様に気づいたときに、ただちにケス河を押しわたってでもかれらを捕える必要に気づくべきであった。第二に、そうすると同時に使いをアルヴォンに走らせ、ことの成行きを報告すると共に増援の要請をすべきであった。そうすれば、私はリカードに命じて一中隊、二小隊とイカダ兵に待機させてあったのだから、ただちにかれらにケス河を渡らせ、怪人たちを捕えることができたであろう。

暗黒の河をウマで渡ることは、無用の損失と判断したのか、ヴロン？」

「は――」

ヴロン隊長は冷汗をかいていた。彼はトーラスの古い貴族の家柄。その名が示すとおりモンゴールのヴラド大公とまったく縁のないわけではない。

しかしいま彼の前に立っている長身の若い貴人にことばを返したり、その判断にそむきたいと考えるものは、モンゴール全土にはいないであろう。たとえヴラド大公自身でさえも。――

モンゴールの公女アムネリス、右府将軍にして白騎士団の総隊長である彼女は、白づくめの甲冑をぬぎ、白い長いトーガを身につけていた。その下にぴったりとした細いズボン。アルセイスの純金よりももっとまじりけのない素晴しい髪はキラキラと輝きながら腰までも垂れかかっている。彼女は絶世の美貌だったが、しかしどうやらそれは傾国の美女というよりは、たぐいまれな貴公子と呼びたくなるようなものだった。

きっぱりとした口。ブルー・グリーンにあやしく輝く、冷たく神秘な瞳。その目に見すえられ、その涼しい声でとがめられて動揺せずにいられるものは大の男にさえ少なかろう。

ヴロン隊長の醜い顔がゆがみ、彼はうなだれる。それを見て、

「よかろう」

アムネリスは言葉の調子をかえた。

「以後心して、私の命だけを機械的に実行し、しかもしそこねるようなことのないように。――すでにリカード伯がさきに待機させた一個中隊にケス河を渡らせている。ことが私の杞憂であれば何も問題はない。――リカード伯、占術師のガユスをともない、私の居室まで来るように」

「かしこまりました」

城主はうやうやしく一揖した。白いトーガをなび

かせ、かぎりなく優雅な、しかも有能な戦士のなめらかな身のこなしでもって歩き去る公女を見送る。

「ヴロン、不運だったな」

彼女の姿が消えるのを待って悄然とした白騎士小隊長をなぐさめた。親衛隊として他の四つの大騎士団の上に立つ白騎士隊の小隊長と、赤騎士隊の第五団大隊長とはほぼ同格、そしてリカードはヴロンの旧友である。

「公女が何を恐れておられるのか、俺は理解していなかったのだ。スタフォロスでの調査の結果をきいてはじめて気がついた。あの奇怪な一行がパロの遺児と知っていたら、たといあの死の河をウマで渡るとも逃すことではなかった」

「知らなかったのだから、お主の罪ではないさ」

云いながらリカードはひそかに、それが自分の罪でもなくて幸いだったと考えた。

「しかし俺は右府将軍のもと、クリスタル遠征に加わっているのだぞ、先に公女を守ってひきあげはしたが。どうして、すべて同じ情報を与えられていながら、アムネリス殿下と俺との見てとるものが、白昼と闇夜ほどにも違うのだろう」

「だからこそ公女はモンゴールの右府将軍にして大公の代理人なのだからな。まあ仕方あるまいさ」

「生まれおちてから、生きてきた時間でいえば俺の半分に満たぬ公女が、俺の百倍ものものを見ることができるのだからな」

ヴロン伯爵はほッと小さな吐息をもらした。

「まあ、いい――しかし、パロとはなんと奇怪な王国なのだ？　古いだけのことはある。一夜にして中原のなかばを移動する奇怪なからくりもさりながら、あの奇怪きわまりない豹頭人を見たとき、俺は目を疑った」

「仮面をつけていたのだろう」

「いや、そうとは思えなかった。豹の毛皮は人の肩からそのまま色を変じてはいのぼり、頭を包んでいるように見えた。しかも並大抵の仮面であれば、イカダが転覆し、水面に払いおとされたときその衝撃でとれているはずだ」

「アムネリス様が一行にこだわるいわれもそのあたりにあるな」

リカードは考えこんだ。

スタフォロス城の焼けあとに残された痕跡では、とうてい彼の想像を絶することの真相、ましてスタフォロス城城主であり、モンゴールの黒伯爵として知られる第三黒騎士隊長ヴァーノン伯が、いまわしい死霊にのっとられており、そのためにノスフェラスの蛮族セムを虐殺して憤激をかって今度の破局をまねいたのだ、などといういきさつはわかりようもない。

しかし、スタフォロス城の記録係が命じられて作った狼煙の記録や、他の書きもので燃えのこったものなぞで、スタフォロス城がセムの進攻に破れ去ったとき、城内には奇怪な豹頭の人間、それに探し求めていたパロの双児が監禁されていたらしい、ということがわかった。イカダでケス河にあらわれたところをみれば、かれらはどうやってか、奇蹟的に地獄の業火をのがれ、共にモンゴール領を脱出しようとはかっているのだ。

「クリスタルの都では、ついぞそんな半獣半人がパロ王家を守っている、などという話はきかなかった。あんな外見をしていたら、それこそ一回姿をあらわしただけでも途方もない評判を呼んだろう。一体、あの怪物、どこからあらわれて、何者なのだ?」

ヴロンが云った。リカードは首をふった。

「それはわしには想像もつかん。わしはそやつを見てさえおらん。――しかし行かねばならん、あまり公女を待たせるわけにはいかんしな」

「パロは文化芸術に秀でてこそいるが軍事力ではとうていゴーラ三大公国の敵ではない」

夢みるようにヴロン伯爵は云った。

「夢のように美しい都だった。――そのクリスタルの都がおちたとき、なんとたやすい勝利だと思ったものだが……妙だな。王家は滅び、王国はついえた筈なのに、妙にいつまでも〝パロ〟にまつわることがらが心にひっかかる」

侍童がやって来て、ガユス魔道士がすでに公女の居室に参上した旨をつげた。リカード伯はあたふたと立ちあがったが、ヴロン伯は、旧友が出てゆくのさえ気づかずに、深く考えに沈んでしまっていた。

リカード伯爵が、自ら提供した快適だが決して豪奢というわけではない一室へ入っていったとき、アムネリスは既に都からともなった魔道士のガユスをあいてに、しきりに話しこんでいるところだった。

コクタンのテーブルの上に、銀杯と果実を盛りつけた大皿がおいてある。針のようにやせこけた魔道士は水一滴口にしようとしないが、白い長衣の裾をはねのけ、細身のズボンの脚をくんだ公女は乳のように白い手に銀杯を支え、自らの考えをまとめるあいだだけ、はちみつ酒を入れた杯を唇にもってゆくのだった。

「いま、スタフォロスに最小限の人数をおいて復興と警護につとめさせ、アルヴォンにも守りを正規におくとして、その他に動かせる手兵はどれだけあるか、リカード伯爵」

入ってきてうしろ手にドアをしめる彼を見て、前ぶれもなしに云う。無用の前説をすべて抜いていきなり要件に入るのは性格である。

リカード伯も公女の性格は知っていた。何も問い返したりせずに答える。

「砦の総勢が三個大隊でありますから、スタフォロスへ二個中隊、アルヴォンへ一個大隊置くとして、騎馬を二個中隊、歩兵を三個小隊、輜重兵が必要であれば一個小隊、そんなところでございましょう」

「ガユス！　一番近いツーリードないし、ガイルンの砦から、日常の警備にさしつかえない程度でただちに増援を送らせるのと、トーラスに使いを出し、赤騎士大隊を動員するのとはどちらが有効か？」

骸骨のような占術師はカサカサとひびわれた声で答えた。

「ツーリードから兵をかり、その上でトーラスに要請して後方の支援を」

「それでは間にあわない」

アムネリスは形よいくちびるをかみしめる。その金色の頭の中で、凄い勢いで考えが回転しているのだ。リカードはすべてを性急に問い糺したい欲望をぐっとこらえる。

「よかろう」

アムネリスは結論を出した。

「リカード、輜重兵はいらぬゆえ騎兵をもう一個中隊ふやせないか。歩兵は一個小隊でよかろう、もしかしたら不用かもしれぬ。大地が有毒な瘴気をはらむノスフェラスの荒野では、徒歩は危険だ。とりあえずそれだけを行動隊としてケス河を渡らせる、その指揮は私自らがとる。いっぽう――」

「姫さまがノーマンズランドへ！」

驚愕のあまりリカードは、公女の機嫌を損じるおそれも忘れ去って叫んでしまった。

「いけません！　とんでもない！　私は大公閣下に忠義な臣として、大切なお身をそのような危険にさらすわけには――」

「リカード伯、時間がない」

公女はぴしりと云って、細いつよそうな手をガユスのもつ占いの水晶球にさしのべた。

「私は無用の危険は犯さぬが、せねばならぬ危険は進んでえらぶ。――しかし備えは充分にしておく。云いかけたのは、私のひきいる三個中隊がケス河をおしわたっているあいだ、残る守兵が例の渡河作戦により河面に臨時の橋を架け、対岸にかんたんな防壁を築いておく。ケス河は水量が激しくかわるために、これまで必ず恒久的な架橋には失敗してきたのだが、今度はこの作戦の終わるまでさえ保てばよいのだから、臨時のものでかまわない。――その間にツーリードの増援、トーラスの遠征軍が着くだろう。

ノスフェラスへの本格的な進攻はそれからとなる」

「ノスフェラスへの進攻？」

今度こそリカード伯は大声をたててとびあがった。

かねがねモンゴールの金蠍宮が、ノスフェラス荒野に目をつけていることは勘づいており、このような有毒で無人の荒野に、なぜなのだろうとひそかな疑いを抱いていたのだ。

しかしこれは彼の予想というものをはるかに越えている！

「金蠍宮はスタフォロス城の損失をきわめて重大に考えている」

アムネリスは説明した。

「スタフォロス――アルヴォンを結ぶ国境は、ゴーラの防衛線であるのみならず、辺境地方との西北限でもあった。そしてスタフォロスこそがモンゴールの辺境開拓の要石だったのだ。われわれが最も恐れているのは先に云ったようにパロの残党がノスフェラスの蛮族と何かの策によって手を組み、ゴーラが腹背に敵をうけることだが、その可能性はパロの遺児の逃亡により、いよいよ重大さを増した。

一刻も早くかれらを追い、セムとかれらが会う前にとらえて尋問することが肝腎だ。そして運よくこれが杞憂であり、セムとパロは何ら交流をもっていなくて、これからもとうとすることをも防ぎえたにせよ、われわれはスタフォロスの損失を手をつかねて傍観しているわけにゆかぬ。ノスフェラスに長征し、少なくともセムの主要部族をほぼ壊滅させねばならぬ。わかるか、リカード伯。中原の中心部にいよいよ歩を進めたいま、モンゴールは辺境からなしくずしに足場をくずされるわけにはゆかないのだ。

このたびのモンゴールのパロ攻略は父の独断だった。それがゴーラ三大国の益となるのでクムのタリオ大公、ユラニアのオル・カン公も祝いのことばを述べはしたものの、これによって三大公国の力のバランスの崩れることを極度におそれ、状況はまりつめている。必要とあればクムとユラニアは手をたずさえてモンゴールを叩くだろう」

「モンゴールのために！」

思わずリカードは叫んで剣をぬき、ゴーラの誓いを行なった。

「そう――だからこそ、われわれにはノスフェラスが必要なのだ」

アムネリスの緑の瞳がふいに、謎めいた光をおびる。

「それは後方の守りとして――」

おずおずとリカード伯はたずねた。モンゴールの男装の公女は、ここちよさそうに咽喉声で笑った。

「それもある」

「と、おおせられますと――」

「リカード伯、これは金蠍宮でさえ最高の機密に属するのだ」

そっけなくアムネリスは云ったが、リカードの顔をみてつけ加えた。

「ただ、――いまはこれだけ云っておこうか。ノスフェラスのノーマンズランドはきわめて重要だ。そしていまのところ、それがなぜ重要なのかを気づいているのは金蠍宮の頭脳だけであり、だからこそ今のうちにわれわれはそれを手中におさめねばならぬのだ、ということをな。――ガユス！」

「は」

しわがれた声で魔道士が答える。

「星は？」

「ただいまお話しなされている間に見ておりました」

占い盤と占い球を見くらべるようにして、その表面をカサカサした手でさすりながら、ミイラめいた魔道士は答えた。

「あまりよくありませぬ。というよりも、おかしな星の配置になっております」

アムネリスは老人の次のことばを待った。ガユス魔道士は胸にかけた占い紐をまさぐりながら、

「ありていに申しますと、それが何を意味するもの

なのかは、はっきりとはわかりませぬ。ただ、何かが動きはじめております――それも、途方もない何か……いまのみならず、長い長いあいだにわたって中原に激動を与えることになるような何かが。戦いの星と摂理の星、そして北の磁石の星がひきあい、同じひとつの宮に入ろうとしております」

「それは何を示すのだ、ガユス魔道士」

「出会いと、変化と、そして運命を」

アムネリスはするどく魔道士をにらみつけた。しかしもうそれ以上ガユスが口をひらこうとせぬのを見てとると、ほっそりとした肩をかるくすくめてリカード伯爵をふりかえる。

「占術師なぞというものはいつもこれだ、城主。わかるようでわからぬようで、そしてじっさいには何も役には立たぬことしか云わぬ」

「星はものごとを予知するのではございませぬ、アムネリス殿下。それはただ地上のできごとを反映いたします。ですから、ものごとをなすのは人間であり、糸はひとつづつたぐるほかはなく、それ以外に糸の端からもう一方の端へおもむく正しき道はございませんのです」

とガユス。

「わかっている、そんなことは」

アムネリスは上の空で答えた。

「ともかく星は凶兆とも吉兆とも判断がつかぬというのだな」

「恐れながら――というより、この星のひきつけあいかたは、吉凶ないまぜになっていて、そのゆきつくさきは未だ判然とはせぬながらたしかに、何か雪崩れるような運命の変化をもたらすはずと思われます」

「あの奇怪な豹人については何かわからぬか」

公女は思いに沈むように云った。

「あのような不可思議なものが実際にこの世に生きているとは夢想もしたことがなかった。あれは一体、何物だったのだろう」

「失礼ながら、何かの業病によってそれらしく見えた、或いは精巧な仮面をつけていたとは――」

　考えられませぬか、と云いかけて伯爵はやめた。盟友のヴロン小隊長のことばを思い出したのと、それとこの公女に限ってはうかつに物事を、検討も加えず断じ去る、などということが決してないことに気がついたのだ。

　アムネリスは答える手間をはぶいた。ガユスにむかい、

「どうだ、魔道士。そなたには説明がつくか、世界はひろく辺境は奥深い。そのどこかに、あのような異形の者が生まれたという記録はあるか」

「はて――」

　ガユスは考えに沈んだ。

「恐れながら、それは神話の中のこと。いかにも魔道士はあれこれの神秘をとりおこないはいたしますが、それはただ世の人が常と思うものごととは、ほんのわずか角度をかえてものごとを扱うというだけのこと、まことに理屈のつかぬこととは、神話であって魔術ではございません」

「神話――たしかああした半獣神が出て来る神話があったな。シレノスか……」

　アムネリスは白い手をのべて杯をのみほすと、ゆっくりと立ちあがった。トーガがふわりと細身のからだにまといつく。

「いずれにせよ彼らを捕えれば、謎の一端はあきらかにされよう。豹人の謎もあるいは解けるかもしれぬ」

「殿下、殿下は何ゆえに、そんなにあの怪物にこだわられるのじゃ？」

　ふいにゆっくりとした声でガユスが云った。アムネリスは足をとめてふりかえった。何かしらぎくりとしたようすだ。

「殿下は何かを感じておられる。集まってきた星どもが入ろうとしているのはすなわち獅子の宮、獅子はすなわち豹に近いものでありましょう。星どもの

集《つど》うその中心に、一頭の巨大な肉食獣がおります。星々はそやつのためにまどい、動きをかえる。公女殿下、恐れながら、獅子の宮に群れつどってきた多くの星のなかには、あなたさまが生まれたとき金蠍宮の塔の上にかかっていた星もございますぞ」

魔道士のようすは変わっていた。

まぶたが半覚醒のていで垂れさがり、その下からのぞく半目の眼は奇妙な、とろりとした光をたたえている。そのみにくいひからびた顔は何かとほうもなく遠くからひびいてくるかすかな音に、じっとききいっているかのようだ。顔にフードが影をおとし、彼は何かを伝えようとして口をひらいた髑髏ででもあるかに見えた。

アムネリスは一瞬何も云わなかった。その緑の瞳が怒りとも、驚きとも、心外ともつかぬきつい光を浮かべて宙に据えられる。くちびるがぎゅっと噛みしめられ、どう答えたものかと迷うさまに見える。リカードはかすかに息をのんだ。

だが——

一瞬のちに、リカード伯がまったく意外に思ったことには、男装の公女の端正な顔は、思いもかけぬ艶めかしい微笑にほころびたのである。

「ばかな——何を、いわれもないことを。ガユス、そなた年取ったな」

艶然と笑ってアムネリス公女は云い、そしてさらさらときぬずれの音をさせながら、出陣の用意をすべく二人をのこして室を出ていった。

取りのこされた二人は顔を見あわせて、目をあわてて互いからそらした——リカード伯爵は当惑して、そしてガユス魔道士は心の内をよみとられまいとするように。どちらも、何ひとつことばを発しようとはしなかった。

2

二刻《ザン》ののちに伝令がすべての準備がととのったことを告げた。

同時にアルヴォン城の赤い塔の天辺の、巨大な鐘が規則正しく十回打ち鳴らされる。城内のすべての人間はそれぞれの役割に従っておさまっていた持ち場からあらわれ、中庭からそこを見わたせる場所に出てきた。

アルヴォン砦は滅び去ったスタフォロス城とスケールにおいてはほぼ等しいが、人数はこちらがかなり多い。城に残って守りをかためる留守部隊の前方に、美々しく、しかしいかめしく鎧かぶとに身をかためた騎馬が並ぶのはみごとな眺めであった。

ゴーラの一個中隊は約百五十名。それぞれが五個小隊からなるその中隊が三隊、そしてその横に公女の親衛隊であるところの装備の異る二個小隊が並ぶ。

アルヴォン城主リカード伯爵は第五赤騎士団の隊長であるので、そこにウマの手綱をつかんで整列した三個中隊の騎士たちは一人のこらず、渋みのある赤革の鎧にあかがねのかぶと、すね当て、籠手、をつけていた。その鎧の胸にモンゴールのサソリとゴーラの獅子との組みあわさったモンゴール大公の紋章。それぞれの列の先頭に立つ三人の中隊長のかぶとには真紅の羽根かざりが、そしてそのうしろに並ぶ十五人の小隊長のかぶとにも、その半分ほどの同じかざりがなびいて、それぞれの地位を示している。

その右に並ぶ二個小隊は、トーラスの白騎士隊。公女アムネリスの旗本にあって大公家を守るえりすぐられた精鋭たちである。純白の甲冑とかぶと、同じモンゴールの紋章。二人の小隊長、トーラスのヴロン伯爵と同じくトーラスのリント男爵がつけているかぶとの羽根かざりは、赤騎士隊の中隊長のそれにひとしいもの。

アムネリスは侍童に、特に細身に作らせた宝剣を捧げさせてバルコニーにあらわれると、満足げにその五百人あまりの遠征隊をながめた。どこにも怯懦の目も、逡巡の表情も、そして脆弱の顔も見あたらない。一様に五百の顔は、緊張と、そしてかぎりない讃仰をたたえて、ただひとりバルコニーに立つ公主を見上げている。

それはじっさい、すばらしい姿ではあった。アムネリスはさきほどのくつろいだ姿を、戦士の鎧にあらためている。肩からはねあげた白い長いマント。腰に宝石をちりばめた短剣をつるし、かぶとをつけぬままのすばらしい金髪はかがり火に照らし出されてキラキラと照りはえ、それにとりまかれた白い顔は若く輝かしい神話の英雄のように凜々しい。彼女はおもむろに、部下たちにうなづきかけると侍童の手から細身の宝剣をとりあげた。

「これよりわれわれ、赤騎士三個中隊及びヴロンとリントの白騎士隊はケス河をおしわたり、ノスフェラスの方角へと夜間の進軍を強行して、さきに逃したパロの遺児ふたり、及びそれを守るものたちを捕える。指揮はモンゴールの公主にして右府将軍なるこのアムネリス自らがとる。夜間の渡河と進軍ゆえに非常な危険が予想されよう。すべての中隊は火をたき、それを松明として、たえずまわりを照らすと共に互いに互いをたしかめあいながら鞍を近くよせあって進むのだ。糧食は三日分、帰城の予定は目的を果たし次第。よいか、必ず単独行動をとったり、命令を実行するに遅滞のあることがないように」

「モンゴール万歳！」

歓声がアルヴォンの城壁をゆるがせた。

「出発！」

アムネリスは手にした宝剣をたかだかとさしあげる。

リカードの従える留守部隊に見守られて、出動部隊はいっせいにそれぞれのウマにとびのった。白いマントをひるがえしてアムネリスの姿がいったんバルコニーから消えるが、すぐに中庭へあらわれ、侍童のひいた白馬の背に、かるがると打ちまたがる。

醜い巨漢のヴロン伯と、対照的に小柄なリント男爵のウマに左右からよりそわれ、うしろに魔道士のガユスと侍童をひとり従えて、まずアムネリスがアルヴォンの大手門を出る。白騎士隊がそれにつづく。さいごにリカード伯と留守部隊が平素のかんたんな胴丸をつけて城を出た。

　すでにあたりはとっぷりと暮れている。辺境の夜だ。もし公女が、一分一秒もムダにできぬと強調しなかったならば、誰一人として、夜の闇のなかでケス河をおしわたるなどという暴挙に加わりたがりはしなかっただろう。

　しかしモンゴールの精鋭は、ひとことの不満も口にしない。粛然と美しい右府将軍に従ってアルヴォンの森をだく足でウマを走らせ、通りぬけた。五列になったその両側の騎士たちはそれぞれ手に松明をかざしているので、かれらのゆくての闇はいぶりくさい昼にとってかわられ、そのたびにゆくさきざきの木下闇、下生えの影のなかから、眠りを——あるいはそのいとなみを破られて、あわてふためいてもっと深い夜のほうへ逃げ散ってゆく、あやしい生物の影がかいま見られる。勇猛な騎士たちは気にとめなかった。しかしそれでもかれらは、ようやくアルヴォンの森をぬけ、青白いイリスの月が照らし出すケス河を見わたせるところへ出たとき、ひそかな安堵の吐息を洩らしたのである。

　それは夢幻的な——なにかひとの心をふるわせてやまぬ光景だった。

　かれらがしんとして立つのは、ケス河を見おろす崖の上である。うしろにひろがるのはアルヴォンの黒い森、そのさらに上にそびえ立つアルヴォン城は、留守部隊のたくかがり火にあかあかとその輪郭を照らし出されている。その背景をなしてさらに黒々とつづくのはタロスの森、ルードの森、その彼方には焼きつくされたスタフォロス城も同じ月下に静もっていよう。

　目を転ずればそれは闇の中にたぷたぷとおだやかに揺れている暗黒の河面である。そのなかにひそめた無数の脅威、おぞましい死と魔性をも知らぬげに、岩に打ちよせて静かな音をたてている水のおもては青白いイリスにほのかに光っている。そしてそれを見おろして立つのは、かがりに半面をあかあかと照らし出され、残り半面は物思わしげに夜闇の中に沈みこむ、寡黙な騎馬の部隊。

アムネリスの白い装備、かぶとをうしろにはねのけた金髪が、かれら闇への旅人たちをみちびく光の星のようにおぼろな輝きをはなって暗がりに浮かびあがった。

「灯しを増やせ」

アムネリスは一瞬、ケス河を見て、それのかくしている危険をおもんばかるようすだったが、そのためらいは一瞬にすぎなかった。澄んだ声が命じ、すべての騎士たちは背に負っている松明の一本をとって仲間のそれから火をうつした。弩は鞍つぼの横にくくりつけられている。まもなく小さな白昼が生まれ出る。

アムネリスは白手袋の手をあげて示し、再び部隊は、こんどは細い道を一列になって下りはじめた。

道はまがりくねってケスの河原へとおりていた。きわめてせまい上に岩場の、そこの河原には、五百人がいっせいにおりる場所はなく、まず先陣に命じられた赤騎士二個小隊がウマからおり、くつわをとって水辺におりる。

すでにリカード伯の工兵隊が準備をすませている。さきにスタフォロス城からの逃亡者たちがもちだしたのと同じだがもっと鉄を多くはり、防禦に気を配ってある手すりつきのイカダが水面にすべらされる。

ウマをいったん後続にあずけた先陣の騎士たちは松明をイカダにくくりつけた。剣をぬき、万全の警戒態勢をとり、イカダに十人ずつ乗りこんで待つ。三つのイカダを、うしろの工作隊が押し出し、あやつる棹が首尾よくイカダを水面へ進み出させた。

下流へむかい、流れにまかせてゆけばよかったグインたち一行と異り、まっすぐに河を突っ切らねばならぬモンゴール兵はかなり苦心せねばならなかった。イカダの両側にあげられた十本の棹がいっせいに水に入り、河底を突きはなしてイカダをこいでゆく感じになる。松明の灯りは心細げにイカダの動揺に従ってふるえ、同じときに岸をはなれた他の二つのイカダを気にしているいとまもないほどに、騎士たちは細心の注意をかたむけた。

突然そのなかの一隻から絶叫と——そしてすさまじい水音があがって人びとはぴくりとして剣をつかむ。

「うわーッ！」

「《大口》《ビッグマウス》！」

水しぶきがイカダにくくりつけた松明のいくつかを消してしまい、しばらくそちらでは激しい争闘がつづいた。

「先発隊！　報告しろ、被害は！」

水辺に進み出たリカード伯が大声で叫ぶ。しばしのあいだイカダの上では声をかけあったり、もうつづけておそってくる気配がないことをたしかめるふうだったが、やがて水の上をつたわってきた大声が、

「二名やられました。《大口》《ビッグマウス》にさらわれたもの一名、イカダからそのおりにはじきとばされたもの一名。他は無事であります。イカダをもどし、水におちた者を探索いたしますか？」

「不用！　先を急げ。後続隊に探させる」

リカードは叫び返す。

そうこうする間に最初のイカダがどうやら無事に対岸へたどりついていた。ほっと安堵の息をもらして十人の乗り手は次々に岸へとびうつり、安全な大地を踏みしめた。実のところそれはノスフェラスと辺境地方のへだてであったのだから、とうていかれらが安全な大地にたどりついたとは云い難かったのだが。

かれらはイカダをたぐりよせるとしっかりと、岸の岩に鎖とナワでその端をくくりつけた。つづいてたどりついた二隻も同じ作業にとりかかった。

三つのイカダがぴったりと横に並べて岸に固定さ

れると、騎士たちはイカダの下についていた鎖を手操りはじめる。そのための滑車もつみこんであった。鎖の先には、次の渡河のために水面へ出された三つのイカダがつながっている。

大変なのは最初の一回なのだった。次からは、棹と、そして岸からの鎖をまきあげる力とがあわさって、ずっと作業は楽になる。《大口》やその他の怪物におそわれることもなく第二隊は対岸につき、先発隊のイカダのはしに、かれらのイカダをそれぞれとりつけてある鉄のかぎでしっかりと連結させた。

その間に先発隊は、かれらのイカダの上に横に鉄の板を補強する作業につとめていた。必要なこと以外口をひらくものはまったくない。松明にてらされて、騎士たちは三十人づつ次々に河をわたって来、そのたびに対岸から此岸へむかって、イカダだった橋が少しづつ伸びてきた。

同じ作業が十回近くくりかえされたとき、そこにはイカダの木の上に鉄をかぶせた危なっかしいものではあったがれっきとした浮き橋ができあがっていた。さいごに鉄の捧がしっかりとわたされて仕上げの補強となる。次の一隊は、ウマにのったままで三列になり、ゆらゆらとゆれる橋をおしわたることができたのだ。

それからは進行が早かった。騎士たちは次々にわたってゆき、先にそののりてが徒士としてイカダで渡ったところのウマたちもかりたてられてのりてのもとにたどりついた。

「よかろう。第一段階は完了した」

アムネリスは満足して云う。

「ガユス、時間」

「日の出まで約三ザンでございましょう」

「まだ、時はあるな」

赤騎士隊はすべて対岸へわたりおえ、あと残っているものは白騎士二個小隊だけだった。アムネリスはリカードをふりかえり、命令を下した。

「今夜はここに警戒のため一個小隊の兵をのこして

城にひきあげよ。明朝日の出と同時に兵を出し、一個中隊を対岸にわたらせ、さきに云ったとおりそこにかんたんだが一時の防衛には充分に役立つていどの防壁をつくりあげる。いっぽう工作隊はこの臨時の橋の拡張と補強を完全なものとする。伝令は互いに朝と夜の二回必ず出し、さらに他の連絡は狼煙を用いる。ツーリードからの増援軍はよく休息をとらせてから渡河させ、防衛線を守らせよ。よいな」

「かしこまりました。殿下、くれぐれもお気をつけ下さいませ」

リカードは心配そうだった。

「ノスフェラスはノスフェラス、悪魔の版図——殿下に万一のことがあっては私が金蠍宮に申しわけが立ちませぬで」

「かれらを捕えしだい、ひとまず防壁へと戻る。その間にもし河の水量があがり、橋がついえ去ることがあれば、できる限りすみやかに再び架橋せよ。何度でもだ、わかっていような」

「こころえております」

「スタフォロスの情勢に注意を。よもやとは思うが、またセムがおそうかもしれん」

「心しております」

アムネリスは満足した。リカード伯にうなづきかけ、白いかぶとを両手で持ち直すとぴたりとかぶり、面頬をおろす。艶やかな髪はひとすじも見えなくなった。マントをひるがえし、

「さあ、行くぞ！」

右のヴロン、左のリントに声をかける。拍車をあてられて、白馬の一隊はいっせいに浮き橋へさしかかった。その中に、黒いフード付きマントと黒いウマの身ごしらえの魔道士ガユスひとりが、まるで乳の中におとした黒インクのようだ。

橋の両側にかかげられた松明が、こころもとない安全を保証していた。リカード伯爵は気がかりそうに鞍つぼをにぎりしめて、じっとお転婆な公女の姿を見送る。

留守部隊に見守られながらアムネリスと親衛隊六十人はぶじに浮き橋を渡った。赤騎士隊はじっと岸に居並び、ウマのくつわをとって指揮官の到着を待っていた。

そして、かれらはノスフェラスの荒野へと、休むいとまもなく出発したのだった。

ノスフェラス――それは、伝説のノーマンズランドである。

この時代、辺境と呼ばれる、あるいは荒れはてて岩と砂漠とだけがどこまでもつづく、あるいは怪異な生物ばかりがさまよってとうてい人間には生きのびることもかなわない深い森の、その荒涼たる妖魅と蛮人の領土は、実のところ人知と文明の領土であるところの中原地方を、そのひろがりの点でも、脅威という面からも、はるかに凌いでいるのだった。

ひとびとは辺境と、そしてレント、コーセアの二つの海によって囲まれている、わずかな沃野にしがみつき、そのわずかばかりの土地を争いあって文明を築いた。緑ゆたかな中原地方と、それからケス河から数千タッドの距離をへだててレントの海に流れ込む、辺境と中原の南東限たるロス河の周辺の、どこまでもつづく草原地方とに。――コーセアの海にうかぶ島じまには、シムハラ、ウラニア、ロードスなど南方諸国が勢を張り、あくまでも雪ふかい北方にはクインズランド、ヴァンハイム、タルーアンをはじめとする氷雪の諸氏族が根づいていたが、それとてもゆたかで光明るい中原地方からは、なかば伝説の国々と見られ、中原の人びとにとって、まだ世界はあまりにも未知の場所なのであった。

中原に位置する諸国のあいだには、その敷かれた石の色ゆえに『赤い街道』と通称される交通網もひらけ、諸国間での交易も活発である。

しかし、のちにははるか辺境へまでわけ入って人智のひとすじの光となるこの赤い街道も、このころはせいぜい中原の国々とその主立った都市とを結ぶばかりで、いまなお辺境と中原をへだてるいわゆる辺境地方は開拓民の手にまかされたまま、深く荒々しい自然をそのままに文明に立ちむかっているのだった。

だが——

その辺境地方でさえ、ケス河ひとつをへだてた、真の辺境の脅威の前では平和な沃野にひとしいのである。

モンゴールの公女アムネリスのひきいる、赤騎士三個中隊、白騎士二個小隊からなる追跡部隊が足をふみいれたのは、そのような場所なのだった。そこに棲むものといっては、ただノスフェラスの蛮族と、そして生まれもつかぬ妖魅どもばかりというノーマンズランド。

対岸にアルヴォン砦の灯がなつかしい守護神のように輝いている渡河地点をうしろにしてかれらは行く先を東にとった。夕方、逃亡者たちの一行がさいごに、そちらへむかうのを見られた方角である。

道らしい道はノスフェラスにはない。そこはただ、ごろごろと巨大な灰色の岩がころがり、そのあいまをぬうようにしてわずかな苔類がへばりついている不毛の荒地なのだ。暗闇は深く、それはどのような恐るべき怪物をひそめているのかさえあかさずに濃密によどんでいる。

アムネリスの一隊は松明をかかげ、声もたてる者もなく粛然と五列になってウマを歩かせた。松明を灯すことは、逃亡者たちに追手を気づかせてしまうおそれがあったが、おそるべきノーマンズランドを、夜、灯なしで歩くのは死と同じである。騎士たちはたえず互いをたしかめあい、盟友のもつ松明が消えかかれば次の灯りに自分の松明から火をうつさせ、足元があやうければ互いに照らしあってウマを進めた。

かれらのゆくところ、五百の松明が闇をおしのけ、わずかな一時しのぎの安全をつくり出した。ここでは闇さえもが、いくらもはなれてはおらぬはずのケス河の彼岸よりはねっとりとまとわりつくように思われる。あたかも、暗闇それ自体が、不浄の生命を手に入れて、濃密でいまわしい闇黒のゼリー状の生物と化したかのように。

　その濃密な闇の中には明瞭に、なにか知らぬ小さな生物がそれと同化したかのようにひそんでいるのが感じとれた。まるでそのねっとりとしたゼリーの任意の一部でしかないように、それらは息さえもひそめて、五百の松明の前に逃げかくれようとするようなのだが、しかしそれらの声にならぬざわめき、恐慌と憤懣、恫喝をひそめた身ぶるいがつたわってくる。ノスフェラスの夜の静寂ほどにざわめきと、不浄の生命とに満たされているものはない。

　アムネリスは騎馬の列のまんなかに、五百の騎士に守られて端然と歩んでいた。しかしその彼女のフードでつつまれた頭上をさえ、奇怪な声をひいて、まるで女のすすり泣きのように呻く、大きな翼のあるものが、バサバサとかすめ過ぎていったし、松明がさしのべられると、光の輪の中からあわてふためいて逃げ去ってゆくのはねばねばした、ヒルともつかずむかでともつかぬ短い足のたくさんはえた奇妙なものだった。

　アムネリスはそうした奇怪なノスフェラスの住人たちが、早速あらわれるのをみても、顔色ひとつ動かそうとはしなかった。ただ、かぶとの面頬をおろした上からかぶった、大きなゆったりしたフードを深くかたむけ、自分ひとりの物思いに沈むかのような緑色の目をその影にかくして、ひたすらウマを歩かせる。もとより騎士たちにも、一語を発するものもない。

　もうそろそろ、日の出もま近いはずだったが、いつまでも闇は地べたに這いまわり、そして空気にはほのかに、異様な臭気があった。何の匂いとも、他に比べることのできぬような、しかしいつまでたっても鼻孔に狎れることのない癇にさわる匂い。それは、誰よりも、魔道士のガユスを苛立たせるようで、ガユスはいよいよ深くフードをひきさげ、口と鼻にマントの端をあてて、ロバにゆられながら、誰にもきこえぬ声でこっそりとぶつぶつ云いつづけているのだった。

〈妖蛆《クロウラー》のにおいだ。否、陸棲のノスフェラスの《大口《ビッグマウス》》の匂いでもある。不吉だ、不吉だ！——というてみたところではじまらぬ。姫さまは星にあやつられておいでなのだからな。それにその星ときては、なにしろこれまでにこのような星の配置は見たこともないというしろもので、それがあまりにさまざまな要素をはらんでいるもので、それは凶兆であるとも、吉兆であるとも、どちらでもないとさえ判じることができぬ。——ただ云えるのは、この星星がどうみても、恐しくややこしく、もつれあった模様を描くために集まりはじめたもので、しかもその模様なるものはいまだに描かれはじめてさえおらぬ、ということ——さて、これほどこみいった星々をたなごころをさすようによみとれるほどの星占者といったら——さよう、西国に住むという賢者にして見者なるロカンドラスか、あるいは噂にきく、二万年生きたという大魔道師アグリッパ、《闇の司祭》グラチウス——まずはそんなところか。かれら三人にくらべればこのわしなどはいま生まれたてのガチョウのひなよりも何も知らぬ。いや、仮にもっと修業をつみ、道をきわめた魔道士でも、この星をときあかすことは何千年の時間を必要としようよ。まずは魔道の最高祭司というべきかれら三人の他に思いあたる者はない。

ならばかれらをたずねて教えを乞えばよいのだが——しかし桑原、桑原！《闇の司祭》グラチウスといえば、黒魔術の奥義をきわめ、すなわち悪魔神ドールの最高祭司である。グラチウスにかかわりあうことはすなわち世にも危険な生ける暗黒にふれることだ。

では史上稀にみる大魔道師にして、想像を絶する過去から生きつづけているアグリッパはどうかといえば、これはもはやなかば以上伝説の魔道師、その所在、その真の力、その人がいまなお実在するのかどうかをさえ、つきとめるためには、それ自体がキタラ弾きの一篇の長詩に語り伝えられるような、困難をきわめた冒険を必要とするであろう。

強いてたずねてゆくとすれば、それゆえ見者なるロカンドラスだが、しかし白魔術の星占術者にして草原の賢者なるロカンドラスもまた、どこか深い山中にひそんで星をみることをもっぱらとし、ほとんど人前に姿をみせることはないという。いずれにしても、難儀なことだ――難儀なことだ、まあ運命の糸車を手中におさめるヤーンにしたところで、その織物の模様を人間ごときに、そうそうたやすく読みとかせるつもりはないのだろうから無理もないが。

いずれにせよこの星図はわしごときの手にはあまるもの。険呑なことだが、わしにできるのはただ、姫様が正しい運命の糸にのっているや否やを見てとることだけだ。しかもあたりは妖蛆《クロウラー》の匂いにみち、五百騎の精鋭のうち何騎が無傷でトーラスに、いやアルヴォンに戻りつけるかどうかは保証の限りではない。やれ、難儀だ、難儀だ――！）

「ガユス！」

ふいに公主の鋭い、ムチのような声が老いた魔道士をその物思いからぴくりとさめさせた。

「何を、しきりに独り言を云っている」

「は」

ガユスはフードをいっそうひきさげてうなだれる。アムネリスも、しいてその問いをかさねようとはせず、ただ、ようやく目のさめたといったようすで深くかぶっていたフードを払いのけ、面頬をあげて馬上から、周囲の光景を見わたした。

さしもあたりをねっとりとぬりこめていた夜闇は、ようやく去りかけていた。東の山の端がものうい、オレンジ色に染めあげられ、空気は薄紙をはぐように闇の黒をぬぎすてて、かわりに白と灰色の荒涼とした透明さを身にまといかけている。

「よかろう、灯しを消せ」

少し待ってからアムネリスは命じた。五百の松明がいっせいに吹き消された。

「殿下、恐れながら、追跡の正しい方角にむかっていることは確かでございましょうか」

リント小隊長がかるくウマを近よせてきてささやく。アムネリスは手をふって、

「ガユスのもつ占い盤はたしかにこの方角、東のカナンの方向をさし示した。それに間もなく夜があける。近くの崖にのぼり、偵察隊に四方を見きわめさせよう。その上で再び兵を進める。ノスフェラスでは、兵を二手にわけたくない」

「心得ました」

「それぞれの中隊長に、ウマをかえして自らの隊に落伍者が出ておらぬかどうか、点検させせよ」

「かしこまりました」

リント男爵は白馬にかるくムチをくれて隊列をはなれた。まもなく伝令がゆきわたり、長い夜の暗鬱な進軍につかれた一行にはようやく生き生きとした動きがよみがえった。

落伍者はない。アムネリスは満足し、ほどなく左手にあらわれてきた岩山をみてとると、いったん全軍停止の伝令を出した。

「ここで一ザンの間休息をとる。ウマをおり、糧食をつかい、交代で仮眠してもよろしい。ただし必ず半数が目ざめているように、また装備はとかず、自分のウマにただちに乗れる位置からはなれぬように」

触れをまわすと、アムネリスは、ヴロンとリントの二人の小隊長、それにガユスと侍童とについて来るよう命じて、目をつけておいた岩山へウマを走らせた。

公女をのせた純白の名馬も、長い不安な夜の中の粛々たる行軍がおわり、軽やかに走ることのできるのをよろこぶようすで、脚をたかだかとあげて、ごろた岩山を上る。アムネリスは少しひらたくなって

いるその頂上でウマをひきとめ、手綱をひかえたままノスフェラスの眼下のひろがりを見わたした。

そして覚えず小さな吐息を洩らした。見わたすかぎりの白と灰色の、岩と砂の海原、それは波頭に似てゆったりとうねるさまさえも海に似ているが、そこにたちのぼる何とはない瘴気と空気のゆらめきだけは似ても似つかない。まだそんな時間でもないのに山の端にはゆらゆらと不安な陽炎が立ち、そして荒野はゆるやかに明けそめてゆくが、その朝を心やすらぐものにする、小鳥のさえずりや生物のいとなみは、どこにも見出すことができない。

その荒涼たる眺め、人を不安にさせる光景がやがて一瞬凶々しい赤に染められると、色さえも河向うに比して妙になまなましい太陽が姿をあらわす。ノーマンズランドの夜明けである。

ウマの背に立ちつくす公女とそれを見守る騎士たちに、風にのって白いエンゼル・ヘアーがまとわりついてはたちまちに溶け散ってゆく。

ふと、アムネリスは目を細めた。

その唇がかすかにほころび、それから急にひきしまる。彼女は手をあげて、黙ってその方向を指さした。

岩々の陰からゆらめき上っている、ひとすじの煙。

アムネリスはうなづいた。ウマにムチをくれ、まっしぐらに岩山をかけおりる。騎士たちがつづく。

獲物は見出されたのだ。

「出発！」

公女の鋭い声があたりをつらぬいた。

3

かれらの前には、ノスフェラスの荒野がひろがっていた。

「グイン――ねえ、グイン」

イカダは岩にぶつかって大破し、対岸ではアルヴォンの白騎士隊が戻って来いと叫びたてつづける。威嚇のつもりの弩の一弾も、ぴしりとかれらのすぐ横の岩に食い込んだ。かれらはずぶ濡れでノスフェラスの岸に這いあがり、あとも見ずに走った。

ようやく疲れはてた双児ががっくりと膝をついたのでグインたちも足をとめたが、そのときには、すでに河の上でも暮れかけていた日はとっぷりと暮れ、そうでなくてもそろそろ足を進めることはできなくなりかけていたのである。

「グイン——お願い、休んで。もう一歩も歩けないわ」

リンダは喘ぎながら云いおえる暇もなく、小さな岩にぐったりとへたりこんでしまった。レムスもその足もとにへたへたとすわりこむ。

グインとイシュトヴァーンは目を見あわせたが、グインは知らず、ヴァラキアの傭兵のほうもさすがに肩で息をしていて、うなづくのも待たずにそこに座ってしまった。

「大丈夫だ。どうせ、夜のケス河をウマで渡って追っかけてくる奴などいないさ」

息を切らしながら云い、腰の革袋からつかみとったヴァシャ果を口に入れる。ガティとよぶ、ねり粉や、乾し肉の類はみな有毒なケス河の水に濡らしてしまった。

「火をたこう」

イシュトヴァーンがいう。グインは止めたげなそぶりをしたが、傭兵は、

「大丈夫だというのに。第一、ノスフェラスの荒野で、灯しもなしに夜闇のなかにうずくまっているつもりか？」

それは尤もな云い分であったからグインも承認した。かれらはそこらの枯れた苔をあつめてきて火をたいた。火のまわりに集まると、やっとほっとしたような気分になる。

「やれやれ——だ」

何事についても最初に口にする《紅の傭兵》が、

しきりとヴァシャ果をかみながら云う。

「イカダはぱあになっちまうし、ゴーラ兵には追っかけられるし――これで、最初のもくろみは何もかもぶちこわしだな」

リンダはレムスと肩をよせあい、一方の腕にはスニをひきよせながら、不安をかくして焚火を見つめた。スニの小さい毛ぶかいからだに手をまわしていると、何となく心がやすまるのを覚える。そして、火に照らし出されるグインの、神話めいた豹頭の半面を眺めると、よるべのないいまの身の上への、胸をかむ不安も、いくらかは慰められるのだった。

「こうなっちゃもうゴーラには戻れない。第一、イカダもありゃしない。しかし何ひとつ装備もなしに、徒歩でノーマンズランドを横断するなんてことはできやしねえ。やれやれ――だ、他に云うこともないほど有難いヤーンのもてなしだな。

それとも、お前にゃ、何か云うことがあるのか、豹人？」

「ないわけでもないな」

寡黙にグインは答えた。しばらく考えて、

「というより、そのようなことを云いあっていたところでどうにもならん。後戻りができぬ以上、前進するほかない――ということだ」

「へえッ？」

イシュトヴァーンは大仰な声をたてて、何かグインをからかおうとしたらしかったが、急に、

「ウワッ」

声をたてて顔から何かを払いのけた。

「どうした？」

「糞《ドール》、エンゼル・ヘアーのかたまりらしい。とんできてぺしゃりと顔にはりつきやがった」

「気をつけた方がいい。それは無害だが、数が集まると鼻から入りこんで息をつまらせたりする。ノスフェラスのいちばんよく見る生物だ」

「詳しいんだな」

イシュトヴァーンは憎らしげに、

「まあそりゃそうだろうさ。お前はおそらく、生まれ故郷へ帰れて嬉しいんだろう」

「なんでグインがノスフェラスが生まれ故郷だなんてわかるのよ」

リンダが怒って云う。

「化物はみんなノスフェラトゥさ」

というのが傭兵の無責任な返事だった。

「そんなことはどうでもいい。ともかく、前進するほかない、といったな。その考えをきかせてもらおうじゃないか。このノーマンズランドのただなかで、ろくろく食い物さえもなく、一体どこへむかって前進しようというのだ。カナンか？」

「しか、あるまい」

「カナン山脈まで何タッドあるか、知っているのか？」

「たぶんな」

「カナンを越えれば、そのさきにはロスの大密林とロス河があるのだぞ。それをこえ、謎めいた数々の東方諸国をこえてようやく、ケイロニアに出る。それも承知か」

「仕方あるまいさ」

「まあな——とはいうもののそれはたぶん、徒歩でなら一年はかかる旅程だ。その間、食いものはどうする。ノスフェラスのイドでも食うか。まァここ当分はこのやせこけたセムを食ってつなぐにしてもだな——」

「まあッ！」

リンダは柳眉をさかだて、スニを抱きしめた。怒りのあまりことばがのどにつまる。

「ス、スニを食べる、ですって？　蛮人！　あんたってほんとに獣だわ！」

「お前の生まれた国ではサルはくわんのか。ヴァラキアでは、サルの肉は祭りの日の焼き肉と相場が決まっていたぞ」

イシュトヴァーンの黒い目がきらきらと輝いた。

リンダはからかわれていることに気づいて、強情そうに可愛いくちびるをひきむすび、黙ってしまう。スニは何を云われているのか、見当のつくような、つかぬような表情で人間たちを見くらべていたが、ふいにリンダの腕から身をもがいてぬけ出ると、グインにむかい、おそるおそるといったようすでさえずりはじめた。

ピイピイと甲高い、いかにもさえずりのようなその声に、グインは重々しく耳を傾けていたが、やがてほのかに興奮のようすをみせて、セムのことばで喋りかえす。スニがいっそうまくしたてる。

「おい、何なんだ。そのサルは、いったい何を喋っているんだ、グイン」

「スニのことをサルだなんて――！」

憤慨してリンダが云ったが、グインはそれを手で制して答えた。

「スニは云っている。スニは生命を助けてもらった恩義を忘れない。このままノスフェラスをさまよっているのはとてもよくないことだから、スニの部族の村へいったん立ちよって礼をうけてくれるように、そのあとで、ラクの若者たちが道案内についてどこへでも望みの場所へ安全にセムの領土内を通りぬけさせてあげよう、と」

「まあ、スニ！」

リンダは小さな猿人族の少女の首にかじりついた。スニがキッキッというような声をたてる。リンダの感謝をみて嬉しそうだ。

「おれたちに、サルの客になって逗留しろっていうのか」

イシュトヴァーンは鼻にしわをよせて叫んだ。

「サルの村へか。ドールの炎の舌にかけて、こんな傑作な冗談はきいたこともないぜ！」

「まあッ！　ドールの名をそんなにかるがるしく口にしたりして！　しかもここがどこだか忘れたのね！　ここはノスフェラス、まぎれもないドールの版図だというのに。わたしたちまでその軽率のまきぞえにしようというのね」

「ドールなぞ恐がっていて戦場稼ぎがつとまるか。ヴァラキアでは、ドールなぞは、毎日のように博奕場の呪いことばにおとしめられていたものさ」

「まあ！」

憤慨を通りこして、リンダとレムスの目は本当の恐れで丸く見張られた。リンダはそっとヤヌスの印を切る。

「あなたが連れでは、たとい無事にすむ旅でも、すみそうにもないわ」

「いいことを教えてやろうか。おれはヴァラキアのイシュトヴァーン、魔戦士にして《紅の傭兵》と呼ばれる男だが実はもうひとつの呼名がある。それはな——《災いを呼びよせる男》というのだ」

イシュトヴァーンは得意そうだった。

「ほんとにそうだね」

レムスが云う。イシュトヴァーンはくすくすと笑って、

「だから、見ろ、おれの行くさきざきで、貴族のむすこはおれに喧嘩をふっかけて殺され、気取り屋の貴夫人はおれとの浮気がばれて家を追い出され、ついにはスタフォロス城は壊滅さえしてしまったじゃないか？　しかも当のおれときたら、その地に災いをもたらしておいて、いつでも、どんなときでも、ふしぎなことには間一髪で危機をすりぬけることができる。いつだっておれだけがおれの呼びよせた災いをまぬかれるのだ。これはおれさえ、ときどき超能力だろうと思うこともある。——ともあれ、おれがそうであるからには、おれの守り神はヤヌスでも老いぼれのヤーンでもなく、もしかしたらドールそのひとなのさ。味方にすりゃあ、こんな心強いしろものはありゃしないね」

「そんなことを云っていると、いまに魂を売ってしまうよ！　ドールにたわむれるなんて……」

恐れをなしてレムスが忠告にかかる。しかし、それよりも早く、リンダが口をひらいた。

グインとイシュトヴァーン、それにレムスが、ふ

いにおどろいたように見つめる。リンダのようすが変わっていた。

焚火の火に照らし出されて、少女の半面は奇妙にもまるでリンダではない誰かのように変わっていた。きっぱりとして、威厳と誇りをそなえた生まれついての小女王ではあっても、まだほんとうに稚く無邪気な少女らしさをぬけきらぬ、パロの王女の顔が、どういう光の加減なのか、あたかもヤヌスの神殿の巫女とでもいった、暗く神秘な冷やかさをたたえ、その目は黒ずんで何千年もの暗い叡智をかいま見せるかに見える。三人は息をのんで耳を傾けた。

リンダはゆるやかなしぐさで手をあげた。それも平素の彼女とはあまりに違う、重々しく神宣めいたそぶりで、まっすぐにヴァラキアの戦士の胸を指さした。

「いまに――」

かすれた、彼女らしくない大人びた声で云った。

「いまにあなたは知る。おおいなる災いを運ぶ男よ――すべてどのような災いも、それを運ぶ使者をそれが使者であるゆえに見のがしているわけではないのだ。いずれ知るであろう――災いはつねに近くにあり、それは御身に帰るのだ。御身の災いの星を、消すほどにつよい獅子の星が勝利を占めたとき、御身の星は消え――そのときはじめて御身はやすらうだろう。限りない遍歴を経て御身の運ぶ災いのために中原はまどい――その災いはその星があかつきに消されたときにしか消えることはない。

いずれ御身は災の星が、その使者そのひとをも洩らしてはいなかったと知るだろう――」

「何を――」

リンダは何かに邪魔されたように口をとざした。白いまぶたがふいに見ひらかれた眼の上にすーっと降りて来、彼女は力が抜けてレムスにもたれかかった。

傭兵は何か云おうとした。何か、揶揄のことばを。しかし、口にすることはできなかった。

何か奇妙な、ひどく遠くの時空までこのままつづいている永遠のさなかの一点に、ふいに足をふみ入れさせられてしまったかのような、畏怖ともつかぬ麻痺が若い傭兵をおそった。彼はリンダを見つめた。

いまこのノーマンズランドの夜闇の一点で、時と空間とは永遠に止まっているそのしんとした全貌をむきだしにするかに見えた。闇ははてしもなく、夜もまたはてしもなかった。イシュトヴァーンは突然激しい孤独、わななくような心を凍てつかせる孤独感におそわれて、恐怖の目で見まわした。彼のよく知っている、生きて血肉のある人間界の住人を求めて。――彼の目にうつったのは夜と闇、ふたつの永遠の接点で、重々しくマスクのように目を半目にして、運命をつげるものとして彼を見守っている女巫《じょふ》の顔、そしてその守護神然とまっすぐに座っている、あやしい異教の神像さながらの半獣半神の豹頭であった。

セムの娘とパロの世継との顔は闇の中に沈みこみ、そこには豹頭の戦士と異様なまでに神々の領域に近くある予言者の少女しか存在してはいないようだった。

時の果てまで――

イシュトヴァーンは身をふるわせた。若く、無鉄砲で、生まれながらに常人と異る運命を約束され、途方もなく陽気で自信にみちた戦士であるくせに、彼は全身をふるわせたのである。彼はどのような血の凍るような冒険のさなかにも、恐れを感じたことすらもなく、それゆえに魔戦士と呼ばれているのだったが。

――時は凍てつき、止まっていた。これは運命の手中にある、死すべき者であるところの人間が、足をふみ入れるはおろか、まことは面をむけることさえも許されてはおらぬ筈の領域であった。イシュトヴァーンのからだを木の葉のようにふるわせている魂の底からの怯えと寒さとも、おそらくは、決して見てはならぬ領域へはからずも目をむけてしまった人間の、呪われてあることへの悟りからくるものであったろう。

「おれは――」

上あごにはりついてしまった舌をひきはがして、それでもなお彼は何か云いかけようとした――そのとき、ふいに焚火のなかで、激しい音をたてて燃えさしがくずれた。

呪縛はとけた。火がゆらめき、時は再び正しく流れはじめ、火に照らし出されたのは、血肉をそなえ、自らもひとしくヤーンの糸車にたぐられる存在であるにすぎない、五人の男女であった。

イシュトヴァーンはひそかに深い吐息をつき、肺の中の息をすべてしぼり出した。――そうすれば、たったいまのおぞましい孤独感を、すべて体内から入れかえられる、とでもいうかのように。

(冗談じゃ――ねえ)

誰にもきこえぬように、こっそりと傭兵はつぶやいた。

グインの無表情な豹頭は、いまそこにふいに訪れ、ふいに去っていった奇怪な時間になど、気づいてさえいないように見えた。彼は物騒な輝きを秘めた黄色く光る眼を、おもむろに連れたちにむけ、口をひらいた。

「夜が明ければアルヴォンからの追手がかかるかもしれん。俺が城主ならば確実にそうするだろう。さっきの奴らは俺たちを見た。それが城壊滅の折に、スタフォロス城に居あわせた者たちであると知るのはわけもないことだし、だとすれば、鋭敏な目をもってすればその連中がセムの娘をつれてゴーラの敵としてノスフェラスのセム族のもとへおもむくのがどのような脅威をもたらすか、想像するのはたやすいことだ。俺たちは夜闇にノーマンズランドを徒歩で行く危険をおかしてでも、ともかくできるかぎり距離をあけておかねばならん」

「そ――そうだな」

まだどことなく悄然としてイシュトヴァーンは同

意したが、すぐに元気づいて、

「それにどうもおれには納得できない。いったいなぜ、赤騎士の砦であるアルヴォンに、トーラスの白騎士がいたのだろう——どうも、うさんくさい話が多すぎるぞ、このへんでは」

「まったくだ」

グインはうなづいた。

「だからこそ一刻も早く、とにかく身のおちつきどころを見つけなければならん。そして、何とか方策を考えるのだ」

「方策？」

「そう。このままでは、強大なゴーラ公国の追手から、ただおどおどと逃げまわり、目をかすめているばかりだからな」

「反撃でもしようというのか」

呆れ返ってイシュトヴァーンは叫び、もうさっきの奇怪な体験などころりと忘れてまじまじとグインを見つめた。すっかり呆れはてた、というように両手を打ちあわせる。

「ヤーンの長い二枚舌にかけて、一体おれたちに何ができるってんだ？」

「ではケイロニアに逃げこんでどうするつもりだったのだ？」

グインは問い返した。

「そ——そりゃあ、どこかの将軍のところへいって試験をうけ、傭兵としてもぐりこむのさ」

「あなたはそれでいいでしょう。でもグインはどうするの？」

リンダが叫んだ。もうその顔はただのかわいらしいきかん気な少女のそれでしかない。どこにも、さきの奇妙な神さびた冷やかさは見出すこともできず、見るものはさきほどの出来事はすべて夢の中のこと、といった錯覚にとらえられるのである。

「この姿で、彼がどうやって傭兵隊に入れると思うの？　追いまわされ、激しく尋問され、あげく信じてもらえずに処刑されるだけよ！　わたしたちだって――」

リンダはくちびるをかみしめる。傭兵はいよいよ本来の姿をとりもどしてきた。

「そんなことまで、おれに何とかしろといわれたって困るぜ」

ゲラゲラ笑って指摘する。

「そいつがとんだ化け物なのは、おれの知ったこっちゃねえからな。おれはちゃんと自分の身の始末はできるしこれまでもそうしてきた。そっちにも、そうしてもらいたいもんだね」

「よかろう」

「人非人！」

怒ってリンダがわめくよりも早く、グインは重々しくうなづいた。

「こう云っては何だがそれは心配してもらうまでもない、俺もどうやら自分の身の始末は自分でつけられるぐらいの力はあるようだ。しかしここはノスフェラス、文明圏まではゴーラに戻るのでなければどちらを向いても数十万タッド――そしてゴーラに戻るのは敵のあぎとにとびこむこと、だとすれば、ケイロニアにつくよりもまず、いまここでの身の始末を考えねばならんのとは違うかな。

どうだ、《紅の傭兵》――あくまでも、セムのラク族を頼るという考えには反対なのか」

「サルに力をかりるだと？」

イシュトヴァーンは思いきり鼻にしわをよせて下くちびるをつき出した。奇妙にもそういう憎らしげな顔をすると、黒髪と黒い目のその傭兵は妙に愛嬌のある――そして本当にまだ二十になるならずの若さを改めて見るものに思わせて、可愛らしくさえあるようすに見えた。

「おい、豹あたま、きさま一体その獣の頭の中で何を考えている。サルの部族をそそのかして、ゴーラ大公国に進攻させようとでも、考えているわけではあるまいな――獣は獣どうしってわけか？　こ、こいつはおかしい」

傭兵は哄笑した。笑いすぎてむせ、涙をふくのをリンダは憎らしそうににらみつけた。イシュトヴァーンのその天性の憎めないところも、リンダにばかりはいっこうに効目がないばかりか、いっそう腹立ちをあふりたててやまないようすだ。

「いい加減にしたら？」

いくぶんわざとらしく、なおも笑いやめぬあいてにぴしりと云う。子供らしい彼女の憤慨が、あいてをいっそう喜ばせているのは、正直なリンダにはわからない。

「リンダ、この人がイヤだというのなら、好きにさせたらいいじゃないの。ねえ、グイン、ぼくたちはスニのところへよせてもらうよ。セムの力をかりるなんてことは考えていないけど、とりあえずアルゴスなりケイロニアなりに身をひそめ、そこで再起を期しているうちにはクリスタルの残党が兵をまとめ――」

「レムス！」

リンダがぴしりとさえぎりかけたが遅かった。イシュトヴァーンの黒いアンズ型の目が丸くなり、それからずるそうにゆっくりと細められ、彼は舌を出して満足げにくちびるをなめまわした。

「ははあ」

わざとらしく、双児を見くらべながら猫なで声を出す。

「やはりな――どうも妙だ妙だと思っていたが、してみるとお前――とリンダを指さし――とお前――レムスをさして――は黒竜戦役の戦火を逃れてきたパロの遺児というわけだ」

「レムス、ばか！」

リンダは舌打ちした。スミレ色の目に何者も許すまい厳しい炎をたたえて《紅の傭兵》をにらみすえる。

「そうよ。わたしはパロの聖なる王家の正しい血筋にして《予言者》なるリンダ王女、そしてこれはパロの真珠のかたわれ、いまやただひとりの、パロの王位継承者、世継の王子レムスだわ。あんたはそれを知ってしまった。さあどうするの――わたしたちをゴーラに売るなら売りなさい。わたしたちをつれて戻るか、そうせぬまでもわたしたちの居場所をもって戻ればアルヴォン城はおまえを脱走兵としてとがめるどころか騎士団の中に地位を与えてくれるでしょう。

そのかわりおまえは聖なるパロの王家と、その忠誠なる民すべての永遠の呪いをうけるでしょうけれどね！

さあ、選びなさい！」

「何をまったく――」

むきになって、とイシュトヴァーンはニヤニヤ笑った。しかし、実のところ、自分でもそうと認めたくはなかったのだが、リンダにそうしてきっぱりと威厳をもって正面から挑まれると、彼は内心たじたじとなるのだったし、それだけでなく内心、スミレ色の目を激しく燃えあがらせ、頬に血をのぼらせた小女王の誇り高い美しさに讃嘆せずにはいられなかったのだ。

もっとも、彼はとんでもない意地っぱりの、我ながらあまのじゃくであると思うつむじまがりであったから、そんなことをあいては愚か自分自身にこっそりとさえ認める気は毫もなかった。

「――どうするの、《紅の傭兵》」

彼の内心のそんなもやもやなどには少しも気づかずに少女は問いつめた。

「わたしたちにはどうすることもできない。二人いたっておまえを殺して口を封じることもできないし、国を失い流浪する王子と王女では、おまえにかわりの報酬や見かえりの地位を約束することもできないわ。わたしたちにあるのはただ消すことのできぬ王家の誇りだけ――こんなに無力だわ。この無力なわたしたちをおまえはどうするの？」

「それは……」

イシュトヴァーンは再びくちびるをなめた、しかし今度はいくぶんうろたえたように。そのときグインがおもむろに動いた。

「そうかな、王女よ」

ゆるやかに、啓示ででもあるかのように口をひらく。

「お前たちは、それほどに無力かな。俺は、必ずしもそうではなく、お前たちはその身を護る騎士くらいは持っているし、その騎士はまた、卑劣な裏切り者の首を素手でねじきるくらいのことはたやすくしてのけると思うのだが。——」

「グイン……」

イシュトヴァーンは息をつめた。しかしリンダとレムスはそうではなかった。

一瞬彼を見つめたあと、やにわにその名を呼びながら両側から豹頭の戦士にかじりつく。

「おお、グイン！」

そしてリンダは——あの誇りたかいパロの小女王が、戦士の逞しい分厚い肩に顔をうずめ、ワッと泣き出したのである。

グインは別になだめてやろうともせず、肩にしがみつかせたままにして、黄色く底光りのする目を焚火ごしにイシュトヴァーンにむけていた。

「おお、リンダ、泣かないで、ねえ、リンダ！」

レムスが懸命に姉の肩をなでさすり、スニもリンダの膝にすがって心配そうにした。

イシュトヴァーンは一瞬、笑いのめすか、それとも憤慨するか決めかねてくちびるをかんだ。が、やにわに、荒々しいしぐさで拳を手のひらに打ちつける。

「畜生、何だってんだ！」

彼は大声でわめいた。

「この世とこの世でない場所と、双方のすべてをしろしめすヤヌスにかけて、何だってこのけしからん小娘と豹あたまの化け物はこのおれをこんな羽目に追いこんだりするんだ！——わかった、わかったよ。何だっていうんだ——いったいいつ、このイシュトヴァーンがパロの遺児を売りわたしてゴーラで生きのびようと考えた、などというんだ。つきあえばいいんだろう――そのくさいサルの村へでも、カナンの彼方へでも、行きてえところへ行くがいいや。こうなりゃ、やけくそだ。ドールの版図だろうとサルの寝床だろうと連れていくがいい。畜生！」

「よかろう」

グインは重々しく云っただけだった。しばらく火を見つめていたがやがて、

「そうとなれば一刻も早い方がよい。スニに、ここからラクの村までどのぐらいかかるものかきいてみよう」

しばらくスニとセムのことばで喋りかわしていたが、

「ここからならたぶん丸一日半も歩けばつくということだ。スニの足でだから、われわれなら一日あればつくかもしれん」

「そう願いたいね！　おれたちには食い物はもうひとつかみのヴァシャ果がせいぜいだし、水も底をつきかけているときている。こうなればサルのくさい食い物でも何でもいいからあてがってもらえないなら、おれは必ずその小ザルをくっちまうからな」

「やれるもんならやってごらん！」

リンダが叫んだ。グインは手で制した。

「よし、出かけよう。とりあえず松明のかわりになるものを作って、夜明けまでに東へ一タッドは進んでおこう」

いつのまにか、すべての仲間が、グインのことばに限っては何ひとつ口をはさまずにきき、唯々として従う。そんな黙契がかわされでもしたかのようだった。かれらはひとことも云わず、グインの命令をはたすために立ちあがる。ほどもなく準備がととのう。

かくて、記憶を失った豹頭の戦士グイン、ヴァラキアのイシュトヴァーン、パロの双児リンダとレムス、そしてラク族のスニの五人は、とりあえず同じ

ひとつの目的のために手をたずさえて行く仲間となったのだった。

4

そして——

再びそこはノスフェラスの荒野だった。

このころにはむろんかれら逃亡者は知るすべもなかったけれどもアルヴォン城からの追跡隊は、首尾よくイカダをもととした浮き橋をケス河にかけおえていた。逃亡者たちは、さしも抜けめのないイシュトヴァーンでさえ、追跡隊の指揮をとるのがアムネリス公女であろうなどとは想像もしていなかったから、その電撃の行動を予測していたわけではなかったが、しかし何かえたいのしれぬ不安にせきたてられてどんどん荒野を東へと深入りしていった。

追跡隊のようにウマがあるわけではなかったから、かれらの道はずっと苦しいものになるかもしれなかったが、しかしそのかわりにこの荒野の住人であるスニが先頭にたって道案内をつとめていたので、夜のなかでもかれらはさほど危険地帯へふみこんでしまうというおそれもなく歩を進めることができた。その意味では追跡者と逃亡者とにはそれほどのハンディキャップが課せられているわけでもなかったのだ。

セムにとってさえノスフェラスの荒野が安全な楽園であろう筈はなく、スニはしばしば闇のなかでこころもとなげに方角をたしかめた。セムのそのやりかたはとびきり変わっていた。夜はほのかに青白い燐光を放って風にのってくるエンゼル・ヘアーを気をつけて手にうける。それはたちまちのうちに手のひらの熱ですーっととけ去ってしまうが、それまでにもうスニは見たいと思ったものを見てとってしまうのである。

リンダたちは、どれもこれも同じ糸くずのようなまぼろしとしか見えないエンゼル・ヘアーのいったいどこに、スニの見ている方向をあかす違いがあるのかと、かれらも手をさしのべてはそれをうけとめてみた。しかしかれらがどんなに目をこらしても、その青白い、原始的な生命というよりはむしろ幻影の中からあらわれたような光の糸はたちまちとけていってしまい、どうしてもそれらを見わけるのはおろかしばらく見ていることさえ不可能だった。

「この妙なしろものが食えでもするというんならともかくな。まったくここはとんでもないところだ。陸住むものといえば汚らしいセムと阿呆なラゴン、陸棲の《大口《ビッグマウス》》や砂虫《サンドワーム》、食肉で岩そっくりの化けもんヌルや《血の苔》それにこのうす気味わるいエンゼル・ヘアー。――まったくどうして、ここらあたりだけがこんな化け物の巣窟になっちまったのだろう。歴史の記録やキタラ弾きの伝説によれば、それは創世以来のこの世の地獄だともいい、ヤヌスとドールが世界をかけて博奕をしたときに、ヤヌスが勝ったにもかかわらず賭けた土地の中にノスフェラスの名を入れておくのを忘れたのでここだけが地上にいまだ残るドール唯一の版図となってしまった、ともいうが。

いずれにしても気狂いザタだってことには何の変わりもねえ。なんてこった、おれの連れは、みんな化け物か気狂いだし、おまけにこういまいましい咽喉のやつがひりついては、もうじきに鼻歌ひとつ歌えなくなるときている。太陽が上りゃあ、このいまわしい土地は焼けたナベの底になっちまうんだからな。――あーあ、ヤヌスとドールが世界をかけて遊んだ、六角のサイにかけて、今度ばかりは《紅の傭兵》もちっとばかり追いつめられちまったな」

「あまり独り言をいうな。よけい咽喉がかわくぞ」

グインは忠告した。イシュトヴァーンはからからにかわいてはいないものの、まもなくそうなることの目にみえているくちびるをしきりになめた。

「だからって陰気くさく黙りこんでこんなドールの

闇のなかをてくてくはてもなく歩くのかい！　おれの趣味じゃねえな、そいつは——おれは何によらず、陽気にやるのが好きでね」

「話し声がしていると万一何かこのへんのいまわしい生物がそこまで忍びよっていても気配がわからん」

グインが云うとイシュトヴァーンは少しのあいだ黙った。

しかしまたたちまち不平を云いはじめ、スニに何かこの辺の食べられる草か動物を教えさせろとうるさく要求するのだった。

「まあそれは日が上ってからでもかまわん。とにかくこのまんまじゃ倒れちまうばかりだ。こうなればサルのくいものだってかまうこっちゃない、ノスフェラスの毛虫だってくえるならくってやる。だから、頼む、よう、豹あたま、そのサルにあのピイピイことばできいてくれ。このへんでくいものと飲み物にありつく見通しはないのかとさ。よう、グイン、頼む」

「困った男だな」

グインはスニに話しかけた。スニが注意深くきいていて何やらしきりに考えこむふうだ。

「まあ、あんたはさっき、あたしたちにはわけもしないで一人でヴァシャ果をたべていたじゃないの」

リンダが云った。イシュトヴァーンは秀麗な額に八の字をよせて、

「あんなもの、歯くその足しにもならねえ。——おっと、パロのお姫さまの前で下品なことばを使っちまったな。糞くらえだ」

威勢よくシュッと暗い地面へむかって唾をはきとばした。

「イミール！」

突然スニがグインとの話をやめ、ひどくあわてた、叱責の調子で声をはりあげ、かけもどってイシュトヴァーンの胸を叩く。

「な、何だってんだ、このサルめ——」

イシュトヴァーンは怒ってスニをつきとばそうとしたが、そのとたん、

「わあッ、助けてくれ！　闇が食いついた！」

大声をあげてひっくりかえった。

「ヒイーッ！」

しがみつかれてスニもひっくりかえる。リンダとレムスはとびのいた。

まさしく、闇が食いついたのである。若い傭兵の右足に、漆黒の闇それ自体が生命を得て流れ出しでもしたかのように、かたちのない黒いアメーバようのものがはりついていた。

「助けてくれ！　足をくい切ろうとしてる！」

イシュトヴァーンはわめいて足をおさえる。腰の剣をつかみとるいとまもないし、その剣で万が一足をついてはと思うので他の者もどうしようもなく手をねじりあわせる。

「わあッ！　どんどんのぼってくるッ！」

イシュトヴァーンは腰の近くまで這いのぼってきた闇を地面にこすりつけようところげまわった。

「助けてくれ、なんとかしてくれ、なんて薄情なやつらだ！」

「ま、待って！」

リンダがおろおろ手をのばしたが、やにわにグインが払いのける。

「さわるな。イドだ、危いぞ」

「だって死んじゃうわ！」

「大丈夫だ。どけ！」

ふいにグインのようすがかわった。かがみこんでイシュトヴァーンのイドにおおわれた右脚をつかんでひっぱりあげる。

「いいか、手で顔をおおっていろ。熱いからな」

云うと、右手の松明をいきなりおしつけた。

「ウワーッ！　グイン、きさまおれを焼き殺し……」

「顔をそむけろ！」

容赦なくグインは火をつけた。

「キャーッ！」

リンダが絶叫する。イシュトヴァーンの右脚が火につつまれ、さながら巨大な人間松明と化したのである。ぶきみな生物がパチパチとはぜる音をたてて燃えあがる。

「やめてくれ、死ぬ、あつい」

イシュトヴァーンは女のような悲鳴をあげた。

「水をかけてくれ！」

「グイン！　水がない！　死んじゃう！」

レムスが叫ぶ。かまわず、グインはその燃える脚をかかえよせ、砂地にねじこむなり、その上にぴたりと彼自身のからだをふせたのである。

「ああっ、グイン！」

肉の焦げるすさまじい匂い、リンダが立っておられずに顔をおおってうずくまってしまう。グインの豹頭がのけぞり、彼は口をついて出そうになる呻きをぐいとこらえた。

「――よかろう」

やがて身をおこす。イシュトヴァーンはそこに呆けたようによこたわっていた。その胴衣のすそから革の長靴の足まで、汚らしい黒い、イドの焼けただれた残骸がはじけたままはりついている。しかしぴったりと脚をおおう長靴のおかげでどこにも怪我や血のあとはない。

「グイン！」

リンダとレムスがかけよった。

「グイン大丈夫？」

「何てことはない。それよりも傭兵を見てやれ」

グインは手をあげて胸からイドの焼けかすを払いおとした。

「グイン、ひどい火傷してるわ！　あなたったら、自分のからだで火を消すなんて！」

「何ともない、このぐらいの怪我はランドックではしょっちゅう――」

云いかけていきなりグインは息をのんだ。

「グイン！　あなたいま――何か思い出した？　思

い出したのね？　ランドック？　それあなたの――国？」

リンダがせきこむ。グインは火傷のことなどすっかり忘れていましがた口ばしったことばを考えようとするかに見えたが、すぐに頭をかかえこんだ。

「だめだ」

苦しげに云う。

「ランドック――レムス、きいたことないの、ばかね！」

「ランドック――ランガートならカウロス公国の都だし、ライゴールは自由貿易都市の港だけど……」

おろおろしてレムスが云う。

「イシュトヴァーン、あんたはきいたことないの？　あちこちまわったのでしょ、あんたは」

「ひ――ひでえ小娘だ」

まだぐったりしたまま、年相応に稚いびっくり顔で目をぱちぱちさせていたイシュトヴァーンは叫び、憤慨のあまりすっかり力をとりもどしてはね起きた。

「人が死にかけたってのにお前は豹あたまのつまらん記憶の心配しかしやがらねえ」

「グインが助けてあげたのじゃないの！　第一あんたの不注意のせいでグインが怪我したのよ！」

「何を云うか、あんな妙なしろもんがそこにいると誰にわかる。ドールのウロコだらけの尻尾にかけて二度とあいつは沢山だ。とっつかれねえ奴にはわからんだろう、あいつが脚にへばりついたとたん、脚がしびれ、冷たくなって何の感覚もなくなっちまった」

「スニは云っているぞ――お前の自業自得だとな」

グインがおかしそうに通訳した。

「イドは恐しいがノスフェラスの他の怪物、《大口》やサンドワームにくらべて、むしろ攻撃的ではない。お前が唾を吐いたので、そこに餌があると知ってとびかかってきたのだとな」

「くそッたれ！」

というのが傭兵の力ない返事だった。

「しかしまあ運がよかった。すぐに火をつけられたからな。イドは刀やハサミでは切りさくこともできん。それはぺったり餌をおおいつくし、ゆっくりと、意識を失った獲物を生きながら消化するのだ。イドにきくのは火だけだ」

「どうして知っていたの、もうわたしたちあなたについては何もおどろかないけれど」

リンダがささやいた。グインは首をふる。

「知っていたのだ。何かが頭の中で、《火だ、火をつけろ》とささやいていた」

「ふしぎな人――！」

リンダはグインの胸の痛々しい火傷をそっとさすった。

「本当に大丈夫？」

「ああ。――皆いるか」

「あら、スニ……」

見まわしたとき、ちょこちょことした姿が白みかけた夜のあいだからあらわれた。両手に何やらさまざまなものをかかえている。

「近くで薬になる苔をとってきたといっている。これを胸にあてて冷やすようにといっている。――大丈夫だ、スニ」

グインはサルに似た蛮人の子どもにうなづきかけ、その心づくしの苔を逞しい胸にあてた上から革帯をしめ直した。

「――ランドックだが」

歩きはじめようとグインがうながそうとしたとき、ふいに、うしろから《紅の傭兵》が小さな声で云った。

皆がふりむいた。イシュトヴァーンはそっぽを向いている。強情にこちらを見ようとしないまま、

「どこかできいたことがあるようだ」

あいかわらずささやくように云った。それで、皆には、彼が後悔していることがわかった。

「どこで？　国、それとも町、それとも……」

「それを今思い出そうとしてるんじゃないか。うる

せえガキだな」

　素気なく云って、それから思い出したように、

「そうだ！――なあ、おれは十五までは、レントの海でヴァラキアの商船に乗りくんでいたんだ」

「嘘おっしゃい。海賊船だわ」

　リンダは手きびしい。イシュトヴァーンはニヤリとすることとでその指摘を暗に肯定したかたちになったが、つづけて、

「そのとき、どこかから来た船と出会ったことがあってな――見たことのない妙な流線形をした船だった。恐しく船足が早くて、あんな早い船は見たこともない。白いしょうしゃな、どう見ても王かそれに近い地位のものの御座船だから襲ってやろうと用意しているうちに消えていっちまった、水平線へ」

　イシュトヴァーンは自ら白状したことに気づいてぺろりと舌を出した。

「そのとき、その船がすれちがう一瞬に、その右舷に書いてある文字が読めたのだ。《ランドック》と」

「船の名？」

　レムスが興奮して叫んだ。

「か、どうか――おれが見たのはそれだけ。それともうひとつ、船首に飾ってあったのがすてきもない美しい女の胸像だったが、こいつがまた翼のはえたハーピイときてるのさ。どうだ、豹、おまえ何だったか女の名みたいのを云っていたな」

「アウラ」

「……」

　イシュトヴァーンが口をつぐむと皆は物思いに沈んだ。答えの出せるような物思いではなかったのだ。

「グインはそのランドックの王だったかもしれないわ。そして反乱軍に豹の呪いをかけられて王座を追われ……」

「想像力の強い娘だ。だが、当て推量は何の役にも立たないぜ」

　イシュトヴァーンはやっつけた。リンダはむっと

して黙ってしまう。レムスが彼をにらみつけるのにはかまわずに、

「しかし妙なもんだな。いまの今までおれはそんなささいな出来事など五年もまったく忘れていた。それがいま、豹のことばをきいたとたんにたぐりよせられるようにして心にのぼってきたよ」

唇をひっぱりながら云う。かれらが話したり、その間も足を休めずに歩きつづけるあいだに、気づくとすっかりあたりは明るくなりそめ、暑い一日が訪れそうなきざしの陽光が荒涼とした原野を照りつけはじめているのだった。


かれらはとりあえず一ザンほどだけ休息をとることにした。空腹だったし疲れてもいる。スニがわずかばかり集めてきた青くさい苔をしがんでみたがッバがわいてくるばかりだった。

交代で仮眠をとることにし、まずイシュトヴァーンが焚火に苔をくべながら目をさましていることになった。グインの傷をみれば、さしものへらず口も叩かずに、彼はおとなしく見張りに立つ。

（やれやれ、あんなぶったまげたことはなかったぜ。あれ以上つづいていてもし豹があの荒療治を思いつくことができなかったら、おれは間違いなく剣をひきぬいててめえの脚を切りおとしていただろう。そうなっちゃあ魔戦士もかたなしだ。――それにしても認めざるを得んのだが豹め、たいへんなやつだぜ。――戦士としても、男としても、立派なもんだ。――戦いの神、太陽の神ルアーだってやっつけるかもしれん。まるで――そうだな、モスの白いやぎひげにかけて、伝説のヘルム大帝みたいな男だ。奴の敵になるのはまっぴらだな。

とはいうもののあの双児は――）

よくよくこの若者は、黙っているということができぬたちである。こっそりまだ靴のへりにかくしてあった、さいごのヴァシャ果をとりだしてしきりと嚙むあいまに、口の中でブツブツと自らと話してい

る。

太陽はその間にもたゆみなく上りつめようと先をいそぐ。ふいにイシュトヴァーンはびくりととびあがった。

「どうしたんだ！　危険が迫ってるってえイヤな気がしたぞ！」

ヴァシャ果を吐き出して叫ぶ。

「首のうしろがちくちくして——敵が近いぞ！　だがまさかそんな——あッ！」

岩山の上で何かがキラキラときらめいたのだ。すなわちそれは偵察に上ってかれらの野営の煙をみつけたところだったアムネリスの、しろがねの鎧と金髪が陽をうけて虹のように輝いたのだった。

一瞬、イシュトヴァーンは目を細め、一行を起こそうとするかのようにふりかえる。が、舌があらわれ、ぺろりと唇をなめ——そして彼は瞬時に心を決めた。

「よし！」

呟くと、たちまちに身のまわりのものをとりまとめ、傍らにおいていた剣をベルトにとめつけ、仲間の方を見やる。さしもの豹頭の戦士も傷をうけて弱っていたとみえ、ぐったりと眠るようすだし双児はもとより正体もなく眠りこけている。

ふたたびイシュトヴァーンは唇をなめまわした。そろそろと仲間をうかがいながら、岩かげへと這い出ようとする。

そのとき、小さな手が彼の胴着のへりをつかんだ！

「わ！」

声をかみ殺したイシュトヴァーンは、

「何だ、サルか。ばか、静かにしろ。何を怒ってる。追手だぞ——考えがあるんだっていうのに。わかんねえのか。えい、面倒なサルだな」

やにわにスニの小さなからだを横抱きにし、口を掌でふさいで、あともみずに走り出した。

東へ——

そして西、ケスの岸寄りの荒野に立った小さな砂ほこりはたちまちのうちに大きくなり――その五百騎の全容がその煙の中にあらわれ、はじめは穀つぶのように、それから石つぶて、そして赤四百五十、白が六十の姿がもうそれぞれに見わけられるほどになったとき、――グインがはっとして目ざめた。

砂塵の中に騎馬の一隊を認め――その一騎づつのかまえる弩を見たとたん、グインの口から咆哮がもれた。

「な――なに？」

「どう……」

目をこすりながら双児が云いかけるのを、一瞬かかえて走り出すそぶりをみせたが、もう充分に射程圏内に入っていること、五百騎は少なくともいると知って、また短い凄みのあるグルルル……という唸りをあげただけで断念する。

「傭兵がいない――スニも！」

「あいつ裏切ったんだ！」

双児の悲痛な叫びをなだめるように両側にひきつけて、豹の戦士はもはや周囲をとりかこみはじめた砂けむりの中に立ちつくした。

五百の弩と剣とがたった三人のかれらをくまなくとりかこみ、鋭い声が武装解除を命じる。グインは抗わず従った。

三人は再びゴーラの手中に落ちたのである。

第三話　公女の天幕

1

辺境の太陽はいまや空の中央高くのぼり、その白い非情な輝きがすべての生命を乾あがらせようとでもするかのようにノスフェラスの荒涼の岩々を照りつけていた。

奇妙なかたちの岩山の下蔭に、革製のテントがはられ、それが臨時の本営となっている。追跡隊を自ら指揮してケス河をわたり、ノスフェラスに足をふみいれた、モンゴールの公女アムネリスの天幕である。

天幕の屋根にはゴーラの黒獅子旗とモンゴールの金蠍旗がかかげられてはためき、二人の侍童がその入口でじっとうずくまっている。五百人の騎士たちはその周囲に何重かの円を描くかたちにウマを休め、静かに休息をとりながら出発の合図を待っているのである。

数人の騎士たちによって見張られたグイン、それにリンダとレムスは天幕の前にずっとうずくまらされていた。太陽はかれらの肌を灼き、ことに胸と腹いちめんに火傷をおっているグインには身にこたえよう。

ナワこそかけられてはいなかったがこの非情な取り扱いにリンダは騎士たちにつよく抗議した。しかしモンゴールの騎士たちがいうのは、もうしばらく待て、ということでしかなかった。公女アムネリスはやっと手中にした虜囚たちの尋問を、ケス河岸に築いた仮砦へまで戻る間さえも待ちかねたのである。

「待てというのならせめて水くらいのませてくれても——いつまでこのままひきすえようというの？　これがモンゴールの騎士の正義なの？」

グインへの気づかい、首尾よく自分ひとり逃げおおせたイシュトヴァーンへのやるせない怒り、スニの身の上の心配、などで泣かんばかりに苛立ってリンダは叫ぶのだが、そのたびに騎士たちはそっけなく、しばし待て、という同じ返事を繰り返した。

「こんなモンゴールにたとえ一時でも勝利を与えたヤーンは千度でも呪われるがいいわ！」

激怒したリンダは叫んだが、そのとき、

「虜囚を天幕に進ませよ」

という鋭い命令がきこえた。

はっとして三人が顔をあげる。その背をうしろから小突かれた。

屈辱は感じたけれども、しかしじりじりとやきつける太陽から逃れてひんやりとした天幕の内に入るのは何ともいえないくらい有難かった。三人の捕虜はよろめきながら、大きな天幕の中へと押し入れられた。

瞬間、強烈な太陽に馴れた目には何も見えなくなる。何かにつまづいたリンダをすばやくレムスがささえる。

「これだけか？　そんな筈はない！」

きっぱりとして、そしてどこかしら人に命令することに馴れきったひびきのある涼しい声が云うのがきこえてきた。

「ヴロン！　リント！」

「は」

「わたしの見たイカダの乗り手はあと二人——ただちに一個小隊に周囲をさがさせるように」

「承知いたしました」

「だがまあ、当初の目的としたところのものはおおむねかなったわけだ。——だから、一個小隊にも、それほど本隊をはなれてまで捜索させる必要はなかろう。危険を感じぬていどの範囲でよろしい」

「心得ております」

「さて——」

ようやく天幕の中の暗さに目が馴れてきはじめた

虜囚たちは、うなだれていた頭をあげ、目を眩しげにしばたたいた。

　ゆっくりとあげた目に、最初に入ってきたのは、白い長いマントとそしてしろがねのすね当てにつづいている白革のブーツだった。へりに銀の彫りものを飾りに散りばめ、いかにも軽く、はきごこちよさそうに作られたブーツと、それが剣を包む鞘のようにぴったりとつつみこんでいるすらりと華奢な脚。

　それは見るも快い均整をもってすんなりと伸び、同じしろがねの、細身に仕立てた鎧の胴へとつづいている。その細身の加減でみれば、この鎧をとり去ればその着手《きて》のからだつきの見事なのびやかさとほっそりしていることは目を奪うばかりにちがいない。そしてその鎧の胸に銀と宝石とで惜しげもなく描き出された、美々しいモンゴールの紋章。

　白い鎖編みの手袋につつんだしなやかな手が腰にあてられ、のどもとまではぴったりと一分の隙もなくくつつんで肌身をみせぬ鎧とマントがおおっているのにその上は、かぶともとり去られ、フードさえもないままに——

「おお……」

　ついに目をあげたリンダの耳に、同じようにその立っている人を見た弟のもらした、低い驚嘆の吐息がきこえてきた。

　最初の印象は、白と金色だった。

（なんていうみごとな純金の髪！）

　その人は何ひとつこてでちぢらせたわけでもないのに、天然のウェーヴに波うつ、そのアルセイスの黄金もかくやという輝く髪を、結いあげもせず無造作に肩にかからせていた。ただ白く高い額に、きわめて細い、まんなかに小さなダイヤをはめこんだ銀製のバンドがひとつ。

　その他には身を飾る指輪ひとつないのに、それはそのままでうす暗い天幕の中の闇を背景に名匠が描き出した一幅の芸術品のようにまばゆく、絢爛としていた。

レムスはただぽかんとして見とれる。グインの豹頭はその表情をよみとることができないのだが、それでもちらりとそちらへ目を走らせたリンダはその黄色い底知れぬ目の中に、たしかに感嘆と讃美の輝きに似たものを見たと思った。

誇りたかいパロの小王女は急に身をちぢめた。にわかに、自分がパロの戦乱以来ろくろく水浴もしておらぬこと、身につけているものといえばほこりまみれ、ひっかき傷だらけの、革製の男物の衣服でしかないこと、くしゃくしゃのプラチナ色の髪にはくしの目ひとつ通っておらず、そしてすんなりと少年のような細すぎる手脚はあいつぐ危難で傷だらけで汚れていること、が痛切なひけめになって感じられたのだ。

白い手がのびてその金髪をかきあげた。金色の額縁にふちどられたイラナの像のように、かぎりなく優雅で、そしてかぎりなく凜然とした美しい顔があらわになる。捕虜たちは呆然と見つめたまま、その白と金色の戦いの女神の両脇に脇侍さながらに居流れている、何人かの戦士になど、気づきさえしなかった。

「お前たちがパロの双児か」

うっとりするようなひびきのいいアルトが云う。リンダがくちびるをかんで答えないので、レムスがおずおずと口をひらいた。

「そ——そうだ。あなたは……」

レムスったら、敵の頭目にあなただなんて、と怒ってリンダは考える。

「わたしはモンゴール、ヴラド大公の公女にして代理人、白騎士総隊長にして右府将軍たるアムネリスである」

公女は静かに名乗った。とたんに、リンダのからだに冷たい電撃が走った。

(白騎士隊長——クリスタルの美しい都を蹂躙し、お父さまとお母さまを殺し、わたしたちをパロからおった黒騎士団と白騎士団の一方の長！)

耐えがたくなって目をとじてしまった。リンダの瞼の裏には、黒煙と猛火がそこここに立ちのぼるクリスタルの都を闇の中からぬけ出したような漆黒の姿でかけぬけてゆく黒騎士の隊列と、そしてそのうしろにあたかも不吉な亡霊のように白マントをなびかせてはパロの勇敢な戦士たちを切り倒してゆく白騎士の姿とがまざまざとよみがえったのである。

「そのアムネリス公女がぼくたちをどうしようというう……」

気弱な彼女の弟が、年上の男装の麗人に気圧されながら抗議をしようとした。アムネリスは前にひきすえられた三人の虜囚を鋭い、ものごとの底の底まで見ぬくような目でじっと見すえる。

公女の目にうつったのは、ひどく奇妙でほとんど神話的ですらある、しかし何かしら見るものの心をひきつけ、打つようなものを具えた三人だった——ぼろぼろになった革製の衣服をまとい、手をとりあって、ひどく無力でとるに足らなく見えるけれども、そのくせ星のような目をしているふたりの子ども。

それは髪の長さが異るだけの、そっくり似かよったふたりのわんぱくな少年のように見えた。そしてそのふたりを従え、あるいはその守護神然としてその横に傲然とそびえ立っている豹頭の戦士。

アムネリスの深い緑の瞳が驚きに見張られた。我知らず、彼女は身をいくぶんのりだして、あの有名な、完璧な抑制と無感動の静かさとを失いこそしなかったけれども、はためにもそれと知られるほど激しく興味をひかれたことを示してしまった。

「これはまた」

低くつぶやいて椅子の腕を握りしめる。グインのような生物を見るのは生まれてはじめてだった。

それの奇怪な外貌もむろん人々の驚嘆を誘い、目を奪ったし、それにその体軀のきわだったみごとさ、戦士ならば誰ひとりとして羨望と嫉視に胸苦しくならずにはいられないようなそのすばらしい筋肉も見るものの息をのませる。

しかし——アムネリスの目をグインに釘づけにさせたのはむしろもっと別のものだった。

その豹頭の奥から無表情に、あたかもまことの巨大な肉食獣のようにこちらを見返している、グインの目——

その底光りする黄色っぽい目には何か云うにいわれぬものがあった。それがアムネリスの心臓の鼓動をいわれもなく激しくさせ、不安にしたのである。

もっと鈍い、あるいは皮相な目にはそれは、単なる物騒な凶暴さ、獣のように荒々しい殺気、それともただ単に人をおちつかなくさせる妙な特質とでもしか映らぬような、そんなものだった。だが、リンダやアムネリスのような、世のつねの人よりものごとの真実に近くある資質をそなえた人間にとっては、それはことばにするさえも不安な——リンダにとってはもっと違った感情を呼びさましたかもしれないが——不思議なおののきを誘ってやまぬだろう。

それは、たぶん、野望、といってはあまりにも無私であった。変革への意志——そういっても、あまりにもそれは無意識でありすぎる。

グインの目、その豹頭人身の巨軀にまつわっている何とはない周囲と異る空気、その逞しい全身から発散するすさまじいまでの生命力——それらの中には、何がなし高貴なと呼びたくなるような孤高の感じがあった。

だがそれだけでさえない。——アムネリスが無意識のうちに感じとって、うまく云いあらわしようもないままに微かに身震いした、グインの中のある《もの》——それは、強いて名づけるならばたぶん《運命》とでもいうほかないものだったのだ。

グインはある壮大にして波乱にみちた《運命》それ自体のすがたであるように見えた。仮に半獣半神の戦士に結晶させられた、何かのすさまじい《運命》そのもの。グイン自身をさえも看過はせずにまきこみ、何もかもを変えてしまうかもしれぬような、何か激烈にして凄絶でさえあるもの。

アムネリスの細い手が、椅子の腕をつかんだまま、止めようのない小波のような震えに震えていたのも、無理からぬことであると云わねばならなかったのだ。

アムネリスは何度かつばを飲みこんだ。物に動ぜぬ若き右府将軍の動揺をみて、居並ぶ騎士たち、白騎士隊のリントやヴロン、赤騎士のメルムやカインが当惑の目をそらしていることにふいに気づく。尋問をはじめねばならぬのに、彼女は異相にまったく魅せられたかのように見つめているばかりなのだ。

アムネリスはまたつばをのみこんだ。

「お前は——」

パロの双児に話しかけた、流麗なアルトとはまるで別人のようなかすれた声が出た。

「お前は何者だ」

「俺か」

グインは何の感情も示さずに彼女の目をうけとめる。

「グイン」

「グイン？」

「そうだ」

「それがお前の——名か？」

「そうだ——多分」

「多分とは？」

グインは眠れる獅子がうるさい虫を逐うときのように、丸い頭をちょっと動かしただけで答えようとしなかった。

「アムネリス殿下にお答え申しあげよ！」

怒ってヴロン隊長が云う。アムネリスは手をあげてそれを制した。少しづつ、夢見心地がうすれて落ちつきが戻ってくる。

「なぜそんな姿をしている？」

「知らぬ」

というのが豹人の答えだった。

「生まれながらにそのような姿なのか？　あるいは何かの呪いによってそのように変えられたのか？」

「俺は知らぬ。気づいたとき俺はこのようなものとしてあった。べつだん、そのいわれを知らなくても、そう在ることはできる」

「どこの生まれか？」

「わからん」

「この――」

失地回復に苛立っているヴロンが身をのり出した。うしろに捕虜を見張って立つ騎士たちに目顔で合図する。

「素直に答えぬなら、答えるようにさせようか。われらはパロの軟弱な騎士連中のように捕虜を鞭打つのにためらったりはせんぞ」

「グインはルードの森にあらわれたとき、それまでのすべての記憶を失っていたのよ」

うなだれていたリンダがたまりかねて顔をあげて叫んだ。

「知らないものをどう答えようがあるというの……」

アムネリスは緑色の目で、まるでこの子どもはなぜこんなところに口出しをするのだろうと無作法をいぶかるかのようにゆっくりとリンダを、上から下まで眺めた。

リンダのことばはしだいに小さく、口の中でとぎれてしまった。彼女は悄然として身をちぢめたが、心の中ではこの美しい、傲然とした年長の娘に対して、憤懣やるかたない反抗心をひたすら燃やしていたのである。

「記憶を失っているというのは真実か」

リンダをへこませると、満足してアムネリスはまたグインに目をむけた。グインは重々しくうなづく。

「自分でもさまざまなことを思い出そうとしてみたのだが思い出せぬ」

「本人がたとい知らぬことをでも、あるていどさぐり出す方法はいくらでもあるのだぞ」

アムネリスは云い、右後ろに幽鬼のようにひかえていた魔道士をふりむいた。

「ガユス！」

「は」

「占い球と占い盤でもって、この男を占って見よ」

「かしこまりました」

「グインをどう……」

どうしようというの、とまたリンダはおずおずと口をひらきかけた。しかし、（痩せっぽちの小娘！）と、アムネリスの冷やかな一瞥にそう怒鳴りつけられたような心地で再び身がすくみ、黙ってしまう。リンダはアムネリスよりたぶん四歳は年下だったろう。リンダは限りなく自分を惨めに感じ、同時に胸の中でやるせなく、激しくその豪華で端正な仇の公女を憎む炎を燃やした。

「隠してもどうせいまあらわれてしまうこと。少しでもいつわろうと思っているのならばやめたがいいぞ」

アムネリスは忠告した。グインは頭ひとつ動かさない。

「ならばとりあえず、ガユスが占いおえるまでお前は身許もわからぬし、これまでの記憶の一切も失っているとしておこう——だが、それならなぜ、そのお前が逃亡したパロの遺児の味方をする？」

グインは答えない。アムネリスは再びうながした。

やはりグインは黙ったままだ。

「云え、まことに縁もゆかりもない行きずりならば、なぜパロにくみする！　それともパロにゆかりの者か！　答えろ！」

アムネリスは声を荒げた。ふいにその白い顔に、激しい苛立ちのゆがみが浮かび、公女はゆったりとした椅子からふいに立ちあがって、白と銀のブーツの脚で激しく床を踏み鳴らした。

「なぜパロの遺児にくみする！」

「アムネリス殿下にお答えせんか！」

アムネリスと隊長の声が交錯した。

グインはわずかに豹頭を横へむけた。が、そして彼はやにわに、思いもかけなかったことをした。クックックッとさもばかにしたように笑いはじめたのである。

「何がおかしいッ！」

アムネリスは激怒した。小さな足が床を蹴った。

「お前がおかしいのだ、モンゴールの公女よ」

グインの答えは、なおさらに彼女を激昂させた。

「何を――何故！」

「モンゴールの美しい公女よ、たおやかな女の身で、そのように鎧に身をかため、右府将軍の、白騎士隊長のと自惚れるのは健気ではあるが、しかしゴーラの腑抜け騎士どもにならいざ知らず、真の戦士の前でもそれでは、ちと片腹痛いとは思わぬかな」

レムスがぽかんと口をあけた。

リンダはやにわに銀色の頭をふりたてて、きッと顔をあげた。その目がキラキラと輝き出す。

「こ、この――」

アムネリスは息をつまらせた。

「この化物、公女殿下に何という無礼なことを！」

激怒したヴロンとリントが両側から、腰の大剣の柄に手をかけてとび出そうとする。

が――さいごの一瞬にアムネリスの手がのびて、かれらを制した。

一同は公女の精神の強靭さにあらためて目を見はった。アムネリスが激怒のあまり声を途切らせたのはわずか一瞬でしかなかった。たちどころに彼女は完璧な自制力で我を取り戻し、青ざめた顔に苦笑さえもうかべたのだ。

「私を怒らせ、気をそらさせねばならぬ秘密があるようだな、グイン」

彼女は冷静な声で指摘した。

「よかろう、その件は、アルヴォン城の地下牢で、たとい拷問台の上ででも、ゆっくりとき出してくれる。――いまひとつ訊ねよう。私はお前たち一行がイカダでケス河を下ろうとする姿を、アルヴォンの崖の上から見た。あのときたしか総勢は三人ではなかったはず――他の二人はどうした？　たしか一人はスタフォロスのそれとおぼしい黒い鎧を身につけ、もう一人は奇怪なことに、ノスフェラスのセム族のように見えたが」

「俺は知らぬ」

　グインは平然と云った。アムネリスは再び苛立ちかけたが、ぐいとこらえる。

「ガユス——まだか、そちらは」

「只今」

陰鬱に答えて魔道士が進み出た。

「占い球がこの男をうつしました」

「結果は」

「さあ、それが——」

「どうなのだ。勿体をつけず早う云うがいい」

「それが……」

　ガユスのひからびた醜い顔は、なぜか濃い当惑と不安に翳っているようだった。彼はカサカサした手をあげて占い球の上におき、まるで火傷をしたとでもいうようにあわててひっこめた。

「占い球を占い盤の上におき、正しきものの相が映し出されるようにとルーン文字の祈りことばをとなえて観相いたしましたところ——」

「……」

「水盤の中にうつし出されたのはなんと、ただ一頭の巨大な豹でございました」

「豹——」

　アムネリスは眉をよせた。

「何だ、それは。何を意味するのだ。いつものようにあいまいにことばを濁さず、はっきりとわかるように云わぬと許さんぞ」

「恐れながら、豹は豹——でしかございませぬ」

　ガユスはいくぶんおどおどとさえしながら答えた。

「この男の魂は巨大な豹のかたちを致しております。他は奇怪にも何もかも空白——記憶を失ったというよりは、はじめからそれを与えられてはおらなかったとでもいうように……人はその種族の記憶を無意識層にたくわえてうけつぐもの、仮にいま生まれたての赤児にしたところで、いまこの男のそれよりは確実に多くのものを水盤にうつし出されてしまうことでございましょう。しかもこの観相の球はどのような仮面をも透視すれば、この球で見てなお真の顔がうつらぬという、これは……」

「……」

「このようなえたいの知れぬことははじめてでございます」

「——馬鹿な！」

吐きすてるようにアムネリスは叫んだ。細い眉をよせて、手をふって魔道士をさがらせる。

「もう、よい」

苛立たしげに、

「よかろう、この男、かりそめに人のかたちをしてゴーラ——か中原そのもの——に放たれた一頭の豹であるとしよう。だとしたところで、それがどうだというのだ？　中原は人知と文明の治めるところ、あるいはこれこそがノスフェラスの汚らわしい魔法にしかすぎないのかもしれぬではないか。

よかろう、ノスフェラスをしろしめす悪魔ドールがわれらを揶揄しようというならこちらも手だてはある。ヴロン！」

「は」

「リント！」

「ここに」

「全部隊に帰還の布令を出せ。出立は、他の者を捜索におもむいた一個小隊の帰投と同時に。アルヴォンへ早馬をとばし、迎えの兵を出させよ。そしてこの者たちは——」

アムネリスはふいに、冷やかな顔に何かしらいやな、残忍といっていい喜悦をほの見せて、彼女を怒らせた三人の捕虜を眺めた。そのくちびるに、ゆるやかに、冷艶な嘲笑がのぼってくる。

「ウマを与えることは不用。革のナワで腰と手をくくりつけ、わが小隊の最後尾のウマにそのナワの先を結び、否応なく引いてゆくがいい。こやつ、まことの豹人であれば、そのぐらいの扱いが妥当というものだろう」

「は……」

リントはためらい、ちらりとパロの双児、そのほっそりと未熟な手足へ目をやった。

それより早く、きくなりグインが進み出た。

「俺はかまわぬから、パロの子供たちにはウマをやってくれ。二人に一頭でもよい。子供たちは疲れている。しかもアルドロス聖王のいまや唯一の血筋の貴い身分だ。そのぐらいの礼節は尽くしても、ゴーラの恥とはなるまい」

「殿下……」

リントが訴えるようにアムネリスを見る。アムネリスの顔がこわばった。

「無用！　モンゴールの公女に、同じ命令を二度云わせるのか」

「か——かしこまりました」

「公女！　ならばせめて、子供たちに水と食物を——今にも倒れそうだ」

グインが声を大きくした。

だがそのとき、グインは腕にかかる冷たい小さな手を感じてふりむいた。黄色い目が、ゆっくりと細められる。

「パロの小女王にして予言者なるリンダ、わたしからも云います。そのとりなしは無用だわ」

リンダは云った。

人びとはふいに、何がなしハッと胸をつかれて、そこに奴隷のようにひきすえられている、ひよわな少女を見つめた。

リンダは、もう目の前の絢爛たる公女に対して、どのような負い目さえも抱いてはいなかった。その背は、極度の疲労にもかかわらず、ぴんとまっすぐにのび、その頭は誇り高くもたげられて、正面からアムネリスを見すえた。

怒りと——そして不屈の王家の誇り、貴い身へのほとばしるような自尊とが、わずか十四歳のパロの小女王の血管に、彼女が生来秘めているおどろくべき炎を往ぎ込んだのである。リンダのくちびるはかみしめられ、その目は星のように輝き出していた。

頬にあざやかな血の色がさし、与えられた屈辱に決して汚されることのない、気高い微笑さえも、そのくいしばったくちびるに浮かんできた。

(そうよ! 私はパロの王女、聖王アルドロス三世の唯一人の姫にして《予言者》リンダ、クリスタル・パレスの宝石のかたわれ。モンゴールなど血筋でいうなら、古く誇りたかいパロ王家の、陪臣のそのまた末裔《すえ》の僭上者にすぎないではないか。しっかりおし、王女リンダ、頭を高くあげるのよ——お前こそ正当な、パロの象徴なのよ!)

リンダから、気おくれもひけめも、そして敗者の屈辱感さえも、あとかたもなく消え去った。あるのはただ、何者も消しとめることの出来まじい、凜烈の炎とそして面《おもて》もむけられぬ瞋恚だけ。——自分では気づきさえしていなかったけれども、リンダは最初にうしろから小突かれて天幕によろめき入ってきた、みじめな泥だらけの子どもとは、まるで別人になっていた。痩せっぽちの、もしアムネリスがまばゆい太陽だとするならばちょうど月のように青白くきゃしゃな、未熟な容姿さえもが、はっと人目をひきつける銀と白の魅力を輝き出させ、人びとは、グインでさえも、彼女に目を奪われて見守った。

アムネリスは敏感にそのあいての変化をうけとめた。緑の目がきびしく、氷よりも冷たくなり、唇がひきしまり、峻烈な女王の怒りがぴりぴりとあたりにはりつめる。それはあえて女王なる自分に対抗しようという不遜なあいてに対する、不信と苛立ちと、そして苛烈な圧倒への意志がないまぜになった憤怒であった。

アムネリスはパロの王女をにらんだ。しかしもうリンダはおじけるようすさえもなくその目をうけとめ、はねかえした。そこにいるのは彼女の父母の首級をあげ、彼女と弟をその王国から逐ってかくも辛酸をなめさせている怨敵、倶《とも》に天をいただくこともかなわぬ永遠の仇敵のかたわれだった。

　峻烈な怒りにみちた緑色の目と、凄壮な瞋恚をたたえたスミレ色の輝く目とが、発止とぶつかり、正面からからみあい、激烈な火花を散らした。それはパロの小女王リンダとモンゴールの公女にして白騎士隊長アムネリスとが、互いを最大の敵として見かわした最初の視線であった。そしてそれは、パロとモンゴールのそれぞれの誇りたかい女神、父を殺されたものと殺したもの、捕えたものと捕われたもの、としての敵対意識だけでさえなく――かれら自身気づきはしなかったが、そこには決して相容れるべくもない、それぞれ異る美しさをもった少女の、女どうしの嫉妬と敵意さえもまじりこんでいたのだ。

　アムネリスは厭わしげに、捕われの王女を見すえていた。リンダは目で人を殺せたらという憤怒をこめて目をそらすまいとした。アムネリスの形のいい口がゆがむ。

「殿下。赤騎士小隊がただいま帰投いたしましたが」

　はりつめたその一瞬、ふいに天幕の入口の垂れがあがり、小隊長の飾りをつけた赤騎士が報告にあらわれた。

「申しわけございませぬ。逃亡者はどこにも――」

「よかろう！」

　アムネリスは最後までできこうともしなかった。やにわに激しく膝をうち、豊かな髪をふり払って、高い調子で叫ぶ。

「出発の触れを！」

　あわてて、うしろに居並ぶ騎士たち、魔道士や侍童も立ちあがる。アムネリスは傲然と捕虜たちを無視して出ていきかけたが、何を思ったかリンダの前でぴたりと足をとめた。グインのことは、まるで彼女が彼に持った興味の深さと激しさを彼女自身にさえつつみかくさなくてはいけないとでもいうように、故意に完全に無視している。金色の豊かな髪をこれ見よがしに波打たせて、冷やかにリンダを見おろす。

彼女はリンダより頭ひとつ分ほども背が高かった。肢体はあでやかな飾り鎧につつまれ、もうほどもなく完成を迎えようとする十八の少女の肌は、バラ色とミルク色に内奥からの艶をにじませて光り輝かんばかりであり、そしてその態度にも、雰囲気にも自分の美と力とそれが相手にかきたてるものとを十二分にわきまえた不敵な自信が漂っているのである。

リンダはきかん気らしく頭をもたげたが、彼女も決して小柄というほどでもなかったにせよ、アムネリスの長身の前では分がわるかった。リンダのスミレ色の目が怒りに燃える。

「——ちっぽけな小娘！」

アムネリスは鋭い舌打ちと共にあびせかけた。

そのままもうあとも見ずに歩き去り、天幕を出る。騎士たちが続く。

リンダは血の出るほど唇をかみしめ、レムスが心配げにのぞきこむのも気がつかなかった。彼女は一生涯をかけてモンゴールの公女アムネリスを憎むと決意していたのである。

2

モンゴールの騎士隊は出発の途についた。目指すはケス河の彼方、アルヴォン城である。

虜囚たちは腰と手首とに二本の革ヒモをかけてしめあげられた。そのヒモの端がそれぞれウマの鞍つぼにくくりつけられ、赤騎士隊によって護衛された白騎士二小隊のまんなかに追いこまれた。

「リンダ——リンダ、手が痛いよ」

レムスが囁いた。彼の子供っぽい顔はいまにも泣き出しそうにゆがんでいた。

リンダの方は、ナワをかけられるときにも抗おうとさえしなかった。むしろ、ほっそりと、いたいたしいほどにきゃしゃな両手首をかさねあわせ、自分から傲然と前へさしのばしてナワをかけさせた。

「レムス、お父さまはこの白騎士隊の手にかかったのよ」

低く、きびしい声で云う。

「それをいつまでも覚えておおきなさい。そしてモンゴールの公女が勝利におごって、パロの王子と王女とに加えたしうちのことも。――いつかわたしたちが運よく生きのびて、父上の国を再興できる日がもしあれば、その日におまえがパロの王としてせねばならぬ最初のことは呪われたモンゴール、ひいてはゴーラ三大公国をこの地上からあとかたもなく抹殺することよ」

「生きのびて――って、ぼくたち、殺されるの？」

レムスは恐怖にかられてリンダを見つめた。リンダは弟の恐怖をやわらげてやろうとしなかった。

「わたしがモンゴールの公女の立場だったにせよ、そうしないだろうと思うの？――でも、わたしたちは死の時も一緒よ。そして、レムス、お願いだから、お前はパロの世継だということを忘れないで。さいごの一瞬まで誇りたかく、頭をまっすぐにもたげたまま死んでちょうだい。姉さんのいうことをきくのよ」

レムスは首をふった。その柔かな、感じやすい目は手首の早くもはじまった苦痛とリンダのほのめかしと双方で、涙でいっぱいになっていた。

「ぼく、死にたくないよ」

怒られるのを気づかいながらそっと云う。

「お前は――」

リンダが怒気を含んで云いかけたが、レムスの左隣に、子どもたちのそれとは比較にならぬほど頑丈なナワでつながれていたグインが小さく吠えるように笑ってなだめた。

「パロの王女よ、誰もがお前のように心高く、そして強く直《す》ぐに生まれついたとは限らぬのだ。お前のようでない魂をとがめるにはあたらん、たとえそれがお前と同じ顔についていてもな。なぜならお前がそんなようであるのは何もお前の手柄ではないのだから。

　――それに、レムス王子。お前も、なかなか立派な子どもだぞ。世継の王子ともあろう身が、ためらうことなく、死にたくないと正直にはなかなか口にできぬものだ。お前もどうして凡夫だとは俺は思わん」

「ぼくを馬鹿にしているんだね」

　情けなさそうにレムスはきいた。グインは首をふった。

「それがお前のよいところだと云っているのだ、少年よ。いいか、お前はお前なのだぞ」

「出発！」

　前の方から、伝令の叫んでまわる声がつたわってきた。五百の人馬はゆるゆると動き出す。三人の捕虜は、たちまちピンと張りつめた革ヒモに激しく手首を引っぱられ、あわてて足をはやめて追いつかねばならなかった。

　日は中天にあってじりじりと諸物をこがしつつ、だんだんに西の地平へ身を移してゆく。

「グイン」

　リンダが早くも激しく喘ぎながら云った。

「何だ。――あまり口をきくな。消耗がひどくなるぞ」

「グイン、どうしたかしら、かれらは、あの――」

「云うな！」

　ぴしりとグインはさえぎった。高くなった声をききつけて、かれらをつないだウマののりてがふりかえる。

「何か云ったか」彼は厳しく云った。

「無駄口がたたけるのも今のうちだけだぞ。ものの半ザンもせぬうちに子どもらはばたばた倒れ、手首をすりむいてウマにひきずられてゆくことになるのだ」

「モンゴールの悪魔！」

　リンダは目に涙をためてかすれ声でののしった。

　グインは騎士たちが興味を失ってまた前方へ向き直

るまで、うつむいたまま待った。

　きこえぬのをたしかめてから、五百頭のウマのひづめがたてる砂けむりと、ザッザッという足音の中で低く口をひらく。

「あいつの名を口に出すんじゃない。もしかしたら、あいつだけがわれわれの生命綱かもしれんのだからな」

「あんな奴！　とっくに裏切ってぬくぬくと寝ているにきまっているわ」

「そうと決めたものでもない。だとしたところであいつを責めるいわれは、傭兵として雇ったわけでもないいわれわれにはないしな。まあとにかく、ヤーンと、その不具の子なる希望をとりあえず信じておくことだな」

　そう、グインは云った。

　その当のイシュトヴァーンである。

　とっくにどこかでぬくぬくと寝ている、とリンダはわるく云ったけれども、それは必ずしも正当な非難とばかりは云えなかった。

　もっともそれは別にイシュトヴァーンが、偶然のことから同行者となった三人の窮地に、親身に責任を感じていた、ということではない。《紅の傭兵》ほどに、情や義理のヴェールで利害の眼をふさがれてはおらぬ人間も珍しいのである。

　しかしさしも陽気なヴァラキアのイシュトヴァーンではあったが、今度ばかりは自分ひとり抜け目なくモンゴールの手を逃れたことに、満足だけしているわけにもゆかなかった。

　なぜなら、ここはノスフェラス、未知の脅威にみちみちたノーマンズランドであり、せめてグインのような超人的な戦士と力をあわせたならば知らぬこと、たった一本の剣をたずさえ、ウマもない徒歩《かち》立ちでは、所詮イシュトヴァーンがどんなにすぐれた戦士であろうともそこで二日とは生きのびることはできなかったからだ。

おまけに、それは中原の人間であれば当然のことにすぎなかったけれども、イシュトヴァーンは、ノスフェラスの事情にはとんと疎かったのである。

さきに足にへばりついてきたおぞましいイドだの、ケス河に棲む水妖と同種だが陸棲の、ノスフェラスの《大口《ビッグマウス》》だののことを考えると、身の毛がよだった。といって、もはやゴーラ領にもどるにもイカダもない。

「さて、困った、困った——天にいるヤーンの長い百の耳にかけて、おれがちょっとばかり困った羽目におちいっていることは、認めざるを得んぞ」

朝、追手のウマの砂煙を見かけるや、見張りの義務を放棄し、それをとがめに追ってきたラク族のスニさえも拉致して、その場から首尾よく逃げおおせてしまったイシュトヴァーンは、他によしんばどのような人格的な欠陥があるにしたところで、恐しいばかりに抜け目のないことだけは誰にもひけをとらなかっただろう。

それはグインの秘めている超人的な体力や精神力に、ある意味では匹敵するとさえ云っていい、殆ど超能力の域に達している直感と読みの正しさとにうらづけられているのだった。イシュトヴァーンはモンゴールの追手が、グインたち三人を捕えてほぼ満足はしながら、なおもひととおり他の二人を探索の人数を割くだろうと予期していた。

そこで、ピイピイと彼にはまるっきりわけのわからぬことばで叫びたてるスニをひきずり、彼はおおむねの予想のように東へむかって少しでもおちのびておこうとするかわりに、騎士隊の裏をかいてまうしろへまわりこみ、そして崖の上から、探索の一隊が東へかけてゆくのを見送ってからのんびりと身をやすめたのである。

崖の下には天幕と、そしてウマの日陰でやすむ騎士たちとで、臨時の集落が出現している。

それを見おろして、傭兵は不敵にもクックッと笑ったものだ。

「なあ、おい、サル。どうせお前にゃ、きいたって何のことだかわかりゃしねえが、教えてやろう。身を隠すというのは何がコツだか知っているか。完全に身を隠すには、できうる限り対手に近づき、そのうしろから尾けまわしてやりゃあいいのさ。とにかく策略の神ドールにかけて、最もいい逃げ方ってな、追手を追っかけることとなんだ。といったところで手前にはわかるまいが。まあだから、この岩の上で日なたぼっこをしてる分にゃ、このくらい安全なことはまずないってわけさ。

くそ――それにしても、なんていい、いい、日ざしなんだ？　まるでルアーの円盤に迂闊にものりこんだ霜の精ラーラの伝説みたいに、ものの半ザンもありゃあ、とろとろにとけちまいそうだ。おまけに腹はへるし――ええ？　何だと？　何がいいたいんだ？」

イシュトヴァーンは折角のハンサムな顔をこっぴどくゆがめて半身を起こし、急にピイピイとさえずり出した猿人族の少女をねめつけた。スニは激しく苛立つふうでイシュトヴァーンの手をひっぱる。

しょうことなしにスニの指さす下の方をのぞいて彼は口をゆがめた。折から指揮官のそれとおぼしい豪華な天幕の前に、グイン、それにパロの双児が連れ出されてひきすえられるところが豆つぶのように見えたのである。

スニのことばはヴァラキア生まれの傭兵には一言も理解できなかったが、実のところスニの身振りをみれば、その云わんとするところは一目瞭然だった。

スニはやっきになって、小さい毛むくじゃらの足をふみ鳴らし、下を指さし、イシュトヴァーンに哀願のそぶりをしては、その腰の剣の鞘をひっぱる。スニのクルミ色の目は、恐しく真剣な光をたたえて、わずかのあいだも傭兵からそらされない。スニは、イシュトヴァーンに、早くリンダたちを助けろ、と要求しているのである。

「アルーラ、イミニット、グラ！」

語の調子からは何となく、「この卑怯者、ばか

!」とでも罵っているような感じでスニはわめいた。

「ばか、このサル、静かにしねえとてめえを焼いてくうぞ」

イシュトヴァーンは怒鳴り、それからあわてて口に指をあてて万国共通のしぐさをした。しかし、必死になっているスニは、わかったのかもしれないがわかったようなそぶりは見せなかった。

なおのことやきもきと、とがめるような丸い目で逃亡兵をにらみつけては剣の鞘をひっぱる。

「くさいぞ——その獣の手でさわるな」

催促に辟易してイシュトヴァーンは声を荒げた。

「何が云いたいってんだ。あいつらか——あいつらは放っとけよ。いいか、あのグインて奴はな、手前で何でも手前の始末はできる奴だ。あんな化け物でもな。男なんだよ。だから、サル、こちらとしちゃあ、奴の始末は奴に任せ、てめえのことだけ考えるのが、本道ってもんじゃあないか——えーい、うるせえぞ、ギャアギャアと」

イシュトヴァーンの黒曜石のように悪戯っぽく輝く目が険悪に細められた。甲高い声でわめきたてていたスニがキャンというような声をたててとびのく。彼がやにわに腰の剣をつかんで、いまにもスニを切り伏せようというそぶりをみせたのである。

スニは大慌てでイシュトヴァーンの剣のとどかぬ範囲へまで退き、おずおずとようすをうかがう。その怯えた丸い目をみて不謹慎な傭兵はまたしても笑いがとまらなくなった。

「サルのくせに、おれがてめえを食おうと思ったのがわかったのか。怯えてやがる」

彼は身を折って笑いこけ、怒ったスニが丸い目でにらみつけるのを見てまた笑った。彼自身はそう云われたらずいぶんと心外だっただろうが、二十になるならずのこの傭兵には、ときどきまるできかぬ気の腕白小僧のように見える瞬間があり、それをみると人びとは、彼にかなり腹をたてていても怒るに怒れなくなってしまうのだ。

しかし、スニはそうとばかりも云っていられなかった。なぜならこの小さなセム族は、すでに生命を救ってくれたリンダにすっかり心を捧げていて、それでその主人のおちいっている窮地に誰よりも心をいためているのは、もしかしたら当の本人よりもこのスニの方だったかもしれない。

スニは、笑ってばかりいる傭兵を不信の目でにらみすえた。しかし、どうせ彼を当てにすべくもない、と思いついたのか、もうそばによって剣をひっぱったりはしようとせず、何か考えこんでいたが、ふいにいかにも獣らしい唐突さではねあがった。

と思うと、またたく間に、この岩山に生まれ、死んでゆく種族だけに可能なすばやい身ごなしで岩山をかけおりはじめる。

「あ――おい、サル！」

びっくりして、イシュトヴァーンが身をおこしたときには、もうなかば岩をかけおりていた。

「こら、待て、どこへ行く――サル、こら！」

イシュトヴァーンは手をのばして、スニの小さい腕をつかまえようとしたが、スニの方がずっとすばしこかった。スニはとがめるようなクルミ色の目で傭兵をねめつけ、はだしの小さい足をはねあげると、もうあとも見ずにかけおりていってしまう。

「あ――」

イシュトヴァーンが呆気にとられて見おくるうちに、崖の、ゴーラ兵のたむろしているのとは反対の方向へ、小さな毛ぶかい姿ははねていってそのまま見えなくなってしまった。

イシュトヴァーンはしばらくぼんやりしてそれを見送った。だが、それから急に、

「チェ、何だってんだ、あのサルは！」

妙に腹立たしげに叫んではね起きる。

「何だってあんな目つきで人を見なけりゃいけねえってんだ？　ヤーンの三巻き半の尻尾にかけて、おれが何をしたってんだ？」

傭兵の若々しい顔は、奇妙なふうにゆがんでいた。

だが、それから崖の方へ目をやり、ちょっとためらい、それから、おれには関係ない、と決めてまたごろりと身をよこたえ――いくらもせずにまたとびおきる。

「要するにやつらの自業自得ってもんだしな。豹あたまは、自分の運命ぐらい自分で切りひらくことはできるさ――ただ、おれもこうただ逃げまわったって埒もないから、こうなると知っていれば、もっとずっと早目に、パロの王子と王女の居場所をみやげにゴーラへ投降し、うまく立ちまわって騎士団の中に地位でもせしめればよかったたな。もっとも、おれとしては、モンゴールのパロ攻略でこの後の三大公の力関係がどのように変わってくるものか、もうちょっと見さだめてみたかったのもほんとうのことだし。

まあ、いい――とにかくこうなったからには何とかいちばんいい手だてを考えることとさ。たしかにおれひとりでは、いかに魔戦士といえどもノスフェラスを横断はおぼつかんだろうが、しかし五百の精鋭の騎士団をあいてにひとりで何とか立ちまわり、奴らを何とかせねばならんと思うほどには、借りがあるでなし、別に雇われたというんでもないし――

お？」

ふいに傭兵はそれがくせの一人ごとを途中でやめて、まぶしい日ざしの下で目を細めた。

下の、モンゴールの騎士たちのなかに、急にあわただしい動きがはじまったのである。

どうやら出立の布令が各隊にまわされたとみえた。騎士たちはいっせいに休息の水筒や糧食をかたづけて立ちあがり、身づくろいをし、ウマを立ちあがらせる。隊伍をくみ、隊長たちのウマがそのあいだを何度もかけぬける。

傭兵は用心深く、かれらの目のとどかぬ、だがこちらからは充分に見わたすことのできる場所へ移動すると、ぴたりと崖の上に身をふせた。

東の方から、小さな砂塵のかたまりがしだいに近づいてきたと思うと、それはさきに主部隊をはなれて探索にまわっていた小隊の姿になる。かれらが合流すると、白い花芯をかこむ赤い花弁のようなかたちにととのえられたひきあげの陣容は完成し、そしてそれぞれの隊の先頭に座をしめた鼓手が打ち鳴らす、出発の合図の太鼓がノーマンズランドにひびきわたった。

さいごに天幕から一隊の人びとが立ちあらわれた。高い崖の上からでもすぐに見わけることができるのは、ひときわ高く人々の頭の上にそびえ立つグインの豹頭の雄姿と、その両側につき従う、岩に咲く二輪の桔梗のようなほっそりした双児である。

騎士たちがかれらを小突いて進ませ、ひざまづかせてその腰とさしのべた手首とにナワをかけ、そのナワをウマの鞍にくくりつける。虜囚たちがそうやって隊列のあいだにつながれるのをイシュトヴァーンは眉ひとつうごかさず見守った。

だが——ふと、その目が何かに驚いたように見張られる。天幕がたたまれ、すっかり出発の用意がととのったあとに、いちばんさいごにあらわれて白いウマに悠然とうちまたがる、すらりと長身の人影が目にとまったのだ。

「……」

そこからはとうてい、遠くてすっかりあいてを見さだめるというわけにもゆかなかったが、しかし傭兵は何かを感じとったのだ。なぜなら彼の顔は急にひきしまり、そして急にその目が思案に沈み、そして彼はやにわに身を起こすと、ひとつ大きくうなづいたのである。彼のようすは変わっていた。

何かが今ようやく動き出したのだった。

3

「グイン——」

ノスフェラスの荒野を、五百の騎馬は粛然と進んでいた。

先頭に立つのはゴーラの勇者、モンゴール第三赤騎士団のメルム中隊長である。そのうしろにカイン隊、そして白騎士の小隊ふたつ、リント隊とヴロン隊をはさんでそのあとに、しんがりをつとめるのはアルヴォンの誇り、アストリアス隊の百五十騎。

かれら五百あまりの精鋭に守られ、粛々と歩を進める麾下部隊の中央に、ひときわ燦然ときらめく白い装束の一騎――モンゴールの公女アムネリスである。

そのしろがねの鎧、そのかぶとをとり去った豪奢な黄金の髪は、はるか遠くからでさえ、いま辺境の地平に傾きつつある午後の遅日《おそび》をうけて、きらきらと輝きわたる。ノスフェラスのあつい砂地を吹いて、人びとを砂塵まみれにする通称、「ドールの風」と呼ばれる風さえも、この輝かしい姿の前でだけは、おそれて左右にひらくかに見える。

「グイン――ああ、グイン……」

そして、その誇りやかな隊列のうしろに、パロの王家のさいごの生きのこりたちは、ナワで奴隷か、けだもののようにウマにくくられ、ウマにひきずられ、うしろから追いたてられ、手首をすりむいて血だらけにしたみじめな姿でよろばい歩いてゆくのである。

「グイン――わたしもうだめ……」

リンダの声はかすれ、ほとんどいつもの彼女の声とも思われなかった。

「リンダ！　しっかりして……」

励まそうとするレムスのほうも、一歩ごとに膝ががくりとくじけかかる。

「どうした、お前たち――誇り高いパロの真珠らしくもなく、弱音を吐くのか」

グインが叱りつけるようにささやく。リンダはかすんで朦朧となった目に、参ったようすもなくウマにひきずられながら頭をもたげているグインを見上げ、そうすると彼女のかよわい、打ちひしがれたからだにも彼の凄絶なまでの野性のエネルギーが注ぎ込まれるかに思えて、またいくばくかのあいだは、よろよろとでも進むことができるのだった。

「レムス――いいこと。この苦痛と、このはずかしめを覚えておくのよ――お父さまとお母さまのうらみ、パロの民の呪い、そしてわたしたちのこの――この苦しみが、すべていつか……かれらにふりかかるように――」

「あまり口をきくな」

グインが叱る。リンダはかすれた声で笑った。

「口をきいていると……少し楽なのよ。ああ――グイン、どうしてわたしたち、こんな目にあわなくてはいけないの。つい先日までの、クリスタル・パレスでの平和な日々は、どうしてこんなに急に終わってしまったの……」

所詮、いかに気強く、情がこわいといっても、リンダは十四の子どもでしかないのである。彼女の砂塵にひびわれたくちびるから、すすり泣くような呻きがもれた。しかし、一日、水も与えられていないのどはかわききってしまっていた。目も――だから、涙さえもからだじゅうの毛穴から汗になって蒸発してしまったかのようだった。

「ヤーンの意志は俺たちにはわからぬ。この俺が記憶を失って、その前後のからくりも知らぬままこういう変転にまきこまれたというのも、きっと何か、はかりがたい巨大な運命が俺をつかんででもいるのだろう」

「ああ――グイン、水がのみたいよ」

レムスがうめく。前をゆく赤騎士がそっとふりかえった。ゴーラの赤騎士といえども、皆がみな鬼神の魂をもっているとは限らない。かれらはアムネリスに絶対の忠誠を捧げていたから、あえてその厳命に背こうとは思いもよらなかったのだが、しかし内心ひそかに、グインはともかく照りつける日の下をよろめき歩いてゆくふたりの子どもに見るにたえぬ思いを味わっているものは、決して少なくはなかったのである。

「水のことを云うな。よけい苦しくなるぞ」

「でも――ああ、ぼくもう歩けないよ……」

「しっかりして――レムス……」

リンダは喘いだ。それからやにわに少しでも心をまぎらそうとでもいうように、

「ねえ――グイン」

「ああ」

「なんだか――なんだかこの砂と岩場は、いつまでたっても熱をもっていて――おまけに、なんだかこの上を歩いていくうちに、足元がふらついてくるようなのね……」

「実は俺も先頃からそれに気づいていた」

グインは認めた。

「何やらえたいのしれぬ瘴気が、あたりをおおっている気がせんか。ノスフェラスの空気は、ねっとりとして妙に生物のように、――それともゼリーをとかした水か何かのように重くまつわりついてくる。それが咽喉に入ると、妙に不浄で、咽喉をかきむしりたくなってくる」

「モンゴールの騎士は、何も感じないのかしら――」

「あまり私語するまい！」

前をゆく騎士が怒鳴り、それから声をひそめてつけくわえた。

「倒れるのが早まるばかりだぞ――いいか」

彼は親切で云ったのだが、敵の情けはリンダの高貴な心を激しく刺激した。彼女はなけなしの体力をふりしぼり、手ひどく云い返そうとくちびるをなめてことばをさがした。

が、そのとき、ふいに先頭の隊の方でちょっとした騒ぎがまきおこり、整然たる行進の隊列がはじめて乱れた。

「《大食らい》《ビッグイーター》！」

「砂の中だ！」

前方から悲鳴がおこり、そしてたちまちのうちに、

ウマが怯えてあげるいななきと、しずめようとする叫び、隊長たちが気狂いのようにわめき散らす下知の声とであたりは騒然となった。

大食らい《ビッグイーター》はすなわちケス河の大口《ビッグマウス》と同種の、陸棲の怪獣である。姿かたちもほとんど大口とかわるところのない、鋭い歯を生やした、顎だけのような肉食の怪物だが、ただ水のかわりに砂中にひそんで隙をうかがい、そして大口《ビッグマウス》よりもかなり大きいのがふつうだ。

その大食らい《ビッグイーター》が、前触れもなく突然に砂をけちらしておどりかかり、先頭のメルム隊の若い騎士と彼のウマを襲ってくわえこんでしまったのだ。

最初のひと噛みで、ウマの胴はぱっくりと食いちぎられ、騎士は絶叫とともに大食らい《ビッグイーター》のからだのあとが作った砂穴へ転落した。大食らい《ビッグイーター》は血をふきだすウマをまるでガティのねり粉をかみちぎるようにかみちぎり、その間に懸命に騎士は砂を這いのぼろうとしたが——


「ギャーッ！」

突然、彼は絶叫して横転した。折角脱出に半ば成功しかけていた彼の腰を、いきなりのびてきた厭らしい白い、ねばつく触手がまいて、ぐいと砂穴の底へひきずりこんだのである。

「助けてくれ！」

若い騎士の断末魔の悲鳴に盟友たちは耳をふさいだ。

「助けるのだ、早く！」

隊長が叫ぶ。

「駄目であります！　オオアリジゴクでは！」

絶望の応えをきいて人々は顔をそむけた。それでも、狂気のようにもがきながら穴の中へひきこまれてゆく仲間の姿がすっかり砂に消えてしまう直前に、かれらの目には、触手の見るもおぞましいくねりの根かたに、ぞろりとあらわれた、身の毛のよだつような巨大でいやらしい吸血の口が見え、その口からもれる、何ともいえないほど不快な臭気があたりに漂うのがわかったのである。

もう手のつけようもなかった。アルヴォンを出てから三人めの犠牲者である。人びとは耳をふさいで、凄惨な悲鳴と物音のやむのを待ち、それから復讐の怒りをこめて、ウマをかみ裂いてしまった大食らい《ビッグイーター》を槍につきさして砂の上でひきさき、そしてオオアリジゴクの砂穴には油を流しこんで火をつけた。

砂の上には血と内臓と肉とが散乱していた。ウマはもうまったく原型をとどめていない。人びとは大食らい《ビッグイーター》の死体をオオアリジゴクの火の中へ投げこみ、苦しまぎれの不気味な生物の、くねりもがく長い触手にからみつかれぬようずっと後へさがった。オオアリジゴクの生きながら焼ける臭気のすさまじさに、嘔吐を催す者が続出する。ノスフェラスの生物はほとんどが、中原のとは似ても似つかぬ呪われた怪物でしかない。

そこへわずか五百騎でのりこんで一昼夜がたって、犠牲者が三人ですめば、これはむしろ望外の幸運とも云い得べき成果であっただろう。

かれらは犠牲者の墓をつくる手数もおしみ、仲間が怪物と共に燃える炎が燃えつきるのを見とどけさえせずに、ただちに行軍を再開した。アムネリスの考えでは、三人の捕虜をつれて遅くとも日没までには、ケス河のこちら岸にいまごろはリカード伯の率いる留守部隊が築きあげているはずの防壁の中に入れるだろうというはずだったのである。

しかし、グインたち三人の捕虜の足にあわせなければならないのと、大食らい《ビッグイーター》とオオアリジゴクにぶつかったのとで、思いのほかに時間をとられ、はるかにケス河の流れが見わたせる場所までようやくたどりついたときには、すでにあたりには紫色の宵闇が濃くなりまさっていた。

その夕方は、たまたま風向きがそうなっていたのだろう。闇があたりを包んでくるにつれて、あたりには、昼のあいだはなりをひそめていた白いエンゼル・ヘアーがふわふわと舞い飛びはじめ、それはケス河にかれらが近づくにつれて、あたかもそれをさまたげようとするかのようにしげくなりはじめた。

白く人の顔にぶつかってきてはふわりととけてゆく、動物とも植物ともつかぬエンゼル・ヘアーは、それだけではまったく無害な荒野の風物にすぎないので、しばらくはかれらはべつだん気にとめることもなく手でそれを払いのけてなおも進んだ。

だが——しばらく行くうちには、エンゼル・ヘアーは少なくなるどころか、だんだん、互いに呼びあいでもしたかのようにかれらの周囲に集まって来はじめた。

あるいは荒野には珍しい、たくさんの人間の集団とウマたちとが発散する、熱の量がかれらの原初的な感覚への刺激になるのかもしれぬ。ともかくエンゼル・ヘアーはあちらからも、こちらからも、音もなくしだいに集まりだし、しまいにはまるで小さな雲のようにむらがってしまった。

隊長たちはちょっとウマを集めて相談しあったが、無害なことは知れているし、どのみち大したさまたげにもなるまい、と決めて、再び進むよう命じた。

だが、そのとき、だれかが、なにげなく上を見上げ——

そして、小さく叫び声をあげた。

「あれを！」

人びとはあわてて上を見あげ、そして息を呑んだ。

エンゼル・ヘアーの空！

ノスフェラスの黄昏は、ねっとりと重く、スミレ色に——リンダの瞳の、星のように神秘的なスミレ色とは似もつかぬ、何やら不浄であやしげなみだらさを秘めた濃紫にあたりにたれこめ、そこには星さえもまたたかぬ。あたかもねばつくその夜の色のジェリーが、半透明の被膜となって清澄な星々と地上の人びとを切りはなそうとたくんでいるかのように——その、ノスフェラスの夜空を、ほの白く、もやのように、エンゼル・ヘアーの大集結が染めている！

それは、たとい無害であることが知れていたところで、それを見るものの不安と戦慄とは少しも減じることのない、そんな気味のわるい眺めだった。まるでかれらの上にだけ雨をふらそうとしてヤヌスがつかわしたひとかたまりの雲か、それとも水中にうごめく環《リング》虫《ワーム》の何百万の触手ででもあるかのように、音もなくより集《つど》った白い繊糸はかたまりあい、うごめき、その間もひっきりなしに新手のそれがその大群落に加わる。

見わたす限りの空をその青白いたなびく霞が埋めてしまっているようにさえ人びとは感じたが、それはただ、そのエンゼル・ヘアーがかれらの上だけでなく、横も、前も、うしろも、まるであたりをその幽鬼の白でぬりつぶそうというようにふさいでいるからなのだった。

モンゴールの勇士たちのあいだに動揺がひろがった。かれらはセムの大軍や、ケイロニアの竜騎兵、この獅子騎兵をならばむかえうつこともできたが、このほの白い、ゆらゆらとただうごめいている無言の怪生物は、なにやら勇士たちの抵抗力を根こそぎ奪い、その心の最も深奥にたえず巣くっている根深い恐怖心をまともにあおりたてた。

「ガユス」

アムネリスは魔道士を呼んだ——その声は、微かな押さえきれぬふるえをおびていたかもしれない。

「これは、何としたことだ」

魔道士はひからびた手で、しきりとルーン文字をかたどった祈り紐をまさぐっていた。そのしぐさは妙に見るものの心を苛立たせた。

「エンゼル・ヘアーは無害なはずだが、こんなに大量にむらがって、われわれにおそいかかってくる、などということはあるまいな？」

「……」

ガユスは首をふった。

「このようなことは、聞き及んだことがございませぬでな」

「予兆か！」

「で、あるとしたところで、やつがれ如きには、凶兆とも、吉兆とも」

「もうよい！」

アムネリスは苛立って云った。総指揮官と魔道士とのこのやりとりはむろん全軍のほとんどにはきこえなかったが、それはある意味では幸いだった。

なぜなら、騎士たちは騎士たちで、気味わるげにエンゼル・ヘアーのほの白いカーテンを見上げ、顔にふわりとはりつかれるたびにいまはかなり恐慌をきたして払いのけながら、こそこそと取沙汰しはじめていたからである。

「――こんな話というのをきいたことがあるか、マルス」

「いや、ないな。おれのいとこの家は辺境開拓民として、ツーリードの森近くに長いこと住んでいるのだが、エンゼル・ヘアーといえば少し気味がわるいだけでまったく無害なしろものだといつも云っていた。おれがアルヴォン城へ配属と決まったときにもな、そういえば……」

「おい、ちょっと聞け。これはどうも尋常とは思われん。厭な予感がするぞ――これは凶兆のような気がする」

「云うな、ヘンドリー」

「おれは第六感が発達していると噂なのだぞ」

「ユーレックは物識りだ。あれにきいてみよう。ユーレック、ユーレック」

「……」

「知っているか、こんなことがいつもあるのかどうか」

「きいたこともない――だがここはノスフェラス、何が起こっても不思議はないところだからな」

「なあ、皆、きいてくれ。知らんか、こんな俗説を――このエンゼル・ヘアーというやつ、そのひとつひとつが、死んだ人間の口からとびだした、やすらわぬ魂だという話――」

「云うな、皆まで！」

「ヤヌスの慈母の顔にかけて！」

「クリスタルの都が奇襲によって陥ちたとき、われらモンゴールの黒騎士隊と白騎士隊とはどれぐらいの罪もない一般市民をウマの上から――」

「ええい、云うなというのに！　不吉な！」

「だがあれは……」

　しばらくやんでいた風が、また少しばかり出てきて、ねっとりとした闇を揺りうごかすと、エンゼル・ヘアーの白い紗の掛布《ぬの》は、あたかも深い水中で環《リング》虫《ワーム》の繊毛がいっせいにそよぐように、ひそとの音もなくなよなよと揺れた。

　それは深甚な畏怖と――そして恐怖とを誘うながめだった。だれかが松明を灯し、それをひたひたと漂うそのもやに近づけてみたが、するとその周囲でいったん繊糸はかなり大量にとけて、もろく闇に消え去り、そこには黒紫の夜闇がぽっかりとのぞくのだが、いくばくもなく、また周辺からよりあつまってきたエンゼル・ヘアーが音もたてずにその穴を埋めて、前よりもいっそう濃いほの白さの中にとけこませてしまう。

　ついに五百の部隊の足は、まったく止まってしまっていた。何も害をしようという気配こそないものの、それが万一おりてきて一行の顔や口にはりつけば、この数では全員を窒息させることもたやすかったろうし、それに何よりも、無害といい切れぬことには、この幽鬼のような白暮に視野をふさがれて、なおも無鉄砲にも進もうとこころみた先頭隊の数騎が、見とおしのきかぬままあわや又してもオオアリジゴクの砂穴にすべりおちかけたのである。

　それ自体はたとえ無害であっても、それに視野をふさがれて、ノスフェラスの夜の無数の危険の中へ自らとびこんでしまうおそれは十分すぎるほどにあった。メルム、カイン、アストリアスの三隊長はウマを走らせて鳩首相談し、あわててアムネリスの旗本隊の隊列に割って入った。

「アムネリス殿下、おそれながらこれ以上ウマを進めるのはあまりに危険がすぎるかと存じますが」

「部下が恐れはじめております」

「われら合議の結果、とりあえずここでの夜営をご進言申しあげては、ということになったのでございますが」

口々に言上する。アムネリスは眉をしかめて左右についた両親衛隊長へ目を走らせた。

ヴロンとリントが目顔でうなづく。

「よかろう」

アムネリスはしばしの思案ののちに決断を下した。

「持参の糧食は三日。なんとか、明朝になればここからケス河まではもう三タッドあまり、いま無理押しに進むよりは――よかろう、下知をまわし、この地で夜営の支度を。ただし見てのとおりの異常な状態のことであれば、ウマを円陣に並べて防壁となし、歩哨をつねの三倍にふやしてたえず交替させ、そして円陣の中央に大篝火をたいて火をたやさぬよう心がけよ。仮眠のさいも鎧はとかぬ。明朝は日の出と同時に立ち、日が中天にのぼるまでにはアルヴォン城へ入る。わかったか」

「相わかりました」

「じゅうじゅう、注意致させるでございましょう」

「万が一このエンゼル・ヘアーが何やら害意を示したときにそなえ、各人がひとつ必ず松明を腰にさし、篝火からいつなりと火をうつせるよう。――このエンゼル・ヘアーは少し高い熱にあえばたちどころにとけるもの、その意味では、そなえがあればさほど脅威ではあるまい」

「心得ました」

「行け！」

三隊長を走り去らせてからアムネリスはふりかえった。ガユスにとも、二隊長にともなく云う。

「いまいましいことを――どうあっても、多少の無理はおしてでも、今夜中にアルヴォンの防壁へたどりつかねばならぬ、とかたく決めていたのだが」

「やむを得ますまい、この有様では」

「気になる。――こんなことはついにきいたこともない。一体、どのような変化が、このような異変をもたらしたのであろうか」

「ここはノスフェラスでありますから――」

「私が云うのは、そんなわかりきったことではないぞ！」

アムネリスは手厳しく決めつけた。バラ色の唇をかみ、頭上にたなびく、幽鬼じみた青白さをにらみすえる。

「天幕をしつらえます。少々お休み下さいませ」

侍童が云ったが、アムネリスはなおもウマをおりようとするようすさえも見せなかった。

騎士たちはあわただしく夜営の準備をととのえた。巨大なかがり火がたかれ、水でガティがこねられた。

虜囚たちは手首のナワをとかれ、ウマの陰に一枚の敷物を与えられた。かれらはやにわに布の上へくずれおち、しばらくは動きもならなかった――それほど精魂がつきはて、息も絶え入るばかりだったのである。

アムネリスからは、虜囚のことは忘れ去りでもしたかのように何の指示もなかった。それをよいことに、ひそかに心のとがめを感じていた騎士たちは、急いで水筒と、穀物のつぼ、それに手首にぬる油ぐすりを持っていってやった。

リンダとレムスは夢中になって水筒を口にあて、むさぼりのんだ。長いこと口から吸い筒をはなそうともしなかった。だが、ガティの粉は口にする気になれなかった。空腹の度がすぎて、のどを通らなくなってしまったのだ。

グインはひとり、水筒からひと口だけすすりこむとそれでゆっくりと口中のうがいをし、しばらくふくんで口中に水分をゆきわたらせた上で吐き出した。穀物の中に埋めて持ちあるく乾した果実をひろいあげると時間をかけてしゃぶりはじめる。

彼がそうして痛めつけられた体力の回復につとめているかたわらで、双児はぐったりと倒れたなり、ぼんやりとして空の異変を見上げていた。

「ふ——不思議だわ」

　リンダが弱々しい声で呟く。

「モンゴールの兵はあんなにエンゼル・ヘアーをおそれ、異変の予感におののいているというのに——わたし、少しもあれがこわくない。それどころか——なんだか、ふしぎとなつかしいような気持ちにさえなってくるの——あれを見ていると……」

「ああ……」

　レムスもしゃがれてしまった声で同意した。

「怖くないし——それに……なんてきれいなんだろう、ぼくたちが死んで、ヤヌスの神の座へのぼってゆくときに、乙女のアイノがひろげてくれる、クモの糸と朝露で編んだ布みたいだ」

「あれを見ていると、な——なんだか、からだがふわっと浮きあがり、あれにつつまれて空をとぶような気持ちになってくるわ」

　リンダはうっとりと云った。

「もしかしたらエンゼル・ヘアーが死者の魂だというのは本当かもしれない。あれがほろびたパロの、火に焼かれた幾万の人びとのわたしたちに会いに来てくれた姿だったら……」

　グインは双児を見た。何やら不服そうだったが、双児がその考えにひどく慰めを感じていることを見てとったのだろう、何も云わずに、ねり粉のパンをかじりはじめる。

　見張りの騎士たちも何か云いたげにかれらへ目をむけたが、かれらを見、頭上の白い生ける闇を見、何も云わずにヤヌスの印を切った。

　エンゼル・ヘアーの群は風もないのにゆらゆらとゆらめき、あたりはさながら白い水底とも見える。不安とそして鳴りやまぬ畏怖にみちたときめきとをひそめて、ノスフェラスでの二回目の夜は重くふけていった。

4

夜はふけた。

天幕ではおそくまで、公女を囲んでの隊長たちの談合が持たれていたが、それもついに果て、隊長たちもそれぞれの隊へとひきあげる。侍童が貴重な水を使って布をしぼり、公女の手脚をぬぐってノスフェラスの砂塵をきれいに洗いきよめ、何重にも麻布をかさねた床へ主をくつろがせると、天幕のあかりも吹き消された。

外では、もちろん、そこがアルヴォンの詰所ででもあるかのような、平穏な眠りが訪れていた筈もない。篝火は天をこがせとたかれ、あとからあとから枯れ苔や携帯の燃料がさしくべられた。

兵たちは上をちらちらと見ながらあわただしく糧食をつかい、飲むことの禁じられているはちみつ酒の味を思い出してのどを鳴らした。互いに見かわす顔はノスフェラスの砂塵に白茶けてすすけ、それを洗い流す水もない。

だがしかし、かれらが火をたきはじめると、上へのぼるあたたかい空気を嫌ってだろう、エンゼル・ヘアーたちはその上空を避けてたゆたうドーナツ型にかわり、そしてそれ以上大集結をつづけるようすも見えなくなって、ひとまずようすはおちついたかに見えた。

頭の上に環虫《リングワーム》をのせてその襲撃を待つしかないような、兵たちの不安と動揺も、そのたきはじめた火の効力と、それとエンゼル・ヘアーが何もするようすのないのとで、少しづつおさまり、人びとはその頭上のもやに何となく馴れて来はじめた。見上げればそのおとなしい怪物はゆらゆらとたなびき、青白くかれらを感情もない目で見下ろすかのようだ。

しかし火は明るく燃え、兵士たちはようやく、私語をぼつぼつとかわすまでに気力をとりもどしてきた。

かれらの関心はただ二つのことにわかたれた——このエンゼル・ヘアーの異常な集結と、それからかれらの虜囚にほかならぬ、豹頭、人身、巨軀に異常なまでのエネルギーを秘めた怪物と。

「このようなことは、見たこともきいたこともない」

どの隊にも、物識りゆえに尊敬を払われている男や、その多少ぬきんでた第六感や直感力を頼りにされているものがいる。

かれらは、炎に半面を照らし出されながら物思わしげに、口をあけてききいっている同僚たちにむかって喋るのだった。

「凶兆だ。そうに決まっている。そうでなけりゃ、おれは鞘ごとこの大剣をくって見せる」

「このエンゼル・ヘアーどもがか、それともその——と声をひそめ、その方を見やって——怪物がか」

「両方さ！」

男は答えて水筒からひと口のんだ。

「どちらかひとつならばまだ説明がつけられたかもしれん。偶然だとか、ノスフェラスではどんなことが起こっても、おどろくいわれはないのだとか、そこにはどのようなものが棲むか決してすべては明らかになることがないとか。

しかし——この二者がこうも合致して起こり、しかもそれに相前後してスタフォロスの悲運がもたらされたからは——」

「スタフォロスにはおれの同郷のガルンや若いオロがいた」

別の騎士が炎にあかく顔を染めながら云う。

「もしスタフォロス城壊滅の悲劇をもたらしたのがあの怪物にかかわりのある——あるいはあの怪物が凶兆となってさし示したところの何かの運命だとしたら教えてくれ。おれは友人どもをセムの手にかかって悲惨にも屍をさらさせたそのあいてに、わずかながら、してやりたいことがある」

「よせ、無駄なことだ、運命を腰の剣で切れるものならば、魔道は要らぬ」

物識りの男はうつろな笑い声をたてて、それから、

「しかし——おれは思うのだが」

彼のことばをもらさずきこうと耳をそばだてている仲間を見まわして声をひそめた。

「よいか、ここだけの話だぞ——本当は、云ってはならぬことと承知で云うのだからな……正直云うとな、おれはどうも——金蠍宮は、黄金のパロに手出しをしてはならなかったのではないかという気がしてならぬのだ……」

彼の声はいよいよ低くなった。

「それはまた何故——」

ショックをうけた顔、顔、顔、を見まわす。

「考えてもみろ。スタフォロスの壊滅にはじまる一連の妖異のおこるところ、必ずパロの真珠と、それを守るあのシレノスの姿があるではないか……」

「そういえば、確かに」

「ヤーンの繰《く》る糸車は《運命》という名であり、その手にしたおさは《偶然》という、そして彼の織り出す模様にそのときどちらの糸がおちるのかは、ヤーンにしかわからぬという。

だがこれは……」

「ならば早いところ、あの真珠どもを首飾りのように糸でつらねてしまって、その呪いを封じればよいではないか」

「おれがいうのは、何もかれらそのものが呪いのみなもと、妖異の張本人というのではないのだ」

かれらのまわりに、少しづつ、人々がより集って来はじめた。喋っている男は皆の無知をあわれんで見まわし、

「ただ、クリスタル・パレスをいただく美の都パロはまた、魔道の都、ヤヌスの神殿のお膝元でもある。——それは何千年を経た王国であり、そこではいろいろと、われら新興のゴーラの民には考えもつかぬことがおこるというのだ。たとえば、おぬしらは知らんのか、クリスタル・パレスの地下にはもうひと

つの封宮があり、その中でははるかな昔に時の流れからひろいあげてそこへ封じこめられた魔道師や女どもが、パロのアルドロス大王の聖なる遺骸を守っていまなお生きている——そして、パロの玉座につくものは必ず、一度は地底の封宮におりてそのアルドロス大王のミイラと対話する試練を経なければならぬ、というささやきを？　いや、たしかにパロに手出しをしてはならなかったのだ！」

「この一連の妖事は、われらの主ヴラド大公が他の二公にさきがけて、クリスタルの都をおとし入れ、火と流血の中にほふった、ほかならぬそのたたりだというのか？」

「ただ、それだけであれば、むしろ幸運なくらいだが——」

なおも話しつごうとしたときに、ふいに彼は肩にぴしりと焼けつくようなムチの痛みを感じてとびあがった。

あわててふりむいた彼は、馬上から怒りに目をけわしくしてにらみすえているカイン中隊長を見、とびすさって平伏した。

「あらぬ流言で人心をまどわすものは、ケス河の大口と素手にて立ちむかうことになるぞ」

カインは鋭い声で怒鳴った。

「他の者も心して、あやしげな蜚語に耳を傾けるよりは耳に練り粉でもつめておくがよい」

ぎろりと四方に目をくれて、そのままウマの横腹を蹴って火の周囲を離れる。

騎士たちはしばらく、しゅんとなって黙りこんだ。が、そのとき、ふいに誰かが叫んで上を指さした。

「見ろ！」

人々は見上げた。

そして、さきにエンゼル・ヘアーで埋めつくされた空をそこに見出したときと同様に、鋭い音をたてて息をのんだのである。

かれらが話にかまけているあいだに風が夜空に吹ききたり、そこを埋めていた白紗のカーテンをあとかたもなくひきさらってしまっていた。

「おお——！」

誰かが低くささやくのがきこえる。空は晴れていた。

さきほどまでの乳白色におおいつくされていた水底はどこかへ去り、うってかわったスミレと群青色の夜空が、高くどこまでもかれらの頭上につづいている。

それだけではなかった。奇妙にも、そのエンゼル・ヘアーを吹きとばしたきよめの風は、ノスフェラスの夜に特有のあのねっとりとした不浄な重さまでも払拭してしまったかのようだった。空は晴れ、何かしらすがすがしく風が吹きわたり、そして——

「星が……」

騎士たちはしんとして見上げる。

ノスフェラスで星空の見えることは、そこに特有の重苦しいもやや雲がさえぎるので滅多になく、それゆえにこそそこは星の光さえもとどかぬドールの版図と呼ばれている筈なのだが、しかしいま、かれらの頭上たかく、チカチカとまたたくのは紛れもない、辺境の夜をいろどる数知れぬ星だった。

星辰のかたち、その位置すらも、太古から見れば同じそれとは思われぬほどゆがんで変貌をとげてしまった、と星占師たちは云う。だが、この時代のかれらにはその星々の位置こそが、なつかしく目に馴染んだ導き手なのである。

光弱いもの、巨大な赤い軍神の星、さまざまな伝説や教えにいろどられたそれらの星々の中に、ひときわ目に立つ二つの星がある。

そのひとつは俗に北の星と呼ばれ、船乗りたちを導く、その位置を太古からそれだけはまったく変えていないといわれる白熊の星《ポーラースター》であり、その冷やかで巨大な光は北のアスガルンの黒い山塊の、ちょうど上あたりにおちつきはらってかかっていた。その怜悧な光は、運命のうちなる死すべき人間どもの愚行をはかり、さばき、あざわらうかに見える。

いまひとつは東の星であった。東のカナン、黒々と、瘴気を漂わせて荒野の果てに静まりかえる、奇怪で伝説につつまれた古代山脈カナンの、獅子の眠るかたちの山の端に、白くひそやかな、しかし見誤られっこない高い光を放って大きく明滅しているマリニアム、暁の星。

それは北の星《ポーラースター》が人々を安らかに航海させるための神々の灯台であるとするならば、ちょうど、何ものにも左右されず曇らぬ目で、招くように、拒むように地上をしろしめす、ヤーンの一つ目それ自体であった。それゆえに人びとは暁の星をまたヤーンの目とも呼ぶのである。

星々は夜空をかけり、モンゴールの騎士たちとその虜囚の心は和んだ。かれらは星の聖なる音楽に耳をかたむけ、癒され、ゆるされてあるように感じた。それは、たぶん、嵐の前のひとときの凪ぎであったかもしれない。人々はそっとよりそいあい、辺境の夜闇、ヤヌスの安らかな版図の外にある不安すらもいっとき忘れていた。

公女の天幕は灯も消え、静まりかえっているのである。

その同じ夜の底で、寝もやらず静かにうごめいているひとつの影がある。

その影は、ほっそりとして、そして背がたかかった。鎧をつけ、剣を帯びているのだが、固い岩地をぴったりと地に這うようにして移動するときにも、まったくといってよいほど物音というものを立てない。ダネインの水ヘビもかくや、という、しなやかで油断のない熟練した身ごなしなのである。

その影は、さきにまだ日の高いころ、公女の一隊が天幕をたたんで出発したころから、つかず離れずの按配でその周辺にあらわれはじめていた。

もちろん、気取《けど》られるようなへまはしない。岩があるときは岩かげに隠れ、見わたすかぎりの砂地のときにはためらわずに地に伏して、日の高いうちはそれも見失なわぬのがやっと、というくらい遠く距離を保つほどの用心をかさねて尾けていたが、日が没し、あたりに闇が立ちこめてくると彼の仕事はずっとやりやすくなった。

もっとも、そのために一度は接近しすぎてしまい、あわや気づかれるところだった。トーラス生まれの、端麗な青年貴族、しんがりの一隊をひきいるアストリアス隊長は、たえず彼のウマをかって最後尾へかけもどっては、何か妙なものが追跡したりするきざしはないかと注意におさおさ怠りなかったのだが、日没のさいごのきらめきに反射して、鎧の止め金がするどく光るのに、ただちに目をとめたのである。

黒い髪、黒い目の青年将校の秀麗な顔に、怪訝の色が浮かび、彼は手にしたムチをあげて、

「何だ、今のは？」

誰にともなく問いかけた。

「私には何も見えませぬが」と部下。

「いや、いま確か——」

アストリアスはしんがりとしての責任を重く感じていた。ウマをかえして確かめようか、と一瞬迷うふうだったが、そのとき、

「わあッ！」

「大食らい《ビッグイーター》だ！」

先頭の方から激しい騒ぎがつたわってきた。

「どうした！」

たちまち、アストリアスはウマをかって、彼の隊列が乱れぬようにすることに全神経を集中し、そのために目の錯覚かもしれぬその微細な輝きのことはすっかり忘れ去られてしまった。そしてそのあとは例の、エンゼル・ヘアーのさわぎである。

それが一段落して、火がたかれ、すっかり人びとの夜営の準備がととのうころには、もう日はとっぷりくれて、怪しい人影はずっと動きまわるのがたやすくなっていた。

彼はちょうど黒づくめの装備であったから、白昼の岩場地帯ではそれこそ白紙にのせた黒い虫のよう

に目立っただろうが、闇があたりを包んでしまえば、火をたてにとったモンゴール隊に、よほどのことがない限りは気づかれずにすんだのである。

イシュトヴァーンは――いうまでもなくそれはヴァラキアのイシュトヴァーンだった――それでもなお、口の中でブツブツいう癖だけはあきらめてはいなかった。

（やれやれ、たまげた。ドールの十三人の醜い娘にかけて、たまげたぞ！　いったい、なんだ、あのエンゼル・ヘアーどもは！　モンゴール隊もびっくりしたろうが、おれときたらなお仰天さ。あんな話、きいたことも見たこともない。一時はどうなることかと思った。が――まあやれやれ、これでおれとしては、爺いになったときに家の外で石段に腰かけて、口をあいている孫どもに喋ってやる珍奇な話がまたひとつ増えたというわけさ。

おお、さいわい皆あのさわぎで気が疲れて、交替しながら眠っちまった。この分だと――おお、東のカナンを見おろす《ヤーンの目》の光にかけて、この天幕だな、総隊長、司令官、さっきの白騎士がいるのは。あれは一体何ものだったのだろう。光の加減かもしれないが、まるでもえたつような黄金の髪をしている、まだ年若そうな騎士だった。

白騎士の中の主だった隊長といえば、ヴロン伯爵、リント男爵、若いところではライアス、アリオン、レンツ――アリオン卿か。そんなところだろうな。

しかし妙だ……

まあそんなことはともかく――や？　おっと――危い）

口の中で、自分に元気づけるようにつぶやきながら傭兵は、ようすを偵察するために、じりじりと天幕へ近よっていったのだが、そのとき、歩哨とおぼしい連中がひそひそ云うのが、思いもよらぬほど近くできこえたのであわてて身をふせ、ぴたりと闇にまぎれて気配さえも殺してしまった。

「――下もむごいことをなさる」

きこえてきたのは、辺境なまりのつよい、しゃがれた声である。

「何も捕虜だといって子どもにあんなしうち――」

「云うまい、それはわれわれにははかり知れぬお考えが何か――」

「どうせ城へ入れば拷問台にかけられるのだが、それとこれとは――」

「拷問台に少し早くかけられたと思えばあきらめもつくさ。しかし勿体ない話だな、あの小娘は、なかなかのもんだぞ。まだまったくの子供のからだつきではあるが、王家の肌をしているし、なかなかの美形でもある。あの手足をそうむげに車つきの台で押しつぶさせるというのは――」

「しッ！」

そのときおもての方でシャッと天幕の入口の垂れがかかげられる音がした。

「では、お休み下さいませ」

太い男の声がかさなる。それへ、若々しい、どこか凜とはりつめた声が、

「では日の出と共に出立できるよう、用意怠りないように。いまごろは先に立たせた早馬がケスの防壁に入るころゆえ、明朝になれば迎えの隊と合流できよう。それまでは気を抜かず、よいな。

特にリント！」

「は」

「捕虜をしっかりと見張り、かれらが舌をかんだりすることのないよう」

「心得ました」

「アストリアス！」

「は」

「明朝はしんがりをカイン隊と交替し、まんなかに入れ。ずっと後詰では神経が疲れようから」

「いえ、そのような――かしこまりました」

ほのかに心外そうなひびきを隠した、若い声をさいごに、再び天幕の垂れがおりる。

イシュトヴァーンは命令することにいかにも馴れ

きっているようなその声の主を、何となく見てみたくなってそっと首をのばした。天幕のあわせめからのぞいてやろうとそろそろと這い出す。昼ま見たときは高い崖の上からで、とうてい姿かたちまでは見わけられなかった。しかしその凜としたなかに何か傲慢なもののある声、物の云いかた、は何がなし、ヴァラキアの若い傭兵を苛立たせ、その顔とすがたをたしかめたい衝動をあおりたてたのである。

《紅の傭兵》はそろそろと身をおこし、天幕のあわせめを両側へひろげはじめた。中では低い話し声がしている。そのとき、

「あ――」

イシュトヴァーンは反射的に叫びかけて、あわてて口をおさえた。

手の上に、気味のわるいしろものがはりついているることに気づいたのだ。それはブヨブヨして、燐光をはなつ、いやらしい砂虫《サンドワーム》で、自分の吸いついたものがいくら吸っても血を吸いあげられぬほど固いことに腹を立てたらしく輪型にもちあがった厭らしい口をふりたてている。口の下にある小さな赤い目が、ドールの創った生物だけのもつ執拗な悪意をこめてイシュトヴァーンを見つめているようだ。

「ウワッ、気味が悪い」

それは砂虫としてはほとんどいま生まれおちたというほどの小ささであったから、まるで害はなかったが、その形のおぞましさとブヨブヨと小さいそれが生意気にもそのさかづき型の頭で威嚇するさまの不快さとに傭兵は反射的にそれを払いおとし、ぐしゃりと踏みつぶした。彼は魔戦士と仇名されるほどに怖れというものを知らなかったが、正直云うとナメクジやヒルのたぐいには少々弱かったのである。彼はぶるぶると身震いして、踏みつぶしたとき足裏に、ブーツをとおしてさえ伝わったぞっとする感触を払いのけようとした。

そのために少しばかり注意を怠ったのだ。

「誰だ！」

歩哨の鋭い声がひびき、こっちへやってくる気配に、彼はあわてふためいて、天幕の主をのぞこうという野心を放棄し、安全なあたりまで逃げのびた。

それ以上怪しまれたようでもなく、気のせいだろうと歩哨が決めて立ち去るのをじっと待つ。だが、いまのひと幕は無駄ではなかった。なぜなら、息をひそめて岩にはりついているときに、《紅の傭兵》は、求めていた手だてを、ふいと考えついたのである。

それはいささかぞっとしない案で、できれば彼もやりたくなかった。しかしそうも云っていられない。もうじきに東の空に太陽神ルアーのチャリオットが最初のひづめの音をきかせるだろう。

「畜生《ドール》」

彼は身ぶるいし、そしてつぶやいた。

「ことがうまく行ったら、おれは富裕の神イグレックの五万スコーンの金袋にかけて、パロの双児から百万ランの身代金をふんだくってやるからな」

なおもぶつぶつと我身の不運を呪うことばを吐きながら、彼はいやいや目的のものを探しにノスフェラスの砂漠へあともどりしていったのである。

それから一ザンほどあとだった。

突然、どうやら一夜が無事にすぎたと信じはじめていたモンゴールの騎士たちは、すさまじい絶叫にとびあがった。

「助けてくれ！　砂虫《サンドワーム》だ、砂虫が追っかけてくる！」

「どこだ！」

「砂虫だぞ！」

たちまちに、夜営じゅうが蜂の巣をつついた大さわぎになる。青白くブヨブヨした、途方もない大きさの砂虫が、火など物ともせずに逃げ遅れた騎士をつかまえ、運のわるいいけにえをその吸血の口でからからにしてしまうのを見るにおよんで、大混乱と大恐慌は収拾がつかなくなった。

ノスフェラスの砂虫《サンドワーム》は荒野のいまわしい怪物の中でもことに始末がわるい。というのもこの下等生命には痛覚というものがないからで、巨大になれば人間三人分ほどにも及ぼうかというこのいやらしい妖蛆《クロウラー》は、突いても、身体を分断してしまっても、めちゃめちゃに押しつぶすかその原始的な脳を叩きつぶしてからだをずたずたにせぬかぎりいつまででも平気でくねくね動いているのである。

「助けてくれ！」

「天幕を守れ！」

悲鳴と叫喚があたりを埋めつくし、ウマはいないて激しく足掻き、騎士たちはうろたえさわいで走りまわった。

「殿下、危のうございます。避難を！」

「大事ない。弩部隊を前へ！　私が指揮をとる！」

その恐慌のさなかで火は消えてくすぶり、その中で一見してゴーラのとわかる鎧をつけた兵が捕虜にかけよるのに、その鎧の色が赤と黒と異っていることに気づくものはいなかった。

一人だけ、かけよった傭兵が岩に縛った捕虜のナワをいきなり剣で断ち切ったのに文句を云おうとしたが、

「隊長の命令で安全な場所へ移す！」

蒼白な顔でそう叫ばれるとうなづいた。

「手伝うか？」

「ここはいい。それより早くあれを！　見ろ、また一人やられた！」

イシュトヴァーンの声はわなないていたが、彼は恐慌をよそおう必要もなかった。なぜなら、砂漠に砂虫の穴をさがしあて、わが身を餌としてここまでおびき出すあいだ、彼はほんとうに、心の底から恐慌にかられて全速力で走って走って走りぬいたのだから。

「糞！　本当に本当にもう二度と人助けなどせんぞ！　ヤヌスの呪われた二本のそっ首にかけてな！」

何もいわず彼を見すえるグインのナワを切り、短剣を手わたしながらイシュトヴァーンは押し殺した声でわめいた。

双児もグインもひとことも云わず、ナワが切られ、かれらは自由になった。大混乱を呈しているキャンプの反対側へ目立たぬよう走り、イシュトヴァーンとグインがかけまわるウマをつかまえ、一人づつ双児を前にのせた。

「東だ」とグイン。

「ハイホー！」

傭兵がわめき、思いきりウマの横腹をけりつける。ウマが気狂いのように疾駆しはじめたとき、

「捕虜が逃げたぞお！」

誰かの絶叫が背中から追いかけてきた！

第四話　イドの谷間

1

「大変だ！」

「捕虜が逃げた！」

「捕虜がウマを！」

モンゴールのキャンプの中に、うろたえた叫び声が交錯するのを、狂気の如くに疾走するウマの背にぴったりとしがみついたまま、必死の逃亡者たちは地獄の犬ガルムの咆哮のようにきいた。

「追え！」

「追うんだ！」

「ウマを出せ！」

アムネリスのひときわ高い叫び、そして砂虫を退

治ようという剣のひびきにまじって、何とか隊列をとりまとめようとする隊長たちののどをからした指令の声がごく少しづつ、背中で遠のいてゆく。

二頭のウマはたてがみを、ノスフェラスの明け方の風にたなびかせて岩と岩のあいだを、東にむかってひた駆ける。東――《ヤーンの目》暁の星の光がうすれ、謎のカナンの山塊の上にいま太陽がさしそめようとする、自由と生命をかけた東の地平をめざして。

「ハイッ、ハイッ！」

イシュトヴァーンはくりかえしウマの腹をけりつけた。いまにもうしろから弩と怒号とがとびかい、長い手がのびてえりがみをひっつかんで引きずりおろされるような恐怖が抜けぬ。

グインは遥かに冷静だった。腰にしっかりとレムスをしがみつかせたまま、ウマをイシュトヴァーンのウマによせ、

「もうそれほど急がせるな。あまりせきたてるとウマが早く参って、かえってよくないぞ」

おちついた声で指摘する。イシュトヴァーンはリンダを前にのせたままふりかえった。

白と灰色の岩場に見えかくれして、朝日に照らし出されるモンゴールのキャンプは、すでに遠い幻影のように、それとも地にはりついた苔のように小さくなっていて、そしてこちらにむかってくる不吉な砂塵のかたまりもまだ認められぬことをたしかめ、ホッと低く息を吐き出す。

あとはただもう罵言と呪詛の洪水だった。

「ドールの火を吹く黒豚にかけて！　その汚らわしい臭い泥にかけて！　二目と見られぬその飼主にかけて、おれは、おれはもう――もう二度と決して、おれは――」

「イ、イシュト――ヴァーン」

その猛烈な、恐しく品のわるい呪詛をまともに吐きかけられながら、リンダは泣くとも笑うとも、叫ぶともつかぬヒステリーのような声になってかわい

い顔をくしゃくしゃにした。

「あ——ありがとう、そしてわたしをゆるしてね、《紅の傭兵》、わ、わたしはあなたのことを、ぬ——ぬ——ぬくぬくといまごろ眠っているなんて云っていたのよ。あ——あなたが砂虫《サンドワーム》に追っかけられているあいだに！　わ——わたしをひとつぶってもいいわ……」

「お前をひっぱたいたら金貨でもくれるってのか」

イシュトヴァーンの機嫌は最悪だった。

「お前の感謝だってだ、パロの厄介な真珠め、おれはばかだよ、ぬけめのないヤーンのおんぼろの頭巾にかけてな、ひとつ、傭兵たるものただ働きはすべからず、というのは、戦場商売の最初の鉄則なのにな。その次は、ひとつ、傭兵たるもの、情に流されるべからず、というのだ。

畜生、ありがとうなんて云うな、ありがとうなんか屁にもならねえや」

ウマを並べて走っていたグインは傭兵のこの、やんちゃ小僧めいた憤慨をきいた。

彼は何も云わなかったし、そもそも彼の豹頭は、にやりとして顔をほころばせる、などという芸当が不可能であったのだから、表面からはまったくそうとわからなかったが、丸い豹の頭の奥で、彼の黄色がかった険呑な目は輝き、おかしくてたまらないような光をたたえていた。彼には、傭兵が柄にもなく照れていることがわかったからである。

それにしても騒々しい照れかただな、とでも思ったのにちがいない。グインの目はユーモラスにまたたいた。

しかし、気の毒なリンダにはそんなことがわかるほどにはよく、男というものがわかっていない。せっかくの感謝とわびごとを、そんなふうにはねつけられて、パロの小女王はひどく気をわるくしてしまった。

「わたくしの前だけでも、そんな下品なことばをつかわないでいるよう、お願いしたいわ、ヴァラキアのイシュトヴァーン」

　つんとすまし、ウマの首にしがみついてイシュトヴァーンの鞍にまたがっている恰好でできるかぎりの威厳をかきあつめて、リンダは冷やかに云った。

「それに、わたくしの感謝がそんなにあなたにとって値打ちのないものでしたら、受けとっていただくには及びませんことよ。そんなに、ただ働きをお嘆きになることはないわ。わたしたち、いまはこんなにも何ひとつもっていない逃亡者にすぎませんけど、もし万一、パロの王座が回復されるようなことがあればあなたにこの借りは十倍にしてお返しいたしますから。ですからあなたはご心配なさることはないわ」

「ちゃんと支払うというのだな」

　ふくれつらで傭兵は云った。

「《紅の傭兵》の雇い賃は高いぞ」

「いかほどなりと」

「百万ランだ」

「それは、暴利じゃないの」

　リンダは怒った。

「人の弱みにつけこんで――」

「それとも地位だ。どうだ、おれを、パロの諸侯の列に加えてくれんか」

「なんて図々しいことを！」

「いまやパロの聖王家の唯二人の継承者である、《予言者》リンダと世継の王子レムスが、仇敵ゴーラの手で拷問されたうえ、高い処刑台にかけられる運命から救ってやったのだぞ！」

「わかったわ。では約束します、わたしたちがぶじにパロを再建できたら、クリスタル・パレスの聖騎士隊長に任ずることを」

「万が一にもありえないお伽話だからと安心して空手形を乱発すると、あとで困るかもしれんぞ」

　イシュトヴァーンはむきになって王女に念を押し、その結果彼がひそかにパロの再興をかなりあてにしている内心の勘定をさらけ出してしまった。

リンダは少しも気づかずに、

「パロの聖王家の人間には二言はありません、ヴァラキアのイシュトヴァーン」

「クリスタル・パレスの聖騎士侯にするのだな」

「そうよ」

「むろん、百万といわぬまでも、相場だけの代金も払えよ、それとは別にさ」

「わかってるわ」

「よかろう」

イシュトヴァーンは、ミルクをなめた猫のようににんまりと舌なめずりをした。その黒い生き生きとした目に、何やらけしからぬことを思いついた、たちのよくないいきらめきがやどる。

「ところで——」

彼は満悦のていで云った。

「いまのは、さっきもモンゴールの追手からお前と弟を助けたぶんだぞ。ところがおれたちはまだ安全になったわけではなく、うしろから追手もかかろうし、このさき幾ヶ月かかるかわからん困難な旅をしてノスフェラスをぬけてゆかねばならんし、おまけにそのさきには謎と伝説にみちた古代山脈カナンの地がひろがっているときている。

どうだ、もし、おれがそれらの困難をみな何とかのりこえて、お前たちをアルゴスなりケイロニアへ無事に到着させてやったとしたら、そのときは、報酬には、何を寄越す？」

「さあ、それは——」

「さっきの働きがクリスタル・パレスの聖騎士侯という相場を忘れるなよ」

ずるそうにイシュトヴァーンは念をおした。

「それしだいで、おれは何しろ雇ってくれれば否やの云えぬ傭兵稼業だ。四の五のいわずに剣をあんたに捧げ、契約破棄か、更改までは、あんたと弟のために忠誠をつくすことを誓ってもいいんだぞ」

「そう云われたって、わたしたちは、国もない王位継承者だし——」

リンダは口ごもった。

イシュトヴァーンは舌なめずりをした。

「どうだい、とりあえず――あんたの左に並ぶクリスタル公にしてくれるってことではさ！」

云うと同時に、身を二つに折って笑い出したので、あわや鞍からころげおちるところだった。

「まあッ！」

正直なリンダは、たちまち顔を真赤にそめて、

「なんてことを！　クリスタル公ですって！　そ、それはわたしが万一王座につくときの夫にして摂政役、王位の第三継承者たる諸侯中の諸侯だと、まさか知って云ってるんではないんでしょうね、ヴァラキアのイシュトヴァーン！」

「ちゃんとパロを再興に力をかしてやったら、それでも、おれと結婚するのはイヤなのかね、王女さま？」

イシュトヴァーンはあえぎあえぎ云い、なおも狂ったように笑いこけた。ふとまじめなおももちになって、

「おれは、まんざら醜男ってわけでもない――と、思っているんだがな」

云うなり、また笑い出す。

リンダはとうとう口もきけないくらい怒ってしまった。

「お――おろしてよ！　いますぐ、ウマからおろして！　こんな無礼者に勝手なことの限りを云わせて、パロの王女を侮辱させておかねばならぬくらいなら、ノスフェラスの砂虫の餌になった方がマシだわ！　さっさとウマをとめてよ！」

「二人とも、何を子供じみたことを云ってる」

グインがこらえかねて吠えるような笑い声をたててたしなめた。しかし、こんどはイシュトヴァーンが気を悪くしてしまった。

「ああ、そうか。じゃ王女にとっては、おれが王女と結婚するなぞという考えをおこすのは、パロ王家に対する侮辱以外のものではないってわけだな。お

れがヴァラキアの貧しい漁師のせがれで、足のつまさきに泥をくっつけて生まれてきた卑しい馬の骨で、おまけに四つの年から戦場稼ぎのこそ泥をして何とか生きのびてきたような悪党だからというんだな。ああ――わかったよ！

よかろう、王女さまを侮辱してしまったお詫びをしようじゃないか！　そのかわり、いいか、おれは掌に玉を握って生まれてきたので、取りあげばばあの魔女はいつの日かおれがどこかの王国の王になるだろうと予言したのだ。そしていつかおれの前にあらわれる《光の公女》がおれに王国と――そして闇とを与えてくれるだろう、とな。

いいか、おれは忘れんぞ。もしおれが王になったあかつきには、お前――パロの小女王がおれの讃美を侮辱ととったことを……」

「わたしは何も――」

「さあ、もういい加減にしろ」

グインが舌打ちして、際限のないふたりの口論を打ち切らせた。

「イシュトヴァーン、リンダはまだ子どもなのだぞ。むきになってみたところで仕方ないだろうが」

たしなめながらも、頭の中では、そういうイシュトヴァーンの方もまだ充分に子どもなのだとでも思って苦笑するふうだ。リンダは憤慨の目で、もうすっかり明けそめて再び暑い一日が訪れてきそうなきざしの見えているノーマンズランドの荒野を見やった。

空はスミレと青をつきまぜたけだるい色あいにかすみ、白茶けた岩々とそこにはりついた地苔類だけがどこまでもつづく荒野を、ほの白い糸のようなエンゼル・ヘアーがふわふわと飛んでは宙にとける。

その荒涼たる光景はふいにリンダに忘れていたあることを思い出させ、彼女は憤慨していたことも忘れて首をねじってイシュトヴァーンをふりかえった。

「そうだ！　スニは――スニはいったいどうしたの！　あなたまさか、本当にたべてしまったり…

…」

「冗談いうな」

イシュトヴァーンはまだ機嫌を直していない。

「あんなやせこけた、くさいサルをくったところで――あのサルはな、お前たちがゴーラの手におちると見るより早く、とんで逃げちまったよ。嬉しそうにはねて岩場の向こうへいっちまった。けしからん、恩知らずのサルじゃないか――どうせ、畜生だから、しかたないがな」

「スニが？」

リンダはショックをうけたようだった。思ったよりずっと、彼女はスタフォロス城の塔の小部屋で出会ってから、さまざまな困難を共にするあいだに、その小さい忠実な、毛皮をきた友達の忠誠になぐさめを見出していたことに気づいたのである。

云い返すすべもなく、リンダは口をつぐみ、黙ってウマの背に揺られつづけた。しかしそのスミレ色の瞳には傭兵への不信と反抗が宿り、そのまつげには哀しみが宿っていた。それ以上、口をきくものもなく、ノスフェラスの荒野はどこまでもつづき、そしてウマのひづめの音だけが、無人の岩場にこだましているのだった。

ウマは進んだ。

最初にそれを見つけたのはグインである。

「――見ろ」

おちついた声で云い、うしろをふりむいてみせた。何ごとかと皆はふりむき、そして、青ざめた。

西の方角に、小さなひとかたまりの砂塵がある。

「追手だ」

イシュトヴァーンがシュッというような息の音をたてて云う。

「ああ」

「ついに追いついてきやがったか。スタートで水をあけたにしろ、このままですんでは話がうますぎると思っていたんだ」

「ああ」

そのあいだにも砂塵は見ている前でどんどん大きく育った。かれらのウマはそろそろ疲れはじめるころあいだった。

おまけにそれぞれ、軽いとはいえパロの双児という余分な荷をものせている。しばらくのあいだにかれらの行く速度はずっと落ち、かれらが口論にかまけているあいだに怒りにもえた追手の一隊の方は着着としずかに間合いをつめていたのだ。

しばらくのあいだ誰も口をきかなかった。

ややあって、イシュトヴァーンがけだるげに、

「で、どうする、グイン」

「そうだな」

グインは厚い肩をすくめた。

「お前の考えをきこう」

「隠れるのさ！　逃げも、戦いもできねえなら、他にゃないよ！」

「かくれんぼうか」

グインは考えるふうだったが、

「だが、いつまでもつかな」

「だめだよ、かれらはあきらめやしないのだもの！　どうせ糧食もぼくたちはなくてかれらはあるし、かれらはただ辛抱づよくさがして、待てばいいんだもの」とレムス。

「誰もお前にきいてやしねえぞ、餓鬼」

イシュトヴァーンはとげとげしく云った。

「じゃあお前は他にいい考えがあるってのか、化けもの」

「いい考えなどはないが」

グインは重々しく、妙に託宣めいて云った。

「じゃ何だ」

「ただ、お前は逃げも戦いもできぬといったが、おれは、そんなこともないだろうと考えている」

「戦うのか！　ルアーの炎の剣にかけて！」

呆れてイシュトヴァーンは叫び、目をこらして、まだ遠いけれども確実に間をつめてくる兵たちを見

やった。

「何小隊か、見わけられんか、《紅の傭兵》」

「むろん――このおれの目は一タッド先の木の上のバルト鳥だって……一個中隊はいるな、どう少なく見つもっても。先頭に白いよろいが二騎、あとは赤だ」

「一個中隊か」

グインは考えに沈む。

「もしかしたら、それに加えて二個小隊くらいは」

「少し、しんどいが」

グインはゆっくりした口調で云った。

「まあ何とかやってみよう。イシュトヴァーン、この辺の地理はわかるまいな」

「自慢じゃないが皆目わからん」

「いいか――まっすぐ東の方向、あそこに昼でも不吉に黒く見えているのがかのカナン、伝説の古代山脈」

「そのぐらいは知ってらあ」

「ひといきにカナンまでかけとおすのはとうていムリだが、スニの云っていたラク族の村はここからほど遠からぬはずだ。スニの云うにはその村は『カナンの犬の首が左に指一本に見えるところ』にあるという」

「な――なんだ、そりゃあ！」

「見るがいい、カナンの最も左側に山が見えよう。すなわちカナンの最高峯、フェラスの霊峯だが、この山は西側から見ると犬の首に似ているのでまたの名を狗頭《ドッグ・ヘッド》山ともいう」

「……」

「いまはその頭半分が見えているだけだが、こうして――」

グインは手をまっすぐのばし、人さし指をたててみせた。

「片目をとじて、指の長さと山のシルエットの高さが一致するところまで走るのだ。そこから半径一タッドの円のどこかに、必ずやラクの村落がある」

「……」

グインはふりかえり、今はもう砂塵の中に騎士のひとりひとりが見わけられるまでになった追手との距離をはかった。

「一頭のウマに三人では速度が出なかろうが何とかやってみてくれ」

これですべて説明がすんだ、とでもいうように云う。

「え？」

イシュトヴァーンはわからぬような顔をした。その黒い、アンズ型の、キタイ美人のような目が丸くなる。

「おい、豹あたま」

「それとすまんが俺のはとりあげられてしまった。お前の剣をかしてくれ、傭兵」

「おい、おい――」

「だめよそんな！　グイン！」

傭兵とリンダが同時に叫んだ。

「大丈夫だ。食いとめる方法はいろいろと知っている」

グインはちょっと笑い声をたて、

「おい、子供たち、ことによると《紅の傭兵》の云うとおり、俺の生まれ故郷はこのノスフェラスかもしれんぞ。なぜなら、この荒れはてた地のことを、その生物、その地理、これ以上はない、というほど詳しくこころえていることに、俺は今気づいたからな」

「そんなこと、ダメよ。わたしがさせないわ！　そこまであなたに犠牲的な献身をさせる権利はわたしたちにはない――」

「行かんか！」

グインは苛立ったようだった。やにわにレムスの腰をひっつかみ、あわててしがみつく王子の手をかるくひきはがして、イシュトヴァーン目がけて乱暴にも投げつける。危いところで傭兵はうけとめ、鞍のうしろにのせ直した。

「グイン、だめ――――！」

「いけないよ、グイン――――」

双児が悲鳴のような声をあげるのにはかまわず手をさし出す。こころえて傭兵は鞘ごと腰の剣をひきぬき、投げる。

豹頭の戦士の逞しい手ががっしりと大剣をうけとめた。

「グイン――――！」

「心配するな。あとからスニの村に行く」

戦士の不敵な、吠えるような笑い声！

その間に、モンゴールの追手はいまやまぼろしの中からぬけ出してきたかのように、その姿を明らかにしはじめていた！

いまはもう、かれらの鎧の金具が剣にふれて鳴る音、そして
「おーい、おーい」

「待つのだ、そこの者、止まれ。さもないと弩で――」

口々に叫ぶ威嚇と恫喝の大声さえも風にのってはっきりときこえてくるのである。

「よし、行け」

グインは云って、剣をただ一度、力強く振ってみせる。

「ラクの村で会おう！」

「よーし、ラクの村だな。犬の首が指一本だな！」

イシュトヴァーンは叫び、目をキラキラさせて、ウマの横腹をけりつけようとした。その足にリンダがしがみついた。

「ダメよ、いや！　お願い！」

「ハイホー！　このガキどもを何とかしてくれ！」

イシュトヴァーンがわめく。グインはウマをよせてゆくと剣をふりあげて鞘で思いきり、イシュトヴァーンのウマの尻を叩く。

疲れきったウマは、この虐待にびっくりした。さいごの力をふりしぼって走り出す。

「ラクの村だ。東へ三タッドだぞ！」

グインは叫ぶや、もうそちらには目もくれずにウマの向きをかえた。

「止まれ、止まれ！」

「脱走者、止まれ！」

「撃つぞ！」

追跡隊の叫びがいまやもう弩の石弾のようにふりかかってくる。グインはウマの背で、片手に手綱をつかんだなりで口に剣の鞘をくわえてひきぬき、鞘をすてた。

「豹人、待て！」

「抵抗しなければ殺しはせん、投降せよ！」

あびせかけられる叫びなど、風のうなり、エンゼル・ヘアーほどにも感じぬようすで、

「さて——どうしたものかな。このあたりに砂虫《サンドワーム》か、大食らい《ビッグイーター》の群生地があれば話は早いのだが——

——」

えい、面倒くさい、一本の剣で血路をひらくか——

——と、さすがに二百の騎馬が訓練のゆきとどいた散開ぶりをみせるのへ舌打ちして目をむけたが、そのとき、

「グイン！」

うしろで走りよってくるひづめの音と呼びかけをきいて、

「馬鹿者！　なぜ戻ってきた」

ぴしりと鞭のような声で怒鳴る。ふりむいた彼の目が青白い激怒に燃えあがる。

「グイン——だめだ」

イシュトヴァーンはたじろいで云った。

「あれを……」

そのふるえる手が上がり、東の方角を指さす。リンダとレムスは傭兵の鞍にしがみつき、くちびるまで青ざめてすがるようにグインを見つめている。

グインの目から厳しい瞋恚の炎が消え、彼は頭をゆっくりとまわしてかれらの指さすほうを見やった。

そして、見た。

東の地平——かれらにただひとつの生命と自由を

約束するはずだった東方角からこちらへ、ゆっくりと、しかし着実に近づいてくるひとかたまりの砂塵を。

「はさみうちにしやがったんだ――」

《紅の傭兵》が力ない声でいう。

グインの咽喉から凄惨な唸り声が洩れた。

ただ一度。

2

左右から、砂塵はゆっくりと、そのまんなかにある無力な獲物をのみこもうとするふたつのあぎとのように、その間をせばめつつある。

「グイン――おしまいね」

リンダが小さな声でいう。その目にはうっすらと涙がうかんでいる。

「また連れ戻される――こんどこそ逃げられない。トーラスへつれてゆかれ、処刑されるのね。トーラスの悪魔たちが、パロ王家のさいごのふたりに、ふさわしい安らかな最期を与えて名誉をまっとうさせてくれるほど、誇りというものを持っていてくれればいいんだけど。

でも、わたしとレムスはさいごの息をひきとる瞬間まで忘れないわ。グイン、あなたが自分の身をたてにして、国をおわれたわたしたちに生きのびさせようと戦ってくれたこと――他に、してくれたいくつものことも。

それに、イシュトヴァーン」

リンダはふりむいた。スミレ色の目が、おどろいたように見はられた黒曜石の目とぶつかりあう。

「どうもありがとう――ほんとうに有難う、生命をかけてわたしたちをモンゴールの天幕から救って下さって。わたしたち、約束した報酬を何ひとつあげることができなくて悲しいわ。あなたならきっと、聖騎士侯の毛皮のふちつきの胴着がすごく似合ったのでしょうに。何をどう云いくるめても、何をしてもいいから、せめてあなただけは無事に生きのびてね。お願いよ」

　イシュトヴァーンはふいに非常にあわてたようすでぱちぱちとまばたきをし、そして、「おれはなにも――」とか何とか、口のなかでもごもご云い出した。

　だが、それをさえぎったのはグインのきっぱりとした声だった。

「いいか、希望をすてるな。たしか、パロの子供たちよ、お前たちには前も云ったはずだ。さいごのさいごまで、希望をすてるな、そして戦うのだ。剣をとってでなくてもいい、戦うことだけはあきらめるな！」

「で、でも――」

　レムスがあえいで何か云いかける。

　そのときだ。

「待て」

　ふいに、イシュトヴァーンの異様な緊張した声がそのことばをさえぎったのである。

「待て――何だか……何かがおかしいぞ！」

「何が……」

「あの――あの一隊は！」

　つづく一瞬、双児たちは、ヴァラキアの戦士がついに絶望のあまり発狂したかと思いこんでしまうところだった。

　やにわに、うちしおれていた傭兵が、鞍つぼではねあがり、身を折るようにして笑いころげはじめたからである。

「イシュトヴァーン！」

　リンダが叫ぶ。グインの目がやにわに細められる。

「そ、そうか！　そうだったのか！　こ、こいつあ――こいつあ……」

　イシュトヴァーンはあえぎあえぎ叫び、まっ黒な絶望から狂おしい希望へと突然にとびうつりながら狂気のように鞍つぼを叩いた。

「あッ！」

　ふいに、グインの口からも、狂ったような叫びが洩れる。

「グイン！　いったい――――」

「スニだ！」

　というのが、グインのほえるような答えだった。

「おい、走れ――いいから鞍に身をふせて、うしろから奴らが弩を射ってきても、運を天に任せて、死んでも走れ、東へ！」

「ハイホー！」

　きくより早くイシュトヴァーンの足がウマの腹を蹴る。

「しっかり、つかまってなよ、ガキども！」

「ス――スニって……スニが何……」

　まだリンダは理解していない。イシュトヴァーンは、さっきひきかえした、砂塵の方角へ、狂ったようにウマをあおりたてて走らせながら叫ぶように、

「スニがセム族の戦士をつれて助けに戻ってくれたのさ！　ハッ、きわどいところだったぜ！　ほんとにこいつは、大口《ビッグマウス》の口よりもっと、きわどいところだったぜ！」

「まあ、スニ！」

　云ったきり、リンダは何も云えなくなってしまった。

　いまは鞍の前でウマの首にしがみついたリンダにも、イシュトヴァーンの腰にしがみついたレムスにも、砂塵をけたてて進んでくる一軍がはっきりとみえる。それがずっと遠くにあるように見えつづけたのは、それがゴーラ兵の半分ほどしかないセム族で、しかも徒歩立《かち》ちであるせいだったのだ。イシュトヴァーンは倒れる直前のウマを再び蹴った。

　セムの大軍――顔に丹《に》をぬりつけ、背に皮製のやなぐいとつるで作った弓、そして毒をぬりつけた短い矢を背負い、奇怪な毛皮と鳥の羽根で身を飾った、小さな兵士たちの群れ。

　その先頭に――小さな姿がはねあがり、ころがる

ようにこちらへかけてくる！

「スニ!!」

リンダは絶叫し、やにわに身軽にウマからとびおりた。下の砂地にがくりとひざをついたが再びたちまちはね起きて走る。砂は足をめりこませ、岩に足をとられるのもかまってはいない。

「リーンダ！」

スニも叫んだ。その小さい、猿のような忠実な顔がくしゃくしゃになり、涙で汚れている。

「スニッ！」

うしろから、モンゴール兵の弩がぴしぴしと砂地にあたってほこりをたてたがかまうものはいなかった。リンダのさしのべた手がついにスニの小さな毛むくじゃらの手にとどき——そして、二人の少女はひしと抱きしめあって砂地に倒れた！

「おお、スニ、スニ、スニ……」

「リンダ、リンダ！」

互いの名を激しくしゃくりあげながら呼びかわすほかは何ひとつしゃべることもできない。種族も違えば外見も、育ってきた環境も、これ以上ちがうことは考えられないくらいなふたりではあったが、どちらもまだ若いふたりの少女はノスフェラスの砂地できつく抱きしめあって、互いをどれほど愛し、一方は一方を崇拝し、もう一方はあつい友情を抱いているかを発見したのである。ことばさえ通じはせぬままでも、心を通わせることはできるのだった。

「スニ——ああ、スニ、ありがとう、スニ、小さな友達！」

リンダはスニの清潔な小さな頭に頬をおしつけてむせび泣いた。

「アルラ、アルフェ、イーミル、アル、エラートゥ!!」

スニは昂奮したようすで云って身をおこし、うしろの大部隊を指さす。そのときイシュトヴァーンが、ついにあぶくを吹いて足をがくりと折ってしまったウマからとびおり、レムスと共にかけよってきた。

「ひの、ふの、み――と、およそのところで三百ってとこだな。モンゴール兵が二百、まあおれとグインがいりゃあ、これでも何とかなるだろう」

もう平然と、まるでセムの援軍を得たのは自分の手柄ででもあるかのように歯をむき出して笑いながら云う。

「高貴なおかたよ」

突然呼びかけられてリンダはぴくりとした。

スニが、リンダからはなれて、嬉しそうにその小さなセム族を指さす。一見して位が高い――おそらくは族長であろう――とわかるそのセム族は、かなりの年とみえて、あちこちの毛が白くなり、そしてたどたどしくてほとんど抑揚がないものの、ちゃんとリンダたちにも通じることばをしゃべれた。

「わが部族のむすめをお助けいただいたお礼――あのものたちを、打ちはたし、われらの村落へご滞在いただきたく――」

「まあ――わたしは……」

「私は、ラクの大族長でロトーというものであります」

誰に教わったのか、たどたどしい中原のことばは丁寧だった。

「とりあえず後詰へ入ってお休み下され」

「わたしはパロの予言者にして小女王、リンダ。こちらは弟にしてパロの唯一の正統の世継なるレムス。ヴァラキアのイシュトヴァーン、わたしたちの味方。歓迎を心から感謝してお受けいたします」

クリスタル・パレスの完璧な礼儀作法でもってリンダは片膝をつき、セムの大族長の手をとって礼をした。

「おい、おい！　のんびり宮廷ごっこなんざ、サルとやってる場合かよ！」

たまりかねたようなイシュトヴァーンの大声。

「見てみろよ！　伝説のシレノスの二枚刃の剣にかけて、豹あたまはひとりでモンゴール二百の騎士をあいてに暴れはじめているんだぞ！」

リンダたちは我に返って見やった。

そして息をのむ。

そこには早くも、凄まじい戦いが展開されていたのだ。スニとの再会にかまけて、リンダたちは、グインが彼のウマのこうべをめぐらして、彼女たちのあとからセムの部隊の方へ逃れては来なかったことに気づかずにいた。

そうするかわりに、グインはウマをかけさせて、右手に大剣をたかだかとかざし、豹の戦いの咆哮もろともにただ一騎モンゴール二百の精鋭のまっただなかへ駆け入ったのである！

「ウワーッ！」

「戦え、戦え！　敵は一騎だぞ！」

「弩をうつな。味方にあたるぞ！」

モンゴール軍はただ一騎、まるで錐のようにもみこんでくる戦士をうけとめかね、その鬼神の勢いをおそれて、いったん左右にひらいたが、たちまち秀麗なアストリアス隊長は赤い軍配をふりあげて叫びつづけ、兵をとりまとめた。

グインの大剣が縦横に騎士たちをなぎたおし、ウマの上からふっとばし、地に這わせる。

「できることなら生けどりにしたい。弩はうつな！」

アストリアスは苛立ちながらわめいた。生きたまま連れ帰れ、という公女の厳命がなければ手心を加えずともよいものを、と馬上でひとりほぞを嚙む思いである。その両脇に二騎の白騎士、すなわちサイムとフェルドリックが目付役についているのでなかったら、たとえ公女の命があっても、抵抗したからと申しひらくことにして、「殺せ！」と絶叫をはりあげているところだったろう。

ただ一騎とは云いながら、その一騎がモンゴールの十騎ほどにもあたるのだ。血をあび、雄叫びをあげて、伝説のシレノスが剣をふるうところ、必ずそこには断末魔の絶叫と血しぶきとが舞いおこり、ウマは足を払われてどうと倒れ、さしも勇猛を誇る赤騎士たちはたじろいで先をゆずりあう。

　それはいっそう、若いアストリアスの心を憤激させた。

「えい、退がるな。敵は一騎だ、おっとりかこんで取りこめろ」

　だが、アストリアスのその怒りにみちた叫びのうちに、また一騎、これは徒歩《かち》で戦さの場へとかけ入ってきた、面頬をおろした黒づくめの鎧の戦士が、

「助太刀するぞ！」

　叫んで、最初の騎士にとびかかるなりウマからひきずりおとして短刀でとどめをさした。黒ヒョウのように敏捷にその剣をうばうなりそのウマにとびのり、たちまちにこちらも獅子奮迅の戦いぶりをくりひろげる。

「グイン、無事かよ！」

「おお」

　二人の狂戦士は二百の騎士どものなかで、左右に剣を舞わせながらたくみにウマを操って近づき、ついにぴたりと背中あわせになった。

「グイン！」

「ああ！」

「お前と並んで戦うのははじめてだな！」

「ああ」

　わずか二騎に精鋭たちはかくらんされ、おしよせる波のようなかれらの前でたじたじとなる。

　そして——そこへ雲霞《うんか》のように、セムの大部隊が奇声を発しながら丘をようやくかけおりてきた！

「アイー、アイー、アイー！」

「イー、イーッ！」

「セムだあ！」

「セム族の迎撃だ！」

　たちまち、モンゴール隊の中に動揺がひろがる。

　とみて、ついに、指揮官としてうしろにさがっていたアストリアスは我慢も何もならなくなった。

「モンゴールのために！」

　のどもさけよと声をはりあげるなり、彼のうちま

たがる鹿毛《かげ》の駿馬の腹にぴしりとひと鞭くれて、自ら戦いに加わらんものとまっしぐらに走り出す。傍につくサイムとフェルドリックがひきとめるいとまもなかった。

それはさながら、二頭の巨大な砂虫《サンドワーム》が、左右から近づき、いとわしい唸りをあげ、そしてついに激突してあとはただ死力の限りをつくしてもつれあうさまに似ていた。というよりも、巨大で赤い砂虫を、白茶けた獰猛なオオサバクアリの大群がびっしりと埋めつくしておそうさま、と云おうか。

セムの猿人たちはウマとウマとのあいだをかけぬけ、毒矢を吹いてはたくみに、鎧からあらわれているごくわずかな弱点、すなわち目だの、のどだのに射あてた。騎士たちはそのたびに絶叫してウマからころがりおち、するとたちまち猿人たちがむらがり寄ってその息の根をとめた。

むろんアストリアスをはじめとする、モンゴールの勇者たちの剣も数知れぬセム族の首をはね、上から切りおろし、切りさげる。しかしセム族は、一人の肩にいまひとりがその小さい足をかけ、さらにそれを踏み台として仲間にかけのぼったものが上からウマにとびおりる、というチームワークにまかせての戦法で身長の不利をおぎない、鎧に守られているのでかえってふところにとびこまれると動きのとれない騎士たちの胸もとに、ダニのようにもぐりこみ、はりついた。

それはルアーの赤いチャリオットほどの高みから見たならば、おそらくは白と茶色のノスフェラスの荒野をよごす、生きてうごめく血の色のしみ、息づかいをするようにのびちぢみするアメーバのさまとも見えたにちがいない。雄叫び、絶叫、そして阿鼻叫喚はさいげんもなくつづき、

「アル、アルラ、アルフェットゥ！」

「イーイーイーッ！」

「モンゴールのために！」

「モンゴールのために！　セムをほふれ！」

舌ももつれんばかりのときの声ももはや切れぎれになってゆく。

と、見て――

「フェルドリック！」

ずるく立ちまわってうしろへさがっていた、白騎士のサイムが同僚へささやいた。

「どうやらこれはわが軍不利と見たが？」

「いかにも。敵は数でまさるだけでなく、その切り込み隊長にあの二騎の勇士をもつことで気力を充実させている」

「豹人め恐しい剣士だな！」

「豹人もさることながら、あのいまひとりの黒い戦士、どうもあの鎧は、紋章こそないもののゴーラのものに見えるのだが」

「だとすれば裏切者だ。ゆゆしいことだ」

「おっとっと――危い」

フェルドリックはたまたまこちらへつっかかって来ようとしたセム族を、鞭で左右へはねとばして、

「ともかくこれでアムネリス様の恐れがどうやらまことであったことがたしかめられた。あのセム族はパロの遺児を救うべくあらわれたのだ。パロはセムと組んでいる」

「となるとこれは、ゆゆしき危機だな、モンゴールの」

「いかにも。われらは早速かけもどり、事のしだいを姫君に報告しよう」

「しかしアストリアスが――？」

「やむを得ん、モンゴールの命運がかかっているかもしれんのだ」

フェルドリックとサイムは顔をみあわせ、一回うなづきあうなり、くるりと馬首を西へむけかえた。

「ハイッ！」

鞭があがる。

剣と血との戦いのさなかで、二騎の白騎士が戦場を放棄しようとしていることに気づいたのは豹頭の戦士だった。

「待て！　やらぬ！」

　たちまちに二騎の意図に心づいて、グインはおめき、むらがりよせる赤騎士をけちらして、二人を追おうと突進した。

「傭兵！　きゃつらを行かせるな、援軍を要請するつもりだぞ！」

「心得た！」

　イシュトヴァーンもウマをかけさせてグインに従った。が、周囲にむらがる必死のモンゴール兵を、間にあうほどに早くは片をつけられぬ、と見てとるや、ヴァラキアふうに剣をもちあげ、片腕を肩のうしろへひき、投げ槍の要領で投げつけた。

　狙いはあやまたず、大剣はあとを走るサイムの白馬の尻にふかぶかとつきささる。ウマがはねあがり、サイムは宙を舞って岩に叩きつけられた。

　イシュトヴァーンが走りよってとどめをさす。フェルドリックは盟友のさいごを、ふりむいて確認しようとさえしなかった。みるみるウマをかりたて、あおりたててその姿はケス河の彼方アルヴォン城めざして小さくなってゆく。

「いま一人！」

　サイムの死を見とどけて、イシュトヴァーンがフェルドリックに追いすがろうとしたときだ。

「俺が相手だ！」

　たぶんイシュトヴァーンと年の頃も背恰好もほぼ同じ、おまけにかぶとの下からのぞく黒い髪と輝く黒い目までもどうやらどこか似ている赤騎士の一騎がやにわにウマをかけさせて、フェルドリックとイシュトヴァーンのあいだに立ちはだかった。

「邪魔だ、どけ、雑兵！」

「おれは追撃隊長アストリアスだ！　きさまも名の知れ、ゴーラの鎧をつけながら蛮族にみかたする裏切者！」

「なに？　アストリアスだって？　《ゴーラの赤い獅子》アストリアスその人か？」

　イシュトヴァーンはあわてていっそう深く面頬を

ひきさげた下から、あいてをねめつけた。若々しくハンサムな顔、それは彼自身と同じようにひきしまって浅黒く、そして生き生きした黒い目と短い黒髪をそなえ、面頬をおろして同じなりをしていれば、もしかしたら二人は見わけがつかなかったかもしれない。

しかし赤の鎧、中隊長のかぶとをつけたあいての顔には、イシュトヴァーンのもちあわせておらぬ、貴族の品位といちずな忠誠の炎とが漂っており、それが、ぬけめのない目と皮肉にゆがんだ口もととをもつヴァラキア生まれの傭兵をしてあいてを気にくわぬやつと感じさせた。

「アストリアス！　よし、きさまの首を貰ったぞ！」

叫ぶなり、もう砂塵の彼方へかけ去ってしまったフェルドリックのことはすっかり忘れて、イシュトヴァーンは剣をにぎり直し、若い貴族めがけて突進した。

「おおよ！」

若い勇士は得たりとこたえて抜きあわせる。ウマのかけちがいざまに、互いによく似た若者の剣ががっきとぶつかりあい、青い火花を散らせる。

かけぬけて馬首をめぐらしざま、二度、三度かれらは切りむすんだ。だが、イシュトヴァーンの顔からわずかに血の気が引く――戦場を生きのびるために自力で習い覚えた、無手勝流のイシュトヴァーンの剣法、トーラス宮廷きっての教師に、幼い頃からみっちりと叩きこまれたアストリアスの剣、互いにほとんど腕に遜色はなかったが、他の条件がすべて伯仲しているときには、正規は必ずや、いつか邪道をしのぐのである。

二合、三合と打ちあううちに、ヴァラキアの海賊は、目にみえて不利を意識しはじめた。ぶっつづけの冒険につぐ冒険で、へとへとに疲れてもいた。

手は汗ですべりはじめ、アストリアスの剣をうけとめるたびに、腕から肩にまで、しびれが走りはじめる。

「どうした、そんなことでアルヴォンの獅子の首がとれるか！」

アストリアスは反対に自らの優位を確信しはじめた。もっとも周囲をみれば優位どころか、いまやセムたちが七割がた、モンゴール軍を圧倒しつつあることに、ただちに気づかずにはいられなかったはずなのだが——そこは、アストリアスとていまだ二十になるならず、勇士の名をゴーラじゅうにひびかせているとはいいながら、指揮官の責務よりはおのれの戦いに気をとられるには充分なくらいに若すぎたのである。

「名を名のれ。おれの剣は、名もなき雑兵ばらのためのものではない。名を名のれ、卑怯者」

勝ち誇ってアストリアスは叫んだ。

「グイン！　グイン！」

イシュトヴァーンは、ところで四つのときから戦場稼ぎに生活の糧をえてきて、この手の騎士的正義や誇りなどにはこれっぽっちもしんしゃくのない現実派である。かなわぬ、と見るや大声で助けを求める。

豹頭の戦士の周囲には、もうあえて立ちむかおうというものはなくなっている。グインはウマをかって近づいた。イシュトヴァーンはありがたいとばかり、あたふたとそのうしろへ逃げこんでしまう。

「おのれ、新手《あらて》とは卑怯な！」

叫んでアストリアスは立ちむかったが、こんどは先刻とは逆になった。

グインの力、技倆、体力、そのすべてが青年将校を桁はずれに上まわっていたのだ。アストリアスは二合とは持たなかった。剣をはねとばされ、落馬した上へ、グインの巨軀がはねおりておさえつける。のどもとに剣をさしつけられてアストリアスは喘いだ。

「殺せ。早く刺せ！」

屈辱に頬をそめてうめく。グインは剣をつきつけたまま、その若々しい誠実な顔をじっと見おろす。

「ゴーラに災いをもたらす悪魔の化身め！　早くアルヴォンきっての勇士を殺せ！」

　アストリアスは悲痛な声をあげ、うしろで傭兵が望みどおりにしてやれとわめきたてる。

　それにはかまいもせず、

「俺の名はグイン」

　豹頭の戦士は重々しく云った。

「モンゴールのはねかえり公女に伝えるがいい。平和に暮しているノスフェラスの蛮族と怪物どもに手出しをするな、さもなければ俺はモンゴールの永遠の敵となる――と」

　そして剣をひき、アストリアスを助けおこしてうしろへさがる。

　青年は呆気にとられて怪人を見つめていた。相手が絶対的優位にいながら傷ひとつ負わせることなく彼を釈放したのが信じられぬのだ。のどに手をあて、惨めな敗北感に目を伏せながら、よろよろとウマまで逃れ去ってゆく。

やがて、「退《ひ》け――退却！」

かすれ声で、アストリアスが屈辱の命令を下したとき、それに従って何とか集まることのできたゴーラ兵は、わずか五十足らずだった。

3

　それは若きアルヴォンの獅子、アストリアス隊長にとって終生忘れることのできぬ屈辱の敗走であったのである。

　貴族の家柄に生まれ、十五の初陣以来数々の手柄をたて、「ゴーラの若き獅子」の異名までも得たアストリアス、いずれは父のあとをついで伯爵となり、トーラスを守るべき彼が、いかに数の上で多少優勢であったとはいえ、かれらの半分もないような小人族、おまけに弩さえも知らぬ未開の蛮族たるセムに一方的に追いまくられ、兵をとりまとめて蒼惶としておちのびてゆくのだ。

かぶとの下でアストリアスの端正な顔は紙よりも蒼白となり、彼はくちびるをかみしめて、いくどとなく鞍を拳でいやというほど撲りつけた。しかし、ここでセムの手にかかって果てるのはあまりにも、モンゴール貴族の誇りがゆるさない。

後日を心中に期して落ちてゆく赤騎士たち、いまは五十騎足らずにまで減ってしまったアルヴォン勢を、セムたちはしいて全滅させようとはしなかった。いや、族長たちはそう望み、弓を叩いてキッキッとおどりあがったのだが、いまやセムから軍神その人のように仰ぎ見られるようになった豹頭の戦士がそれをとめたのである。

「なぜとめる、グイン」

イシュトヴァーンもまた不満そうだった。

「身の程知らずにわれわれにたてつくものの末路を、あの小生意気な貴公子どののそっ首を枯れ枝にさして砂につきたてることで、モンゴールに知らせてやろうぜ」

「まあ、よしたがいいな」

というのがグインの返事だった。

「なぜだ」

「アストリアス卿は名門の出で、しかもヴラド大公気に入りの青年貴族——そして父のマルクス・アストリアス伯爵は大公の右腕にしてトーラスの柱石たる治安長官だ。あの男を殺せばモンゴールの復讐は苛烈をきわめよう」

「そうだったな」

少ししおれて、イシュトヴァーンは云ったが、ふいに目をむいた。

「おい、グイン。きさま記憶を失ってるんではないのか。なぜ、おれさえも失念していた、トーラスの事情まで知っている。きさまいよいよ、うろんな奴だぞ」

傭兵は気味悪そうに、こころもちグインからはなれるようにした。グインは何も答えなかった。

　砂は両軍の犠牲者の血で染まっていた。るいるいたる死体をおしのけながら、ラクの大族長ロトーが近づいて来た。リンダとレムスが従い、ロトーは頭に羽根飾りをいただいて、あちこち白くなった剛毛につつまれたその姿は、猿人族とはいえ威厳にみちあふれている。

　ロトーはうやうやしくグインとイシュトヴァーンの前にすすみ出て叩頭した。見上げたとき、その目には、讃仰と深い驚嘆の輝きがあった。

「勇者よ」

　甲高いセム特有の声として可能なかぎり、重々しく云う。

「アルフェットゥの神があなたをつかわされた、砂漠へ。ラクの弓矢はあなたのものであります」

　ロトーのうしろには、五人の小族長がずらりと並んでいた。かれらは叩頭の礼をして、

「リアード」

うやうやしく声をあわせた。

「皆があなたを豹《リアード》と呼んでおります。あなたはアルフェットゥのお子」

「おい、サル神の子だとよ！」

　不謹慎なイシュトヴァーンがたちまち、うかれて叫ぼうとするのを、グインはおしとどめた。

「俺の名はグイン」

　重々しい声で云う。

「俺たちを助けてくれたことに感謝している」

　ロトーはあわただしく手をふった。

「あなたは、私の孫をお救い下さった、リアードよ」

「スニはお前の孫か」

「そうです、四番目の。砂漠の祭りにつかう薬草をあつめに出かけ、ケス河をこえてきた黒い悪魔につかまった。黒い悪魔はわれらの皮をはぎ、血をしぼる」

「それももう大丈夫よ。スタフォロス城に巣くって

いた悪魔は、グインがやっつけたから」

スニと手をくみあって見つめていたリンダが保証した。ロトーは首をふった。

「黒い悪魔のあとは赤い悪魔がケスをこえてくる。なぜ、悪魔どもはわれらに静かなくらしをゆるさぬのか」

「スタフォロスへの大進攻には加わらなかったようだな」

グインが云った。ロトーはうなづいた。

「ラクは平和が好きです。カロイ、グロの大族長たちから大族長会議のしるしがまわって来たがラクは断わった。ラクの願いはわざわいからうまく逃れることで、わざわいを断つために自らわざわいとなることではない」

「スタフォロス城は壊滅し、何万という、セムとモンゴールの生命が失われた」

グインは夢みるように云った。

「ラクはあなた様とお連れの高貴な人たちを歓迎いたします。勇者リアード。——いつまでもラクの村でおとどまり下さい」

イシュトヴァーンが文句ありげに口をとがらす。

が、グインは別のことを考えているようだった。

「ラク族が平和を愛し、無用の戦いを好まぬという、それはたいへんよいことだ。だが俺はひとつ気にかかることがある——それは、さきに隊から離脱してケス河をめざしていった白騎士どものこと。一騎はしとめたが、もう一騎はのがした。もし、俺の考えが正しければその一騎はいまごろすでに河をわたってアルヴォン城に入り、奴らは陣容をととのえて、われらへの新たな討伐隊を編成しているかもしれん」

ロトーがグインのことばを伝えると、小族長たちのあいだには、目に見えて動揺がまきおこった。

「ラクの総勢はこれで全部か」

グインはたずねる。

「とんでもない。ラクはセム中最大の部族、しかもセムは女子どももすべて戦士。老人、赤児をのぞいて、戦えるすべての者を呼びあつめれば、ラクの総勢はまず二千近くにはのぼりましょう」

ロトーは「二千」という数のところだけは、セム語に戻って、「ケスの環《リングワーム》虫の触手二匹分」と云ったのである。グインはそれを二千とこころえてうなづいた。

「二千か」

考え深げに云う。リンダ、スニ、レムス、それにイシュトヴァーンは父のことばを待つ子供たちの群像のようにグインをふり仰いだ。グインの黄色みをおびた剛毅な目が翳り、彼は何やらじっと思いにふけるふうだ。

「リアードよ」

ロトーがすすみ出て、つとその固い腕にふれた。

「恐れながら、この地に長くとどまるのは、あまり正しいことではございませぬ。この地にはたくさんの血が流れました。ほど遠くないときに、その匂いをかぎつけて、大食《ビッグイーター》らい、砂ヒル、オオサバクアリ、その他にもいろいろなものが、やってくるでありましょう」

「おお――忘れていた」

グインはうなづいて立ち上がった。

「さっそくここをはなれよう」

「ラクの村へ？」

「いや」

「グイン――？」

リンダが意外そうな声を出す。

それへなだめるようにうなづきかけて、

「俺はどうもあの逃げ去った白騎士が気になる。族長、すまぬが五十人ばかり、若い戦士をかしてほしい。俺はきゃつらを偵察した上であとからラクの村落に入ろう」

「勇者のおおせのとおりに」

ロトーは叩頭した。

「誰でもお選び下され」

「子どもたちはひと足先に、村で休ませてほしい」

「まあ、グイン、わたし、グインとはなれるのは——

——」

リンダが不平の声をあげかかる。が、

「すぐだ。ようすを見きわめた上ですぐゆくさ」

グインはなだめて、大きな手を少女のかぼそい肩にのせた。リンダは首をふったが、あえてさからおうとはしなかった。あいつぐ危難で、本当は泥のように疲労こんぱいしていたのである。

「おい、おれは、お前と行っていいんだろうな。ことばもわからんし、サルにとりかこまれて食われちまうのはまっぴらだよ」

イシュトヴァーンが叫ぶ。グインは反対しかけたが思い直した。

「俺と共に赤い悪魔の城を偵察にゆくものはいるか」

セムのことばで叫ぶ。言下に、若くはつらつとした小猿人が五十人並んだ。いまの戦いの疲れもすでにいえ、傷もおってなく、たったいまワラの寝床から出てきたように元気いっぱいだ。

「リアードよ、彼らを思いのままに」

ロトーが云った。グインはうなづく。

「すぐ、俺たちもラクの村に入る」

「歓迎に、黒ブタは無理でも、砂ヒルの肉でも焼いて待っていてくれよな」

イシュトヴァーンが片目をつぶって叫ぶ。ロトーたちはびっくりしたようだった。

グインとイシュトヴァーンは、主を失ったモンゴールのウマを二頭とりおさえ、剣も刃こぼれのしていないものにとりかえて乗った。従う五十人のラクの若者は、村に帰る仲間から、よぶんの毒矢をわけてもらっている。出かけよう、というときになって、いきなり、リンダが走り出てグインのウマのくつわにとりすがった。

「わたしもつれていって、グイン」

小さな日やけした顔に、必死な表情がうかんでいる。

「だめだ」

　グインはにべもなく云った。

「どうしてもだめ？」

「あたりまえだ。お前はいまにも倒れそうではないか。お前は男にも珍しい真の戦士の魂を持ってはいるが、からだは小さな女の子にすぎんのだ。スニと共にラクの村に入って休め」

「グイン——わたし、厭な予感がするのよ。それは必ずしも最悪のというわけではないけれども、できたら避けたいようないやな。ねえ、グイン、お願い。わたしをつれてって、そしてわたしを闇を見とおす目にしてちょうだい。わたしがいれば、曲がり角を曲がる前に、その向こうにあるものを見てとることができるのよ」

　グインは考えこんだ。こんどはリンダにも、グインが真剣に検討していることがわかった。

　しかし、ややあって彼が決断を下したとき、その決断はリンダを失望させた。

「いや、だめだ」

　彼はきっぱりと云ったのである。

「最悪ではないと云ったな。ならば、俺の力、俺の星、そしてどこからわいてくるのかわからぬ、俺の頭の中にあるこのふしぎな知識とで、正しくふるまっているかぎりは何とか切りぬけることができよう。心配するな、王女よ。俺は必ずラクの村へゆく」

「わかったわ、グイン」

　あらがっても無駄だった。グインは心を決めたのだ。そうと知ってリンダは肩を落としたが、ふと思いついたように、

「ならばいま見えることだけを云っておくわ。いいこと、グイン、よくきいてね。——

　それはこうよ。行きよりも帰りに注意しなさい。そして目に見えるものよりも見えぬものをおそれなさい。災厄と思われるものは実は幸運にほかならないけれど、そのためにはまず自ら道を切りひらかね

ばならないわ」

「それだけか」

「それだけよ」

「予言というよりゃ、そりゃ格言だな、王女」

イシュトヴァーンがからかい半分に口をはさんだ。

「――わかった」

グインがリンダの肩を叩く。

「気をつけよう」

柔かなあたたかい肩をぶこつな手でつつんで約束する。リンダの心配は、たいしてやわらげられたようすもなかったが、彼女は気をつけてね、とかさねて念をおすとうしろへさがった。

出発のときだった。グイン、イシュトヴァーンの二騎のウマを先頭にした、五十人のセムの小部隊は西へ、そしてのこりのセムたちと双児は東へ。村へ帰るロトーたちは、アルヴォン兵との戦闘で傷ついた仲間を隊列の内側に入れ、肩をかしてやれるようにした。ことに怪我の重いものは毛皮をひろげ、弓のつるをくみあわせた即製の担架ではこぶ。しかし連れかえるのは、手当てをすればもとどおりになるていどのものだけだ。

重傷をおったもの、直っても不具になりそうなものは死体と共に放置される。それはノスフェラスの蛮族にとって、生きのびるための非情である。ノスフェラスの自然はきびしく、食糧はつねに足りない。戦えぬもの、何かの点で部族のためにならぬものは生きのびる資格がないのだ。そして遠からず、ノスフェラスのありとある奇怪で獰猛な肉食の怪物たちが、日のかんかんと照りつける岩場に投げすてられた死体の葬儀とともに、かれら負傷者のかたをもつけて、かれらの苦しみを終わらせてくれる筈である。

リンダはそっと身震いした。スニを愛していたし、ラク族を友とすることに否やはなかったが、それでも考えずにはいられない。

（まあ、わたし――わたしノスフェラスの荒野に生まれて来なくて、なんと幸運だったのかしら）

隊列は左右に動き出した。

日は高く中天にあり、そして血の匂いはノスフェラスの砂塵を舞いあげる風によって四方へ吹きちらされつつある。負傷者のうめき、ウマのいななき、空を見あげるとそこにはふわふわとエンゼル・ヘアーが漂っていて、おどろいたように顔にぶつかってきてははかない夢か沫雪のようにとけていってしまう。

最後尾を守っていたセムの精鋭たちが神の名をよんでとびのいた。グインたちはふりかえり、そして見た。砂がいまわしいかたちに盛りあがり、そしてその中からぽっかりと、凶悪な牙をびっしりと生やした口がのぞくのを。

「リヨラト」

うしろを歩いていたセムの若者が指さして教えた。ノスフェラスの大食らい《ビッグイーター》はその赤い口にゴーラの騎士の死体をぱくりとくわえこむと、そのまままた砂中へ沈んでいった。

ほどもなく白いいやらしい触手、オオアリジゴクの触手と知られるそれが砂の中からのびてきて、セム族の死体をさらってゆく。そしてまたひとつ。

「ラル」

若者がいう。ノスフェラスはそのぶきみな活動を開始したのだ。

夜までには、そこにころがる死体も、血のあとも すっかりうせて、ひろがるのはただどこまでも同じ砂と岩々の海となり、ひとびとは、互いの死闘のあとをたずねるすべとてもなくなるだろう。

長居は無用だった。ノスフェラスの大食漢たちはその凶暴な餓えをついに満たされるということを知らぬ。死体と重傷者とを片づけてしまえば、こんどは生き餌の匂いをかぎつけよう。ロトーはセムのことばで命令を下した。ラクたちも早々に撤退にかかる。

ふりむいたリンダがさいごに見たものは、怪物たちのたうつぶきみな砂の海の向こうに、はるかな蜃気楼のように消え去ってゆく半獣半人の軍神にひきいられた一隊のすがたであった。

グインはふりかえろうともしなかった。大食らい《ビッグイーター》の歯の嚙みあわされる、身の毛のよだつ音、骨が砕け、肉が骨ごとかみ取られる、耳をふさぎたくなるような物音に、心を動かされたようすもない。

「だいぶ遅れてしまった。手おくれになったかもしれん、急げ」

ひとことと、そう云ったなりで、ひたすら西のケス河のほとり、つい昨日に逃れてきたアルヴォンの天幕の方向へとウマを急がせる。

徒歩で従うセムの若者たちを気にする必要はなかった。砂漠はかれらの大地であり、かれらの足はそこを歩くのに適している。五十人のラクの精鋭は遅れもせずに二人ののったウマのうしろについてきた。

一ザンあまり行ったところで、グインは目を細めた。

「止まれ」

吠えるように命ずる。訓練のゆきとどいた麾下部隊でもこうはゆくまいというほどすみやかに、セムたちは止まり、命令を待った。

「どうした」

とイシュトヴァーン。グインは岩の向こうを指さした。

「アストリアスの残党どもだ」

「まだ、このへんをよたよたしてたのか。よし、ひと思いにやっちまおうか」

「気の短い男だな」

グインは低く唸って、

「いまはわれらも本隊をはなれて五十騎だぞ。それを忘れまい。——一同、迂回しよう。そちらの岩場へ入れ」

「おもしろくねえな」

イシュトヴァーンはぼやいた。

が、また急に気分がかわってくすりと笑う。

「なア、グイン」

「なんだ」

「妙な話だぜ、ついさっきのさっきまで、おれとお前はモンゴールの追手におっかけまわされ、剣といえば二本だけ、足手まといのガキどもまでしょったた疲れはてた逃亡者だった。

　だのに、いまは、お前はそうして五十人のサルどもに、まるでそれが生まれてこのかたずっとお前のしてきたことだというみたいに命令を下している。なあ、グイン」

「……」

「おれは思うが、お前のさがすランドックとか、《アウラ》とかいうのが何だったにしろ、おれの握って生まれた二つの玉石にかけて、お前の前身はこの国の王か、それとも大元帥にほかならなかったに違いない。そうでなかったらおれはお前のその豹頭をまるやきにしてくって見せるよ」

　グインは何も答えなかった。


　かれらの一行は、アストリアスの兵に発見されることを避けて、大きく迂回し、ごつごつとした岩山づたいに上っていった。セムたちは何の苦もなく岩から岩へとびうつり、そしてかれらのふりまく薬草の汁はあらかじめかれらの行手から砂ヘビや砂虫《サンドワーム》、そして食肉ゴケを追い払ってくれた。

　ほどもなく、かれらは崖の上から砂漠を見おろす有利な位置をしめた。あとは岩場づたいに、下のようすを見ながら行けばいい。

　眼下に、アストリアスの敗残部隊の、アルヴォンめざしておちのびてゆく姿があった。二百騎あまりで堂々とノスフェラスの荒野をおしすすんできた誇り高い赤騎士隊はいまや、見るもあわれなありさまになりはててしまっている。ウマは傷つき、鎧はやぶれ、そして負傷者はひっきりなしに呻き声をあげる。

「もう少しだ。もう少しでケス河にたどりつくのだぞ。頑張るのだ」

アストリアスはたえず、かれがれになった声をはりあげては部下たちを叱咤するのだが、ともすればその声はのどにつまってかすれ、そして疲労と失意の極に達した部下たちのあげる呻き声に消されがちになった。

そうとみるとアストリアスはウマをかって隊列の先へいき、またあとへまわって、自ら兵たちをまとめ、勇気づけようとこころみるのだった。彼はようやく二十になったばかりだったし、小人数の小ぜりあいとはいえこれほど情容赦のない敗北を喫したのは生まれてこれがはじめてで、その誇りは手ひどく傷ついていた。ほんとうに最も慰めと励ましを必要としていたのは彼自身だったというのに、それでも彼はかけもどっては、うしろをおびやかすセムの姿はないか、脱落したものはないかと心を配り、負傷者の苦痛をやわらげてやろうと彼自身の水筒をさしだしつづけたのである。それこそは若々しく誇りにみちた、新興のゴーラの精神そのもののすがた、と云ってよかっただろう。

さいわい、みじめな敗走兵をたいらげようと、執念深く追いすがってくる猿人族の姿はどこにも見えないように思われたし、砂漠の神、砂蛙の姿をしたアルフェットゥもこの悲惨な青年貴族をあわれんだかのように、かれらのゆくてには大食らい《ビッグイーター》、砂虫、その他の危険な動植物もあらわれては来なかった。

さすがのアストリアスも、頭上に切り立った白茶けた崖の上から、ウマにまたがった豹頭の狂戦士と、黒衣の傭兵とが、五十人のセムの若者を従え、光る目でじっとこちらを見おろしつづけていようとまでは、とても想像できなかったのだ。

鞘を失った剣はひきずられ、岩にぶつかって、きくものを力なく苛立たせるガチャリ、ガチャリという音をたて、負傷者の弱々しい呻きには腰にさげた水筒のなかで残り少ない水のはねおどる、ぴちゃぴちゃという音がはかない伴奏をかなでた。騎士たちの面頬をあげてしまった顔は、砂ぼこりにすすけ、血がこびりついて汚れていた。

中にはその重みにたえかねてゴーラのかぶとすらもなげすて、力なくウマの首にしがみついているものもいる。アストリアスはそれを見やり、万が一うしろから矢弾がとんでくればひとたまりもないからと、わざわざウマをかえし、弓の先でかぶとをひろいあげ、注意を与えて頭にのせ直させようとウマをよせてゆこうとした。

そのときだ。

「隊長……あれを」

そのアストリアスのウマに追いすがるようにして、まだいくらかの元気を残しているうちに入る彼の右腕のポラックが枯れ声をふりしぼった。

「あれを……」

「ああ――？」

アストリアスはかすむ目をまばたいた。目には砂埃が入っていたむのでよく目をあけていられず、ポラックの指さすほうをみても、ばくぜんとただ一面にもやか霞がたってでもいるかのようなあいまいな印象があるだけだった。

アストリアスは面頬をあげ、鎖編みの手袋をぬいで注意深く目をこすった。目は激しくいたんだが、やがてゆっくりと焦点があってくる。

「隊長――！」

ポラックが再びささやく。その声にはこんどは何かしらきびしい歓喜とでもいったものの萌芽が宿っていた。

「止まれ――停止！」

アストリアスはひびわれたくちびるをなめて命令を下した。ふいに心臓が激しく動悸をうちはじめる。彼はその、そこにひろがった信ずべからざる幻影を、うかつに信じてそれが消えてでもしまっては、というように、再び目をしばたたいて見やった。

そして、見た。

「――ポラック」

彼はかすれ声でいう。

「隊長！」

「ポラック。――行ってくれ」

「わかりました！」

ポラックの大声。彼はいきなりウマにひと鞭あてかけだしてゆく。

アストリアスはそれを、肩で息をつきながら見送った。突然に、屈辱と怒りにうちふるえていた彼の心に、物狂おしいばかりな復讐と雪辱の甘い希望がみちあふれてくる。それが彼の四肢に力を送りこみ、新たな生命を注ぎこんだ。

彼の若々しい顔は真赤に染まった。彼はのびあがり、ポラックがようやく蜃気楼の一端へと吸いこまれてゆくのを見ながら、鞍つぼを拳で撲りつけて叫んだ。

「豹頭の怪物め！　黒づくめの裏切り者め、そしていまわしい蛮族め、ノスフェラスの猿どもめ！　見ているがいい、おのれらの命運は尽きたぞ。ノスフェラスはまもなくまことの意味で、無人の地《ノーマンズランド》になるのだ！」

4

むろん――

アストリアスとポラックとが見たものは、しかし、崖の上に豹頭の神々のように立ちつくしたグインの一行にも同じように目にうつっていた。

それに気づいたのはむしろ、アストリアスたちよりも偵察隊の方が早かっただろう。それははじめ、西の、ケス河の青い光りとかれらとのあいだをさえぎる、ひとすじのもやもやとした砂塵の帯としてかれらの目に映じてきた。

が、やがて砂塵が晴れ、そこにあるものの全貌があきらかになってくる。

と、見たとたんだった。

「いかん――伏せろ！」

グインが叫ぶなりウマからとびおりたのは。

ラクたちの反応も早かった。二言とはいわせずに岩の上にぴたりと腹ばいになる。もう毒矢を弓につがえているものもいる。

グインはそれを制した。

「いや、いかん――伏せて、じっとしているのだ。光を反射するものがあったらからだの下にまわしておけ」

イシュトヴァーンはグインと彼のウマをうしろへ追いやり、そこに休ませておいてから彼の黒い装備がことに白い崖の上ではよく目に立つことを考えて、ぴたりと平たくなったまままじわじわとグインの横まで這いよってきた。

「おい、ありゃあ――」

「ああ」

グインは仏頂面でうなづく。といってもその豹面はいつでもそうなのだが。

イシュトヴァーンは小さく息をのんで、じっと、眼下に展開するおどろくべき光景に見入った。

「ルアーと彼の、炎の軍勢にかけて――畜生！」

彼がささやくように云う呪詛のことばが耳に入る。グインは気にとめていなかった。

彼は目を細め、物騒な輝きをやどして、ひたすらにらみすえている。すっかり砂塵が晴れたとき、かれらが見ることができたのは、かれらのいかなる予想をもうわまわるものだった。

見事にもあざやかに陣容をととのえ、びっしりとケス河の西岸を埋めつくした、モンゴールの大軍。

それは、ざっと目測しただけでも、たしかに一万は越えていただろう。辺境の日ざしをうけて鎧、かぶと、かざした剣や槍がきらきらと輝きわたり、その砂漠に時ならぬ光の池を現出する。

「中央に白騎士隊――右の赤騎士隊はアルヴォンの残留部隊だろう。左にひろがっている青づくめの一隊はツーリード城からの友軍とみていい。ツーリード城主、第八青騎士隊長、マルス伯その人が指揮をとっているかもしれん。

後詰をあずかる黒騎士隊は、おそらくタロスの砦の一軍か、あるいは――」

「……」

「あるいは、トーラスから派遣されつつある大部隊の尖兵かも――」

イシュトヴァーンの声はおちついていたが、注意深くきけばそこに微かなためらいを感じとることができた。

「一万から一万五千、そんなところだな。――弩部隊が五千、徒士三千、そして精鋭の騎兵隊が五千、そういったところか。

あの並びかたはモンゴールの誇る五色陣の小型版というところだ。五色陣には一色足りんが、正式には五つの色にそれぞれぬりわけられた五つの部隊が、それぞれの方角からおしつつむようにして敵をとりこめてゆく。モンゴール軍がなぜああいう、色でぬりわけられた編成をもっていると思う。それは、決して同士討ちをせぬためと、それからどの方角が劣勢で、どこから兵を投入すればよいのか、指揮官がひと目で見わけられるようにという配慮なのだ」

「アストリアスの隊が迎え入れられた」

上から見おろしていたグインが指摘した。

「総指揮はやはりあのはねかえり娘か、イシュトヴァーン」

「ああ。麾下部隊は白騎士隊だし、旗はモンゴールの大公旗、ゴーラ三大公国の黒獅子旗を両わきに従えて、ひときわ高いのはたしかにあれは公女の旗だからな」

「女だてらに一万五千の軍勢をひきつれ、ノーマンズランド遠征の采配をふれるつもりか」

グインは云った。その声には、アムネリスが耳にしようものなら屈辱でまっかになりそうな、皮肉な嘲弄がこもっていた。

「モンゴールの公女将軍といえば中原に名高い女傑だよ。たしか今回のパロ攻防の黒竜戦争にも、指揮をとってモンゴールに勝利をもたらしたのは、ほかならぬ公女自身であるはずだ。唯一人の公子であるミアイル殿下が病身なので、いずれは公女がつけひげを結びつけ、白テンのマントをきてモンゴール大公の地位につくだろうともっぱらのうわさだったものだ。——ハッ！　モンゴールも、悩みに関しては、いまはないパロと双生児だというわけだな」

「と、いうと？」

「女が強く、おんどりは尻に卵の殻をくっつけてぴいぴい泣くだけなのさ」

イシュトヴァーンは辛辣に云うとゲラゲラと馬鹿笑いした。

グインは首をふった。

「それは王女リンダとレムス王子へのあてこすりのつもりか？　それならばお前は王子のやわらかなほほやなめらかな髪にごまかされて、卵の内側に眠っている竜を見逃しているのだ。俺にはわかるがあの少年は——や！」

グインがふいに云いやめて下へするどい目を送ったので、なにごとかと人びとは目をこらした。

「モンゴール軍が動き出すぞ」

グインはおちついて云う。

それは、きわめて幻想的な、しかしまた奇妙に壁画のように見なれた思いをさそう、壮麗で堂々たる光景であった。

右に赤、左に青、そして後方に黒。四つの花弁のひとつ欠けて、前にむかって開いたその花の花心の位置にはまばゆいばかりの白一色。

砂漠にくっきりとぬりわけられたその人の花は、それぞれが騎兵、弩兵、そして歩兵の順に外へむかって細くなってゆく三角形をしていて、あたかもそのすべてが何百何千の兵士ではなく、同じひといろの巨大な生物でできてでもいるかのように、何のとどこおりも、迷いもなしになめらかに動いた。

その動きは、しかしその要所要所に目にみえぬ糸がついていて、その糸がある一点にあつまり、そこからくりだされる命令のとおりに動かされる忠実なあやつりのそれででもあるかのようだ。そして、その見えない糸の集中してゆく一点とは、すなわち、白い花心のそのまた中心部、何本もの旗のもとに忠誠をちかう騎士たちに誇りやかに守られて立つ、モンゴールの公女将軍アムネリスの、白いたおやかな指さきであるだろう。

「チッ！」

突然、イシュトヴァーンがつぶやいた。

「な——なんだってこう急に、きゃつらはこうまで完璧に陣ぞなえをすることができたんだろう？　この布陣じゃあ、まるで何ヶ月もまえからこの日あるを知っていて、そなえにそなえてでもいたようじゃないか？」

「おそらくは、な」

グインは重々しく声を低めた。

「おそらくは、われわれのことは、たぶんちょうどきっかけとなったというだけにすぎないか、あるいはすでに燃えあがりかけていた火に最後の油を注いだにすぎないのだ。どうやらモンゴールは、パロ攻略のあと、次の布石としてノスフェラスへの進攻、セムとラゴンの平定をすでに決めていたようだし、それは俺のみたところ、パロへと手をのばして、背後がおろそかになっている間に、クムでもユラニアでもいい、あるいはパロの残党でもいいが万一ノスフェラスに軍をすすめて、背後からモンゴールをうつことになってはというおそれによるものだろう。俺——とパロの双児——がセムの助けをかりてアストリアス隊をほふったことは、かれらにいわばさいごの確信を与えたのだ。おそらくこれも遠征軍の全員ではなく、あと二万や三万は確実に、トーラスからの遠征軍の本隊が、いまごろノスフェラスめざして街道をひた下り、先陣部隊と合流すべく先をいそいでいる最中だろう。

やはり、ただちにラクの村へ入らなくてよかったな、《紅の傭兵》よ。二千の守りしかない村へ、寝耳に水でこの遠征軍におしよせられたら、いかにセムが勇敢とはいえ、とうていなすすべもなしで皆殺し、なぶり殺しはまぬかれないところだったぞ」

グインはセムの若者たちをふりかえってセム語でくりかえした。

ラク族の若者たちには、目にみえて動揺がまきおこっていた。頭だった、皆がシバと呼んでいる若者が甲高くグインにこたえる。

「何といってるのだ、グイン」

「いますぐ村にかえり、抗戦の準備をしなければ、と。ノスフェラスのさいごの日だ、と云っている」

「ハッ！　二千の、サルどもで、この軍備のゆきとどいた一万五千を？」

イシュトヴァーンは笑った。

「なんてえお笑いだ！　けなげな話じゃないか！」

「とにかくも、敵のもくろみにこうして心づいて、しかも敵はわれらの気づいたという事実をまだ知っておらぬのは、われらに有利だ」

グインはたしなめるように、

「それに、ラクの村の正確な位置は、まだノスフェラスにウマで一日の距離以上、踏みこんだことのないかれらには、たしかにわかってはおらぬ筈。――しかもラクの村はわかりにくい谷に守られている。うまくゆけば、五、六日はかせぐことができる。うまくゆけばな」

「もうおれは、あんたが何を知ってようと、びっくりしやしないがね」

というのがイシュトヴァーンのあきらめたような返事だった。

「それじゃあんたは、行ったこともないラクの大村落のポジションも知ってるってわけだ」

「誤解せんでほしいのだが」

グインは唸って、

「俺は何も、すべてのことを知っているのではない。ラクの村の正確な位置など知らんが、ただ何となく、その周囲の光景を霧の中のように目にうかべることができるのだ」

「何でもいいや――とにかく」

イシュトヴァーンも唸った。

「とにかくここにこうしていたってしかたがない。一刻も早く、ラクの村とかについて村をすてて逃げちまうにしろ、あわれっぽい抗戦をこころみるにしろ、何とかしろと云ってやらざあなるまい。そうなんだろ、グイン」

「まあな」

というのがグインの答えだった。

偵察隊はそのころまでには見るべきほどのものはすべて見たと決めた。そこでグインは鋭くセム語で下知を下し、そろそろとひきあげの準備にかかる。崖下では、まるで巨大な四色のアメーバがゆさゆさと身を動かして移動にかかるように、モンゴールの遠征軍がやはりノスフェラスの奥地めざして動きはじめんとするところである。

「岩づたいにかれらの先陣から見えぬところまでゆき、そこから砂地へおりて、あとはひたすら東へ走るぞ」

グインはセムの若者たちに云った。

「お前たちの足に、お前たちの村とお前たちの女たち、子どもたちの生命とがかかっているのだ」

小猿人たちはうなづいて、静かに立ちあがる。

つづいてイシュトヴァーンが立とうとして、革のブーツがふいにつるりとすべった！

あわててグインのさしのべた手につかまり、立ち直ったが、崖の上のもろい砂がくずれ、そこに埋まっていた小石が二つ三つ、ぱらぱらと崖下へおちてゆく。

傭兵はあっと叫び、まるでそのおちてゆく小石を網ですくいとりたいかのようなしぐさをした。グインの力づよい手ががっしりとその肩をつかんでひきとめる。

「ん？――」

ぱらぱらと小石があたって、おどろいたモンゴールの左翼の兵のひとりが上を見上げた。

「おや……」

公女の天幕の歩哨とはちがって、すでに臨戦態勢に入り、心をひきしめている戦士である。崖の上で息をつめる偵察隊の無言の祈りにもかかわらず、わずかでもあやしいと感じたものを、そのままにしておくようなことは万にひとつもない。

青騎士はしばしのあいだけげんな顔で崖の方を見やっていたが、にわかに合点合点をするなり隊列をはなれ、中隊長のもとへかけつけた。

隊列を乱したことを叱ろうとした中隊長も、その言に耳を傾けるうち、やにわにきびしい顔になる。たちまち、大隊長へ、そして総指揮官へと伝令がとんだのだ。

アムネリスはことをかるくは見なかった。ただちに、「全軍、止まれ！」の命令が発せられ、一万五千の軍は目にみえぬ綱にさえぎられたように停止する。アムネリスは部下の一隊をよびよせた。

「いかん」

これを崖の上から見守るグインたちのほうはひや汗ものである。

「気づかれたぞ。公女め、小隊を出して斥候させる気だ」

イシュトヴァーンはあえて「すまん」とは云わない。セムたちのとがめるような目をにらみかえして黙っている。

「逃げろ！」

グインはあっさりと云った。ウマのところへかけつけ、ひらりととびのる。イシュトヴァーンもつづく。

「まっすぐ東へいってはラクの村を教えるようなものだ。とりあえず北へ走り、やつらを完全にまいたと見てから進路を東にかえてラクの村へことの次第を急報しよう」

「アイー！」

セムたちはいっせいにうなづく。

崖下ではあわただしい動きがつづいていたが、もうかれらはそれを見てさえいなかった。巨大なアメーバから、細胞分裂によって小さいそれがわかれ出るように、小さな青騎士のかたまりが母体からはなれて、そして崖の上へのぼる道をさがしはじめる。

セムたちはそれを待ってなどいない。先頭にたつ二頭のウマは一方は半獣半人のシレノスを、一方はゴーラの脱走兵をのせて、風をくらって岩山を北へむかってかけおり、セムの小人たちがころがるようにそれにつづく。けたたましく砂埃が舞いあがって、心なくもそれと知らせてしまった。

「そこだ！」

「その岩山をこえたところだぞ！」

三たび、グインと傭兵とは、背後から追いすがるゴーラ兵の絶叫をきいたのである。

「ハイッ、ハイッ！」

「走れ！」

かれらの無事な到着に、ラク二千五百の生命がかかっている、ということはわかりすぎるほどわかっているのである。グインでさえ冷静さをすてて、狂気のようにウマの腹をけり、二騎と五十人とは足のつづくかぎり疾走しはじめた——はるかなる北方、常雪をいただく白いアスガルン山塊へむかって。

「走れ、ラクたち、走れ！」

「イーッ！」

「リアード、リアード！」

かれらの心はひとつであり、かれらの足の下でノスフェラスの砂はきしんで悲鳴をあげた。砂よ、とラクたちはそのセムの奇態なことばでささやいたかもしれない。われらを生み、育てたものである砂よ——心あらば生ける砂となり、舞いあがって、たけだけしい追跡者の目からかれらをかくすヴェールとなり、目つぶしの灰となり、ノスフェラスの子らをいまわしい闖入者から助けよ、と。

うしろから、モンゴールなまりの大声はいつまでもかれらを追って来、ほどもなくそれは弩の石弾となった。ヒュン、ヒュンとかれらの周囲をかすめる石弾はかれらの頬を擦り、かれらのゆくての砂地にあたってパッと煙をまいあげた。最後尾を走る二、三人が石弾にあたって倒れた。

「リアード！」

訴えるようにシバがグインに叫んで毒弓矢を叩いてみせる。

「かまうな！」

グインは怒鳴り、なおもウマを急がせた。

「一人ふたり、やっつけてみたところで同じことだ」

「グラ、イミール！」

シバは悲憤やるかたなく叫んだが、勇者とあがめたグインの言にさからおうとはしなかった。ラクの心は、いったん友と誓えばあくまでも忠節をつくすのである。

モンゴール兵はウマであり、ラクたちは徒歩《かち》ではあったが、モンゴール兵たちは岩山を大きく迂回せねばならぬというハンディがあり、しかも岩山の北辺のやわらかい砂は、ラクたちのはだしの方により適していて、鎧かぶとをつけた重い荷をのせた、鉄の甲をつけたウマの足をともすればずぶずぶとめりこませた。兵たちは鞍を叩いて口々に威嚇と呪詛をあびせかけ、口惜しまぎれにびゅんびゅんと弩を放ったが、効果のあったのは二、三発までであり、そのあとはラクたちは、最後尾でさえはるかに射程圏外へ出てしまった。そして差はひらくいっぽうだった。

ついにモンゴール兵たちはあきらめた。隊長の怒りをおそれ、口々に嘆いたりののしったりしながら、弩にあたって倒れふしていた三人のラクをとらえてやむなく本隊へとひきかえす。北のアスガルン山塊の方角へ消えていった五十人ほどの行方を示すものは、岩と岩のあいだの地平にパッパッとあがる小さな砂埃だけで、やがてはそれも見えなくなってしまった。

　ひとしきりつよい風が吹いて、荒野にまたたそがれがやって来ようとしている。北から吹きつけるアスガルンおろしの風は、たくさんのエンゼル・ヘアーを遠征軍の顔にふきつけ、いつぞやの怪奇な一夜に加わっていたアルヴォンの兵たちは何がなし不安そうに暮れなづむ空を見上げた。


　いっぽう――

　グインたちが、もう大丈夫、と完全に心を決めて、へとへとに疲れはてたウマと足とを、ようよう少しゆるめる気になったのは、北へむかっておよそ三ザンほどもかけとおしたあとである。

　もはやうしろから追手の声もなく、弩もとんではこなかった。かれらは足をとめ、息をととのえ、互いの名を呼びあった。

「三人、やられた、リアードよ」

　シバがグインに報告にくる。

「死んでいればよいが。生きてつかまると、あの色のついた悪魔ども、口でいえぬほどひどい仕打ちを、する」

　グインは沈痛にうなづく。口に出しては、

「かれらをまくために、だいぶん迂回をせねばならなかった」

　そう云ったきりだった。

「ただちに進路を東にかえ、夜どおしすすむ危険を犯してでも、一分《タルザン》でも一秒《タル》でも早くラクにモンゴールの野望を伝えねばならん」

「わかった、リアード――おれたち、疲れてない。夜どおし走る」

「走らんでもいい。速足で歩け」

　かれらは東へ向きをかえた。かれらは太陽を背にしおわると、こんどはいくらかおちついて、そちらへ歩きはじめた。かれらはそんなものに心をくばっているゆとりはなかったのだが、そのころには早くも、雲によってやわらげられることのない辺境の夕日は恐しいまでに巨大なオレンジの円盤となって、ケスの地平へゆるやかにさしかかり、あたかもかれらを悪意あるひとつ目で見守るドールその人のようにも見えていたのである。

道は、やがて、ゆるやかな下り坂となり、その両側に切り立つ崖は、ゆっくりとその角度を急にしていった。

最初に、そのことに気づいたのは、やはりグインだった。

「ばかに——」

巨大な手をあげ、顔から白い糸のようなそれを払いのけようとしながら云う。

「ばかにまたこのへんはエンゼル・ヘアーが多いな」

「奴らの集会所でもあるんだろう」

イシュトヴァーンが不機嫌に云う。彼は、崖の上で彼のためにモンゴール軍に発見されるなりゆきになってから、ずっとふくれ返って黙りこんでいたのだ。

グインは何も云わなかった。ただ見まわして低く唸るともつかぬ声を出しただけだ。

たしかに左右から崖がぐっとはりだして、かれらの視野をさえぎりはじめてからというもの、その限られた視野に舞いおどる白いエンゼル・ヘアーの数は激増していた。夕暮れだということもかかわりがあるのかもしれない。セムたちは、顔にあたってとけてゆくだけのこの怪物に、すでにまったく馴れっこになってしまっているとみえて、小さな毛深い手で払いのけて平然と進むが、グインの方はしだいにおちつかなくなってきた。

「シバ！」

きびしい声で呼ぶ。

「はい、リアード」

「道は、これでたしかにまちがいないのだろうな」

「はい、ラクの村」

「だが、だんだん道が細くなってゆくぞ——見ろ！」

グインがそんなふうに、驚異と――そしてなおおどろくべきことには恐怖さえもまじりこんだ叫びをあげるなど、彼を知る限りの者には想像もつかなかったに違いない。

しかしそのとき――

誰ひとりとして、そのことを考えておどろいている余裕のあるものはいなかった。

かれらは全員、ただもう息をつめ、電流にうたれたようになって、ふいに角を曲がったところにひらけた、悪夢とも、生地獄とも、狂気の芸術家の絵とも――

何ともつかないそのおぞましい光景の前に立ちすくんでいたからである。

かれらの前で道は突然おちこんで、深い谷の全貌をあらわしていた。

そしてその谷は――青白く、そして限りなくおぞましい燐光の海！

恐怖と嫌悪に舌までしびれたようになりながら、かれらは、そのブヨブヨとただれうごめく青白いザリーが、それこそ何千万何億万という、不定型のアメーバ、見るもいまわしい生ける粘液の大集落であるのを見た。

おお――イドの谷間！

叫びは舌の上ではりつき、手足からは生命のぬくもりが恐れて逃げ去り、そしてかれらは、行くもならず、退くもならぬ隘路の突端に、絶望と破滅と向かいあって立っていた。

そして――

怪物どもが、突然かれらに気づいたのである！

あとがき

栗本薫です。本日は新装版「グイン・サーガ」第一巻をお手におとりいただき、まことに有難うございます。

思えばこのシリーズを最初に書き始めて、最初のあとがきを書いたのが、もういまから三十年昔の一九七九年のことでした。ひとことに三十年と申しますが、半世紀にはあと二十年、十年をひと昔というなら三昔、なかなかな時の長さだと思います。今年二〇〇九年が、そのようなわけで「グイン・サーガ」の三十歳のお誕生日にあたる、とあって、担当編集者さんたちもいろいろと考えるところがあったのでしょうか。種々さまざまな面白い企画を考え出してくれましたが、そのなかで実現にいたったのが、この「一巻から十六巻までを二巻づつの合本で新装版として刊行する」という企画であります。一番最初は「十六冊いっぺんに一冊にしよう」というのもあったし、「それが無理なら四冊づつで四冊にまとめよう」とか——一番すごかったのは、「百冊で一冊の本に出来ないか」という企画があって、あれが実現したら相当記録的でもあれば、面白くもあったと思うんですが、ただ実用にはすこぶる向かなかったことでしょうね（笑）現実的に動き出そうとしてみたら、やっぱりとうてい、その分厚さと巨大さでは、本のかたちをなすのは無理だ、ということのようでしたが。

しかしそのようないろんな企画が出てくるというのも、三十年続いたシリーズなればこそで、なかなか楽しい話です。この話は三十年まえに、故半村良さんが「太陽の世界」を全八十巻完結予定で開始される、という話をきいて当時二十五歳の私が負けん気を起こし、またなんとなく多少「ライバル視」というほどでもありませんが、気になる若手作家であった高千穂遙氏が「美獣ハリィデール」シリーズをはじめられたのを知って、「日本初のヒロイック・ファンタジー作家の名誉は譲るものか」とこれまた負けん気を起こしてはじめたもので、「半村さんが全八十巻なら、こちらはいっそ全百巻だい」とぶちあげたのですが、超高名ないまはなき作家のかたに、「いまどきの若い作家は全百巻などと出来もしないことをいうから嫌いだ」と怒られたこともいまとなっては懐かしい思い出です。その作家のかたはグインが百巻になる前に亡くなってしまわれたのではないかと思いますが、「自分が女名前だから、男か女かわからない名前の女の作家も嫌いだ」と直木賞の授賞式のスピーチでいわれるなど、何かと私に風当たりが強かったかたでしたが、直接の面識はなく、いまとなってみると、そういうことども妙に懐かしく思われます。そのようなある意味での「きずな」が、まったく世代の違う高名な作家のかたとのあいだにあったことも、よかったのかもしれないなあ、などと思ったりします。

当人は「全百巻」の重みなどまるきり感じておらず、「わあい、これでいくらでも好きなだけ書ける」と、これまでつねに欲求不満を感じながらとりあえず終わりにしてきたこともあって、大喜びだったものですが、結局そのあと三十年間書き続け、百巻の山もこえてしまい、いまだに書き続けて二〇〇九年の二月には百二十五巻「ヤーンの選択」が刊行されまして、これでトータルの原稿としては四百字詰めで五万枚を超えたことになります。

記録として申請したギネスブックでは、「そういう前例がない」とやらいうことで認めてもらえませんでしたが、こうなるとそれももはやどうでもよろしく、別段ギネスが認めたものだけが記録なわけじゃなし、目の前に百二十五冊プラス外伝の山があるわけですから、私にしてみれば「これぞ自分のしてきたことのあかし」というもので、もうこうなったら二百巻だろうが三百巻だろうがとまるものか、ガンだろうがなんだろうが、強引にとめられてしまうときまではとまるものか、という意気込み――というほどの気合いでもないですね。もはや、これは私にとっては「自分の人生そのもの」ですから、「同行二人」といった気分で、のんびりと、「グイン・サーガ」ともども老いていって、そして限界がきたらそこで私が死んで書けなくなったからふっと中断する、というような終わりかたになればいいんじゃないかと思っているしだいです。それにしてもスタートするときには、こんな長い長い、長い長い物語になるとはさすがに思いもしませんでした。そうして、それが無事にここまで、これだけ大勢の読者のかたに一緒にきていただけるようになるとは。

それを思うとなかなか感無量ですが、私自身がそのあいだに二十五歳から五十五歳への三十年間をそれなりに、独身から結婚へ、それから出産して、育児をして母親へ、というように送っていったように、読者のみなさまもそれぞれにさまざまな御自分の運命のなかにあられたかと思います。そうして、そのそれぞれ違う何十万もの運命のかたわらに、グインがよりそって、いってみれば「同じ川のほとりに暮らす」人たちのように私たちがいたかと思うと、それはそれでなかなかしんみりとした気持になるものですねえ。

途中でおいやになって読むのをやめられたかたもいれば、「ナリスさまが亡くなったところを読むことが出来ない」と中断されたかたもいらっしゃいました。また、「裏切られた。時間の無駄だ。グインにかけた時間をかえせ」と云われたかたもありましたし、いまにいたるまで深く愛してやまないで下さるかたもおられます。こうなってみると、それこそチグリスとユーフラテスのようなというか、まさに「川の流れのように」という思いがしますねえ。美空ひばりさん、それほどファンだったというわけでもありませんけれども、この「川の流れのように」っていうのはやっぱり国民歌謡（爆）なんですねえ。こういうときになると、かつてはロック少女、いまはジャズピアノおばさんの私でさえ、反射的に口をついて出てきますもの。

それにしても、長い長い物語です――「でした」ではないところがまたすごいなというか、何万人もの登場人物、そして何百人のかなり重要な人物、そして何十人の「話の中心となる人物」によって、この物語は百二十五巻のあいだ、三十年間、織り上げられてまいりました。作者でさえころりと忘れている登場人物などいくらでもいますし、うっかりそれでそのままにしてしまった気の毒な「本来は重要人物になるはずだった重要人物」なんてのもいますねえ。大きな声では云えませんが、アレン・ドルフュスなんてどうしていることやら（爆）アストリアスはなんとか無事また再デビューをはたしましたけど、そのあとはまたどこかにいっちゃったし。

などなど、もしもこの新装版ではじめてこのシリーズをお手にとって下さるかたがおいでになったとしたら、わけのわからんようなことをつらつらと書き並べておりますが、まあ三十年かかった本ですから、読者のかたも、これから入ってくるにはかなりの気力もお入り用かもしれないし、ことに最初の十六巻というのは、ことにそのなかの最初の五冊というのは「辺境篇」といいまして、ややとっつきにくくなっております。最初はもうちょっと、とっつきにくい、少数派のための厳密な純然たるヒロイック・ファンタジーのつもりでいたりしたからですね。でもそのあと、六巻すぎてから、「アルゴスの黒太子スカール」が登場したり、そしてついに「クリスタル公アルド・ナリス」が登場したりして、この話の骨格もおのずから決まっていったようです。

それを思うとこの一、二巻はまさに「グイン・サーガ」の「揺籃期」です。記憶を失った豹頭の戦士グイン、という謎の男があらわれ、三国志を思わせる中原の歴史のなかに入り込んでくる。野望をいだくモンゴールという若い国によって、奇襲され、ほろびかけたパロの、かろうじて生き残った少年王子と美少女のお姫様が、そのグインと、そしていずれ深くからむことになるのちのゴーラ王イシュトヴァーンと出会い、そしてそれぞれの運命のなかに入ってゆく。「物語の開幕」というのは、こう書いていても、なんと心をふるわせるものなのだろう、とふっと思ったりします。もしも、いまからまた、そうして「物語の開幕」を味わえるのであったら、そしてまた、「これから三十年」の年月を、グインたちと一緒に、ゆるゆると川のながれにそって旅してゆけるのであったら。そうしたら、またこの同じ川の流れが同じ展開を見せて、川の両側に同じ風景が開けてくるのでしょうか。それとも、そうではなく、そこにはまったく違う風景と川の流れとがはじまるのでしょうか？

残念ながらもう、いまの私には「いま一度」全百巻を標榜する物語をあらたに展開する気力も、体力も、寿命も、時間も、残されてはいません。だからこそ、これは「ただ一度きりの物語」だったのだなと——

「この三十年」は、ともにずっと読んでついてきて下さった読者のかたたちにも、書いてきた私にも、面倒を見てくれた編集者のかたたち、早川書房のかたがたにも、かけがえのないただ一回の三十年だったのだなあ、という感慨にうたれます。

いまからこの「三十年前の川」にあらたに足を踏み入れられるかたは、何もお考えになることなく、この船に身をゆだねていただけたらと思います。そして、いまあらためてこの新装版を手にとられるかたはそれぞれの思いを私とともにしながら。グインはこの二〇〇九年の四月から半年間、TVアニメとしてオンエアされますが、そのことも含めて、今年はやはり「グイン・サーガ」にとってはエポック・メイキングな年になるものと思います。この年にあらためてお目にかかる新しい読者の多からんことを願いつつ、新装版第一巻のあとがきとさせていただきます。

二〇〇九年一月三十日（金）

グイン・サーガⅠ　豹頭《ひょうとう》

2009年3月10日　初版印刷
2009年3月15日　初版発行

著　者　栗本《くりもと》　薫《かおる》
発行者　早川　浩
印刷所　三松堂印刷株式会社
製本所　大口製本印刷株式会社
発行所　株式会社　早川書房
郵便番号　101-0046
東京都千代田区神田多町2-2
電話　03-3252-3111（大代表）
振替　00160-3-47799
http://www.hayakawa-online.co.jp

ISBN978-4-15-209008-9 C0093
定価はカバーに表示してあります

乱丁・落丁本は小社制作部宛お送り下さい。
送料小社負担にてお取りかえいたします。